2023年度兵团

生命的腹地

SHENGMING DE FUDI

张靖 著

中国言实出版社

图书在版编目（CIP）数据

生命的腹地 / 张靖著 . -- 北京：中国言实出版社，
2024.1

ISBN 978-7-5171-4657-5

Ⅰ.①生… Ⅱ.①张… Ⅲ.①散文集－中国－当代
Ⅳ.① I267

中国国家版本馆 CIP 数据核字 (2023) 第 211067 号

生命的腹地

责任编辑	郭江妮
责任校对	邱　耿　王蕙子

出版发行 中国言实出版社

地　　址：北京市朝阳区北苑路 180 号加利大厦 5 号楼 105 室

邮　　编：100101

编辑部：北京市海淀区花园路 6 号院 B 座 6 层

邮　　编：100088

电　　话：64924853（总编室）　64924716（发行部）

网　　址：www.zgyscbs.cn

E-mail：zgyscbs@263.net

经　　销	新华书店
印　　刷	三河市华东印刷有限公司
版　　次	2024 年 1 月第 1 版　2024 年 1 月第 1 次印刷
规　　格	787 毫米 × 1092 毫米　1/16　16.25 印张
字　　数	300 千字

定　　价	68.00 元
书　　号	ISBN 978-7-5171-4657-5

C目录
CONTENTS

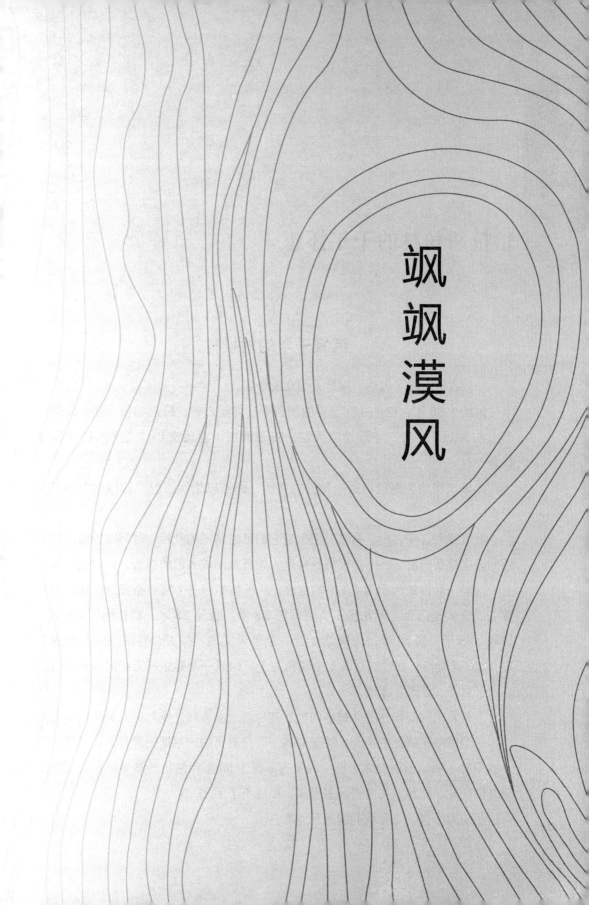

飒飒漠风

恰拉胡杨林的千年怀想

沉寂千年的胡杨林

一棵古树引起了轰动，因此人们众说纷纭。

树龄 1790 年，这是一棵怎样的胡杨啊！仰望古树，绿荫如盖、枝干缠绕、高大的树冠呈"人"字形伸向天空，苍劲的树干盘旋交错，茂密的枝叶郁郁葱葱。

如果文明的羽翼能以另一种方式展示，那被思想层层包裹的植物也会空灵于世。

我凝视着这棵古树，鸟雀正搬运着它们已经凋零的叶片。时间以瞬间跨越千年的速度跳跃向前，一个物种就这样毫无防备地闯进人们的视野，和时间一起苍老。这是一片占地面积为 4.3 亩的土地，胡杨林如同一个精心布置的阵地，中间耸立着它们至高无上的胡杨王，树基围 8.8 米，基径 2.8 米，双株胸围 7.7 米，胸径 2.45 米，高 27 米，仿佛站立着一个顶天立地、仰天长啸的巨人。俯视四周，280 株胡杨树如同二百八十个胡杨卫士，构成一个原始、天然的胡杨部落，庄严、肃静、壮观、凛然……

一片古老的胡杨林突然被推向世界基尼斯纪录神坛，成为世人关注的焦点。

这绝非一次偶然的推介，关于胡杨，谁是真正的吉尼斯纪录得主，长期以来一直争执不断。据说在此之前，内蒙古一棵 1600 多年的胡杨屡屡申报吉尼斯纪录，因年轮、体积、高度等诸多因素，最终不了了之。

历史是个谜，总令我们猜测和遐想。

洗去风尘，生命总有无限惊喜。仰望胡杨，它究竟生长多少年了？在苍茫的大漠中究竟还经历了什么？一连串的问号始终萦绕在人们心头。2019年6月29日，经上海大世界吉尼斯认证官现场认证，这棵位于新疆生产建设兵团第二师三十一团场、全球树龄最长的胡杨古树，正式揭开它年轮的谜底。

1790年啊，人们顿时惊呆了，对于一棵胡杨，这是多么不可思议的数字！是什么能经得过风沙、大漠如此漫长的摧残啊，在风与沙的世界里，有多少绿色的森林曾被埋葬，多少个部落消失匿迹，多少个物种神秘死亡，在塔克拉玛干沙漠"死亡之海"中，谁又能坚强地遭受长达十八个世纪的风沙残烛而苍翠依旧？唯有胡杨，因为它是沙漠之子！

在这片荒凉的沙漠里，在这个欧亚文明的交汇地，每一次发现都令世人大开眼界，胡杨部落的横空出世，如同楼兰美女、小河墓地、米兰古城那般神秘。人们不禁会问，在一片寂寥的沙漠，在这个炎热干旱少雨的地方，一个千年的生命是如何生存下来的？答案不得而知。

这种千年与风沙生与死的抗争是多么的惨烈和令人震撼啊！然而，它却用苍翠的身躯证明了生命的奇迹。站在天地间，它那挺拔的身姿依旧高大雄伟、直插云霄，那些欢快的叶片跳跃在枝杈上抖动不止。历经千年，它早已不是一棵普通意义的胡杨，而成为大地上一个巨大的地理标志。

落其实者思其树，饮其流者怀其源。

与古老的恰拉胡杨林相比，它的生长地——三十一团场乃是新疆生产建设兵团一个年轻的团场，这片由兵团三代人共同开垦的土地，在巴音郭楞蒙古自治州（后文简称巴州）地图上很容易找到它的准确位置。作为第二师塔里木垦区的一个农业团场，三十一团场地处塔克拉玛干大沙漠东北边缘，北临库姆塔格沙漠，两大沙漠最窄处不足3公里，是我国西北地区主要的沙尘暴起源地之一，也是古丝绸之路必经之地。

在这片古老的土地上，不同的东西方文明在此相遇，蒲昌古城、土垠遗址、楼兰古城、烽火台、太阳墓地、胡杨林，它们无不隐藏一个个惊天的秘密。

三十一团场，对于这个世人还不熟悉的地方，只要你沿着218国道（伊若公路）沿农场北侧自西北向东南穿过，很容易找到它的位置，它是通往塔里木垦区其他团场的门户，因其处于三百里绿色走廊的西门户，成为古丝绸之路商贾休整的驿站。

每个地域都有它不朽的历史文化，三十一团场也不例外。60多年的建团风雨历程，由全师1.7万多人捐资64万元创建的共青团农场，本身就是一部人文交汇、民族融合、地理错综复杂的灿烂文明史。

它还有一个有趣的名字：恰拉。当古老的塔里木河沿场区西南向东南流经时，它的支流——恰拉河，把场区切割成南北两半，人们在此建立一座储水1.61亿立方米的恰拉水库，也许出于对水的崇拜与热爱，人们习惯性地将这里称之为恰拉。

风如刀子般掠过新疆这片古老的大地，在恰拉，在沙丘与戈壁纵横的地方，胡杨简直就是最美的植物，尤其深秋，到处摇曳着一望无际的金黄。据说胡杨是600多万年前遗留下的古老树种，只生在沙漠，它们木质坚硬耐腐，耐旱耐涝，生命顽强，是自然界稀有的树种之一。据说我国90%的胡杨在新疆，新疆90%的胡杨在塔里木。

这里不仅有遍地的胡杨、天然的大漠，还有美丽的湖泊，水草丰美的罗布湖、大西海子、小西海子，如同一块块跌落在沙漠里的天然翡翠，远远望去水天一色、碧波荡漾、飞雁惊鸿、禽鸣鱼跃，在季风的吹拂下，只见沙丘蜿蜒、胡杨绵亘、苇絮轻拂、红柳旖旎、罗布麻遍地、色彩斑斓、景色绮丽，仿佛人间仙境。

罗布泊这个荒凉而神奇的地方，总会从不同的角度给世界带来惊喜。

关于胡杨林、关于罗布泊、关于楼兰，在这片神秘的"死亡之海"中，每一次发现都炫人眼目，每一次发现似乎都与地域有某种关联却又孤立存在，人们企图在断裂的文明与文明间寻找它们之间的某种链接。

亘古荒原里的激情岁月

时间的步履总会踢踏着年迈的大地，浅红色的红柳花正铺天盖地。

无论是绝尘而去的汗马和锋利的箭镞都早已被大西北呼啸的狂风所掩埋，不同的部落、种族、文化在一股历史神秘的力量中碰撞与融合。只有蓝天白云在窃窃私语，它们仿佛在摇头、叹息……

风从天边来，唤起着万物的记忆。阳光下，小河墓地、楼兰古国、消失的城堡正朝着人们微笑，岩画、巫术、舞蹈、仪式，那些大地上的符号令人百思不得其解。这里还发生过什么？除了王昌龄的"黄沙百战穿金甲，不破楼兰终不还"的诗句在传颂外，其他没有任何记载。

前时期楼兰的文明断裂之谜还没有寻找到答案，后时期的荒原开发又重新打破了宁静。

仿佛是一个眉飞色舞的挑逗，世界永远不会一直沉寂下去。千年后的一个夏季，一群热血沸腾的青年人，用一把星星之火点亮了塔里木寂静的夜空。

1958 年 5 月，一支由 1247 名共青团员和优秀青壮年组成的队伍，他们迎着朝阳、踏着晚霞，日出而作、日落而归，他们烧荒开地、挖渠引水，他们"天当被、地当床"，在红柳窝里安营扎寨，在沙包旁边建房安家，他们日夜兼程向着亘古的荒原一步步挺进。

这个特殊年代，由全师 1.7 万人捐资 64 万创建的共青团农场就是今天的兵团第二师三十一团的前身。

不知是谁划破了风神的口袋，在热风游荡的旷野里，年轻的垦荒者们，头顶烈日、脚踏荒原、风餐露宿、披星戴月，住着地窝子、喝着涝坝水，吃着咸菜粗粮，他们满怀激情，一路高喊着"红五月、红又红，男女老少齐出动，提前修好总干渠，打响头炮建奇功"的口号。他们是一群不可思议的建设者，每天超强度工作十六七个小时，开荒种田、挖渠引水、铺路修桥、建设家园。

有水的地方就有生命，有水的地方就有绿洲。

一场浩瀚的工程正沿着塔里木河下游北侧缓缓铺开，东至塔里木六场，西北起恰拉龙口，巨大的沙漠是农垦战士开疆拓土的战场，点点星光下闪烁的背影是干劲冲天的人们，他们起早贪黑、肩挑背扛，用最原始的铁锹、十字镐、柳条筐挖出了一条长达 44 公里的人工卡拉干渠。

只有荒凉的沙漠，没有荒凉的人生。

三十一团一位年轻人的日记这样写道："我们青年干劲大，挖的大渠美如画；开垦荒原变良田，减少塔里木热风沙；来年丰收奏凯歌，塔里木青年名天下。"豪言壮语的字句里折射出那个年代青年血脉偾张的激情。

黄沙万里、沙尘骤起，挡不住兵团三代人战胜恶劣自然环境的勇气和决心，一棵棵胡杨树拔地而起，一片片良田阡陌纵横，一条条高速公路伸向远方，一片片荒原变成了人间最美的风景。走进塔里木的农业团场，你会陶醉于美景之中，这里不仅有"大漠孤烟直、长河落日圆"的自然风光，还有一望无际的田园风光；这里不仅有庞大的胡杨林，更有兵团人家的人文景观。沿着沙漠一路向西，三十一团、三十二团、三十三团……农二师 7 个农业团场，它们遥遥相望，成为大地上一个个不朽的坐标。无数个日日夜夜啊，几万人与沙的奋战，一次次向沙漠的深度挺进，一次次栽草种树，一次次向沙丘挑战和扩张，这是兵团人无法阻挡的决心和勇气，他们要让荒滩变良田，让一条浩浩荡荡的绿州长城在塔克拉玛干大沙漠里纵横驰骋。

古有屯田安边之壮举，今有军垦兴邦之伟业。事在人为、人定胜天，现代化的团场好一派旖旎风光！一幢幢高楼拔地而起，一个个现代化的休闲广场花团锦簇，一簇簇兵团人家星星点点散落在胡杨树下。放眼望去，棉海无垠，稻麦飘香，牛羊欢腾，林木成行……

边疆处处赛江南，柳绿花红尽芳菲。

古树下的田园风光

时光的深海，季节正挥动着出色的画笔。

两鬓斑白的老人正谈古论今，这里曾是他们年轻与风沙厮杀的战场，如今风轻云淡，沙粒是最温柔的抚摸。麻雀声中，宁静、祥和的团场与胡杨部落一同陷入阳光中，静谧的连队是人与自然的双重合影。

被巨大绿荫覆盖着，是一处胡杨村庄。晨光中的三十一团的二连，似一幅安详的田园油画，袅袅的炊烟飘荡在连队上空，鸡鸣犬吠声在农舍里此起彼伏，牛羊的步履正沿着大路迈向胡杨林深处，鸽子的哨声撒落在飞翘的屋檐上。南腔北调在这里此起彼伏，这个仅有 50 多年居住历史、700 多人口的村庄里，竟然居住着来自十几个省份的人们，河南人、四川人、上海人、湖北人、甘肃人……他们路过胡杨时，操持着各自家乡的方言打招呼、歇脚、闲聊，问着彼此的收成和生活。此时的胡杨林面目慈祥，稍带微笑，犹如一位年迈的长者，静静聆听着人们的喜怒哀乐，密切注视着连队每一个细小的变化与发展，它敞开胸怀，把来自五湖四海的陌生人变成亲切的一家人，人与树、树与人，在漫长的岁月里他们早已融入彼此生命中，成为不可分割的一部分。

古树下，动物、植物的活动同样频繁、骚动，它们忍不住用自己的目光偷窥人类的秘密。

它们是一群肆无忌惮的生灵，鸟类的羽翼、动物的窜动、植物的曼妙牵动着胡杨的心跳与震颤，苍鹰、松鸡、啄木鸟、斑鸠、麻雀的翅膀来回划过胡杨的叶片，狐狸、跳鼠、野兔、刺猬、蜥蜴的身体不断与树根摩擦触碰，它们的表白往往大胆而又直白，尤其植物，它们总是千姿百态，紫色的红柳长龙热情似火，害羞的罗布麻花忸怩不安，浅黄的苦豆子花枝招展，一串串灯笼似的骆驼刺花窃窃私语，它们用隐匿含蓄的爱意来表达对胡杨王的崇拜与敬仰。

这里不仅有古老的胡杨群体，还有丰富的民俗文化，不同文明的种子在各民族之间传递。这里生活着汉、维、回、蒙等多个民族，繁华的农贸市场正是人群聚集、交往的地方，百货用品、服装衣帽、大小农具、品牌家电应有尽有，每周一次的大巴扎，蔬菜瓜果、特色吃食令人不由大开眼界。

美食一定是一个可以让人忘却乡愁的好东西。在恰拉，胡杨、红柳、戈壁成为美食的一部分，胡杨烤肉、红柳烤肉、戈壁滩烤鱼，那些散发着原始孜然的味道，想一想都令人垂涎欲滴，更多的最美连队正在建设中，几处别具一格的风情园早早敞开大门迎宾客。茂密的葡萄架下，男人们喝着卡瓦斯，女人们烧着奶茶，孩童们躺在吊床上，美丽的古丽正摘下一朵玫瑰别在辫子上。黄昏的时光在人们的愉悦中尽情消磨。

在恰拉，人工胡杨林与原始胡杨同样是沙漠中最绚丽的色彩盛宴。

由三十一团投资 1460 万元的绿化工程，横穿塔克拉玛干、库姆塔格两大沙漠之间。一条长 11 公里、宽 200 米、占地 3300 亩的生态防护林，阻碍着沙丘移动的脚步。胡杨、沙棘、沙枣、红柳，正是这 190 多万株的人工种植的生态林，死死将流沙挡在了外面。

这里不仅仅有胡杨风景，还有几十年驻守在旷野长风里的胡杨人家。

王先华，这个年过半百的看林人，20 年不变与妻子一同坚守在库姆塔格沙漠边缘。为保护生态林，他们常年吃咸菜、喝盐碱水、忍受蚊虫叮咬，每天顶着烈日、冒着酷暑坚持巡视林子，从一树弱不禁风的幼苗开始，直到长成参天大树，他们是最艰苦的守护者，每天清理防火隔离带、为树木扎篱笆、更换着滴灌带……夫妇像爱护自己的孩子一样爱护着每一棵树，最终让一棵棵幼苗长成为遮风挡雨的一片栋梁之材。

还有更多的兵团人，他们如同王先华一般，将一棵棵的胡杨沿着塔里木河的地平线栽种下去，连成一条逶迤连绵的绿色天际线。

人与沙的较量

沙进人退，人进沙退。征服与被征服，两种角力在沙漠里始终没有停止过较量。

在历史的大时光消磨中，兵团人与沙的生死抗争，惊天地，泣鬼神。没有来过塔克拉玛干大沙漠，很难体会风沙的肆虐与无情；没有在塔里木生活过，很难懂得塔里木人的坚守与执着。在这个干旱少雨的地方，在这片飞沙扬砾的地方，这棵不老的胡杨王，正是兵团人不屈的精神象征。没有水，他们从遥远的地方挖渠引水；没有树，他们从千里之外购买树苗；没有遮蔽，他们就顶着烈日迎着风雪……死了种，种了死，他们从不放弃。从东到西，由南到北，30万多亩的人工种植胡杨、沙枣等生态林木，一条宽200米、长11公里的防风基干林和经济效益林，就这样让荒漠退却、戈壁隐遁、风沙逃离、盐碱消失。

"热爱祖国、无私奉献、艰苦创业、开拓进取"这就是兵团人震天动地的呼喊。

"胡杨精神在、农垦事业兴"，当年，兵团副政委王贵振亲手为三十一团题下这几个苍劲有力的大字，是对三十一团人胡杨精神的赞誉，更多是对塔里木人几十年来坚守的肯定。

黄风四起，寸草不生，再没有比沙漠更加恶劣的生存环境了。少种一株棉，也要多种一棵树。在三十一团，"保护生态环境，建设美好家园"绝不是一句假大空的口号。第一轮退耕还林7000亩地，第二轮退耕还林10100亩地，一个个巨大的数字似乎向世人表明三十一团改变自然的决心。以香梨、红枣、葡萄、梭梭等经济作物为起点，在一条条巨大的绿色人工经纬线上，人们以不可阻挡之势实现了社会、生态、经济等多种效益，换来的是五彩斑斓的生活。从生态环境综合治理到实施可持续发展战略，曾经的塔里木河流域是胡杨、红柳、沙枣、梭梭的植物世界，马鹿、黄羊、野猪、野兔出没在其间；如今的大漠团场已是良田万顷、树木茂盛、道路纵横、楼群林立、花团锦簇。

退耕还林、退牧还草，人们持续将10000多公顷野生资源进行封禁保护和封育保护。一年又一年，各类植物的种子、绿色的植被如同天女散花般被人工撒落滚烫的沙粒中，它们顽强的生命漫无边际、竞相生长，怒放的花朵将沉寂的荒漠重新绘制成绮丽的图案。将荒草综合利用，大片野生的罗布麻重焕生机，被撂荒的 333 公顷土地重新被打造成罗布麻保护基地。变废为宝，以三十一团为品牌的罗布麻茶、罗布麻霜等，正一步步坚实地走出新疆、走向全国。资源经济发展优势成为一条职工增收致富的新路子。

建设大美三十一团，打造山川秀美恰拉。

一场宏大的"保护水资源，节水灌溉工程"直接向大漠发出挑战。一行行人工种植的胡杨林，一片片葱郁的绿化带，一条条节能防漏的防渗渠，沿着这条母亲河不断向前推进。以先进科学的喷滴灌治碱洗盐、改良土壤，以实施"科技兴农兴团，高科技生态节水农业"，人类正大踏步地向着沙漠挺进。

仰望星空，在这片胡杨部落生长的地方，在这片不同文明共同交织的地方，这里不仅有古文明的遗存，更有现代文明的图腾，三十一团人不仅注重生态环境的保护，更注重精神与文化的构建。创建"文明、和谐、美丽"团场，借助"一带一路""向南发展"的东风，兵团人与时俱进，全力建成小康示范连队、绿色走廊第一镇。迎着改革的浪潮，三十一团全面推进经济建设、政治建设、文化建设、社会建设、生态文明建设，要让团场经济更繁荣、文化更魅力、职工更富裕。

尽管有些事务早已消失不见，但古老的文明却渐渐浮出水面。

千年的胡杨林正在被日益兴盛的经济与发展所重视，加快建设生态宜居、美丽乡村、繁荣发展优秀文化、建立健全治理体系、保障和改善民生，三十一团突出重点，将农业与旅游、文化、教育等产业的深度融合，不断培育发展农场新产业、新业态、新模式，拓展农民增收空间，一张张宏伟蓝图正快马加鞭加紧绘制。在黄、绿两个分隔的世界，人类的行动如此迅猛，色调如此繁华与惊艳，棉花、香梨、红枣、葡萄、罗布麻、黑枸杞，它们瞬间给大地披上了一层魔幻的色彩，鹿茸、牛、羊、马等在这片辽阔的大地，以自由的姿势尽情地奔跑。

那么多的生命在延续，那么多的荒漠等待着人类的开发与改变，"生态立团、农业稳团、工业兴团、城镇靓团、共建（兵地）促团、基层强团"，今天的三十一团已然成为塔里木地区一个具有经济实力的农业团场，一座现代化的绿色小城镇巍然屹立在人们眼前。团场总面积 77.6 万亩，可种植农用地 15.25 万多亩，林地面积 36 万亩，重点公益林 18.6 万亩，全团总人口达 1.1 万多人，城镇化率达到 80%。

这里不仅流淌着昔日军垦的记忆，这里更是一座座乡村别墅，到处漫溢着现代城市的气息。

在古老城邦失落的地方，金灿灿的沙漠，不同文明的汇聚地，一个个现代化的绿色团场正沿着塔里木河伸向远方。开发旅游，提升三十一团知名度，兵团人一动就是大手笔，计划总投资在 1.2 亿元人民币以上，将建成休闲娱乐区、现代居住区、水上旅游区、塔河观光区、罗布麻文化观光区等，总面积 20 平方公里左右，吸引了世人的目光。

过去的荒芜之地，现在人类最舒适的栖息地！以文促旅，以旅兴产，三十一团人力争把这个位于塔里木 300 里绿色走廊西门户，打造成一个魅力四射的旅游景区。与当地著名的罗布人村寨旅游点、卡拉水库水上资源、塔克拉玛干大沙漠和塔河金色胡杨旅游项目建设相结合，加快建设中心连队和罗布人渔村步伐，在此基础上，让人们感受到兵团文化和边疆的浓重气息。

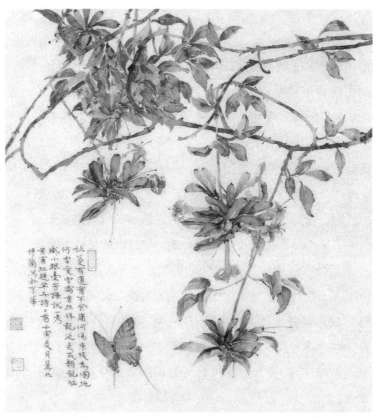

穆兰（绘）

天鹅湾的湖光掠影

> 沿着丝绸之路行走，苍茫大地偶尔可见的废墟、命运多舛的城堡、多民族的杂居。为这条通往东西方文明交汇地，古老奔腾的河流，增添了无限神奇魔幻的色彩。

一

如果没有众多的河流与湖泊，新疆怎会令世人大开眼界。

马头琴的琴弦在牧人的指尖跳跃，九曲十八弯在巴音布鲁克的手掌流动。一泓清流从天边开始到草原，九曲十八弯，犹如仙女的飘带从天边缓缓而来，绵亘蜿蜒、曲折秀丽。当世人频频把注视的目光投向它时，却忽略了一条河沿途的风景。

天鹅湾，一片美丽的河流猝不及防地划过眼底。

这是一个与外界完全不同的世界，在西部这个极为干旱缺水的地带，天鹅湾却如同镶嵌在大地上的一块绿色翡翠，冲击着人们的视野。远远望去，只见宽阔的河面上水天一色、波光粼粼、雁鸥翔集、鱼凫成群；两岸树木苍翠、灌木密集、芳草丛生、野花绽放；沙洲上，飞鸟划翔、野鸡相鸣、游人闲钓、妙趣横生，茂密的绿色草木覆盖了整个大地。

每一片水域都有自己的名字，天鹅湾也不例外。

打开辽阔的地理版图，我们能很快准确找到它的位置与发源地。它位于新疆生产建设兵团第二师二十一团处，东临焉耆县查汗采开乡，南至霍拉山麓，西与和静县巴润哈尔莫墩乡接壤，北抵开都河南岸。它是开都河的一部分，古语称

"开都郭勒"。当地人将其称之为通天河，顾名思义：天上之水。它汇集了 12 条支流后，一路跌宕奔腾而来。通天河流经二十一团北缘长达 32 公里，前为流沙河，后为晒经岛，在众多扑朔迷离的谜底背后，人们不难想象天鹅湾是个有故事的地方。当我查阅各种信息的时候，它悠久的历史以及多元素的东西方文化远远超过我们的遐想，《西游记》中唐僧师徒四人九九八十一难就发生在此地。

一条宽宽的河带，会有怎样的故事？经历了干涸与丰盈的荣枯变迁的轮回，它又会为人类留下什么？

人类总擅长用标识来记录大地，天鹅湾用它细长的绿指尖，翻动着时光的扉页。阳光下，"天鹅湾"几个闪闪发光的大字仿佛想向世人阐释一切，成群的天鹅正在水面上划着好看的弧度。这里是天鹅的栖息地，每年冬季都有几百只天鹅不远万里来此繁衍栖息。冬季的天鹅湾颇为壮观，上百只天鹅展翅齐飞、姿态万千，它们起伏于宽广、宁静的河面上，或两两相对凝视，或两颈交织诉说爱意，或比翼齐飞，婀娜翩跹，或成群滑翔于水面，姿态优雅、雍容高贵，它们自由而幸福，同时拥有蓝天与大地。

人们总会将物种与情感相联系，一看到天鹅人们便会联想到忠贞不渝的爱情。多数天鹅为一雌一雄配对，相伴终生。天鹅成为善良、忠诚、勇敢、相爱的象征，被誉为"美善天使"。而二十一团将此誉为"天鹅湾"，一定也寄托了无限美好的愿望。

还有一处风景隐藏着更大的秘密，它就是与之遥遥相对的"月牙湖"。

婀娜多姿，深藏若虚，它的出现仿佛给河流蒙上了一层神秘的面纱。透过碧波，我看见了它的落寞与消瘦，与天鹅湖丰腴的美相比，它更似弱不禁风的林妹妹，自有一番景致。明媚的光线下，它美得如此的独特。这是名副其实的月牙湖，仿佛被什么怪物拦腰截断。从高空俯视，只见宽阔的湖水突然被分割成镰刀般的月牙，一个、两个、三个，大小不一的月牙不规则地前后衔接，形成一条弯弯曲曲的弧线。到底是什么鬼斧神工能将宽阔的水流截成狭窄的月牙？当地人走过来告诉我们，该地段由于地底下多个泉眼被堵塞，水流被无情地切断了。

地底真的有泉眼吗？所有的问题至今没有答案。

一条河流的命运往往被人类所忽略不计，大自然蕴藏着无数的奥秘等着人类的探索与发现，人们对宇宙的认识还只是冰山一角，大地也由此为我们勾勒了一个神奇美妙、绚丽多彩的世界。尽管如此，当地人们却对月牙湖情有独钟，二十一团将一个占地面积二十二万平方米，水、电、气、电视、网络、集健身、休闲、场所等配套齐全的居民小区，命名为"月牙湖小区"。雨后的月牙湖雾霭升腾、平和宁静，几头母牛正沿着露出的河床行走，它们迈着悠然自得的步履，或低头吃草，或在干涸的河床上茫然四顾，它们丰硕的样子在阳光下闪着母性的光，一种来自生命的丰盈令我不由感动。

天鹅湾，一块镶嵌在二十一团民众心灵的晶莹翡翠，在历史的长河里，成为兵团人漫长时光的一部分。

二

一场雨说来就来，一下便是三天三夜。

酷爱美的我，永远不满足于仅有点与面的存在。这里没有大西北的粗犷与豪放，这里宛若迷离的江南水乡。从云层到地面，雨中的天鹅湾忧伤、缠绵、惆怅，像极了伤心时的我。巨大的雨幕织成一张密网将整个天鹅湾笼罩在烟雨蒙蒙之中，氤氲成一幅江南的水墨丹青。冥冥天地间，树木苍翠、田野迷离、百草葱绿、屋舍幽暗、道路泥泞……

当太阳划过地平线的时候，我看到万物渐渐苏醒。雨后的天鹅湾另有一番风情，河水蒸腾、薄雾缥缈、绿树倒映、鱼鸭逐浪、鸽哨声声，呈现一种朦胧般的梦幻仙境。

沿河岸望去，绿色的界线更分明，宛如两条绿色苍龙蜿蜒盘旋，延伸到我们看不到的地方。

六月的河岸，是植物集体的狂欢之地。

雨后的天鹅湾，白杨高大、河柳婀娜、榆树伸展、沙棘密集，它们相互交织穿插、共同生长，如亲人般不分彼此，或冷眼观看，或低头静思，或仰天长啸，它们正用植物的目光无声打量人类世界，静观时代风云变幻。

林荫翠影斜，水色闻鸟啼。

每一条河流都曾有过自己的繁华，天鹅湾也不例外。当大地回春、冰雪融化之时，只见200多米的河面瞬间波涛汹涌、巨浪翻滚，狂野的水流裹挟着沙石浩荡而下，一路上，它们或运用集体的力量汇聚成一股巨大的水流，或被分割成几条涓涓的溪流，无论面对什么险阻，它们始终泰然处之，奔跑中带着旷世的超然与豁达。

伫立在水中，众多的岛屿与我们坦然相对。

谁都无法掌握自己的命运，河流也是如此。面对复杂无常的天气，它们是无助的；被沙漠与雪水同时控制着命运，它们又是优雅的。站立在巨大的水流中，各种超乎人类想象的几何形体，勾勒出一幅幅妙不可言的图案。无论是映入你眼帘的一棵树，还是成片茂密的丛林，它们都非常独特、美不胜收。

众多的植物隐藏在我们看不见的地方，它们用瘦弱的枝叶装饰两边的河岸。

正值初夏，金黄的芦苇还未抽出新叶，大朵的芦花依然迎风摇曳；遍地的蒲公英仰面朝天，绽放着太阳一样的笑脸；茂密的芨芨草匍匐在地，一丛丛散开的叶片犹如地面上打开的伞花；苦豆子集体躲在树荫下，它们专心吸吮着大地的精华等待着生命的绽放；柳絮在飘飞，更多的种子在天中弥散，风的驱动下，我看到一个个新的生命正漫无边际地飞向远方。

丁尼生说："当你从头到根弄懂了一朵小花，你就读懂得了上帝和人。"

在这里，众生都在不断寻找着自己栖息地。对于动物来说，河岸正是最理想自由的天空，它们听觉嗅觉远远超出人类很多倍，此时狐狸、跳鼠、野兔、刺猬、蜥蜴正警觉地隐藏于草丛中，它们时刻与人类保持着距离，略有动静立即逃窜。远离尘世与喧嚣，更多的鸟类与河流尽情欢唱，麻雀、斑鸠、布谷鸟它们用各自的语言闲聊对话，用人类不懂的语言讨论起人类来。野鸭、野鸡、各种鱼类在水中尽情游弋，它们与水的亲昵让我顿时想起一段经典的对白。鱼说：你看不见我眼中的泪，因为我在水中；水说：我能感觉得到你的泪，因为你在我心中。可见，动物对爱的感知一点也不亚于人类，它们的忠贞与坚守常常令人类肃然起敬。

河流一定还隐藏着我们所不知晓的命运玄机。一条河，令两个素未谋面的人狭路相逢。

盛夏的午后，叶政委与我同行。我茫然地看着他将一颗颗石子抛向水面，他那有力的手臂让滑翔的石子划出一道道美丽的弧线。仿佛是个宿命，人生有多少美好的遇见都如同这美丽跳跃的弧线，短暂、绚丽、美好，还来不及回味便已逝去。

花若不解语，何须怨明月。

一只翱翔的雄鹰打断了我的思路，它突然一个俯冲落入河中，雄鹰的志向应在蓝天，可此时落入水中的它却完全没有了空中的矫健，我企图走近它，想要拍下它喝水的图像。它似乎早已窥透人类的心思，未等我走近便傲然冲向蓝天。它那敏感警觉的眼神一下子击中了我，原来不同的物种之间永远存在着无法消除的隔阂，地面上空投下闪电般的飞影。

每一个个体都是孤独的，如同我们自己，在无数次寻找温暖的同时却又始终保持着无法逾越的距离。

植物也一定有爱情，不然怎能让我在丛林面对一对奇异的生死树？它们深情相对，同样粗壮的腰身、茂密的枝条，如同两把巨伞跌落地面。在漫长的岁月中，它们共同历经百年沧桑又双双轰然倒下，即便匍匐在地，它们依旧伸出臂膀想要牵着彼此的手臂。而人们在枝干彼此相连的地方硬生生地踩踏出一条道路。它们却只能深情凝望，静迎死亡的到来。

更多的参天古树守护着河道，它们早已是百年沧桑的老人。它们树干粗壮、高大葱茏、枝叶繁茂，褶皱的树皮纵横交错，年迈的树干宛若虬龙匍匐前行，裸露的根部写尽岁月铅华。它们毫不掩饰地用植物的方式表达情感，有的如夫妻般相互牵绊，有的像朋友般勾肩搭背，有的如同恋人般地紧紧依偎。它们或独立于水中，或成群地伫立于小岛，更多时，它们婆婆娑娑站立在河流的两岸，形成一道道密不透风的屏障。它们性格沉闷、表情凝重，没有人能说得清它们的年轮。

死亡，在这里不是生命结束而是开始。

无数棵参天古树即便被死神紧紧衔住，依旧支撑躯干多年不曾倒下，直到生命的最后化作一截风干的木头。当洪水来临之际，它们被滚滚的水流裹挟其中，成为不慎堕入河水人类的一叶救命方舟。更多的树木在根部发出新芽，长成幼树，焕发出勃勃生机

每个物种都是大地的孩子，大自然赋予我们的远远超出人类的想象，从山峦到丘陵，从草滩到田野，众生展示出一种集体的力量。

三

《西游记》至今是一个谜，世间真有神仙吗？一定有，否则怎会有家喻户晓的唐僧师徒四人的西天取经。

我顺手翻到了《西游记》中最后一难：且说师徒四人经历八十难，以为修

行就此圆满，正当八大金刚准备送唐僧回去时，谁知观音菩萨打开圣僧历难簿一看：九九归真竟还少一难，可怎办是好？送唐僧的八金刚正在空中翻云驾腾，接到观音指令，立即"唰"的一下将风按下，刹那间，师徒四人连马带经滚落在地。

不好！一条通天河横亘在眼前，四人大惊。

只见河水滔滔不绝、惊涛骇浪，既无人烟又无船只，四人顿时傻眼，正吵闹着如何过河，突见一只老龟缓缓游来。四人大喜，原来老龟曾是旧相识，专门在此等待送他们过河。

天色已晚，老龟驮着他们翔波踏浪走了半日。即将靠岸时，老龟忽然想起一件要事，便问唐僧道："老师父，我曾托你面见如来，帮我问我还有多少年寿，不知你可问否？"

那唐僧自从到西天玉真观沐浴，凌云渡了脱胎，步上灵山，只顾专心拜佛及参诸佛菩萨等众圣僧，一心只在取经，哪还顾及其他，早将老龟托付之事忘在九霄云外。见老龟问起，唐僧遮遮掩掩无法作答。

精明的老龟一看便知没问，顿时恼怒，即刻将身一晃，"呼啦"沉下水去，把师徒四人连带经书一同翻下水去。幸好，唐僧已脱凡胎，没有沉下水底，又有白马是龙，八戒、沙僧会水，将唐僧扶驾出水，可此时，他们经历磨难取得经书，却被打湿。

这便是一千多年前发生在天鹅湾的故事，人类从未停止过对历史文明探索的脚步。沿河而下，来到不远的晒经岛，只见一块巨大的晒经石平躺在阳光下，长达千年风雨的腐蚀下，它依然体积巨大、纹路清晰。

我常常感慨于吴承恩的伟大，他的想象力几乎在中国文学史上绝无仅有。在那个交通如此不发达的明代，他竟能将笔触迈过高高的云端伸向人烟稀少的西域，以至伸向到二十一团这片美丽的水域，真是匪夷所思。在这片至今当地人还鲜为人知的天鹅湾、晒经岛上，吴承恩早在400多年前就已将它们写得出神入化、惟妙惟肖。他的《西游记》不仅为我们构建了一个规模宏大的仙界、人界、魔界，更为世人提供了一整块地域辽阔、脉络清晰的人文、地理、旅游版图。

日暮西下，一场西天取经的漫长苦旅仿佛就在眼前。

只见天鹅湾波浪翻滚、沙石俱下，骑着白龙马的唐僧身披袈裟合掌念经，手持金箍棒的孙悟空腾云驾雾翘首探路，手拿"九齿钉耙"的猪八戒左顾右盼，不辞辛苦的沙僧挑着沉重的担子……

四个鲜活灵动的人物，八十一段奇异的旅程，众多的神仙与妖魔鬼怪，一段漫长曲折的孤旅。一路走来，唐僧、孙悟空、猪八戒、沙僧他们一定还有更多鲜为人知的故事，等待后人去挖掘发现，他们是神又是人。此时，几个裙裾飞舞、眼窝深邃的女子飘入眼底，令我不由想道：天鹅湾也曾有过爱情故事吧？吴承恩一定没有亲自来过天鹅湾，否则，他怎会把绝世惊艳的焉耆公主遗忘在他那五彩缤纷、神奇魔幻的世界之外？

由此可见，丝绸之路不仅仅是一条古往今来的商业贸易通道，更是一条通往东西方的文明之路，众多的思想、文化、宗教、风俗融为一体。

在天鹅湾的不远处，古文明的遗迹令人眩惑。博格达沁古城、土孜诺克古墓群、七个星佛寺遗址、霍拉山沟口烽火台，它们无一不充满了神秘的色彩。走进天鹅湾，绝不仅仅只有唐僧师徒四人，众多的文化遗址留下了诗人、学者、高僧、民族英雄的足迹，他们中有唐代诗人岑参、南宋诗人陆游、东晋高僧法显、唐代高僧玄奘、民族英雄林则徐、学者褚廷璋……这里曾群英荟萃，他们面对偏僻遥远的塞北，一路追赶着心中的太阳。

一座座坚固的石头防洪堤，隐藏着我们所看不到的危机。

向导告诉我，别看河面此时温婉，待到山洪暴发时，它却如同汹涌澎湃的猛兽势不可当。果不其然，就在我即将离开此地时，遭遇了一场持续三天三夜的大雨，只见几米高的河堤顷刻间被强大的洪水冲垮，河水漫过河堤，气势汹汹地冲向两岸的农田与民宿。

站在波涛汹涌的河水边，面对惊涛骇浪的力度我不由感慨万千。无论文人、高僧、学者还是商人，当年追梦路上可想而知有多么凶险，他们不仅要面对旅程的孤独，更要面对各种凶险与考验，他们却凭借着牢不可破的坚定信仰，去缔造了一个又一个西域文明的辉煌。

由《西游记》四个师徒的历险，令我想到了唐僧的原型玄奘法师，那唐僧西天取经又怎能与真实的玄奘西行相提并论。当年的玄奘为探究佛教各派学说分歧，于贞观元年一人西行，到达印度佛教中心那烂陀寺西取真经。历经19年，行走5万里，携带着600多部经书。那是一场怎样漫长的人生孤旅啊，没有孙悟空、猪八戒降魔除妖，没有沙僧挑担护送，更没有白龙马驮他翻越河流，有的只是荒滩、荆棘、河流，其间的艰辛苦难可谓前无古人、后无来者。当他一人徒步翻越天鹅湾时，面对满地荆棘，面对惊涛骇浪，他是否也曾有过犹豫、有过彷徨、有过惆怅？

无人扶我青云志，我自踏雪登山巅。

区区凡胎肉身，又怎敌得过脆弱的生存环境。那是用一种什么样的信念啊？一个人翻山越岭、跋山涉水，只为取经。由此，玄奘被誉为"舍身求法的典型，中印友好使者"，他的足迹遍布印度，影响远至日本、韩国。他是不朽的，他那不畏艰险、不惧生死的精神，在世人的心中早已不是人而是神。

一条河流、一部名著，由于诸多的文化元素，成为连接内地与西域，乃至中西方一条强大的精神纽带，让人们能够跨越时空与地域的界限进行交流与对话。

四

这里有肥沃的土地，这里更是蔬菜与植物的广阔天地，流光溢彩的农业色带，似一簇簇火苗点燃了寂寞的原野。

将"颜色"为地域命名，一切变得高深莫测。

"绿水青山就是金山银山"，此时二十一团正迎着"一带一路"机遇，充分发挥资源与地域优势，以现代化绿色农业、做精农产品加工、文化旅游，带领全团在特色经济发展大踏步向前迈进。

这是一个巨大的蔬菜王国，肥沃的土地、充足的水域、强烈的阳光，给当地带来无限商机。

"以绿色、有机为特色，不断提升农产品、畜产品和水产品的品质，积极探索区域现代农业发展新模式"，二十一团加大连接区域内外的综合交通网络步伐，探索构建一条特色产业发展的新路子。

绿色的瓜果、绿色的蔬菜、绿色的产业链，一切成熟的果实在黎明中悄然运送，一望无际的田野里如同游弋着一条条蔬菜巨龙。芹菜、菠菜、黄瓜、草莓、白菜、黄瓜、西兰花、萝卜、花椰菜等，它们生机勃勃、四季不断，丰富了巴州人民的菜篮子，拓宽了职工致富增收的渠道。享有盛名的焉耆大白菜，在巴州几乎家喻户晓，据说最大的白菜一棵竟达 10 公斤，这种神奇的生长，吸引了四面八方的客商。

肥沃的土壤不仅是蔬菜的繁衍地，还是赫赫有名"孜然之乡"。

气味是打开地域之门的神秘钥匙，成熟的孜然正散发着一种地域的奇香。焉耆是全国孜然的主要产地之一，二十一团作为焉耆的孜然主要种植地，当地人们对孜然的酷爱更是到了几乎痴迷的地步，无论大街小巷、乡村连队，无不散发着孜然的味道。浓烈的烤肉、各色的馕饼、热腾腾的抓饭，孜然早已成为新疆人离不开的调料，从某种意义上来说新疆味道就是孜然味道。正是晌午，浓烈的孜然味道已飘扬在二十一团的上空，它们牢牢抓住人们的味蕾，沿着鼻翼迅速向身体整个部位蔓延。

正是收获的季节，一望无际的金黄令人心旷神怡。

金色的麦浪散发着成熟的麦香，饱满的麦穗预示着一年的收成。二十一团小麦最高亩产可达600多公斤。新疆是我国最早种植小麦的省份之一，距现在有四五千年的历史。小麦的种植在这里非常广泛，更是当地人餐桌上不可替代的食材之一。此时机声隆隆、人声鼎沸，金灿灿的麦穗跳着欢快的舞步走进收割机，顷刻间麦粒瀑布般地倾倒至车斗里，丰收的喜悦在空中飞扬。

与此同时，大片的向日葵在马路两旁上演着一场震撼人心的交响乐。那扣人心弦的灿烂与辉煌令人为之一颤，它们高举的头颅，如同一轮轮金色的太阳，令人们感受到世界油画《向日葵》的和煦、温暖。凡·高被世界称为向日葵画家，令人遗憾的是他的向日葵作品几乎都局限于一只华丽的花瓶。如果那个热爱生命却内心孤独的凡·高来到这里，一定不会绝望地拎着一只左轮手枪对准自己的胸膛。多么美的向日葵啊，光辉、耀眼、炫目，有一种生命的力量。

以红色产业为依托，兵团人用汗水创造着自己的产业神话。

辣椒、番茄、枸杞，一条条红色的通道被打开，架起了一座兵团与世界沟通的桥梁，从此，二十一团职工靠着勤劳致富过上了红红火火的小康生活。

以"职工＋协会＋市场＝农业产业化"的模式，二十一团利用自身资源优势，不断扩大产品销路，与当地企业合作互惠共赢。经冠农番茄酱厂、中基番茄酱厂、焉耆番茄酱厂等当地企业加工制成的大桶番茄酱，一次次漂洋过海，远销欧美、中亚、非洲、东南亚等70个国家和地区，为当地种植户带来了巨大财富。

持续巩固种植业的基础地位和支柱作用，辣椒让红色产业走向巅峰。

二十一团红辣椒以红色素高、色泽鲜艳、无污染而享誉国内外市场，红辣椒最高亩产可达到900多公斤，曾创兵团第二师线椒单产最高纪录，被二师授以"线椒状元"的称号。此时正是辣椒收获季节，十几万亩辣椒迎着太阳集体由绿

变红，四面八方客商纷纷云集此地。天山脚下，几十万吨辣椒铺天盖地，给大地穿上了一件红色的"嫁妆"。

当晚霞映红大地时，一粒粒红色的果实如同火苗燃烧着大地。

谁能想到一粒小小的果实竟有如此神奇的效果，它竟是驰名中外的名贵药材，还具有延衰抗老的功效。枸杞，又名"却老子"，傍晚的河岸热闹起来，男女老少纷纷跑去采摘枸杞。

五

远离喧嚣，鸡鸣犬吠的村庄，花开半夏的农舍，袅袅升起的炊烟，一个理想王国的缩影。

开都河不仅仅是一条历史的长河，更是一条文化的长河。各种文化一次次在这里相遇。不同的文明照亮了巴州的夜空，闪烁着奇异的光芒。

人们常常把丝绸之路称之为一条古老的大道。它仅仅只是一条大道吗？不，它更是古老的东西方文化、饮食、风俗的碰撞与交织。在一条河的两边，二十多个民族的长期居住与生活，早已将各族人民紧紧联系在了一起。如同一个地理符号，他们在这里也找到了一种共性的语言，这里不论男女老少说话的语调后面加个"子"，见面爱问干啥子，吃的最爱烤包子、揪片子、拉条子、米肠子、面肺子，孩子爱叫尕娃子，姑娘要叫丫头子，他们企图用一种共同音符来表达内心的真诚与亲密。

美食是一种可以让人忘却乡愁、忘却忧伤的好东西。

在河的两岸，各种食品会疯狂诱惑着你的味蕾，馕、烤肉、油塔子、油果子、拉条子、烩面、炒面、揪片子、粉汤、凉皮子、粉汤饺、包子、油塔子、羊杂碎、全牛汤……它们不仅作为当地人的一种日常饮食，更成为不同民族交往互动、沟通情感的纽带。无论走到何处，各种特色美食总会令你眼花缭乱。无论你是偶尔的闯入者，还是疲惫的旅人，只要上路，就能随时与它们相遇。

世人常常喜欢把新疆比作一个蒙着面纱的神秘美人。

走在河岸边，一张张鲜活的脸惊艳了时光。弯弯的月眉，深邃的眼眸，谜一样的神情。那些身着五彩服饰的女子，婀娜的身姿摇曳在农田里。赤、橙、黄、绿、青、蓝、紫，碎花的头巾在叶片里上下闪动，她们尽情地享受着收获的快乐，一次次弯下腰肢摘下成熟的果实，动听的笑声久久回荡。

蓝天白云下，到处行走着自由放歌的牧人。他们骑着高头大马驱赶着羊群穿过河道，他们沐浴着毫无遮拦的阳光，吸吮着泥土与花草的芬芳，他们的心比黄昏里的美酒还要沉醉。

从同一条河走来，人们用闲聊消除距离。

盘腿而坐，无论你是来自团场，还是地方，只要遇见，相似的经历、熟悉的邻里、共同的土地，总有他们聊不完的话题。连队的农田里，随处可见少数民族劳作的身影；大巴扎上，到处是团场人的购买与闲逛；放牧时，人们挥动着鞭子高声唱着"花儿"；喝酒时，人们唱着"敬酒歌"邀请对方共饮一杯；夜幕里，上百名男女老少两两相对共跳一曲麦西来普。不同文化的相互打量散发出奇异的光芒，共同的生活让各族人民相互学习、相互渗透，你中有我、我中有你，无法分割。

一切皆是圆满，它让人们禁不住想起陶渊明的《桃花源记》。

土地平旷、屋舍俨然、阡陌相通、鸡犬相闻、男女耕作、牛羊漫步，人们在葱绿的院落里植树、种菜、点豆、种瓜、播种、打药。这个被陶渊明虚构的世外仙境，就在1500多年后，在天山脚下，在天鹅河边，以一个真实的场景还原。此处环境清幽、林木葱茏、溪水淙淙，百姓自由平等、安居乐业、团结和睦，这不就是21世纪的桃花源吗？

千百年来，一条河流早已不再是一个简单的地理印象，对于两岸百姓而言，它更是一方民众的精神家园与脊梁。

六

历史的长河沉淀着千年的烟云风尘，每一片土地上创造的奇迹与灿烂的文化足够让后人缅怀。

二十一团也不例外，在这片古老而年轻的土地上，既有万顷良田，也有兵团人开垦荒地的厚重历史，更有开拓进取的兵团精神。二十一团前身曾是1947年2月组建的山东军区渤海教导旅二团，后改制为西北野战军二军六师十七团，战争时期他们是一支"攻如猛虎、收如泰山"的队伍。从1950年第一代老军垦拉动了"开都河畔第一犁"开始，唤醒了沉睡千年的亘古荒原。经过半个多世纪的开发、几代军垦人的努力，二十一团已成为一个拥有人口 1 万多人、耕地面积超过 8 万亩的实力团场。

世代开荒种田、修渠铺路、植种造林、繁衍生息，兵团人屯垦戍边的历史是一次惊天动地的创举。每一排树木、每一片耕地、每一条道路、每一间屋舍都有兵团人的血汗与足迹；每一棵白杨，每一排树林都是兵团人驻守边疆的伟大见证。夕阳下，只见它们粗壮有力、苍翠挺拔、高大威武，它们既是风沙的阻挡者又是守护田野的屏障。

成千上万的白杨已融入时光的血液里，渗入兵团岁月的骨骼里。

从第一代老军垦开始，他们迎着飒飒漠风，头顶烈日骄阳，引水修渠、开荒造田、拉沙改土、抗灾抢险、春播秋收、植树造林、几代人铸剑为犁、开荒耕种、与时俱进、改革发展，他们用顽强的毅力与信念，构建了兵团人"无私奉献、艰苦创业、开拓进取"的精神大厦。

如今，二十一团人在兵团"团部城镇化，连队园林化"政策的推动下，以团办公大楼为主体，街道两旁以职工文化中心和招待楼为两翼，不断投入巨额资金，建造职工楼区、修建文化广场，在镇区街道植花种草，在夹道两边栽种树木，开来镇的面貌发生着天翻地覆的改变。

即便是来到二十一团的连队，你也会顿时眼前一亮，这不是现代版的别墅群吗？一排排整齐的砖房，色彩斑斓的院落，生机盎然的小菜园，优雅温馨、宽敞舒适，宽敞的庭院，葱绿的菜地，洁净的空气，幽静的小路，与河连接的连队别墅，无不令人艳羡神往，更多的美丽连队正在"最美连队"建设之中。

以特色小镇建设为空间载体，坚持"创新、协调、绿色、开放、共享"的发展理念，二十一团人不断挖掘产业特色、人文底蕴和生态文明，探索"产镇人文"四位一体有机结合的经济发展模式，从而打造辣椒、番茄、天鹅湖为一体的旅游小镇，二十一团正引领着产业、经济、文化、环境全方位、多视角纵横发展。

从一片荒原到天上人间，兵团人用几代人心血筑造着他们的理想天地。

打造美丽乡村，优化环境、建强基础、发展旅游振兴，越来越多的人正不远万里从四面八方走向天鹅湾。不断利用土地、产业、资源优势，聚集人口、向南发展，二十一团通过提升团场综合竞争力，让天更蓝、水更美、人民更富有。

从硝烟弥漫的战场走出，来到大漠孤烟建设美丽的家园，军垦人的壮举惊天地、泣鬼神。

　　雄师十万到天山，

　　且守边疆且屯田。

　　塞上江南一样好，

　　何须争入玉门关。

　　当年，兵团第二师政委张仲瀚挥手写下豪迈的诗篇，记录了十万大军进天山的巨大场景，何等雄伟，何等壮观。从一片亘古荒原到一望无际的绿洲，兵团人改造自然、建设家园的决心从未改变。

　　历史是一幅恢宏的画卷，在屯垦事业的延续和发展中，兵团人用智慧与汗水在这片土地上谱写了一个又一个壮丽与不朽的篇章。

梨城石头

一

西域的风强悍地掠过苍茫大地，敲打着一座时尚而年轻的城市。

烟雨红尘处，风也潇潇，雨也潇潇。在通往未来的坦途，总会有意想不到的遇见。来到梨城，在梨香弥漫的城市，出其不意的景物吸引着你的视线。

库尔勒位于古丝绸之路中道的咽喉，连接南北疆重要的交通枢纽。当漫山遍野的梨花盛开的时候，阵阵梨香又让人们亲切地称之为梨城，与库尔勒相比，梨城这个名字如一股私密的香气远远扑来，散发着一种浪漫的气息。

地域的力量如此神奇、博大，但凡去过梨城的旅人都会出其不意地爱上了这座城。多美的一座城市啊，草木葱茏、碧水环绕、亭台楼阁、花团锦簇，怪石嶙峋，人称"塞北小江南"。面向一望无际的梨园，背靠绵延起伏的天山，梨城，这座美丽富饶的城市屹立在新疆中央，犹如西部边陲一颗璀璨明珠，闪烁着耀眼的光芒。

每一座城市都有它独有的气息，梨城也不例外。

在梨城，你会看到数不清的石头，成为城市一道亮丽的风景，它们安静内敛、恢宏大气，仿佛带着一种与生俱来的使命穿越于都市与山水之间，来传达一座现代化城市的时代气息与审美情趣。

众多的河流迷失烟雨中。孔雀河、天鹅河、杜鹃河，鸿雁河、白鹭河，如同绚丽的彩带，一条条河流将城市紧紧缠绕。沿河而行，你会看到形态不一的石头，大大小小如同点点繁星，或迎面而来，或飘然而去，或高耸入云，或匍匐而卧，或仰面朝天，或静面沉思，它们时而凹凸孤立、时而并排群居，它们分布在不同的空间，自然、本真、朴实、坚韧。

六月，是太阳与梨城狂欢的季节，沿着城市行走，我看到了大小不一的石头，它们有的凸凹嶙峋、有的平滑耸立，有的狰狞恐怖、有的钟灵毓秀，千姿百态。无论以何种姿态存在，都以奇、妙、雅、美打破了人类的各类想象。无论它们是冲入云霄、还是群体而卧，历经岁月的磨洗，它们形态肆意，无不令人感到厚重雄阔、浑然天成。作为城市的存在，它们更多地出现在风景带，守望在河的两岸，苍劲粗粝、傲然不群，呈现出空寂凝重的美感，令人沉醉其中，不能自拔。

《幽梦影》里写道："梅边之石宜古，松下之石宜拙，竹傍之石宜瘦，盆内之石宜巧。"每块石头都是大自然的巧夺天工，每块石头都是鬼斧神工。从一个地方走向另一个地方，每块石头都背负着一个不为人知的故事，于是，石头有了各自的传奇，与一座城市、一片地域结下了千丝万缕的奇缘。一花一世界，一叶一天堂，无论石头是矗立在楼群之中，还是隐匿于绿草中，它们精致巧妙、形态离奇，让一座城有了现代气息的饱满气蕴和纵横捭阖的宏大气象。

一座城市，因为有了石头便有了丰富的内涵和精神的高度。

徜徉库尔勒，无论是孔雀河群体而卧的石群，还是市政府大楼前的突峰兀立石柱，它们沉默，青山朝瞰；它们雄浑，正气凛然；它们坚韧，水火不惧。不论是特立独行，还是群体而拥，绵延、雄浑的气势油然而生。它们与城市交相辉映，不仅仅预示着梨城人与自然的和谐共处，更象征一座城市顽强不屈、生生不息的精神力量。它们用坚硬的质地展现梨城人民的一种品质：淡泊、坚毅，刚强，永不言败。

这是梨城的石头，色泽古朴、返璞归真，自然、不添加任何修饰。当一块块石头以风霜的外表、内心的纯美、淳朴的本质独立真实地呈现在我们眼前时，我们怎能不停留、不注视、不欣赏？

二

仰望苍穹与星空，石头群体而卧波澜壮阔，个体独立卓尔不群。

我看过杜鹃河边一片长达二三十米，高至十几米的石头群，由数不清的石块组成，如同一场没有没有主体的石头盛会，雄伟而又壮观，远远望去，似一座延绵起伏的山峦。它们由无数石块堆积而成，交错、补充、延伸，在某种看似混乱却又浑然一体中生成一幅壮丽的景观。走入其中，小桥流水、陡峭石壁、幽密山洞、错落石阶如同天然形成。它们竟由人工从远方迁移到这里，大的形如巨型蘑菇、小的像静坐的老人，圆得如同一个张牙舞爪的魔兽……它们沉郁苍茫、奇特奔放，在这里它们呈现出生命的根、展现出搏击与力度，体现了人类的无穷的智慧与无限的想象力。它们小则几十公斤，大则几吨，静立河边，犹如延绵起伏的山峦落入碧绿苍穹，令人遐思不绝。

如此浩瀚的工程，竟由天然的石头与人工完成，真是匪夷所思。是自然的造化，也是人类征服的手段，更是自然向人类的挺进。

梨城很大，一块石头的存在并不孤独。

仿佛一场名人的聚会，他们以这种方式，将熟悉的身影汇集梨城。

生命是一场孤独的跋涉。一座几十米高的巨型人像巍然伫立在杜鹃河一端。只见他戴着眼镜、手持放大镜、目光如炬、凝视远方。人们一眼就能辨认出他是我国著名的科学家——彭加木。一个致力于植物病毒研究的科学家，一位不惧艰险将生命置之度外的探索者，在中国近代史上第一次揭开了罗布泊的奥秘而神秘失踪于茫茫罗布泊之中。"沙漠之魂"，石座上苍劲有力几个大字，是梨城人民对科学家的崇敬、哀思、纪念。

一座石像催人奋进，一块石头经过人类之手赋予新的意义与价值，成为人们膜拜的艺术和生命。河水清澈、鱼儿戏水，在阳光的照耀下，彭加木高高眺望着梨城，他那智慧、不懈追求的精神，永远激励着梨城人努力、探索与奋进。

艰辛的创业由一块石头让后人牢牢铭记。王震老将军的石像，他既是新疆的建设者，又是兵团事业的开拓先锋。如今他一身戎装、肩背步枪、手握坎土曼高高耸立在通往铁门关路上，远远望去，雄壮伟岸、气宇轩昂。看到石像，人们无法忘却过去。20世纪50年代，在他的带领下，一场惊天地、泣鬼神的开荒壮举，书写了一片地域的历史。

一块石头，让一段青史源远流长，一块石头，成为几代人精神的皈依。

在梨城，历史与文化的弘扬和浸透无处不在。岑参，这座诗人的石像，它是文学与艺术的结合体。只见他脚底平实，目光如炬，空阔地眺望着另一座城的方向。这位赫赫有名的边塞诗人，他的石像屹立在梨城，不仅是梨城人民对诗人的怀念，更是对文化的崇尚与敬仰。

公元749年，岑参来到了远在西域的铁门关，一蹴而就挥笔写下"铁关天西涯，极目少行客。关门一小吏，终日对石壁。桥跨千仞危，路盘两崖窄。试登西楼望，一望头欲白。"的不朽诗句。这位诗人怎么也不会想到，事隔千年，竟由他当年挥笔写下的诗句成为一座城市响亮的名字——"铁门关市"。诗人的妙笔演绎到现代，让"铁门关市"不仅有诗一样的语言，更富有历史的厚重和内涵。这座由师市合一的兵团第二师铁门关市，河水荡漾，林木葱茏，花繁树茂、风光旖旎，人文荟萃，它与梨城遥遥相对的同时，正以飞快的速度建设和发展着，意气勃发的军垦之城，不断向人们展示着她的夺目光彩，倾心打造着产业发展的秀美华章。

诗人与城市，不知是岑参成就了铁门关，还是铁门关成就了岑参？

梨城的石头是一种文化、一种气场。它所代表的绝不仅仅是一处风景、一个地理影像，它渗透与蔓延城市之间，将历史与人物有机地联系起来，拓宽了城市的空间广度与历史深度，彰显出一座城与梨城人可感可忆的历史精神和人文情怀。

一座城，因石头而灵动；一块石头，因城市而生动。是生态，是城建，是民生，也是发展。

三

一块石头，将众多文化的元素与城市的发展紧密结合在一起，便有了属于这个时代的特殊密码，从此，荒凉中有了生命，沙漠中有了繁华。

"华夏第一州"几个厚重的大字雕刻在石头上，彰显了一片西部疆域的辽阔与浩瀚，向世人展示巴州的广袤与气势磅礴。一块石头，将物质转化为人类的精神与意志，从现实的角度解释当地宽广的地貌，便有了地域之魂，城郭之魄。

石头在梨城坐拥广阔的天地，是文化、是信仰、是诗文、是美景。

风过留痕，雨过留声。梨城的石头同样还记录着城市与文明的进程。新市政府前，一块冲天的巨石屹立，石座上"魅力库尔勒"几个大字，成为城市一张不朽的名片。空军基地旁，石块上"军民鱼水情"一行字，带着温馨，传递着军民亲如一家的美好情感。天鹅河畔，一块雕刻有"库尔勒市民中心"的巨型石块，与科技馆、图书馆、博物馆相间，让人们充分感受到现代梨城的文化气息。"塞外明珠""湖滨风采""迎宾大道"，在熙熙攘攘的人群中，这些石头带着标志性的语言与文字，为梨城打开一扇窗口，让世人走近和认知城市。

一块石头，因为有了文字便有了生命的宽度和厚度。那些镌刻着"富强、民主、文明、和谐、自由、平等、公正、法治，爱国、敬业、诚信、友善"的石块，完整地将社会主义的价值观根植于梨城人心底。

在梨城，我见过会长草的石头。

远远望去如同一个巨大的盆景，季风将植物的种子和泥土同时带入石缝，经历了一场雨，它们很快便生出一丛丛绿茵的茅草，一块长满植物的石头充满了勃勃生机。同样，一旺春水下，用不了多久一朵花便会盛开在石缝中，让世人联想到石缝里蹦出的花，它们娇巧迷人、雅致美丽。尽管花朵纤细柔弱，不知名的鸟类却愿意停留在它们的身上叽叽喳喳，并自作聪明地告诉一些它并不知晓的故事，仿佛安慰一个孤独的灵魂。

一块石头的生长需要多少年，没人愿意去考证。一块石头的到来，冥冥之中自有安排。

有人说，石头是无法唤醒的。徜徉在梨城的怀抱里，石头竟然有自己的语言，会唱歌的石头绝不是梨城的一个美妙传说。傍晚时分，夕阳将它最后的余晖涂抹在大地上，孔雀河边、居民小区里，人们会听到阵阵来自石头里的发出的美妙声响，它快乐地呼吸着、吟唱着，温情脉脉，让人不由联想到"会唱歌的石头"。会唱歌的石头，在梨城早已不是什么美丽的童话。无论在孔雀河边，还是在滨海公园的草丛里，许多石头被打造成为一种天然音箱，这种超乎寻常的巧妙运用，增添了梨城人无限乐趣。幽静的月光下，树与石头相伴，影子是空旷的，此时只有石头能听到它的心跳。

我始终认为石头是有思想的。"一块孤独的石头坐满整个天空。"这是诗人海子自杀前面对着西藏的吟咏。每当看到这段话，总让我泪流满面。

我欣赏石头，它几乎与我的心灵暗合。沉默、低调、不张扬，与世无争……它们的纯朴与本真，摒弃烦琐和奢华，无须修饰的纯朴简约，散发着无穷的魅力。

一块刻有"三生石"的石头，被披上了神秘的色彩，充满了诡秘与玄机。据说"三生石"能预卜人的前生来世。人我一空，动静两忘，一块附着了远古精魂的石头，成为缥缈魂灵的寄慰，让生命几度轮回。

大智若愚，大巧若拙，石头附着人类的思想便有了深刻的哲理与寓意。

四

一块石头，让城市有了灵魂与脉络，一块石头，让城市有了风骨和品格。

它们是一群有生命的石头，它们的生命在大自然中悄然生长，据说一块石头的生存与死亡大约历经几亿年。相对于城市与人类而言，石头是坚毅旷久的。时间是个杀手，在它无情地埋葬各种生命真迹的同时，只有石头屹立于万物之中从不退让和低头。大自然赋予它一种原始的力量和温度，面对大地的变数，在各种灾难的大潮退却后，唯独石头纹丝不动。每一个生命的存在与消失，都藏着大自然的秘密，石头的存在，本身就是一个秘密。

每一块石头都写满了大自然沧桑的故事，都蕴藏着一个沧海桑田的传说。

石头，一个历经百年、千年，甚至亿年的精灵，它们具有永恒存在的价值，执着坚守的美德。从山谷走向人类文明，在它深层意识中埋藏着一个生命的图腾，用它永久的生命来连接一座城市的过去、现在与未来，来完成了人类的思考。梨城的石头它们所凝聚的历史与使命，终将令我们探其一生。

还有什么比石头更不朽？

它们拥有浩瀚的天地与宇宙，它们绝不是小我和独立的。在梨城，它们的理想宏大而高远。来到梨城，它们带着大自然的苍茫、高迥、旷野、古奥，来完成宇宙、时空、山河对一座城市的温暖、和平、自由与爱。它们是旷世的独步者，与人类、信念、生死、情感交相呼应，将自然与人类紧紧系在一起，和谐共处。

石头是梨城最好的见证者，见证着一座城市从贫穷落后的旧时代走向繁荣富强波澜壮阔新时代。作为城市的一员，它们尽情享受着梨城的蓬勃发展，与时代共进。石头是一位沉思者，始终冷眼静观城市的百年巨变，沉默中隐匿着无数个自己观点，像是问道，更像对城市的一种探究与证实。石头又是梨城一个充满诗意、闲适的栖居者，在日出日落中，它们看着一座城市的腾飞，充满了自我隐秘的快乐。在滚滚红尘中，石头又是一位旁观者，它无法阻止时代的风起云涌和人类的沉沦，它眼睁睁地看着那些滚滚红尘里沉浸贪图享乐、纸醉金迷的人们浪费生命，怜悯着那些被风尘裹挟迷失自我、随波逐流的平庸者。在万物中，石头更像是一位深邃的思想者，在无数个夜晚，它仰面苍迈寥廓的星空，俯视浩瀚的大地，静静思索着梨城的现在、过去与未来。

来到梨城，你会爱上这些石头，它们早已不是普通意义的石头，它们是梨城人民精神的图腾，是梨城人民不屈不挠的体现，象征着梨城人卓尔不群、超凡脱俗的人格；象征着梨城人不畏艰难、坚韧不拔的精神；象征着梨城人正直无私、永不退缩的品质。

它们是城市最忠实的守护者，它们横亘南北、横贯东西，与城市融为一体。

在太阳的西沉与季节变换中，它们以最忠诚、最坚毅的姿态，固守着梨城。以特立独行的姿态，无声地见证着一座现代化城市的发展、繁荣与昌盛。

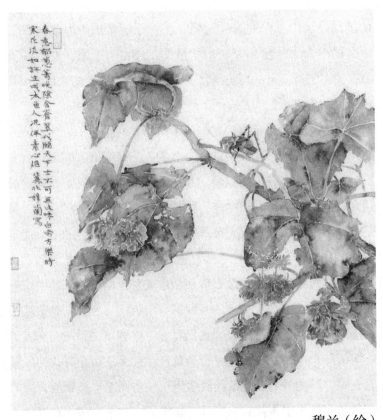

穆兰（绘）

人与沙

一

不到且末，不知道巴州有多大；不到且末，不知道巴州有多远。

身临其境，我们听到了沙漠秘语。关于且末，早就耳闻其"天边小城·大美且末"之美称，然听其名不如见其貌，思其地不如深入其中。初到且末，"四个大"——面积大、河流大、玉石大、沙漠大，令人大开眼界。

面对且末"四个大"，我不由得叹而观止。

且末，这座历史悠久的县域，古语被译为"藏金藏宝的箱子底"，是镶嵌在古丝绸之路上的一颗明珠。总面积14.025万平方公里，国土面积为全国第二大县，面积之大、地域之辽阔实在不得不令人惊叹不已。对于玉石之大，若不是亲眼所见，怎敢相信世间竟有如此巨大的玉石，无论你是入住宾馆，还是走进酒店餐饮，那一个个体积巨硕、碧绿通透的玉石无不向人们展示着这座"天边小城"独具特色的魅力风采。行走之间，随处可见玉的存在、玉的丰盈、玉的富有，足足几百公斤的重量，足以令人大饱眼福。

沿着昆仑山行走，那蜿蜒直下的车尔臣河是新疆巴音郭楞蒙古自治州境内昆仑山系、阿尔金山系中最大的河流，发源于昆仑山北坡的木孜塔格峰，全长约813千米，年径流量达8亿立方米，是塔里木盆地东南部径流量最大的河流，也是塔里木河下游绿洲的生命线之一。最令我难忘的是沙漠之大，且末县地处昆仑山、阿尔金山北麓，塔里木盆地东南缘，世界第二、中国第一大沙漠——塔克拉玛干沙漠腹地，沙漠之大，令视野足够开阔。

对于一个土生土长的巴州人来说，对于沙漠的了解其实并不陌生。向西南而行，无论是尉犁县的罗布人村寨，还是塔里木的团场，那大片随机裸露的沙丘，几乎是罗布泊地区最常见而又无法忽略的风景之一，所到之处，沙丘、胡杨、红柳、罗布麻，几乎成为行走中必不可缺的伴侣。然而，来到且末，沙漠的浩瀚、沙漠的辽阔、沙漠的强悍还是把我惊得目瞪口呆，只见一望无际的沙漠，几乎寸草不生；连绵起伏的沙丘，看不到一丝生命的迹象。惊艳之余，我却深深嗅到了死亡的气息，亡灵的呼唤，如若一个人行走，仿佛如同地狱，巨大的恐惧与忧虑顿时淹没了我行程中所有的快感。

有生以来，我第一次看到如此浩瀚无垠的沙漠，那粗犷、豪迈、雄浑、壮阔给我的感受远比高山大海要深刻得多。行走亘古荒原，我一向对于塔克拉玛干沙漠的"死亡之海"之称不以为然。无论行走尉犁还是若羌，视野里大片的沙漠同时也被胡杨、梭梭、麻黄、红柳等无数原始的植物所占领。令我相信，即便再荒凉，只要有雨的地方，总会有种子被风吹送到天涯海角，滋长出大片生命顽强的绿色植被。

然而，我的想法只是一厢情愿，当奔驰的汽车通往且末江尕萨依时，整整几个小时，人迹罕见，放眼望去，寸草不生、荒无人烟。一眼望不到边的黄沙覆盖了整个大地，看不到一点绿色的生机。广袤的大漠，无垠的沙海，空寂、虚无、缥缈，令我的恐惧无处不在。巨大的天庭下，车辆如同行驶在茫茫沙海中一只渺小的帆船，此时眼前只有两种单调的颜色——蓝天、黄沙。大地是空的，茫无涯际的大地是一个沙的世界，巨大、干旱、纯粹，没有水、没有土、没有植物、没有生灵，只有数不清的沙粒、尘埃、风暴、枯叶是沿途唯一的点缀，那干净掺不进任何杂质的沙子，它们细腻、寂静、柔美，在风的吹送下，呈现出千姿百态的沙涛骇浪，在阳光下波光粼粼、一览无余。它们身姿柔美如同女子迷人的腰身，可它们对万物的杀戮却从来不动声色，它的辽阔与浩瀚有一种排山倒海的气势，一股坚不可摧的力量。

大野如馨，地广人稀。

纵然大地如此苍茫和雄浑，而此时，我领略的并不是"大漠沙如雪，燕山月似钩"的诗意，而是触摸到的"茫茫千里尽黄沙，绵亘无垠向天涯"的毁灭，死亡的胡杨、干枯的红柳、腐烂的草根，让我时时感受到"千山鸟飞绝，万径人踪灭"的可怕与悲伤。每到一处，沙漠便以它迅速掩耳之势埋藏鲜活的生灵。我的担忧无处不在，面对广袤无垠的沙漠，它令我不由得想起了消失在罗布泊的彭加木，还有那个神秘消失的楼兰，它对生灵涂炭的力度无人所及。

楼兰，一座被沙漠吞噬的古城，曾经多么华美，商贾贵胄、绫罗绸缎、玛瑙香料，这条连接东南亚的丝绸之路还未完成它神圣的使命，便被风沙荡荡埋葬于浩瀚沙海之中，经年后，只留下一个震惊世界的小河墓地，一具千年风干的楼兰美女，几个神秘离奇的猜测……

无处避炎，风热灼面。

旷日持久的干旱让我想到的唯一的词汇就是"毁灭"，沙漠所到之处是无以阻挡的"吞噬"。城堡成为残垣断壁，绿洲成为枯枝烂叶，牛羊成为可怕的骷髅，人类只留下坟冢墓地。每一处都令我有凌迟的疼痛，它让我痛到骨髓，悲到灵魂。除了沙，还有风成为它最大的同谋者，它的肆无忌惮对人类的危害无处不在，黑暗、孤独、摧毁、深渊无底、壁立千仞，更多的不幸似乎在等待人类。

飓风袭来沙丘移，经年不见寸草生。

眺望四野，且末四面环沙，沙漠与县城中心仅有 2 公里之隔，而塔克拉玛干大沙漠以每年 10 —12 米的速度正飞速由东北向西南方向推进，其间虽有车尔臣河的阻隔，但我依旧还是深深感受到我们所处环境的恶劣与生存的危机，同时也不由得赞叹这方人民的坚强与执着。面对炎热、面对干旱、面对随时而起铺天盖地的黄沙，能长期坚守于此该是一种怎样的伟大啊！如若不是且末人数年来不屈不挠地与沙博弈，且末会不会很快也变成第二个楼兰古城也不得而知。

风扯起沙的帆，整个沙海顿时波涛汹涌、漫无边际。波及之处，高达方圆几百公里。这是塔里木地区司空见惯的天气，对于沙尘飞扬、有恃无恐，在前往的路上已经深深领教。谁也不曾想到这里会用一场沙尘暴作为见面礼来迎接我们，只一瞬间，晴朗的天空变得昏天黑地，漫无边际的绿洲顿时变得模糊不清，朦胧的树、朦胧的植物、朦胧的村庄、朦胧的天空，一切如同陷入虚幻的海市蜃楼一般，风裹着沙石、浮尘无界限弥漫，沙尘蔽日遮光，空气浑浊，呛鼻迷眼，前方仅有 5—10 米的能见度和识别度，所有的车辆不得不举步维艰地缓缓而行。此刻，虚幻的海市蜃楼带来的绝非美感，而是万分恐惧与无奈。在浮光掠影的旅行片段中，这场罕见的沙尘暴，成为我永生难忘的记忆。

即便如此，且末，这座天边小城依旧备受世人瞩目，也许因为神奇，因为神秘，因为不可捉摸，才让众多的行者一次次背着行囊满面风尘而来，一次次又在暮色的挽歌里逐风而去。

人类探秘的好奇心是那么不可思议啊！

二

"流沙正在淹没我们的祖先。"听到这句话时，如同一根细细的钢针扎在了我的心上。举目眺望，四周沙丘高低突兀与凹陷，如同一片千年亘古的荒原。

天空辽阔，四野寂静。

沙漠中的尘世与地狱，究竟还有多远的距离？面对这片"死亡之海"，还未上路就已先领教，当地联系人一听我们要来，便立即要求调整行程。原来，按照以往的惯例，晴空万里的天气最多只持续 10 天，之后沙尘天气说来就来，有时还会遇到沙尘暴，到那时沙尘滚滚，昏天黑地，很难保证采风的效果。可此时，正值初夏，并非多风的春季，平日里不多见的沙尘暴竟然还是让我们遇到了！

打开且末的版图，一连串数字扑入眼帘。且末地处塔克拉玛干沙漠腹地，沙漠面积达 5.38 万平方公里，占全县行政面积的 38.4%，绿洲四面环沙，犹如"沙漠孤岛"，生态环境极为脆弱，是新疆乃至全国风沙危害最严重的地区之一。

以上绝非危言耸听，而是真实存在。

在前往江尕萨依村的途中时，令我触目伤怀。我看到大片的沙漠后，与之接壤的大片戈壁，同样荒凉与浩瀚，它们坚硬的地壳如同宇宙飞船上月球拍摄的照片，没有生命，凹凸不平，死寂一片，我不由深深为人们可能面临的环境危机感到不安。且末的常年降水量仅为 24.6 毫米，环境之恶劣，形势之严峻，时间之紧迫，怎不令人汗颜！

再没有一种土地形态比沙漠对人类的危害更直接、更可怕、更肆无忌惮。在人与沙的千年博弈中，从来只有坚守与挺进，没有退让与放弃！

矢志不渝，艰苦奋斗，防沙治沙，播绿惠民。

一场人与沙的大战正在亘古大地上如火如荼地展开。这是一个由 60 多人组成的且末防风治沙工作站，谁曾想到就是他们，让这条绿色长城无限蜿蜒地向沙漠伸展。1998 年，为捍卫车尔臣河西岸的生态环境，阻挡沙漠向西袭扰，且末成立了防风治沙工作站。在这个治沙站中，有男人、有女人、有技术人员、有绿化工人。从此，漫漫岁月，与沙共舞，一场没有退让的生死搏斗拉开帷幕。

人进沙退，人退沙进！人类征服自然的决心从未动摇。

一棵树、一朵花、一株草，看似毫不起眼，然而在浩瀚沙海，它们每一棵的扎根与生长都如此艰难，如此的举足轻重。预防土地沙化，治理沙化土地，维护生态文明与安全，一个个英雄治沙壮举，让一连串不可思议的数字正悄然在这片"死亡之海"中惊现。以生态环境建设为基础，以现代化科学技术为支柱，以生态效益最优为目标，加大防沙治沙绿化建设的力度，且末县正大踏步地走可持续发展的路子，实现"生态立县"的可持续发展战略目标，运用科学技术防沙治沙，治沙效果一天天在沉寂的塔克拉玛干沙漠完美呈现。

事在人为，人定胜天。既要治沙造林，更要封沙育林！

1998年3月，一场宏大的河东生态治沙工程铺天盖地展开。20多年后的今天，且末人多年不屈不挠、锲而不舍的艰苦奋斗，放眼望去，只见车尔臣河以东的沙漠区域建起了长约23公里、宽约1—10公里不等，面积约12.5万亩的生态绿色长廊。建成道路96.8公里，其中柏油路43.4公里，砂石道路53.4公里，更多的绿色植被还在大步流星地向前推进。

重视植被灌溉，确保治沙成效！

每一个决心都那么不可动摇，每一次行动都势如破竹。架设73.4公里高压线，打82眼井。人工编织草方格，建立防风固沙网，大力植树造林。如今，长期的防沙治沙工程的实施，已经有效阻止了沙漠由东向西侵蚀绿洲。有了水，沙漠上就有了绿色；有了植物，沙漠上就有了生命与繁华。

沙尘过后，风烟俱净。

大地上一点点的绿浮出沙面，葱绿、清新、生机勃勃。举目眺望，它们是生命、希望、美好的憧憬与向往。只见一望无际的大地上，一条蜿蜒的绿化巨龙正在大地上狂舞，绿色的躯体正沿着茫茫沙海的天际线伸向远方，这里不再是死亡之地，这里树茂、草密、绿意葱葱，植物呈现出绚丽多姿的色彩。

树木苍翠，绿树成荫。

谁能想到从前寸草不生的沙丘，竟然成为一个个多姿多彩的百草园。保护生态环境，实现生态效益，沙漠也能变成聚宝盆。这里接种大芸5.9万亩，新建沙生树种苗圃200余亩，沙生植物驯化基地6.2亩，种植沙生植物品种34种，试种文冠果700亩，桑树50亩。在315国道两侧已完成治沙造林面积2.1万亩，红枣、大芸、沙棘、枸杞、沙柳……几十种植物葱葱郁郁，生机盎然，令人心旷神怡、流连忘返。

芳菲歇去何须恨，夏木阴阴正可人。

灿烂的阳光下，只见一块块实验基地，如同色彩斑斓的花园，让我们目睹各种花卉的光彩夺目与艳丽。苍翠的树木枝繁叶茂，大朵桃红的玫瑰争奇斗艳，沙冬青上一串串黄色的果实疑似餐桌上葱绿的豌豆角，沉甸甸的紫色醉鱼草花将藤条压弯，粉色的罗布麻花如同一个个羞涩的小灯笼悬挂在轻盈的枝头，大片的沙拐枣它们张开红色、黄色的花朵，如同一团团火苗，点燃了寂静的大地。还有更多不知名的花草，它们一串串茂密地悬挂在枝干上，那些即将成熟的种子，将会成为沙漠上更多的百花园。

这里不仅是花卉的家园，还是中草药的天堂。一行行肉苁蓉、锁阳、大芸，它们茂盛如蓬，一颗颗将饱满的身体举向天空。正是五月，红色、黄色、紫色的小花，它们争芳斗艳、芬芳吐香、亭亭玉立、婀娜多姿，向大自然揭示着身体的秘密。

人与沙战，人与沙斗，从来就不是一句虚空的口号，巨大的绿意显示了人与沙抗争的斗志和毫不退让的毅力。在且末县领导的组织下，机关、医院、学校、单位，全民上下，男女老幼纷纷加入抗沙大军中去，他们肩扛铁锹、身背干粮、水提水壶，从四面八方纷纷走向沙漠深处，一排排树木迎沙耸立，一丛丛茅草随沙摇曳，它们有效阻止了沙漠由东向西、由南向北的移动。如今广漠的沙海，已是沙柳丛丛，绿意葱茏，碧波荡漾。

"一年一场风，从春刮到冬，大风埋村屯，小风石头滚。"这是70年代对且末最真实写照。

谁能想象几十年后，茫茫沙漠中也会呈现花香鸟语，碧水蓝天的奇观。风停了，沙止了，且末沙尘暴天气由20世纪80年代的21天下降为近年来的13天，浮尘天气由190余天下降为近年来的160天左右。据气象部门2013年以来监测数据显示，从2013年—2016年，且末优良天数分别为124天、173天、189天、205天。今昔对比，无疑是一个巨大的转变。

栉风沐雨砥砺行，春华秋实芳满庭。

且末人在挥洒汗水、绽放生命的同时，也收获了累累硕果。当治沙到了攻坚阶段的时候，荣誉也接踵而来，"全国绿化模范县""国家防沙治沙综合示范区""国家园林城市""全国生态建设突出贡献奖""全国防沙治沙先进县""中国人居环境范例奖"等，它们是最好的赞誉，更是真诚的肯定，未来的且末，将天更蓝、树更绿、水更清！

三

世间再也没有比人类坚定的意志更加鼓舞人心。在治沙中，有这样一群人，他们让我们在死亡与绝望中，重新看到希望！

"从前在沙漠上骑自行车上班，没有路，才8公里的路程，要走整整一个多小时，风大的时候，我往前走，风把我往后推，满头满脸都是沙子。刮大时，风把自行车放倒，人只好走路去工地上班。黑风来了的时候，铺天盖地，停水停电，风把树苗吹走，人根本睁不开眼睛。"四十四岁的库尔班·肉孜，已经在且末县砂站工作了24年。

站在风景里看沙漠，和真正在沙漠里生活，是完全不同的两种人生境界。一种是用心情；一种是用生命。

"如果你歌唱得美，哪怕你独处沙漠中央，也会有听众。"1998年5月，从喀什哈密技校煤矿机电专业毕业的他，毅然放弃了乌鲁木齐机械化工厂、哈密机械厂等环境良好、待遇优厚的工作机会，坚持回到家乡治沙防沙。对于他来说，家乡的土地是如此亲切，家乡的面孔如此温暖，家乡美好的家园更需要创造与坚守！

苍茫暮色，笼罩大地。纵观古往今来，哪有什么岁月静好，不过是有人在替你负重前行。

人有志，而沙无情。最初工作的同伴只有7个人，无路、无车、无设施，所有繁重的工作全靠人拉肩扛。春秋栽种，夏季管理、冬天维护，工人们扛着几百公斤的水管子在沙漠中一走就是几十载；冬割芦苇，春布沙障，一捆捆沉重芦苇把肩头磨得血迹斑斑；自古忠孝不能两全，治沙人早把沙漠当成了永久的家，无论父母还是妻儿，他们全都无暇顾及。对于治沙人来说，生命中只有绿色与黄色两种最重要的色彩，播种绿色，击退黄沙，是他们永不停歇的信念。渴了就喝口水，累了就躺在沙粒上，无论遇到多少困难，可治沙人唯独没有想过退缩。

"锁"住沙"喉"，逼沙"逆转"。最初种树的时候，全靠人一桶桶水从河中取来。春、秋两季，机不可失，失不再来，一来就是一个多月。对于沙漠来说，水比金子珍贵，管理好树更为重要，每天钳子、铁丝不离手，每根管子和接口都要认真检查，一根管子出问题，就意味着100多棵树就喝不上水。治沙难，护林更难。无论炎炎烈日，还是大雪纷飞，每天一走就是几十公里。

还有什么比通过自己的双手能让家乡变得更美丽、更幸福的事呢？

"记得小时候，从3月份开始就刮沙尘暴，县城地面全是厚厚的沙子，风沙让整个县城昏天黑地，500米内什么也看不清楚。现在好了，雨水多了，天晴了，街道也特别干净！"库尔班·肉孜开心地笑了。

生存与毁灭、失望与希望，每天在风起云涌的沙海里轮番上演。

"种下一棵树，就是种下一片希望！"这是治沙人帕提古丽·亚森心里坚守的一个信念，正是这个信念，让人与沙斗的脚步从未停止，从没有一棵植物到生机勃勃的绿洲，绿色正一点点向外延伸，尽情地装扮着寂寥大漠。

豆蔻年华，笑靥如花。

帕提古丽被人称为"黄沙中怒放的黑玫瑰"。刚来治沙站时，这个皮肤白皙、浓眉大眼的姑娘，人们无不赞叹她的美丽。"一天惟白日，无处避炎光。"23岁的她来到沙漠的第一天，就被安排和同事一起到车尔臣河畔割芦苇（做沙障用）。零下20多摄氏度，她脚穿水靴，手拿镰刀，一天下来，手背儿处被划破，鲜血淋淋。如今的她早已变了模样，经过风沙涤荡，岁月的洗礼，她那白皙的肌肤早已看不见，黝黑的皮肤比同龄人看起来苍老了很多。

帕提古丽的父亲是位历史老师。他深知，且末县治沙站河东岸的流动沙漠距离县城仅一河之隔，在历史上，由于流沙堵塞，车尔臣河曾3次被迫改道，县城也曾因风沙的影响两次搬迁。小时候，一遇到风沙天气，父亲就会忧虑地对他们兄妹几人说："再不治理，恐怕且末县城又要搬迁了！"

父亲沉重的语气，令她下定终身投身于治沙事业的决心。

赤炼当空舞，挥汗如雨下。春天造林，夏天管护，秋天种大芸，冬天修路，回眸间，最美的年华已在烈日的沙海中匆匆而过。还记得初来沙海时，脚底只有细沙与石子，一不留神就要摔倒好几次；井房还没盖好时，骄阳似火、烈日炙烧，哪一天不是大汗淋漓、衣衫湿透？沙漠上的风说来就来，瞬间便飞沙走石、天昏地暗，帕提古丽只能跟同事们抱成一团抵御风沙；夏天最热时，沙表温度达到70℃，干着活都能闻到鞋底下的烫胶皮味儿……

风热灼人面，胡沙万里黄。

春来秋去，夏暑冬寒，十几年过去，如今沙漠已成为帕提古丽生命中最长久的陪伴，绿色则成为她眼中最美的风景。

在沙漠中栽树，其艰辛与困难程度没有亲身经历的人很难想象。栽了死，死了栽，即便冒出的一个嫩芽，也能让治沙人喜悦很久。一次次地重新栽种，日积月累，一批批、一棵棵，越来越多的树木在沙漠中岿然屹立，迎风招展。

花开若相惜，花落不相离。

每一处风景都令人回味无穷，每一支花朵都绽放得如此娇艳。呼吸清新的空气，亲吻花草的芳香，谁能想到这美丽风景背后，是那一幕幕豪气冲天的凌云斗志，抵抗沙尘暴如此艰辛和惨烈。与沙博弈的大幕才刚刚拉开，出于对家乡的热爱，更多的且末人正奋不顾身、前赴后继地投入与沙作战的滚滚洪流之中。

行走在且末大地上，每一个背影都如此平凡和普通，每一次抗沙的决心都不可阻挡，每个人坚守这片土地都付出了血与泪的代价。迎沙栽种，他们黝黑的脸庞如此动人；与沙共舞，他们治沙的步伐矫健而又有力。

蓝天白云下，绿地野花生。

正是温婉从容的初夏，飞花点翠、绿枝飞舞，被风吹动的叶片仿佛集体的舞蹈，植物丰硕的腰身毫不羞涩地扭动。每当看到一缕炊烟如此平和，一片果园如此葱茏，一阵笑声如此欢悦，我不由感慨万千。为了守住家园，为了子子孙孙生生不息，他们在与沙的博弈与较量中，义无反顾，无怨无悔。他们是一群最美的治沙人，他们不屈的身影是一座地理影像，一种精神图腾。在他们身上，我们可以看到中华民族儿女面对恶劣的生存环境百折不挠、自强不息的精神品质，他们与沙斗、与天斗、与地斗的执着与坚韧，天地动容。

一朝破沙魔，挥手笑苍穹。

踏沙而行，追风逐梦。离开的时候，那一张张治沙人黝黑的脸庞如此清晰，如此动人，望着他们肩扛铁锹，迎着飒飒漠风渐行渐远的背景，我不忍移目，忍不住潸然泪下，挥手写下《治沙人》。

如果你不走，

请给我一个留下的借口，

这里的昆仑山更壮观，

这里的塔克拉玛干沙漠更浩瀚，

这里的车尔臣河波涛更汹涌，

这里的胡杨更苍穹。

如果你不走，

请给我一个爱的理由，

这里的江尕尔萨依更古老，

这里的托乎拉克庄园更富有，

这里的扎滚鲁克古墓群更神秘，

这里的昆仑古村更令人向往。

我不知道且末的阳光有多炙热，

我看见你雪白的皮肤正一点点燃烧。

我不知道你独行的步履有多蹒跚，

我看见一望无际的丛林正伸向远方。

如果你不走，

我愿化作一片云彩，

在有风的日子，

打湿你的衣衫……

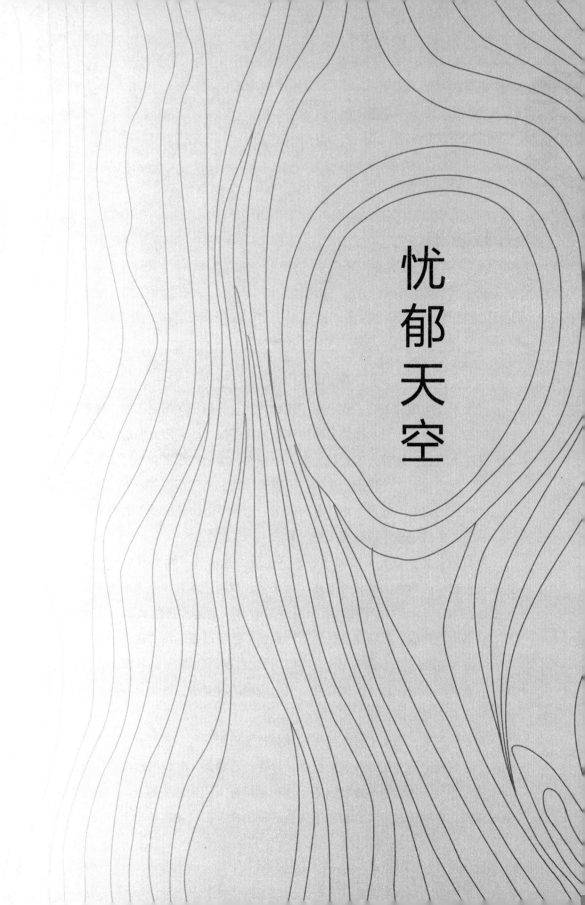

忧郁天空

寻找古丽

一

一个人走近另一个人，命运中的相遇都是注定的。

一个阳光明媚的午后，我见到了古丽。这是我第一次见到古丽，她蒙着一块碎花的头巾，提着一只水桶侧身弯腰在我面前停住，一束阳光照射在她精致的脸上，花巾下闪现出她惊人的美貌，弯弯的月眉，深陷的眼窝，小巧的鼻梁笔直地挺立着。四目相对，仿佛云层里的一道霞光，我们竟然都愣了一下，她朝我羞涩一笑，长长的睫毛下盛着一汪秋水，微微上翘的嘴角仿佛把千年的积雪融化。

从此，生活里多了一抹动人的色彩。

春日的黄昏，日光柔媚慵懒着洒下最后一片清辉。她提着水桶在我家的小院里进进出出，婀娜的腰肢停立在葡萄架下，如同艺术大师威廉·德·库宁作品《提水的女人》。夕阳很美，我呆呆地望着她，她是那样的美丽，与树林、小屋、林荫小道构成一幅恬静乡村油画，我忍不住脱口而出："你长得真漂亮！"

"你也很漂亮，长得和我们一样。我叫古丽，住在你家对面，我是来打水的。"毫无修饰的对白，彼此温婉一笑，斑斓的时光里，两个不同民族的女子仿佛听到了对方的心跳。

初春的三月，带着迟钝而响亮的风掠过了田野，鸟雀正匆匆从南方赶往北方的路上，树枝上的芽苞鼓鼓向外冒着。尽管已是春天，旷野依然被寒气笼罩。

这个春天，连队过早地喧嚣着，铁犁早早进入还未解冻的土地，渠水汩汩地流向果园。春风拂过丛林，树梢争先恐后冒出嫩芽，鸟雀在树梢上旁若无人叽叽喳喳议论着。尽管还是冷，村头上却站满了人，人们如同冬眠了一季的昆虫，纷纷走出房门去捕捉太阳的气息。

古丽一家的到来，注定了这个春天不再平静。

阳光普照，岁月静好。她不断穿行于我家的小院，打水、洗衣、整理房屋，仿佛新居赋予了她无限的希望，她一刻不停地忙碌着。很快，一间破旧的房屋被她收拾得如同宫殿，温暖的土炕、深红色的毛毯、波斯纹理的挂毯、白色镶金花纹的丝巾，让整个房间充满了别样的风情。我被迷住了，惊叹于这个民族所拥有的魅力与风情。我开始悄悄打量这个神奇的女子，捕捉她那婀娜的身影，她仿佛知道我在注视她，常常走着走着会突然回眸一笑，笑容妩媚，如一朵玫瑰绽放。

没过几天，一个馕坑赫然地立在小院的门前。一股原始的烧烤，掺杂着小麦、植物、泥土混合的芬芳，在枯枝与树根噼噼啪啪的燃烧中，凝固成一种排山倒海般的香味，迎着落日的余晖在黄昏的院落蔓延，时淡时浓。女人、孩子、水桶、提壶、馕炉，形成一个完美世界。

从此，馕坑边飞扬着两个女子清脆而又干净的笑声。

站在馕坑旁，红霞飞上了两张快乐的脸颊，这便是我们最好的开始。人间的友谊很多是从吃吃喝喝开始，我也不例外。古丽有一手绝妙的厨艺，羊肠子、大米、面粉、葱花、胡萝卜，那些看似再平凡不过的食品，经她之手立即变成了米肠子、面肺子、拉条子、揪片子等各种不同的美味，散发出诱人的香。这些由不同植物融合发出的香味，不可抵挡地搅动着我的味蕾，很快我便沦陷，成了古丽家餐桌上忠实的一员。

人与人之间的缘分就是那么的不可思议。

春花初绽，璀璨耀目。四月的村庄是花的海洋，一阵春雨过后，杏花、梨花、苹果花瞬间被风打开，浩浩荡荡地席卷了整个连队。饱满的嫩芽纷纷炸开抽出叶片，巨大的绿无以阻挡地覆盖了村庄，大地美得不可思议。

当晨曦还沉睡在花香里，我便闻着一院的馕香开始了一天的忙碌。

正是春播季节，到处闪动着男人与女人忙碌的身影。田野里，铁牛声、犁地声震耳欲聋，男人们纷纷下地播种、中耕。果园间，满树的梨花压满枝头，香甜气息直扑人肺腑。女人们正提着储存了一冬的瓶子给果树剪枝、插花、授粉。古丽也早早下地，她与丈夫在一块被主人废弃了的 20 多亩棉花地上忙碌个不停，土地是贫瘠的，苗虽出得很好，却如同饥饿的孩子般瘦弱不堪。尽管如此，古丽一家对这块棉花地倾注了所有的心血，每天起早贪黑地劳作着，定苗、锄草、放水、打药。对他们来说，他们耕种的是一年的希望。

遇见，是一场多么不可思议的安排。

平淡的生活因古丽的到来而变得多姿多彩，她常常眉飞色舞给我讲许多有趣的事，有她的故事，也有邻居的故事。那些用语言编织的宫殿，让我的身心泛起了一种从未有过的愉悦。她教我说维吾尔语，我教她认汉字，不同的语种让我们充满了好奇与探索。很快我便学会了一个温馨的词语"阿恰"（维吾尔语姐姐的意思）。从此，我便成了古丽的"阿恰"。

夏季的连队，阳光与真情一样温暖。

有了古丽，日子简单而又快乐，她如同一本生动的书，落在了我生命的节点上，让我在翻阅中享受着其中的美妙。我知道了她的丈夫叫买买提，儿子叫莫合柏。听到这个名字，我便会打趣地问道：那么多男人都叫买买提，你的买买提到底是哪一个？古丽回答得很俏皮：我的买买提只有一个，是买买提·阿不都拉，而不是买买提·依麻木，我们一起大笑起来。

古丽知道我工作很忙，她总是在我下班的时候把打好的馕送到我的家里。当茄子、豆角爬满藤条的时候，我会将各种蔬菜送给她，然后又经过她灵巧的手变成我们共同的美食。我也会常常买了羊杂送给她，当她将热腾腾的米肠子、面肺子端上来时，我们会一起盘腿坐在炕上，一边吃着一边叽叽喳喳聊着新鲜的事情。

盛夏的夜晚令人沉醉，坐在小院里，我喜欢听古丽唱歌、跳舞，在木卡姆的鼓点声中，古丽优雅地仰头、扭腰、耸肩、打着响指，那些美妙的姿势有一种无法抗拒的魅力，让我深深领略到一种新疆传统舞种的高贵与优雅。

葡萄架下的古丽更加迷人，她那浓浓的月眉在月光下呈现出一种惊人的美丽。当古丽知道我对她的黑眉感兴趣时，便神神秘秘地拿来一包草，她将它们敲碎、榨汁，接着，把一些黑黑绿绿的汁液涂满我的眉毛、眼睛。看着我被涂过的黑眼睛、黑眉毛，她趴在我耳边悄悄说：你长得和我们一模一样，买买提说如果不是语言不同，还以为你就是我们的女人。

我听后忍不住哈哈大笑起来，是啊，我们都是新疆人，在这片土地上，我们的身体里早已注入一样的空气、水分、食物，在这片土地上，我们一样地热爱着甘甜的水果、美味的烤肉，一样地热爱着冬不拉和麦西来甫，除了语言，我们早已不分彼此。

夏季的风，带着骄阳的热浪繁衍着无数的生命。

每天早上，古丽和买买提总是带着他们的儿女匆匆下地，待到夕阳西下时，又卷着满面尘土而归。古丽是个极爱干净的女人，不管一天棉田里的劳作多么辛苦，她总是将房间里里外外打扫得干干净净。晚饭后，他们一家人又洗得干干净净、穿得漂漂亮亮，一尘不染地来到我家小院聊天扯闲话。

小院里飞扬着开心的笑声，让我们忘却了时光的游走和生活的疲惫。

二

日子是个谜，它不断在痛苦中步履蹒跚，又在美好中抽身而去，让我们痛又快乐着，阳光将两个女子的影子不断重合又分离。

在相识不久的日子里，我与古丽几乎形影不离，我们沉醉在花香里尽情享受着大自然带来的芬芳，我们沿着田埂的草丛快乐地追逐奔跑，我们在傍晚的晚霞中漫步在连队的小路上。

一些隐藏的看不见的东西始终在我们之间时隐时现，不久，我便发现了古丽一家的窘迫。尽管她能像个魔术师般地变着花样做出许多美食，但她家的一日三餐大多时都是馕就着茶水，茶水就着馕。在用钱上，她节俭到了令人难以想象的地步。

一天，做饭时不小心的她让木柴上的火烧伤了她的手腕，她一直用只手绢包扎着却迟迟不肯去医务室，直到她那白皙的手腕开始化脓。我发现后，立即带她到连队卫生室进行消炎处理，买药时，她不断推脱着却怎么也不肯买，我飞快地付了药钱。

回去的路上，当我把烫伤膏递到她手中时，她垂下眼睑艰难地告诉我其实她身上没有钱，只能等秋季棉花采摘以后才有钱还给我。第一次知道她生活得如此窘迫，我难过得几乎落下泪来。接着，她又告诉我其实她一直有病却没有治疗，这几年，他们夫妻四处打工，却没有多少收入。我立即掏出了一百元钱递给了她，她再三地表示有钱一定还给我，被我坚决地拒绝了。

贫困是自卑的温床，也是幸福的破坏者。

当村庄的炊烟像蛇般在连队上空扭动时，我却陷入了无尽的沉思中，物质与生存如同两把利剑不断在我心头盘旋。生命中许多东西也许我们永远无法掌控，譬如命运、爱情、财富、幸福，我们只能执着于该执着的永不后悔，放弃不属于自己的永不牵挂。

连队、小路、田间、办公室之间是一条不变的曲线，生活仿佛永远按部就班。我每天早晨九点上班、下午七点下班，沿途的树木、农田、果园是回家路途中最忠实的陪伴。令我奇怪的是，我常常能在回家的路上遇见古丽，她抱着孩子远远地站在路口张望着，当看到我时，老远便拉着孩子飞快地朝我飞奔过来。

这种巧遇很快被古丽自己揭开了谜底，她不好意思地告诉我，她是专门在路边等我下班回家的，只要不下地干活，她都会牵着儿子等我下班。一种被人牵挂的幸福顿时如同一股暖流包围了我，最好的感情，一定是无私给予与真诚的付出。

午后的阳光是炽热的，午睡本来是夏天人们身心最好放松和休息的时间，而古丽常常利用这样的时间为我做一些力所能及的事情。尽管中午很热，她常常顶着骄阳帮我打馕，做一些我爱吃的食品，那些富有民族特色的美食，让我对古丽产生出一种难以割舍的依赖。

痛苦与快乐总是与生活相伴而行。

一天，我与爱人发生争执，一气之下住回了娘家。一连几日，爱人都不闻不问。最终我还是放心不下果园和孩子自己跑了回来。回到家中，天色已暗，连队因为停电到处漆黑一片。得知我回家的消息，爱人依然不慌不忙地在外玩耍。

正当我一个人坐在空空的房间黯然神伤时，古丽却领着孩子匆匆进来。她叽叽喳喳说了不少我爱人与孩子的事情，见我一直不说话，她突然羞涩地说道："这几天你不在家我非常想你，也非常担心你，就像想念自己最亲的人一样，跟你在一起就像是和自己的姐姐在一起，我一直把你当成自己的姐姐呢。"

她的话一下子便击中了我，让我呆呆地愣在了那里。光线很暗，她看不见我脸上的表情，可我却分明感到一股涩涩的眼泪瞬间打湿了我的脸。我从小没有姐妹，可此时却有一个叫古丽的女子为我牵肠挂肚，幸福与感动瞬间淹没了我所有的脆弱与伤感。

我越来越离不开古丽，更为她窘迫的生活感到忧心和焦虑。

其实，古丽与买买提是一对非常恩爱的夫妻，尽管生活非常艰苦，但他们彼此却非常体贴。买买提是一个对生活很容易满足的人，虽然他们没有钱，可买买买提却一脸的快乐与自在，在他的脸上看不出一丝生活的阴霾和窘迫。买买提是个有知识、有文化而又帅气的男人，可作为家中的顶梁柱，他并没有努力地改变一切，他们租种的棉花长得又瘦又矮，一年下来很难有收入。买买提一家人口众多，他还有一个老母亲和3个孩子。可他丝毫都不介意，对他来说最重要的是一家人能够永远在一起。

我非常不满买买提懒散、不积极的生活态度，对古丽的身体状况也深感担忧，我努力地想帮助他们。不久，我便托朋友在不远的市里给古丽找了份工作，原以为这个消息会给他们带来惊喜。谁知，古丽一听便拼命摇头说："不行的，买买提是不会答应的。"果然，当我把这个消息告诉买买提时，立即遭到了他强烈的反对。当我得知反对的理由只是因为如果古丽外出打工两人便不得不分开时，我便笑得直不起腰来，要知道尽管他俩才30来岁，可他们却早已是3个孩子的父母、10多年的老夫妻。

看着我笑得直不起腰的样子，买买提一脸认真地告诉我，从他拉着她手的那一刻起，他们就决定一辈子在一起永不分离，不管有钱没钱、不管生老病死，他们都要永永远远地在一起。看着他们认真严肃的表情，我的笑顿时凝固了，还有什么比一对夫妻的不弃不离更令人感动呢？我突然想起了《诗经》中的一句诗：执子之手，与子偕老。牵上了你的手，就是要与你一同到老啊，这不正是千年以来人们梦寐以求的幸福吗？

北方的冬季来得很快，一转眼，寒冷的北风席卷着枯叶漫卷了大片田野。当所有的棉花采摘下来，由一朵朵云彩变成坚硬的棉花包装上火车时，棉农一年的命运也尘埃落定。

当大地一片苍茫时，古丽一家也要走了。

花落无声，离别情长。我似乎并没有意识到这是一场长久的分离，因为古丽告诉我：等到明年的春天，他们还会踏着布谷鸟的叫声再次回到这里。我知道，他们更多时像一个迁徙者，像大地上的许多生命，从一个地方不断地迁移到另一个地方。

当真正的离别来临时，我还是那样黯然神伤。

那是个漆黑的夜晚，一大早买买提跑到市里去购买家用，等到晚上12点回家时，他两手空空却带了辆车回来。原来，他去市里正好遇到了一个开车的亲戚要到焉耆。车就停在门口，古丽一言不发地整理着物品，收拾着行李，当我意识到古丽就要离开我时，他们已将所有的东西装上汽车，等待出发。

他们收拾得如此仓促，还没等我回过神来，他们便要离开了。面对突如其来的分离我一下子不知该如何是好，我眼睁睁地看着古丽把最后一件物品装上车，随着"喳"的一声，车门关上，电灯熄灭。我呆呆地站在黑暗中不知所措，古丽走了过来，她紧紧地抱住我，然后往我口袋里塞着什么。

我也紧紧地抱住了她，我极力地想说些什么，但声音哽咽着却什么也说不出。车发动了，我们分开，她突然又抱住了我，告诉我她明年还会再来的。车发动了，她大声说：以后我们就是亲戚了，我们要像亲戚一样经常走动啊！

车启动了，她坐在行李上一直不停地回头望我，直到什么也看不见。此时，我的大脑一片空白，我已泪流满面，一段时间里所赋予我的幸福、快乐、温情、牵挂，就在这个深秋的夜晚随着汽车一同消失。

我摸了摸口袋，竟然是张一百元钱，尽管这一年古丽并没有挣到钱，可她始终没忘了我给她的一百元钱。黑暗中，手木然地捏着一张皱褶的钱，我哭了。

三

绿意涌动，春潮浮现，柳絮四处漫天飞舞着，春天很快来了，我满怀欣喜地等待着古丽一家的到来。

一个人站在小院前，陌生的路人来来往往，摩托车、小四轮从一个方向驶来，又朝着另一个方向匆匆离去。小院前依然冷清与寥落，空荡荡的馕坑边始终没有古丽一家的身影。

古丽会来吗？什么时候来？

我焦急地望着路口，急切地盼望看到那熟悉的身影，我的担心与焦虑一样令我坐立不安。一切都在瞬息万变中，我突然间调动了工作，几天之内变卖了房子，我不知道还能不能等到古丽？白杨树依然立在风中，而树下却没有了古丽和小莫合柏的身影。虽然焉耆离库尔勒的路途并不遥远，可在那个通信和交通并不发达的时代，我们如同断了线的风筝，一下子没有了对方的音讯。

古丽什么时候来？我不知道。

没人的时候，我用笤帚扫净了馕坑上的尘土，房间依旧空荡荡的，阳光中的蝴蝶停落在窗棂又飞走，厚厚的尘埃仿佛刻意在埋葬着什么。

无人的房间如同仪式般地伫立着，记录着我们过去生活的点滴和辽阔的梦想。一个人站在小院前，村庄如此安静，圆弧形的馕炉被厚厚的尘土覆盖，那种风尘带来的陈旧与破损令我极为心痛，它孤立在那里，在风中诉说着被人遗弃的空寂与寥落。

　　新房主很快就要搬进来，最后我站在已不属于自己的小院前，耳边不断回想着古丽和孩子的欢笑声，那些笑声如此清晰、清脆，却让我的心有种刀割般的疼痛。曾经快乐的片段，如同电影的叙事镜头一幕幕迅速闪过而又消失无影，馕坑边上的两个女子的身影，已化作一幅虚设淡化的风景，那个离别时的回眸定格在伤痛的记忆里。

　　坐在离开的车上，除了车声与眼泪，村落安静得如同一个人的岛屿。

　　我频频回头，小院在天庭下孤独地矗立着。未来是什么我不知道，在这里，我无法看清自己与更多人的命运。行走在空旷的大地上，我却深深感受到了命运的无常以及个体的渺小与微不足道。

　　古丽会来吗，她是否如同我这般焦急？

　　这个春天，我来到了焉耆与和静的交界，那是古丽出生和生活的地方。这是片古老而又神秘的土地，田野里长满了红色的番茄与辣椒，土地与居民一样纯朴而又诚恳。我来到了新的工作单位——新疆冠农番茄制品有限公司，这是一家当地最大的番茄生产加工厂。

　　生产期到了，大量的当地季节工涌向工厂，他们操着与古丽一样的语言站在我面前让我茫然不知所措。多少次我期盼有一个熟悉的身影会突然站在我面前，大声叫一声"阿恰"！那时，我们一定会紧紧拥抱，泪流满面。我无数次地幻想与古丽再次相见的场景。站在古丽出生、生长的地方，我又充满了希望。

　　兴奋的心情渐渐沉静下来，一年又一年，她们从不同的地方走来又从我身边离开，她们一次次为我燃起希望接着又失望。我翻遍所有的临时工花名册，没有一个是我要找的古丽。内心的焦灼与冲动，让我不断地问来人五队在哪里，她们笑着回答我说五队太多了，不知你要找哪一个？我又告诉他们说我找的是有古丽的五队，他们咯咯地笑了，说古丽太多了，像花一样的女人都是古丽。我告诉他们古丽丈夫叫买买提，他们还是笑了，叫买买提的和叫古丽的一样多，不知你找的是哪一个古丽？哪一个买买提？

　　我的希望与失望一样来去匆匆，我知道在新疆，有数不清的花一样的女子都叫古丽，她们并不在意名字的重复，而是集体沉浸在一种欢乐里，仿佛在这种共性中找到共同的温暖与力量，古丽妹妹便是她们其中的一个。

看着他们单纯的笑脸，一种不明所以的伤痛再次撕裂我从未愈合的伤口，我把我的古丽妹妹弄丢了，我的寻找迷失在一个没有出口的迷宫里。

几年后，我又回到了小院，垂柳与馕坑相映依旧，只是没有了两个女子欢快的身影显得极为落寞。古丽一定也来过，是否也如同我这般的怅然？褐色的门楣正在腐烂，回忆如一把铁锤重重地落在我胸口，我无法忘却那个曾经关心我、牵挂我、给予我最贴心温暖的女子，我询问过所有与她曾经有过联系的人，可他们真的消失了，犹如蒸发在空气里的水分一样，消失得无影无踪。

一天，我在和静最繁华的市场上行走，身边是来来往往的人流，耳边充斥着各种喧闹声，我专注地盯着每一个从我眼前过往的身材窈窕的女子。突然，一个戴着碎花头巾的女子映入眼帘，她那细瘦的腰身与优雅的姿态像极了我的古丽妹妹，我一阵惊喜忙追了上去。当我站在她面前，她不解地望着我，一样弯弯的月眉、深陷的眼窝，可就在瞬间，那双陌生而又冰冷的眼神告诉我，她不是我要找的古丽。失望与茫然，令我的眼泪不由夺眶而出，我如同一个迷失的孩子喃喃自语：古丽，你在哪里？你在哪里？过往的人们莫名地望着我。

最远的距离不是我看不到你，而是我不知道你在哪里。

多少年过去，我始终没有找到古丽妹妹。不知她现在过得可好？也许她早已和买买提去了城市找到了一份更好的工作，也许他们正在耕种自家一块不大的土地，也许古丽早已去城里医治了她的病……也许早已经没有了也许。

站在古丽出生的地方，田野里挤满了采摘辣椒与番茄的女子，她们如同古丽般地包着花头巾却都不是她。站在这片我们都熟悉的土地上，不知道脚下的路是古丽刚刚离开的地方还是她将要抵达的下一个目的地？

世间有许多事不被我们所左右，人与人之间的相遇更是如此。冥冥之中的相遇和离散只能由命运自作安排。不管怎样，我始终相信，只要遇见就永不消失。

夜幕苍茫，大地宁静，唯有落叶忧伤。

人与天空，看似笼统而独立，不管大地多么辽阔，始终无法阻碍一个人的寻找、爱与梦想。站在荒原的寒风里，我用力喊着古丽的名字，回音阵阵。有人走来告诉我：找一棵树，在树上挖一个洞，把秘密藏在树洞里，秘密会在时光的流转里永远留存。

我找到一棵树，把两个女子的故事藏进树洞，我相信不管过去、现在、未来，即使我们永不相见，我们的真情已永远留存、永不消失。

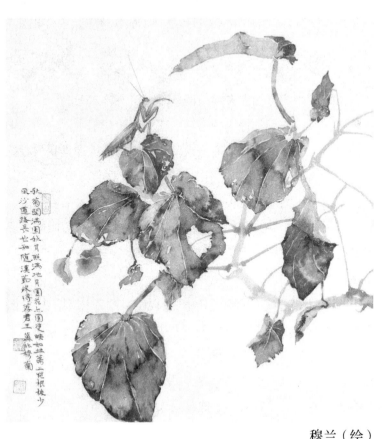

穆兰（绘）

逃遁

> 对我来说，做一个作家就是承认我们内心的伤痕。
>
> ——奥尔罕·帕慕克

一

我的皮皮走了，当我得知它失踪的消息时，已是第六天。

无尽的伤感，是一条漫长蜿蜒的通道，盛满了我的泪水。它到底去了哪里？我不知道。只有漫天飞舞的大雪一遍遍跌落大地，仿佛欲加重我内心的悲伤。轻盈的雪变得如此沉重，压得天空喘不出气来，刀子般的厉风一遍遍穿刺我的身体，令我感到了活在世间的另一种冰冷、哀伤与悲凉。对于活着来说，再也没有什么比死亡更令人难过。穿过杂乱的树丛，我仿佛感到有一双眼睛正躲在某个角落一动不动地注视着我，那一定是瘦弱、毛发杂乱的皮皮。

皮皮去哪了，我不知道。

刺骨的冷掩饰不住严冬的味道，风剥过树梢，呼呼作响。月色如此苍白，万物夹杂着各种声音划过夜空，车辆声、犬吠声、鸡鸣声、呼喊声，它们尖锐刺耳，仿佛用一种喧嚣来嘲笑。唯有我，站在大地上，有一种被世界遗弃的孤立、冷清、痛心、伤怀，在没有皮皮的世界里漫无目的地奔走。

没有一场雪是相同的，没有一个黑夜令人如此绝望。

如果世间还有另一种爱，那一定是来自人与动物之间的温暖。在焦急无望的寻找中，我感到了夜的无情与冷漠，仿佛有无数只眼睛不动声响地窥探着我的焦急，我如同一个丢失孩子的母亲跌跌撞撞。如此冰冷的雪夜，它又能去哪里栖身呢？它一定发生了意外！与其他小狗相比，它从来就不是一个贪玩的孩子，整整8年了，自从走进父母小院的那一天起，无论饥饿、寒冷、嫌弃、不公的待遇，它都未曾离开。它是一只多么乖巧懂事的小狗啊！似乎从未萌生过出走的念头。这个从出生才一个月的皮皮，就来到了父母家，熟悉的院落便成了它永远的家，它又怎能舍得离开呢？

严冬的风敲打着我的悲伤，往事是一段没有结局的陈年旧事，我无法忘却第一次见到它的情景。

那是一个炎热的夏季，正是小院最繁华的季节。树木葱郁，枝叶繁茂，大朵深红的刺玫在集体盛开，红艳艳的指甲花娇艳欲滴，高耸的枣树挂满了细碎的黄花，绿意葱葱的小菜园里，各种蔬菜疯狂生长。

正当我伸出细细的指尖，准备掐几朵指甲花时，突然，一只毛茸茸、小板凳高的家伙，猛地从绿色的叶片里钻了出来，吓了我一大跳。它体型娇小，但浑身毛茸茸的像个小绒球，看到我它似乎同样也受到了更大的惊吓，一双褐色的眼睛滴溜溜地望着我，趴在那里一动不敢动，既胆怯又害羞，让我这个一向不喜欢小狗之人，竟陡然间生出了些许怜爱之心。

由于小侄的偏好，父母家一直养狗。我素来对这些狗从无好感，它们不仅长得又高又大，而且肮脏丑陋。我一年回家次数很少，由于生疏它们每每见我便视若敌人，也许是为了讨好主人，见到我它们总会撩起尖牙，狂吠不止，令我在恐惧之余生出更多的反感和厌恶。出于这个原因，我一直极力反对父母养狗，可小侄却偏偏与我背道而驰，这些家伙如雨后的春笋挡都挡不住，死一个来一个，一个接着一个。

眼前这个毛茸茸的小家伙，不仅不恐怖，反而很可爱。它有个有意思的名字叫皮皮，可它一丁点儿也不调皮，反而如同一个害羞的姑娘。看到它那惊恐不安的样子，没有人会忍心伤害它，我忍不住伸出手指，抚摸着那一团绒绒的毛发，这是我第一次从内心接受一条小狗的存在。

凉风拂面，花草幽香，微风用手臂轻抚植物，夏日的小院静谧无声。躲在院子一角的皮皮总是安静的，它极少狂吠，更多时候静静趴在某个角落一动不动地盯着主人，有一种深深的迷恋。即便如此，可有洁癖的我依旧无法对一条狗产生更多的亲近。对于我的漠然，皮皮似乎很明白，其实动物与人一样，对外界的亲近与疏离也格外敏感，我相信聪明的它能明显感受到我的漠然和疏远，所以它从不与我纠缠。可看到我时它从来没有丝毫的敌意，与其他小狗相比，它显得非常聪明，因为用不了多久，当它弄清了我与这个家庭之间的关系后，从不像其他小狗似的一见我就凶相毕露。它不仅不吼叫，反而很友好地钻进房子，对着父母大叫几声，仿佛提醒他们我回来了。

一种感情的建立，往往需要时间与付出。感情真是个奇妙的东西，有时竟像一个甜蜜的陷阱，让你不知不觉深陷其中，无法自拔。

二

美好的事物往往总是稍纵即逝，大地上，生命有时轻盈得如同一粒尘埃。

一切恍如昨日，没有任何影响。除我之外，谁会在意一条狗的生死与存在呢？飒飒冷风中，团场的团部如同一个热闹的小镇般喧哗着，大大小小的商铺早早敞开了大门，小摊上摆满了五颜六色的杂物，主人们正忙不迭地招揽着生意。

北风劲吹，沃野一片苍茫。道路旁，只见一片灰色的地皮高出地面——这里就是皮皮失踪的地方。一大早，它踮起四肢如往常跟随母亲出门，尽管年迈瘦弱的它早已那样令父母厌恶嫌弃，可它却始终不离不弃地跟着他们，忠诚是它的天性，一切是那么的理所当然。

母亲头也不回地走了，上街买药、下车回家，然后蹬上自行车一溜烟地往家跑。她完全忽视了那条随她一起出门的皮皮，并没有再跟回来。一天过去，两天过去，似乎谁也没把一条狗的失踪太当回事。一个星期后，当我得知消息质问母亲时，母亲提起它时竟一副淡淡的口气，噢，不知它去了哪，大概被人捉走了吧！

母亲的淡然令我十分愤慨，我立即摔门而出。

可当我走出家门时，眼泪再也忍不住哗哗直流。我不由得想起一个令我动容的场景，一条即将被主人出售的老狗，死死抱着主人的裤腿泪流满面。这个场景打动我的不是主人的无情，而是狗对主人的不舍，世间还有什么动物比狗对人类更忠诚呢？我想象不出。

在我憎恨父母冷漠的同时，对皮皮更多了一丝牵挂和思念。皮皮是一条多么痴情的狗啊！如同许多小狗一样，它仿佛想用一生来表达对主人的忠心与爱护。皮皮是个极为细心懂事的小狗，它从未把自己当成一个普通动物，而是把自己当成最忠诚的看护，只要父母单独出门，它总会一同陪伴他们，生怕主人孤独。作为一个从不厌烦的陪伴者，它的贴心与守护，令我们任何子女都会自愧不如。

人生如若初见，何事秋风悲画扇。

初识总是美好的，但结局往往不遂人愿。父母并不是细心的人，每次上街时，总会自顾自地骑着那辆破旧的自行车。也许是因为有了皮皮的看护，他们的自行车从来不上锁，跑到班车站前，随手将自行车一摆，然后便坐着班车直接逛街去了。耐心的皮皮，总是在目送着主人上班车后，一动不动地守在自行车旁，直至父母很晚归来。也许三个小时，也许六个小时，在不确定的时间里，皮皮心里从未怨恨过主人，直到看着父母骑上自行车，这才高高兴兴地跟着一同回家。

雪莽大地，朔风猎猎，天空被厚厚的阴霾所覆盖，雪花洋洋洒洒飘落下来，路上的行人正裹紧衣领，低着头飞快地走路；那些带翅的飞鸟，四处拼命寻找食物；只有道路两旁的小饭馆，飘荡的烟火夹杂着人间的气息。

这一天似乎与往常没什么两样，一只小狗的消失，不会影响到任何毫不相关的人。生活依旧活色生香，尽管寒冷，集市上的人却越来越多。早餐店空冒着袅袅的炊烟，炸油条、水煎包、各种炒菜、叫卖的声音此起彼伏，热锅里不断冒着刺刺啦啦的响声。道路两旁的店铺生意已经开始，五金杂货店、美容美发馆、服装店、菜店、肉店，阴霾的天庭下，他们如同往常一般照常招呼着客人，狭长的道路上，车辆飞驰、人头攒动，吆喝声声。

站在一片空地上，我仿佛被人猛推一下！这是一处皮皮最熟悉的蔬菜市场，每次主人临走前，总会把自行车丢在这个地方。我沿着皮皮丢失的地方四处寻找，多渴望能在某一不经意的角落找到它，然后送它安全回家，继续从前一样平静的日子。可我很快就失望了，快过年了，整个市场里正冒着浓浓的年味，虽是寒冬腊月，各色蔬菜却绿意葱葱、品种繁多，既有新鲜的大白菜、红心的萝卜、带泥的土豆，又有红色的番茄、碧绿的黄瓜、紫色的茄子等反季的蔬菜。它们虽摆放在不同的位置，可远远望去，一个个那么新鲜可人、垂涎欲滴。二十八团（现已与兵团第二师二十九团合并）正是"库尔勒香梨"的产地，也许因为年关将至，各种不同包装的香梨堆成了小山，老板们正与小贩们讨价还价。这是父母最爱逛的菜市场，也是皮皮跟随主人去得最多的地方，每盯一处，我的眼前总会浮现出一条毛茸茸的小狗，正寸步不离地跟随在老人后面，它那左摇右摆的样子，俨然如同一个贴心的守卫。

世间再遥远的距离也远不过心与心之间的冷漠。

一片空旷的空地上，我看见冷清地排列着不同的车辆，小汽车、自行车、三轮摩托，它们毫无规则、横七竖八地立在那里，像是一堆残兵败将。没有精心打理的小镇，到处充斥着懒散、漫不经心。在这里，我仿佛闻到了皮皮的气息，皮皮最后就是在这里消失的。这里曾是它频频流连忘返的地方啊！多少次，它欢天喜地一路小跑地陪着主人来到这里，如同进行一场快活的旅行。一路上，它可以脱离主人，随处捡上一块骨头；或者遇见同伴，跟它们进行一次短暂的交流；或者溜至学校门口，看看学生们运动的热闹场面。这是它最快活和惬意的事。每次出门，它总会看到一些新鲜的玩意和新鲜的面孔。然而，只需主人轻轻地一声招呼，它会立即抛下所有的心不在焉，一步不落地紧跟主人。对于那辆破旧的自行车，在皮皮的眼里，它绝不仅仅是一辆车子，而是它最心爱的主人。只要主人不在，它便一动不动地盯着路面，紧盯着一切企图接近车辆的来者。

回首红尘芳菲尽，飞雪落处是断肠。还是那个熟悉的十路路口，各种生动画面却令我无限悲凉。

一天，乌云密布，一阵狂风过后，倾盆大雨瞬间从天而降。雨越下越大，砸在皮皮的头上、脸上、背上，直到把它长长的毛发全部打湿。要不要躲一躲？可如果离开，自行车会不会被人偷走？皮皮一直与自己做着斗争，最终它还是选择死守原地，任凭豆大的雨点砸在身上。

可此时，健忘的父母，他们正在街上逛得不亦乐乎，早就忘却了一条狗的存在。

等待是漫长的，有时主人一去便是七八个小时。正是午饭时分，对面饭馆里飘来阵阵大盘鸡的芳香，浓浓的肉香简直无法抵挡。已经两天两夜没吃任何东西的皮皮，肚子饿得咕咕直叫，它恨不能一下子就冲进饭馆。就在它最饥饿难忍时，突然对面的餐馆老板怜悯地扔来几根骨头。真是来之不易啊！正当它飞快地冲过去时，意外出现了，迎面奔来两只野狗，它们体形硕大，面目狰狞，远远比皮皮更加凶猛。一块骨头的存在，对于每个处于饥饿中的动物来说无疑都是一盘不可多得的珍馐。经过一阵激烈的厮杀后，皮皮的嘴唇被无情地撕裂，一阵剧痛，血汩汩地顺着嘴角流了下来。

终于，主人回来了，他们看了皮皮一眼，露出一丝惊讶后，随即蹬上自行车掉头就走。主人的一丝怜悯，却让皮皮顿时忘却了所有的疼痛，它毫不迟疑，立即跟上主人步伐，一路小跑地往家狂奔。

六月的盛夏是炎热的，烈日当空、暑气蒸人。空空的地面上，没有一丁点的遮阳物，长长的毛发让皮皮如同身披一件厚重大衣，可它依旧趴在那里一动不动。它知道如果主人不回，自行车很有可能不知去向。也许逛街逛得实在太累了，年老失忆的主人竟忘了取回自行车，于是，下了班车后，他们自顾自地走回家了。而此时的皮皮依旧守候着，直到满天的星光向它眨着嘲笑的眼睛。

指尖碰触的全是冰冷的雪，往事浮现的碎片如同刀片，一点点划拨着内心的疼痛，刀刀见血。

三

被光阴催促着生长，谁都无法回到过去。

这个冬天，仿佛什么都可能发生，病毒、战争、死亡、妒忌、争夺、背叛、挑拨离间、不择手段、恶毒攻击……我们只能永不止步，一路向前。

飞花流年恨时短，此时追忆空惆怅。

寒风用力撕拽着，坚硬、生冷、有力，企图摧毁世间一切防御。万木凋零的连队笼罩在大雪之中，萧条、冷清、破败。路上很少有行人的影子，只有几个老人步履蹒跚地张望路口，也许在张望许久不归的孩子，也许在张望远去的候鸟。这个冬天实在太冷，耸立的植物一个个不动声色地望着我，它们一定知道发生了什么。

这是一场漫无边际的寻找，从路东到路西，从商铺到田野……空旷的天庭下，我感到了个体的脆弱、无助、渺小、孤独。是啊，我们生来不过是一个单薄的个体，站在辽阔的大地上，仅仅是一粒不起眼的尘埃，每个人与生俱来便注定孤独终身，即便和自己也隔着千山万水。

惶惶不安的岁月，不知何处是终点。

冷眼相对，心似落叶。推开那扇深红的大门，院落依旧宁静、默然，被雪裹得密不透风，它们很早就知道我的心事，却不肯透露半分。落叶的梨树紧贴着墙角站立着，弯曲的葡萄被深藏进土里，菜地被挖得坑坑洼洼，两件破旧棉袄搭建

的狗棚在寒冷中孤独呜咽。也许只有它们还在焦急地张望，依旧忠诚地等待着皮皮的回归。

一切皆如往昔，一切又荡然无存。

从什么时候起开始关注起皮皮的？确切的时间我已经记不清。尽管皮皮在我家已待了很多年头，而我真正关注它却是在三年前。自从我的宠物兔宝宝死后，令我陷入无限的思念与悲伤之中，出于对动物的怜悯，我开始将目光转向皮皮，有时会将几根啃剩的骨头丢给这个可怜的小家伙。

它确实是个可怜的家伙，它实在太瘦了，引起我注意的是它那蜷曲的身体。不知从什么时候开始，它变得越来越丑陋，尤其那半个豁了的嘴唇有种明显的残缺，畸形地翻卷着，几颗牙齿却张扬地裸露在外。不仅如此，它的后半个身子狠狠地瘦了下去，显得头大身子小。由于家人们的忽视，它常常几天都未进一口食物。一想到这个，我的气愤顿时到了极点，除了发泄几句外起不到任何作用。不知从何时起，它的胃口变得越来越刁钻，所饮用的食物除鸡蛋、肉类外，几乎什么也不吃。这种刁钻的胃口令家人们对它越来越反感，他们只有在家中做肉食时，才将不吃的骨头撂给它。更多时候，由于饥饿，它的身体开始大片地掉毛，不得不外出四处寻找食物。

它其实是条长相不错的京巴，尽管如此，一段时间过后，在一场又一场大雨冲刷后，它的毛发很快浓密而又干净，又重新恢复出从前的漂亮和帅气来。我忍不住怜悯地将手中的火腿肠扔给了它，它显然已经饿了好多天，立即在我面前毫不掩饰地狼吞虎咽下去。

滴水之恩当涌泉相报。相比人类，皮皮似乎更加明白这个道理。

春水满溢，嫩芽吐绿，一切都在向好的方向发展。当再见皮皮时，一见到我，它便欢快地摇着尾巴跑了过来，也许是为了讨好，也许是为了讨吃的，它竟一直围着我久久不肯离去。我们就这样熟悉起来，或是一个友好的招呼，或是几根不像样的骨头，狗的感恩就是那么简单，只要人类的点滴示好便会令它感动不已。从此，它像个孩子般常围在我身边亲热撒娇，用身子不停地蹭着我的裤腿，更多时趴在我面前一动不动地望着我。它是那样一个既可怜而又懂事的孩子，在我忙碌时，它会知趣地远远躲在一边久久望着我，仿佛主人的快乐便是它所有的快乐。

我越来越惦记它，总不忘为它捎带点吃的。为了皮皮，我把每次丈夫带回的火腿肠统统都给了它。不仅如此，还有冰箱里放久的肉食，我会一一煮熟了带给它。尤其在父母吃饭时，我总是拣大块的肉自己不吃，而偷偷地扔给它。父母对我的行为颇为不解，常常为此指责我，可我总说：你们就当我吃了吧！

我所做的一切，皮皮似乎全都看在了眼里，默默铭记于心。

从此，我便成了它少有的快乐。每次见我回家，它便高兴得摇头晃脑，如同过年一般。先是快乐地蹭着我的裤腿，随后飞快地掉头跑回房子，拽着父母的裤腿直往外拖，告诉父母我回来了，看它着急的样子，我心里涌起阵阵暖流。

由于父母常常不接电话，有好几次我回家时，只见家中大门紧锁，父母早在牌桌上逍遥快活去了。见我打不开院子门，院子里的皮皮拼命地扒着门，最后趴在门缝下一动不动地望着我，即便隔着门缝也要一直陪着我。望着这个温暖的小家伙，所有的等待都显得不再漫长。

不知何时起，我成了皮皮生命中一个重要的人。每次临走时，皮皮总会像个贴心的家人般一路送我，一直送到几百米以外的路口。让我在这个被忽视的家里，一次次感受到一种被重视、被关心的温情。

我越来越牵挂它，很快我便发现父母对它的忽视与冷落。他们常常几天不喂它一口食物，甚至见它围在身边时，狠心地一脚将它踢到一边。可它似乎并不怪罪主人，依旧不离不弃，守住家门从不逃离。每次我回家的第一件事，便是为它寻找食物，即便家中没有可吃的肉食，我会立即跑到商店为它购买火腿肠。尽管如此，只能解决一时，而解决不了一世。由于我回家的次数屈指可数，更多时它只能一直忍饥挨饿下去。

由于过度饥饿，它的身子一日不如一日。与人的态度截然不同的是，它依旧始终如一地爱着家中的每一个成员，从老人到孩子，他们似乎就是皮皮的全部，可以用生命来守护的人。每当看到有陌生人闯入时，它总会大声吼叫几声，尤其见有人欲拿家中物品时，它几乎是奋不顾身地冲过去。只要还有一点体力，它总会毫不偷懒继续陪伴主人外出，然后再忠心耿耿地护送他们回家。

年复一年，始终如一，它的守护从不曾改变。

四

皮皮有过爱情吗？一定有过。

流年芳菲尽，花开别样情。漫长的日子里，有多少未来等着皮皮啊！它又怎会不迷茫？五岁那年，连队的小花还是让它动了情。那是一条与它身材相仿、毛发略白的小母狗。这让一向对主人忠诚的皮皮，第一次萌生了除主人之外的忠诚与守护。一段时光里，皮皮甚至为了它，常常偷偷溜出家门，以至于很晚才回家。在与小花厮守的那一刻，它一定处于各种欢愉与矛盾之中。

很快，皮皮不再沉溺于这段爱情。

一天，独自外出打牌的母亲，在回家的路上，为了躲避飞驰而来的车辆，狠狠摔在地上爬不起来。看着年迈的女主人躺在床上一动不动，善良的皮皮肠子都悔青了，如果不是自己贪图享受，如果由自己精心陪护，主人怎么可能看不见马路上飞奔而来的车辆？

思索许久之后，皮皮决定放弃这段爱情。可小花并不甘心，一次又一次主动找上门来。

只要不离开主人，做什么都可以。就在皮皮还沉迷于自己的爱情时，大黄的闯入，彻底粉碎了皮皮美好的梦想。

世间总有一些阴谋隐匿在黑暗里，看不出其中的险恶。大黄什么时候闯入这片领地的，皮皮自己也记不清。引狼入室用在大黄身上却恰如其分。皮皮只记得有一天，它在外寻找小花时，竟意外地结识了大黄。大黄是条多么可怜的流浪狗啊！没吃、没家、没主人。一条没有主人的流浪狗，要想生存谈何容易！就连最起码的填饱肚子也无法做到，狗不能自己创造食物，更无法从人类口中掠夺食物，唯一的途径只能靠人类的施舍。

大黄太可怜了！皮皮自作主张地把大黄带回了家。

一开始，皮皮遭到了父母的各种白眼和冷遇，可它一直强忍着。大黄是条很有眼色的狗，从不擅自闯入主人院中，只停留在院外的煤堆上。那煤堆的遮盖物，从此就成了大黄的一栖之地，结束了它流浪在外的生活。

与大黄最初的相处是美好的，从此，皮皮有了自己的同伴。在每个温暖的夏夜，它们一同仰望星空，喃喃述说彼此的人生；在收获的秋季，它们一同吹拂秋风，惬意自在地幻想着美好的未来。除了主人外，让皮皮第一次有了一种来自同类的温暖与美好。

皮皮以为可以一直这样下去，然而，这种快乐很快便被小花打破了。小花并不是条忠贞的母狗，自从见到大黄后，它立即被大黄的高大威猛所吸引，它们开始频频的眉来眼去，以至于当着皮皮肆无忌惮地亲热。

　　动物对爱情占有欲丝毫不亚于人类，善良的皮皮忘却了，这个世界一向弱肉强食，弱者总会被欺凌。更令皮皮气愤的是，大黄开始明显地排挤它，就在主人喂食时，它频频冲在前面，肆无忌惮地将皮皮挤到一边，而父亲却对皮皮的处境视而不见。正是父亲放任自流的态度，让皮皮的处境越来越糟。很快，它的气愤在与大黄的一场打斗中爆发。

　　那是一个温暖的午后，懒洋洋的太阳滋生了情欲的温床。

　　小花又来了，皮皮本想赶走小花，可小花不但不走，反而自顾自地与大黄亲热起来。皮皮愤怒了，与大黄厮打起来。这场撕咬的过程相当惨烈，大黄咬伤了皮皮的腿，打斗在伤痕累累中结束。惨败后的皮皮是伤心的，从那以后，它只能眼睁睁地看着爱人的背叛而独自哀嚎。更可怕的打击还在后面，不知何时起，大黄已经成为主人的忠诚卫士，甚至还想取而代之。从此，皮皮不得不在这个家里战战兢兢地活着，因为不知什么时候会遭受大黄的突然袭击。

　　人类总喜欢被虚伪的假象所迷惑，而真相往往需要时间来验证。

　　父亲开始越来越喜爱大黄，有心机的大黄频频代替皮皮陪伴主人出门。当高大强壮的大黄护送主人时，如同一个高大威猛的保镖，让父亲产生了强烈的安全感。更严重的危机还在后面，就在皮皮与大黄争食时，父亲明显地袒护着大黄，这让它更加有恃无恐。

　　我非常不满父亲的喜新厌旧，尤其当我发现皮皮的可怜处境后，曾多次劝阻父亲将大黄赶走。可父亲不仅不理会，反而洋洋自得地夸耀大黄的威猛与忠诚。由于我不能经常回家，对于皮皮可怜的处境只能痛在心上，我也曾多次与丈夫商量把它接到城里来，可一向在村庄自由散漫的皮皮，又怎能适应城市拘谨的生活。

　　然而，大黄并非如同父亲所说的那样忠诚。就在他们对待大黄如同对待皮皮那样有一顿没一顿时，大黄很快离家出走了，逃窜到没有人知道的地方，去效忠于另一位新的主人。

　　唯有皮皮，一如既往地守家护院，从不曾离开一日。对它来说，无论生死荣辱，它终将和这个家紧紧系在一起。

五

天色灰黑，大地苍茫，暮色掩盖不住世间所有的罪恶。

世界远没有我们想象得那般美好，心机、算计、争名夺利，美好的过去一去不复返，只有伤感和阴冷的寒气同时笼罩大地。

所有的寻找，化作蚀骨的疼痛。

冬日的林木，集体伫立在萧瑟的冷风中，萧条、孤仃、阴冷。挥之不去的伤感令我更加孤独，我沿着连队的枯渠、草地、果园行走，始终没有一丝皮皮的气息。夜幕中，我跌跌撞撞地踏在阴冷的草丛上，只有月亮清冷地照着我，浓重的寒气滴水成冰，耸立的树丛鬼魅般打量着我的心事。

皮皮你究竟去了哪儿？为什么要离开家？星星冷漠而自私地望着我，远山更加朦胧和生硬。

我已泪水成冰，尽管浑身上下被寒气穿透，可我始终无法停止寻找的步伐。生命如此脆弱，消失往往只在一瞬间，此刻，寒冷早已被我内心的焦急所代替，只要一想到不能回家的皮皮也许正裸露在无人的旷野里，忍受着阵阵逼人的寒气，我便心急如焚。

脉脉庭院深，满眼空惆怅，如今只有瘦风一把。

没有皮皮的日子是孤独的，孤独是我们无处不在的生活。人世间，总会遭遇许多意外和不幸，而今的我拥有一个温暖的巢穴，一份舒心的工作，一份热爱的事业，该是多么的不易啊！与皮皮相比，我的幸福简直可望而不可及。

我们从不珍惜已经得到的，反而在失去中悲叹不已，也许这便是上天的惩罚。

我从未想到皮皮的离开会令我如此难过，我是那样忽视它的存在。有人告诉我：在国外狗就如同家人一样。是啊，整整 8 年了，已经累积了多少感情，从什么时候起，我们已经成了彼此牵挂最亲的亲人。

浓雾笼罩，每一片草丛都能叠加出一个皮皮的背影，我明知一切寻找毫无意义，可依旧不愿放弃。

弟弟告诉我，由于病毒泛滥，打狗队正将野狗进行处理。我的心一下子被提了起来，接着很快又放下了。这只是一个道听途说，并没有任何真凭实据，我宁愿信其无而不愿信其有。

难道皮皮真的病了吗？我猛然想起最后一次见到皮皮的情景。

那是一个寒冷的元旦，杀鸡宰羊，生火做饭，零星的鞭炮在冷风中清脆响亮。知道我回来的皮皮并未像往常那样活蹦乱跳，在我唤了它很久后才缓慢走了过来。它与往日明显不同，只见它步履蹒跚，行动迟缓，如同一个年迈的老人。

是啊！皮皮越来越老，越来越迟缓，除了吃食它从不曾给任何人添过麻烦。已经8岁的它早已不再年壮力强，可它始终如一的忠诚、执守、不弃不离。我立即将事先带回的牛肉喂它，它缓缓地咀嚼着，没有半点喜悦。

难道皮皮真的病了吗？它一定在我们的忽视中渐渐走近衰老，甚至接近死亡，可大意的我们竟然毫无察觉。

尘世中，有太多的牵绊无法放下，整整一个月过去，而皮皮始终杳无音信。

一天，正在看书的我，眼睛突然停在了一片扉页上，"当狗得知自己将死时，会用眼神跟主人告别，然后在附近找个最隐秘的地方，孤独地等待死亡。"

难道真是这样吗？可怜的皮皮。

更多的网络消息似乎证实了这一点，"狗永远不会主动抛弃主人，只有一种情况例外。狗在临死之际，会主动离开主人。""狗在临死之际，或者离家出走或者隐藏起来，无非两个原因：一是怕主人伤心；二是害怕拖累亲族。"

为什么要找最隐秘的地方藏起来？我始终无法接受这样的事实。难道是怕主人看到自己衰老、脆弱的样子，还是怕主人伤心难过？即使面对死亡，也不忘忠诚！这是多么难能可贵的一种品质，相比人类，即便死后也要轰轰烈烈、风风光光的虚伪，不仅可笑，而且毫无意义。与动物的忠诚相比，人类的虚荣与欲望，令我感到可耻。

皮皮一定在逃遁，在找一处没人的地方等待生命的终结，果真如此，我心里更加难过。

其实皮皮不知道，我早已为它最后的归宿做好打算，它的墓地就选在了院子隐秘的一角，我以为那便是它最好的去处，它将永远可以守在这里。然而，我的所有希望都落了空，多么忠厚的皮皮啊，为了主人，无论地面多么冰冷坚硬，还是外面寒风凛冽、大雪纷飞，它都全然不顾，它们心里想的唯有主人。

月光如水，今夜注定无眠。

一段时间，我迷上关于狗的电影题材，《忠犬八公》《一条狗的使命》，每每看到狗为了主人，不惜历经千辛万苦时，我总会泪流满面，无法继续下去。

关上电视，我一次次在黑暗中努力回忆着皮皮痴迷的眼神，回想它活蹦乱跳的样子……

春天来了，雨水飞奔，饱满的芽苞重新描绘着新世界。寻找已经持续到 99 天，再有一天就是 100 天，时间挫败了我所有的希望，一次次让我在寻找中黯然神伤。也许它被歹人用绳索拴住，圈在一个破旧的工地上；也许它被贪吃的人类炖成一锅美食；也许它拖着病痛的身体，将自己埋于提前挖好的洞穴……

动物在逃遁，人类何尝不是如此。逃遁是我们无处不在的精神本质。从出生的那一刻起，我们便开启了逃遁之旅，逃遁恐惧、逃遁压力、逃遁喧嚣、逃遁死亡……

所有的生灵都在时间的通道中寻找最后的归途，对我来说，在毫无预期的未来中，我们只能朝着预定的方向奔跑。命运早已设定好最终的结局，谁也无法逃避，我们只能坦然接受。

生命是一场孤旅，即便我们和最亲密的人紧紧拥抱，内心的孤独也无处不在。无论悲喜交加。只要活着，我们只能风雨兼程，永不回头。

雪落我的孤独

故乡，是最深的乡愁，雪落的连队，我写满不可理解的孤独。

回　家

红尘如烟雨，拂不尽未了情。

我始终是故乡的一片流云，只有回到连队，心才不再流浪。

又下雪了，雪一点一点地积累，这些精致的亮片或大或小，让不大的连队生动起来。于我而言，故乡就是路边的那棵老树，屋顶上的那片月光，路边那座水泥桥墩……一切朴素、自然、纯粹。远远望去，家的轮廓越来越清晰，一个个白色的屋顶孤寂地立在那里，像被人遗弃的孩子。铺天盖地的雪，迈着缓慢的步履，把悲欢离合的往事，淹没在无声的世界里。

踩在厚重的雪上，发出咯吱咯吱的响声。远远地望见，连队伫立雪中，寥落、寂静、萧条，两边的青杨上压满了稀疏厚实的雪团。家在兵团农二师二十八团场加工厂，不时尚、不华丽、不风情，没有现代都市的气势磅礴，与众多的连队一样，却处处显出农家的恬静与安详，平凡中透着浓浓的温馨，使我一踏进它，心里的冰冷瞬间便融化了。

家是一个记忆的阀门，一走进去，那些颠沛流离的陈年往事，支离破碎的片段，瞬间如同一部老旧的影片，回放着往昔的一切。

连队很静，静得有些落寞和陈旧。步履蹒跚的老人不时映入眼帘，几只饥饿的麻雀在空旷的雪地上飞来窜去，企图寻找一些充饥的食物。然而茫茫大雪里，除了雪片什么也没有。这里是我出生成长的地方，这个叫加工厂的连队，熟悉的气息蝶一般飞入我的鼻翼，使我的眼睛顿时有些湿润。断肠人在天涯，对于家乡的思念，几乎占据了我远游时大片的心灵空间，千回百转，寸断肝肠。

离开家乡的光景，日子薄得像张纸，平淡无味而又郁郁寡欢，在异地狭缝生存的艰难，写满了密密匝匝的辛酸往事。

村庄如同一个温情的女人，内心惶惶寂寞着，即便时光再旧，也依然执着地坚守着。几处倒塌的墙壁孑然立在那里，一半土墙裸露在外，一半被大雪淹没。曾几何时，连队也渐渐衰老了起来，苍老得让我心酸动容，尽管每个屋顶上依旧冒着清淡的炊烟，偶尔有人影晃动，却怎么也找不回我孩童时的生机勃勃。

一花一世界，一叶一天堂。

七十年代，连队是一幅多么生动的画面啊！只要一想起来，那葱绿的杨树、整齐的房屋、盛开的杏花，几乎毫无提防地扑入我的眼帘。

那是个朴素而又简单的年代，没有电器的日子，人们依旧开心地生活着。人们很少窝在自家的屋里，仿佛为了凑一份热闹，只要不上班，连队路口总会布满了人群。年轻的父母们仰着一张张充满活力的脸，在他们身边穿行着的，是一群稚嫩而又活跃的生命，有一种飞扬的快乐。

风在阳光下曼妙地舞动，笔直的青杨在春天摇曳，一串串绿色杨树花絮从空中跌落，纷飞的柳絮在舞蹈。春天也是孩子们的节日，女孩们收集绿穗，男孩子编柳条草帽。正是花开季节，果园里的桃花、杏花、梨花粉艳艳地盛开着，湿漉漉的井塔咕咕地冒着一汪春水，水流顺着水渠在欢快地流畅……这是连队独有的风景，那时人们总喜欢聚在井塔旁的空地上，一堆堆密密匝匝的杨木成了人们休闲的去处，他们有的站着、有的坐着，更多的人蹲着，仿佛为了随时准备听从家人的召唤。

每一处都朝气蓬勃，每一个角落都有人影晃动。有人的地方总有说不完的稀奇事，年轻的媳妇笑声清脆，肆虐地张扬着，那流转的眼神里悄然传递着妩媚；男人们则三三两两地聚在离女人不远的地方，神气十足地高谈阔论着外面的世界，连队的新闻、团场的新闻、外地的新闻，每一条都让他们津津乐道；而女人们更多时只扯着家长里短的闲话，扯着张家长、李家短。穿插在大人中，到处是我和伙伴们野马般奔跑的身影。这些愉快的片段，丰盈了我整个童年的记忆。

一只土狗拦在路中，瞬间拽回了我所有的回忆，它那凶悍的样子有些令人不知所措。踩在冰凉的雪上，我的忘记与想起随着身边的景物时隐时现，这就是我曾经的家，每一处风景几乎都深情地牵引着我的视线。一个熟悉的声音在身后响起，回头一望却不是儿时的旧伙伴，她们追逐的背影多像孩童时的我们。

儿时的伙伴是5个花朵一样的生命，她们都有着一个好听的名字，飞雪、晓红、雯琴、惠玲，她们是儿时最快乐的陪伴，在无数个盛夏的午后，我们曾穿着母亲们缝制的小布鞋，穿梭于连队的葵花地里。

那大片潮湿而肥润的土地啊，是我们永远的乐园，捡蘑菇、拔鸡草、捉虫子、采野花，乐此不疲的游戏令女孩们永不厌倦。高高的水渠上，是我们必去的地方，"扑扑腾腾"跳下水，一玩就是几个小时，只有等到夕阳西下的时候，才顺手拔满一筐苦苦菜，然后回家交差。

正是火热的夏季，藤黄的向日葵积攒了一季的灿烂，它们集体立在田野里，头颅整齐地高昂着，有种高贵的美，美得惊心动魄。在麦田两边的田埂上，大朵的野花艳灿灿地盛开着，引诱着我们蝶一般穿梭、追逐、嬉笑、奔跑……

梦里不知身何处，醒来往事愁断肠。

回首往事，总有一丝淡淡的忧伤。那些欢悦的身影早已不知去向，那片曾经富有活力的葵花地，如今只有那一把瘦瘦的冬风，裹着我无尽的惆怅。

还未走到家门口，母亲羸弱的身子早已立在了路口。她那硕大的青蓝羽绒服有点沉重、灰暗，裹着她无法掩饰的衰老，她正朝路口张望着，身子像棵弱不禁风的小树在雪中微微颤抖。我的眼泪一下子滑落下来，有种想奔过去拥抱她的冲动。然而，多年的隔阂和冷漠，让我们早已陌生了任何亲昵的举动，我的手呆呆地停滞在半空中。

回家是一种怀旧的情结，又是我不愿回首和放不下的亲情。家是一件平实的外衣，穿在身上有种冷冷的暖。站在雪中，家由于我的到来，顿时变得忙碌而快活起来。弟弟领着弟媳、小侄一股脑儿地拥到房间里，孩子的叫声、姐弟间的笑声不时飞出窗外。一向不多话的父母，也顶着一头白发不停在我眼前穿梭着、忙碌着。我的出现，仿佛给昏暗的房间射进一束光芒。他们已经步履蹒跚，沉重的日子压得他们的腰身如弯弓般蜷曲着。

一个人，一扇窗，一帘幽梦。

还是这间老屋子，坐在年少时铺着碎花床单的床边，老旧的影集进入眼帘。

这些照片的底色早已发黄，而我却始终不忍放手。曾经沧海难为水，那一张张陈旧的纸片，仓促地记录着似水流年，还有我少时的喜怒哀乐。看着那一张张朝气蓬勃的脸，我这才渐渐看清自己，不知何时青春早已消失不在，也似这年头已久的村庄那般清静如水，恬淡寡欢了。

记忆是一块温软的绸布，抚慰着我内心的脆弱，有种说不清的伤感。

小小的屋子，这间曾经的闺房，存放了太多的悲欢离合。那些潦草的日子，如同张张发黄的纸片，写满了太多的往事。青春的迷惘落在窗上轻薄如纸，轻描淡写着少女的羞涩。无数个夜晚，我惆怅地坐在窗下，翻阅着琼瑶的《窗外》，一遍遍幻想着能有一场风花雪月、死去活来的爱情。那些多愁善感的情愫，长期蚕食鲸吞着我的心灵，久久不肯离去。

那是一段怎样青涩的年华啊！

在一个多雨的季节，我迷上了忧伤的音乐，却不知忧从何来。抱着古朴的吉他，把头靠在哥哥宽厚的肩上，我们一起低声轻唱着《喀秋莎》，听着《雨滴》流露的落寞，为不可预知的未来迷茫着。哥哥走得似乎有点仓促，在某个无声的雨天，这个从出生一直陪伴我的唯一异性伙伴，竟以决然的方式，猝然离我而去。那一刻，我的天空一片黑暗，悲伤、绝望顿时撕裂了我所有的生活，我的脆弱不堪一击。直到很多年后我才明白，其实每个活着的人也在寻找最后的归途。

遥望窗外雨潇潇，思念一缕到天堂。

那天，雨一直下个不停。他最爱弹奏的吉他曲《天空之城》，在我生命里孤独地久久回响，令我有种窒息的伤感。星辉斑斓的生活与我挥手而别，离开他的陪伴，我一个人孤独地奔跑在未来的路上。往事不堪回首，刻骨铭心的痛一点点磨光了岁月的棱角，所有的一切都令我心如止水。

半明半暗的日子，定格在阴阳彼岸。

年迈的父母终于停下了手中的忙碌，悠然自得地听起了咿咿呀呀的河南梆子。只有在听戏时，母亲的表情才重新生动了起来，那些古朴的乡音，仿佛令她重新又回到了少女时代，她陶醉地打着拍子哼着唱腔，与老实厚道的父亲终于有了短暂的默契。河南梆子的曲调是衔接他们乡情的纽带，家乡早已成为父母暮年的魂牵梦萦，他们短暂的幸福只能在熟悉的乡音里重新找回。

窗外，微风拂动，枯枝飞扬。连队的风景依旧寡淡、闲散。我呆呆地望着整齐的砖房，伫立的青扬，一些凌乱的雪花在静静飘荡。我是落在故乡的一颗尘埃，抛在大地上的一个影子，静静地来无声地走，没有人能撼动游走的时光。

东风漫卷飞天絮，回首往事皆尘埃。

撕去日历，日子一天天老去。躺在故乡的怀抱里，我如同一片安静的落叶。此刻，我更想变成一只蝶，重新拥有自己的春天。

母　亲

母亲不断地在我眼前闪现，总有一丝沉默与忧伤，面对这个瘦弱不堪的身影，我的眼前总会出现那仓皇的一幕。

五十多年前，在一个风高漆黑的夜晚，一位秀丽的女子仓促地逃出了洞房。小院张灯结彩、觥筹交错，没有人意识到新娘的失踪。身披大红嫁衣的她，一路上心惊胆战地踏着泥泞的小路，在黑暗中跌跌撞撞地奔跑着，企图寻找一处栖身的灯光。

当年那个逃婚的女子就是我的母亲。

往事是一场动荡的碎梦，总会留着清澈的印记。望着她那个瘦小而又落寞的背影，我常常感到震撼。其实母亲的骨子里远没有那么坚强，我眼中的母亲一直那样娇小、柔软、敏感、爱哭，如同大观园中的林妹妹一样。而六十年代，在那个传统保守的年代，逃婚简直就是大逆不道，即便放在今天，这种出逃依旧令人汗颜。可想而知，对于一向懦弱顺从的母亲，需要多么大的勇气啊！

我一向憎恨母亲的软弱无能，而这次对她不得不刮目相看。

十岁时那年，我随母亲回到了她的家乡。竟没想到母亲的家乡如此美丽，简直与团场天壤之别。走在初春的小镇上，满眼的葱绿放飞了我所有的快乐。母亲的家坐落在街道的中央，气派的青砖瓦房，方方正正的四合院，两棵郁郁葱葱的百年的老树，院后一片不大的莲池里闪动着朵朵枯萎的莲。无论放在哪里，都是一处令人艳羡的宅院。据母亲说每年秋天正是挖莲菜的好时节，每到这个时候，莲池旁总会站满熙熙攘攘人群。虽然我等不到莲菜成熟的季节，可一想到那清爽可口的莲菜尖，我便忍不住咽下贪婪的口水。

正是油菜花开季节，明灿灿的花朵几乎覆盖了所有的农田，偶尔飘落的雨，让空气肆无忌惮地芳香着。街的尽头，一条四季流淌的小河蜿蜒地流向远方，河边大片的沙滩上，不时传来年轻媳妇洗衣时清脆的笑声。细细的雨水，清洗着绿意葱翠的树木，而我则开心地把小脚埋在河底，和表姐、表弟们伺机寻找五颜六色的贝，笑声和着叶的沙沙声，荡漾在金色的沙滩上。

母亲有个好听的名字叫梅，她那忧郁的美总令我想起了巴金《家》里的梅表妹，一样的神情、一样的忧郁、一样的软弱。年轻时候的母亲，长得像极了书上的林徽因，却要比她更好看。母亲那好听的名字是姥爷起的，姥爷出身于书香门第，知识渊博的他不仅能写一手漂亮的毛笔字，而且满腹经纶。我是那样崇拜姥爷，尽管他曾经在新中国成立前有段当乡长的历史，可每当望着他那英俊睿智的照片，我还是那样爱他。母亲也如姥爷那般的爱书，闲时她会坐在低矮的窗檐下，合着轻风低着垂眸，一遍遍翻阅着《第二次握手》《野火春风斗古城》。那些优美的文字，总让母亲的嘴角漾起一丝不易察觉的微笑。

年轻的母亲，是一道动人的风景，白皙的脸上折射着令人羡慕的光润。每当柳枝飞扬的时候，她总爱站在柳树下听戏，她那杨柳细腰也如同柳枝般婀娜多姿地摇摆着。当乡音响起时，她那洁白的脸上总会浮现一层耀眼的光，扑朔的睫毛下一双水汪汪的大眼睛，让我看得心迷神往。

母亲有一双灵巧的手，在盛夏的午后，她总是独自坐在屋前的白杨下，安静地捧着绣花撑子，一针一线的为我绣着裙子上的细碎花边。走在广袤粗犷的西北大地上，母亲的背影显得有些过于单薄，在瑟瑟的风里，有种刻骨的凉。尽管如此，我依然十分爱她。我喜欢悄悄注视母亲，迷恋她眼底里那两片闲散的流云。

母亲是善良软弱的，说话声音总是低低的，她从不愿与人争吵，受委屈时只会躲在阴暗潮湿的角落挥泪如雨。疼爱她的姥爷并没有给母亲带来任何好运，由于这样的出身，不得不让母亲惊恐万分地去逃婚，不得不让母亲只身夹着个小包，匆匆跟着只见过一面的陌生男人来到荒无人烟的大西北。尽管如此，母亲依旧那么爱他。谈起姥爷，母亲的眼里总会拧着潮湿的伤感，像秋季里爬满池塘的青苔。

婚姻是一支沉闷而又顿挫的《六月船歌》，弥漫着忧伤与惆怅。在追梦的路上，母亲显然是失败的，她莽撞地从一个陌生路口奔向另一个，婚姻家庭让她一直不快乐。漂亮时尚的母亲与憨厚老实的父亲总奏出不和谐的音符，家如同一个没有硝烟的战场，冷漠、刺耳、没有温情，她那一双迷人的眼睛总是浸泡在泪水里，没人时她常常一个人坐在窗下默默发呆。

我总恨母亲不爱我，生活的不幸撕裂了她所有的激情，她不时地厉声训斥着我的言行举止，常常用一把柔软的柳条抽得我满身印痕。更多时，她情愿一个人孤独地望着窗外而对我置之不理。

童年时的我，仿佛一块老旧的绸布，落寞的无人问津，令我黯然神伤。

母亲一直倔强地和命运抗争着，归巢的期盼让她不顾我们所有人的反对，一心要携带着成年的哥哥回到她魂牵梦萦的故乡。也许情深缘浅，母亲最终心愿未了，哥哥的猝然离世让她所有美好的希冀掉进了黑色的谷底。痛苦是最深的午夜，从此她日渐瘦了下去，她的美丽流失在每一寸哀伤里，她整日呆滞地望着路口的过往，白发悄然爬满了她的头顶。

春花已逝、夏意淡去，光阴一天天老去，母亲也一天天衰老。在每一个节假日里，她会同连队的一群老人们坐在那条残败的水泥桥墩上，目光远远搜寻着自己的儿女，我却一直狠心地迟迟不归。

她的声音依然那样轻柔，倒影的年华在她脸上经久不衰，她用轻声细语对我问寒问暖。望着她那关切的眼神，我终于读懂了母爱。也许它不经意地流淌在一个个问候里，也许流落在一次次盼我回归的牵挂里。盈盈一水间，脉脉不得语。我是那样爱她，我把爱深深埋进淡淡的注视里，却什么也不肯说。

望着日益苍老的母亲，我的眼底始终湿润着，那个细瘦的背影总在我眼前浮出一幅画面，我仿佛看到那个风高漆黑的夜晚，一个纤细的女子惊慌失措地奔跑着……

雪中的连队

冬至的雪，下了整整一夜。

不知谁在远方呼唤我？迎着呼啸的风，我又回到了熟悉的连队。

连队还是从前的样子，寂静、萧条、破败，却又熟悉、亲切、温馨，像块厚实的棉布，贴在身上暖暖的。汽车刚行驶过排碱渠，我便看到那座褪了皮的水泥桥墩两旁，站满了向路口张望的老人，还有两排高大整齐的青杨。

一张张熟悉与不熟悉的脸，勾起牵挂千丝万缕……

我看到了雪中的连队，此时如同一座孤城，不张扬、不浮躁，没有城镇的热闹与繁华，像我的心情，落寞、寡淡、冰冷，有一种孤独和冷清。斜斜歪歪的屋顶呈现出大小不一的三角图案，东一片、西一片，像极了春江里随时远航的帆。

雪中的连队，一个独立于外的世界。

这是一个能用心触摸到的连队，有种简朴的诗意。它淹没于风中，埋葬在雪里，看不出它与世界的界限。雪漫无目的地在整个大地铺开，如同数不清白色跌落的羽毛，如果我没有猜错的话，那一定是天使掉落的翅膀，毛茸茸的泛滥成灾。

我的灵魂被牵引着，穿村而过。

雪来了，万物睁大了眼睛，有麻雀的喜悦，小狗的惊讶，此刻的雪缤纷了它们的梦境。我伸出手臂，它们落在我的肌肤上有种柔软的凉。

空气是清新的，飘散着连队独有的气息。远远地便有我熟悉的香味，刺激着我的味蕾。冬至到了，家家户户的屋顶上冒着淡淡的炊烟，沸腾的铁锅里煮着的一定是饺子。要吃饺子了！雪地上顿时一片喧哗，奔跑的孩童，把脚底踩得咯吱咯吱地响，清脆的声音格外好听，远远近近的鸡鸣狗叫声此起彼伏，蜿蜒小道早已被厚厚的积雪淹没，一串串七零八散的脚印却让雪地热闹起来。

穿过小桥，半截矮墙浸在雪里，藏着一段辛酸往事：这是我的峰叔六十年代生活过的地方，站在矮墙边，我仿佛又听到了那个温婉女子悦耳动听的笑声。一对冰清玉洁的璧人，他们当年是怎么相爱又怎样分离？我无法想象。一段凄美的爱情，这对恋人早已先去了另一个世界，如今只剩下半截矮墙，记录着他们凄婉的爱情故事。

尘世嚣嚣，谁又是谁命中的伤？

雪沸沸扬扬地下着，如同天女散花，仿佛永无止境，雪花不断飘落在屋顶上。村庄异常安静，远远望去，有些孤芳自赏的孤独，风烟俱净的宁静，像极了我一颗漂泊在外多年的心。

我喜欢这样的孤单，一个人，一个村庄，一段往事。

"快回家吧！"一个声音唤我回去，跟着声音我走进小院。

推开厚重的枣红门，小侄正支着密密麻麻的铁丝网，院里的雪地上残留着鸟雀横七竖八划过的痕迹，空地下撒着他从厨房里偷出的玉米粒子，他笑嘻嘻地躲在门后，等待几只飞入院中的麻雀落入圈套。我蓦然地呆在那里了，仿佛一下子看到了四十年前的自己，在一个有雪的冬天，支着捕雀的网子，我被哥哥拉着藏在门后。他拼命地捂着我的嘴，一个劲地告诫我：不要笑、不要笑！两张冻红的小脸，却一脸欢悦地等待着麻雀成为网中之雀……

飞花一去不复返，处处皆是离人泪。

多少年过去，还是一场雪，一个小院，一张网。

只是再也不见雪地上的人，哥哥早已离我远去，再也没人会拼命地捂住我的嘴，告诉我：不要笑、不要笑。我第一次对生命中的生死别离那样的伤感与无助。时过境迁，所有的美好也紧跟着那场雪走得义无反顾，永不回头。

雪覆盖了一个又一个年轮，而我也已是中年，身边又重新站着一个爱我的人。

回到房中，打开了 CD，我把声音调得很大，班德瑞的钢琴曲《初雪》顿时飞出窗外，空灵、缥缈、寂寞……像极了眼前的这场雪，在连队上空静谧飞翔，轻柔而又缠绵。

一瞬间，记忆打湿了我所有的视线。贴着枕边，我的眼泪奔腾而下。

这个冬天，我曾走过许多有雪的城市与村庄，可没有一处能让我停下脚步。我是一只漂泊在外的孤雁，不论行走多远，冥冥之中总有一种力量将我拽回连队。乡愁是岁月的长河，是朝思暮想却又近乡情怯的归程，或长或窄，或远或近，与我一生纠缠。

雪还在下，站在雪中，我独自拥有一个雪落的黄昏。

我的目光在昏暗中四处游走，树木零落，枝枯影疏，雪重重压在上面似一树四月绽放的梨花。我知道，雪一定是位超凡脱俗的仙子，不经意跌落凡间，远远望去，更似一幅中国传统的水墨丹青。守着这样的风景，清逸淡泊，寂静洒然，我愿在这样的时光里渐渐老去。

如果可以，我只想做一株遗世的树，守着寂寞的雪，静看一世的芳华。

夜晚，故乡的雪是我最美的梦境。它让我想起一句话：无论我睡在哪里，我都睡在夜里。村庄依旧宁静，篱笆、院落、犬吠、枯草……

今夜，无论我睡在哪里，都睡在静谧的雪中。

等候春天

"冬天到了，春天还会远吗？"躺在寂静的连队，我在等候一个人的春天。

这是一个没有阳光的冬季，雪一遍一遍铺满田野。这是个极为平凡的日子，村庄依旧，小路上人来人往。

只有我一个人，在静静等候春天。

我的目光穿村而过，它仿佛独立于时间之外，一成不变地安然静谧。树木没有规则地穿插在一排排砖房间，冷静而又严肃，仿佛在思索着什么，忽略了鸟类带来的快感。我想它们一定如同我这般在期盼春天，因为我看见了它们全身饱满的芽孢在偷偷向外伸展，每一天都在不断长大，充满了对春天的渴望。此时，就连光秃的枝条，也抑制不住风中的喜悦，卖弄着，坏笑着，向路人裸露地展现万种风情。

那些无须冬眠的鸟类，它们在寒风里瑟瑟颤抖，一遍遍叽叽喳喳地说着关于春天的话题，尽管它们早已熟悉了季节变换，可它们却依然无法掩饰对春的渴望。

相思未老风先瘦，提笔问心诗作酒。

这个冬天，我习惯了坐在角落与寂寞独自对饮。我躲在自己的世界里，用尖尖的笔触抒写一个个悲欢离合的陈年旧事，日子平淡得没有任何波澜。冬季的阴霾晦暗沉重，在看不到阳光的日子里，我坐在一张木桌前，一杯茶、一盘瓜子、一卷书，整齐的青杨遮住我向外张望的视线。偶尔，我看见了窗外的风，吹动着女子乌黑的长发，女子头顶那根长长的碧绿丝带瞬间带给我惊喜。是啊，春天到了，就连那曼妙女子的身上也满是春的味道。

我渴望春天，夜里大片大片的桃花向我蜂拥而来，醒来却惆怅万千。我喜欢一首诗的名字叫《一个人的春天》，一个人 / 静静走过夏天、秋天、冬天，一个人 / 静静走向春天。我喜欢一个人的感觉，寂寞、凛冽、孤芳自赏。我突然想拿起画笔勾勒一幅图画，用青涩而素淡的颜料勾勒几枝漫天飞舞的柳絮，色调是翠绿。对，它必须是翠绿，让画面充满希冀，再配一个凉薄的名字：一个人的春天。是啊，这个春天是属于我一个人的。

风扬了起来，我却依旧在自我的世界里沉醉。

一个人沿村而行，儿时的伙伴早已不知去向，她们留给我的只剩下连队的记忆。我想起了少时最好的玩伴飞雪，每每回头看她时，她那白皙的脸上总是浮现出一种动人的光。在某个春天，她惊喜地指着两棵绿茵茵的树说：看，萍，一棵是你、一棵是我。白驹过隙，如今，两棵树早已紧紧地缠绕在一起，而我和飞雪却越离越远，一个在东、一个在西。倒塌的红砖墙壁浸入眼帘，勤劳的蜘蛛织满了密密的网。那些童年的趣事也似天上的一朵流云，轻薄地飘出了视线。

我只能孤独地走在一条路上，思念一个旧人，一截旧事，一段旧光阴。

一束光穿过阴霾照射大地，村庄嘈杂起来。我听到了牛羊的叫声，悠长而又舒缓。白鹅在风中伸长了脖子，轻轻扑打着毛茸茸的翅膀，孩童们开始撒着欢地四处奔跑，在太阳下如同蝶一般舞动着。这些影子落入我的惆怅里，有股淡淡的苦涩。

袅袅炊烟，开始在村庄上空蛇一般地扭动着，我欣喜地把它们吸入鼻翼。我是个在炊烟里长大的孩子，那些熟悉的味道冲淡了我忧郁的心事，让我闻出了春天的味道，是啊，春天就要来了！

穿过连队，一些熟悉的声音常常令我感动不已，那些亲切的问候仿佛问候一个远归的游子。我的心渐渐平静下来，冰雪消融，春天还会远吗？我愿与连队一起安静地等候春天。春天真的快来了，也许它们就在某一个清晨里，也许就在回眸的一瞬间，当我打开门时，万物复苏、草长莺飞、丝绦拂堤，处处洋溢着和暖的气息。

天还是冷，田野满目荒草，我开始怀念果园的梨花。

它总开在人间四月芳菲间，有种洁白无瑕的白。我喜欢一个人沉浸在连队"梨花白雪飞、杏艳紫霞消"的俏丽春色里。在一个迷失的黄昏，我曾丢失在一片不知主人的梨园里。果园里有数不清的树，黄昏的鬼魅吞噬着我，它们悄悄躲在暗处，令我的大脑里浮现出许多怪异的传说。

植物也会有爱情吗？有人说，爱情是一棵树与另一棵树的相遇。我想那一定是合欢树，我羡慕春季里的合欢，它们彼此偷偷喜欢着、含情脉脉凝望着，密密麻麻交织在一起。此刻，我更渴望爱情的春天，即便与心爱的人成为两棵树也无憾，我情愿在大地上盘根交错、生死相依，吹着暖暖的季风，听着杂乱清脆的鸟鸣，旁若无人地谈诗论道，在漫长的岁月里，一寸寸地耳厮鬓磨。

阳光终于爬过屋顶，我的呼吸越来越重，风在一点点地把大地唤醒。空地上有几个放风筝的孩子，他们努力地望着天。放飞风筝最好的季节是春天，想到春天，心就醉了。

冬天来了，春天还会远吗？我想我的春天即将来临。

一个人的独自清唱

不知从何时起，心中悄然绽放出一朵心莲，每片花瓣平平仄仄刻满了连队的记忆，对于一个从小在团场长大的孩子来说，连队是最深的乡愁，连队，犹如一个人的独自清唱……

峰　叔

小时候，家里一张两寸的黑白照片总会引起我无限的好奇。

照片里是个非常好看的女子，弯弯的刘海，柳眉杏眼，微翘的嘴角一抹迷人的妩媚。

"那是谁呀，这么好看？"我忍不住问母亲。

"她啊，是你峰叔的前妻。"母亲说着，眼里闪过一丝黯然的伤感。

峰叔是哥哥的峰叔，是个高大英俊的男人，单身的峰叔一直把哥哥当作自己的孩子，据说峰叔一直想要收养哥哥。这个念头令我实在难以接受。要知道，哥哥可是我从出生起唯一形影不离的玩伴。所以，每每峰叔带走哥哥的时候，我总是哭得死去活来的，最终的结果便是和哥哥一起住在了峰叔家。

峰叔家离得并不算太远，只有6公里。尽管如此，可在那个交通工具匮乏的年代，其间不是沙包便是小河，足足让我们走上大半天，虽然走得很疲惫，可一路上我们却开心地有说有笑。峰叔是个会讲故事的人，他的故事总能引得我和哥哥笑声不断。

峰叔是个极爱干净的人，虽然没有妻子，可爱干净的他却把房间收拾得一尘不染；峰叔还会做饭，看着我们嘴馋的样子，他总会变着花样给我们做各样可口的饭菜；峰叔是个温馨的男人，总把我和哥哥照顾得无微不至，让我们把他的家当成最快乐的天堂。

每当晚霞映红团场时，我和哥哥总会在房前的大柳树上爬上爬下，忙碌了一天的峰叔则钻进旁边的杏园里为我俩摘杏子吃。即使再麻烦，峰叔从未嫌弃过我们，我和哥哥常常一住就是几个月，直到父亲赶着毛驴车接我们回去。我们几乎快成了峰叔的孩子，尤其是哥哥，过不了多久，峰叔又会蹚过河来接我们。

直到8岁那年，这样的生活才彻底结束。因为峰叔又结婚了，峰叔这次婚结得非常草率，据说他连女方的面都没见便答应了，真不知峰叔到底在想些什么？

结婚的那天，大红的灯笼、大红的喜字，喝喜酒的人们喜气洋洋，唯有峰叔脸色阴沉，闷闷不乐。我偷偷躲在门缝里看新娘，只见五大三粗的她和高大英俊的峰叔站在一起极不协调，尤其粗犷洪亮的嗓门竟把我吓了一大跳。

我不喜欢峰叔的妻子，她长得一点也不好看！不仅不好看，甚至可以用丑陋来形容。粗大的五官潦草地分布再脸上，腰肢粗壮而又结实。我的不喜欢简直毫无道理，正是这个粗壮的腰肢竟一口气为峰叔生了5个孩子。随着孩子不断增多，峰叔不再来接我们，他的日子也随着一群孩子的出生蹉跎了光阴。

我总缠着母亲讲照片上那个女子的故事。母亲告诉我那个女子叫柳眉，一听到名字，我的眼前便会跳起一个温软细腻的女子。

柳眉到底是个什么样的女人，为什么会离开峰叔？

1956年，风年正茂的峰叔和父亲从河南一同踏上了新疆支边的火车，千里迢迢地来到荒无人烟的大西北，并在新疆生产建设兵团第二师的团场扎下了根。尽管当初这里是一片风沙荡荡的荒漠，条件非常艰苦，可激情燃烧的他们还是坚决地留在了这里。

幽默诙谐、风度翩翩的峰叔在男人中显得十分耀眼，很快他为自己赢得了一个人人都羡慕的好工作——广播员。然而，这个令人都羡慕的好工作，竟让峰叔在一次爱情中葬送。

1966年，峰叔在回河南探亲中，结识了洛阳的城市姑娘柳眉。这个细眉淡眼、一头长发的姑娘，顿时让峰叔一见钟情，爱得死去活来。眼看归期已到，峰叔依旧恋恋不舍，他怎么也舍不得离开。直到柳眉嫁给了峰叔，峰叔这才带着她一同来到团场。然而，爱情的代价是由事业换来的，迟迟不归的他，广播员工作早已被人代替，由于峰叔严重违反团场纪律，他受到了处分。团场为了惩罚他自由散漫的行为，把他分配到离团场最偏远的单位去放羊。

峰叔毫不犹豫地赶着羊群就走，一上山就是几个月，团场艰苦的条件令大城市来的柳眉根本无所适从。天不亮，她便啃着冷凉的馒头早早下地，直到天黑透才回到房间，繁重的工作常常累得她浑身酸疼。最可怕的是她一个人住在偏远破旧的地窝子里，夜晚的风声令她惊恐万分。终于有一天，柳眉再也忍无可忍。

两年后，她重新回到了那个养育她的繁花似锦的大都市——河南洛阳。

柳眉走后，峰叔变得失魂落魄起来，他不断以各种借口跑回内地看望妻子。可柳眉最终还在父母的逼迫下与峰叔离了婚，并按照父母的意愿匆匆嫁人。峰叔一直多年不娶，痴情的他每月除了零花钱外将剩下所有的钱月月寄给柳眉。据说，再婚后的柳眉过得并不好，因为她肚里怀上了峰叔的孩子。

很小时，我便悄悄迷恋上了这个叫柳眉的女子，常常注视着那张两寸的照片，弯弯的柳眉，水汪汪的大眼睛，多美的女子啊！

我从没想到过有朝一日会亲眼见到这个女子，见到柳眉是在二十年后的一个盛夏。

一天，我推开家门，只见一个清秀的女子端坐在小院里，我一眼便认出了她，是柳眉。

她还是那么娇小温婉，尽管她变化很大，可眉眼间依旧楚楚动人，她苍老了许多，眼角细细的皱纹与满头密集的白发写满了生活的愁苦。她过得不好！果然，一提起现在的生活她便哭了。再婚的柳姨没过上一天像样的日子，她怀上了峰叔的孩子，丈夫的拳打脚踢几乎成了家常便饭。终于等到儿子大了，却得了不治之症，男人如同轰小鸡般将她们母子轰出了家门。

她没脸再见峰叔。可下岗后没有任何收入的她，为医治孩子只能千里迢迢来寻找峰叔。

峰叔还没来，柳姨便一直痴痴呆呆如同祥林嫂似的重复着一句话：我那时怎么那么傻啊，怎么就回去了呢？

接到消息的峰叔很快来了，年过半百的峰叔还是那样英俊好看，尽管脸上布满了皱纹，两道剑眉下的眼睛依然炯炯有神，高高的鼻梁依然挺拔。两人见面时彼此都愣了，最后还是峰叔拉着她的手竟问了句："你怎么都老了呢……"说完，两个人站在那里一动不动，接着两人都哭了。

两个人又见了几面，每次见面柳姨都哭得如同泪人一般，怕峰叔的家人知道，母亲只得劝柳姨快快回去。一切无法挽回，再婚的峰叔已是5个孩子的父亲，日子过得红红火火。

临行前，峰叔来了，听说她要走，两个半百的老人在我们面前毫无掩饰地又哭了。峰叔握着她的手塞给了她一笔钱，要她给孩子治病，并告诉她找机会一定要见见孩子。

谁知，这一走竟是诀别，就在柳姨走后的第三天，峰叔因悲伤过度心脏病发作，突然去世。一年以后，柳姨也跟着走了。

相爱太短，思念太长。每每看到照片心中便隐隐作痛，为何情深，为何缘浅？是我们的故事过于美丽忧伤，还是梦幻太遥不可及？

小　青

六岁那年，连队里来了一个脸上刻着"十字"的女人，她的到来让平静的连队夸张地热闹着。

脸上刻着"十字"的女人叫刘小青，烟花烫的发卷懒散地垂着，裸露的颈部一片晃眼的白，扑簌的睫毛下深陷着一双美丽的大眼睛，半闭的眼里透露着迷茫与不解，她穿着松松垮垮的高跟鞋，却那样的优雅动人，白瓷般的肌肤上没有一丁点的瑕疵，水嫩得漾开来随时会把谁淹没，站在一片灰扑扑的蓝绿衣褂的人群中，就连孩子都看得目瞪口呆。只是她脸上那个深深的"十字"，像条丑陋的虫爬在脸上。人们躲在她的背后指指点点，都说她是个坏女人。

上世纪六十年代，还是个娱乐生活奇缺的时代，全连人刚兴师动众地跑到团部看了场《白蛇传》，一看到她，便不约而同地将她与那个美丽的蛇精联系在了一起，张口闭口叫她小青。小青的到来彻底颠覆了人们当时的审美观，尽管女人们常骂她的坏，却悄然地如她般留起了长发。

三十多岁的小青竟然还是个未婚女子，连队一时又炸开了锅。

小青成了大家关注的对象。尽管如此，小青却是高傲的，对女人，顶多点点头算是回答。对男人，只懒洋洋地看上一眼，便再也不看第二眼。小青的高傲深深地刺痛了人们，对付这种女人，人们的想象力放大十倍：小青曾是国民党时期的女特务，小青曾是江洋大盗女飞贼，小青曾是青楼女子，小青是个……总之，那个深深的"十字"是向人们挑明：小青是个坏女人。

小青竟然还是个大学生，在一群文化程度不高的职工中，小青成了棉检员。当棉检员的小青脸上永远面无表情，不管谁来她只按等级标准验收棉花，她对所有人的态度永远都一样，没有任何人可以找她说情走后门，她是最公正的棉检员，又是最不近人情的检验员。

尽管小青工作十分认真，可关于她的私生活始终是全连关注的焦点。小青的穿着既风情又大胆，即便是大冷天，她也会袭一身碎花的旗袍露半截细嫩的腿，一时惊鸿了连队里所有的眼球，男人们贪婪地把目光留在她洁白的肌肤上，女人们则狠狠地吐着唾沫星子，流言顿时肆意飞满连队的每一个角落。

人们开始大胆猎艳小青身上的每一个细节。可小青像是看透了世人的心思，从不给任何人机会，没有人能走近她，没有人能探到关于那个"十字"的秘密。

月光里的脚步总会惊扰着夜悄然醒来，小青的窗外会莫名地忙碌，黑影的脚步杂乱地在窗下、门前挪动。总有人在半个月亮躲进云彩时敲她的房门，轻声喊着她的名字，黑夜仿佛是个偷东西的贼。渐渐地，男人们深更半夜敲小青的门已不是什么可耻的秘密，甚至成了彼此互相吹捧的资本，就连单位里最邋遢的单身汉王老五青天白日下也敢大大方方趴在她门缝里上往里瞧。

小青成了连里的另类，关于她的故事成了男人与女人们茶余饭后的谈资。

大家越来越不尊重她，时常在一家人刚蓬头灰脸地爬出被窝时，便赫然地看见小青的门上悬挂着一双破鞋；小青穿越过人群时，女人们会飞快地拉着孩子闪到一边；小青下班的路上，会突然迎面被泼来一盆脏水，而令人们不解的是小青的脸上始终木然着，没有任何表情。

所有人都说她坏，说她风流，我却迷上了她，迷她身上那股奇异的香，迷她脸上刻着的"十字"，迷她如同挂在云端里闲淡的神情。我也渴望像人们一样恨不得把那两帘美丽的窗幔搲下来，看看小屋里到底还藏着什么美丽的传奇。

终于有一天，我和一群小伙伴们也紧紧地把一堆小脑袋摞在她的门缝上，想穿过细窄的光束搜到什么特别的东西，不知是由于身体摞得太重还是门闩太过陈旧，门"哐"地一声被撞开了，我被小伙伴们重重压倒在地下，身后的孩子们则吓得一哄而散。

我一眼看见了躺在雕花木床上的小青，她穿着件绣花睡衣，眼睛半睁半闭着，像条夜间吐着芬芳的小蛇，寂寞地用舌尖独舔着人间的苦涩。我吓坏了，不知所措。小青拉起了我，轻柔地问："妮子，你想看什么？"她竟然知道我的名字，我呆呆地望着她。

小屋的一切让我赫然吃了一惊，墙壁上贴满了一个英俊军官的照片。只是，他的肖像也如她那般落寞着，布满灰尘。

我指着照片犹豫地问："阿姨，他是谁？"小青突然笑了，"他啊，是阿姨最爱的人。"这是我第一次见小青笑，笑得格外冷，微翘的嘴角像冬湖里半弯凄凉的冷月。

看着她伤感的表情，我的眼泪忍不住掉了下来。她抚摸着我梳得不对称的羊角辫温柔地说："快回家吧，下次别来了，别跟任何人提你看到的照片。"我飞也似地跑了。

后来，不管别人怎么问我都不肯说出小屋里的秘密。

从那以后，我盼着照片里的军官盼得望眼欲穿，我发疯似的盼着自己快快长大，长大后也要做一个像小青那样曼妙的女子，让细细的长发缠住一颗为我柔软的心。

我嫁了，小青依旧一个人我行我素，纤细的皱纹悄然爬上了她的脸。退了休的小青并没有回到生育她的大城市——上海，人们不再提起她，年过半百的小青早已是人们淡忘的话题。

正当人们已忘却了这个孤芳自赏的女人时，连队爆出了一条新闻，六十岁的小青要结婚了。一个拖着一条瘸腿的男人站在了人们的面前，我细细地看着，终于认出了他就是画像里的那个男人。只是他老了，尽管老得如此不堪，可他的脸还是那样好看。

"十字"的秘密终于被揭开了。原来，新中国成立前，小青爱上了一位英俊的军官。两人正准备结婚时，战争爆发了，从此后两人音讯全无。上世纪六十年代，小青的美貌被一个男人垂涎三尺，男人想娶她为妻，却被她高傲地拒绝了，于是她被挂着破鞋游街，可她始终不从。那个丧心病狂的男人竟残忍地用电烙铁在她白皙的脸上烙下一个深深的"十字"。

听到这个故事，连队安静了，村庄沉默了。女人们恨不得咬断自己的舌头，男人们则羞愧地低下了头。小青却原谅了所有人，她依旧那么美，明眸间翻阅着春天的诗篇，嘴角上浮动着绿色的芙蓉，她对所有的人微笑着，带着丈夫挨家挨户地走访、告别。

临走时，连里的男女老少都来送她，早春二月的风一直吹着她的脸，她脸上的"十字"像花一样卷着，就在车启动的那一刻，我看到小青哭了……

王 伯

王伯是家中的常客，从记事起他就常常出现在家里。

很小的时候，我便知道王伯是个无保户，无儿、无女，也无妻。可王伯似乎并不在乎，也没有任何要成家立业的意思，连队里他还有一个亲弟弟，不光有弟弟，还有弟媳、侄子、侄女等很多亲人。可虽然这些亲人离得很近，王伯似乎并不常去。他最喜欢去的地方还是我家，显然，他在这里找到了自己的快乐。

在那个没有电视、手机的年代，人们并不显得无聊和空虚。连队很热闹，有一百多户职工，有的是交流感情的场所和对象，串门、聊天、谝闲传，日子照样过得有滋有味。连队虽不大，可职工们却来自五湖四海，河南人、四川人、上海人、山东人……他们丰富了连队的生活和内容。串门也不是随便乱窜的，俗话说老乡见老乡，两眼泪汪汪，最终还是河南人喜欢找河南人，四川人找四川人。

王伯也不例外，作为河南人的他，更喜欢来找自己的河南老乡来闲扯。而老实巴交的父母，正是王伯倾诉的对象。王伯在连队是个赶大车的，为了工作方便，一个人孤零零地住在远离连队的马厩旁。

也许是日子太过冷清，王伯串门串得格外勤。

小时候，记得王伯几乎天天晚上都来家里，尤其冬天。因为冬天一到，父母总是把炉火烧得旺旺的，整个房间涌动着一股暖流。在这样美好的夜晚里，母亲便会把从连队分来的葵花籽炒得香喷喷的，香味弥漫了整个房间，让孩子们忍不住垂涎欲滴。即便外面大雪纷飞，可此时的我们却一点却也不觉得寒冷。灯光下，母亲永远都在不停纳着鞋底，几个孩子围在方桌上写作业，而父亲则和王伯一边嗑着瓜子，一边唠着闲话。父母从未把王伯当成外人，仿佛王伯就是这个家中的一分子。正因为如此，这片不大的天地就成了王伯工作外的美好时光，每次直聊到很晚他才起身回去。

王伯似乎和父亲很投缘，总有说不完的家常话，说老家、说连队、说工作，更多时，他们喜欢谈论家乡、谈论村庄、谈论每一个他们所认识的人。谈到家乡的父母时，两个人忍不住老泪纵横。

于是，我便猜想王伯和父亲是最近的老乡，果然，他们两家仅隔几里路。1956年，父亲和他们兄弟俩一同进疆支边，为了能让几个老乡常聚在一起，王伯的弟弟费尽九牛二虎之力才把父亲也调到了加工厂这个连队。正因为如此，父亲才格外感恩王伯兄弟，准确地说他们更像亲人一样。尤其是王伯，仿佛就是父亲的大哥，即便遇见夫妻俩吵架的家务事，也得由王伯来评判对错。

记忆中的王伯身体似乎并不太好，他总是没完没了地咳个不停。王伯很喜欢孩子，每逢过节时，一向不花钱的他总会往我们的口袋里塞些糖果。到了过年时，也会给我们兄妹三人塞几个压岁钱，而我们也从未把他当作外人，而是当作自己的亲大伯。

别看王伯平时佝头偻腰咳声不断，可一旦坐在马车上立即精神抖擞神采奕奕。我和哥哥只要一有机会便坐上他的马车，只见他挥着马鞭神采飞扬，简直像变成了另外一个人，这时的王伯一扫往日的没精打采，竟有几分男人的豪气。我们还经常喜欢跑到他的住处去玩，在几十米长的马厩里，一头头高大的枣红马气宇轩昂，让我和哥哥非常着迷。

可守着一群马的王伯还是孤独的，尤其他一个人住得那样偏远。

大家都奇怪王伯为什么不成家，并且从来不愿谈及男女之事。看着他孤孤单单的身影，好心的人们忍不住给他张罗了几个女子，这些女人与王伯看起来很般配，可谓才貌相当门当户对。可不知什么原因，全都被他拒绝了。

人不可貌相，海水不可斗量。于是那些给他介绍对象的人，嘴上便忍不住说起了风凉话，别看老王头长得很普通，可心气还怪高！老王头到底要找个什么样的女子？问他只是摇摇头，什么也不说。看来王伯似乎有些不知好歹，弄得大伙很不满，尤其是那些给他张罗过对象的人。大伙在他面前碰了壁，从此对他的婚姻大事绝口不提。

就在人们都忘了老王这个清心寡欲的单身汉时，却传出王伯的一段奇闻。

一天，一则电影消息在整个连队传得沸沸扬扬，团部要放映《红楼梦》了，这个消息让全连人为之一震。

20世纪70年代初，兵团人的生活明显已有了很大的改善，团部盖起了大礼堂，大礼堂的作用不仅仅是隔三岔五地开大会，更多时是用来给大家放电影。有了电影院和电影就完全不一样，人们便看到了《英雄小八路》《铁道游击队》

《洪湖赤卫队》《英雄儿女》《地道战》等这些经典抗战影片。电影彻底地改变了人们匮乏的娱乐生活，大家看得津津有味，可光看战争片也没多大意思，毕竟战争片看多了，也会产生视觉疲劳，于是都想换换口味看点不一样的。

《红楼梦》这部电影，早就听人说过，光听说可没机会看。据说这是一部爱情片，这真是个稀奇事。七十年代，虽说连队大多数人都成了家，可爱情这个词还是有点隐晦，不那么正大光明。

谈起《红楼梦》，有文化的都知道《红楼梦》好看啊，是中国的四大名著之一，尤其里面的贾宝玉和林黛玉的爱情故事更是千古绝唱。据说这部电影拍得极好，由王文娟和徐玉兰主演，一时间风靡了全国。可光听别人讲没多大意思，关键要能亲眼看上才行。

于是，机会来了。电影还没放映便被传得全团无人不知，到了放映的那一天，整个电影院爆满。为了满足大家的需求，这部长达几个小时的电影，影院一口气连放了三场，并且场场座无虚席，火热程度一点也不亚于20世纪80年代的《少林寺》。

王伯当然也不例外，这么好看的电影自然不能放过。许多人看过一遍后便回家干活去了，可王伯则不然，坐在电影院里一连看了三场，看到动情之处还泪雨涟涟。

连队人有个习惯，看完一场电影后总喜欢津津乐道地谈论一番，尤其像《红楼梦》这样的经典影片，大家更不肯放过。而连看三场的王伯并没有参与其中，这让人有点不可思议。就在人们个个都谈得口齿生香时，而王伯却突然病倒了，病倒的原因无从知晓，只知道王伯很久没有出现在人们的视线里了，而且很长一段时间，王伯再也没来我家串门了，看来这个王伯病得不轻。

关系好的都商量着去上门看看王伯，尤其亲如家人的父母，自然义不容辞。看望过后的母亲并没有一脸愁容，而是哧哧地笑个不停。原来王伯是看完电影得病的。啥电影还能让人看了还病倒了呢？就是这部《红楼梦》，这世间还真有相思病。

原来，王伯年轻时有个恋人，俩人从小青梅竹马、情投意合，双方家长也早早给他们定了亲。可正当两人年底就准备结婚时，一场"到边疆去，到祖国最需要的地方去！"的洪流席卷了全国，意气风发的王伯也如同众多有志青年一样，匆匆踏上了西行的火车。年轻朝气蓬勃的他，立志报效祖国，决心开发新疆、建设边疆。

来到新疆的王伯，除了拼命工作外心里一刻也没忘记过自己的未婚妻，只想等到工作生活条件好一些，便接她来团场。

谁承想，荒无人烟的大西北远没有想象得那般美好，这里没有农田、没有住房，只有一望无际的戈壁荒滩和头顶上的炎炎烈日。天当被、地当床，不仅一无所有，而且生活条件也十分艰苦。不仅如此，20世纪五六十年代，兵团的垦荒事业正是蒸蒸日上，大片的荒地要开发，大段的排碱渠要挖，时间紧、任务重，职工每天早出晚回两头不见太阳，极少有休息的时间，更别提回家探亲。

日子就这样一天天拖了下去，等到团场有了住房、有了万亩良田时，王伯终于能回家探亲了，正当他欢天喜地地准备迎娶他的新娘时，可令他万万没想到的是，未婚妻早已死在了三年严重困难时期。这个消息如同晴空霹雳，让王伯怎么也无法接受。由于太过怀念未婚妻，一往情深的王伯决定终身不娶。

那是片不能触碰的伤口，这段心酸的往事一直藏在王伯的心灵深处，他本想藏上一辈子，对任何人都绝口不提，可偏偏就是这部《红楼梦》，触动了他的伤心往事，那个弱不禁风的林妹妹多像自己的未婚妻啊！心灵的伤口瞬间被重新撕开，里面的血汩汩直流。未婚妻的影子始终在他眼前挥之不去，王伯的精神彻底垮了，他变得一蹶不振，咳嗽更加严重，肺病一天重似一天，以至于连队很多人都不得不躲着，他也极少再来我家。

一天，正在写作业的我，突然听到一声剧烈的咳嗽声，我掀开门帘一看是王伯，完不成作业的我此时正心烦意乱。当他问及母亲时，我竟然鬼使神差地告诉他不在。可未等话音落下，母亲竟然从里间的卧室走了出来，母亲什么时候躲在里屋睡大觉的，我竟毫不知情。可母亲的出现令我非常尴尬和难堪，仿佛是为了印证我的谎言。

这次的串门显然很不愉快，王伯没坐多久便离开了。我一定伤害了老人，从此我便日日渴望着王伯能再来我家串门，找机会向他好好解释并道歉，可老天却并没有给我这个机会。

就在我眼巴巴地盼着王伯再次到来时，母亲却突然告诉我，王伯去世了。这个消息如同一声惊雷，一想到王伯那失望的眼神，我便深深地感到内疚，不知王伯在天之灵能否原谅我。

时光飞梭，岁月如歌，几十年过后，曾经的荒滩戈壁，早已成为纵横千里

的肥沃良田。在这片土地上，葱葱郁郁的棉田、麦地、果园，一望无际、生机勃勃。一个个老军垦也如王伯般埋在了这片他们曾经奋斗一生的地方。

前赴后继，继往开来。

这片土地上的故事并没有就此结束，兵团人的爱恨情仇、擦肩相遇还在一幕接着一幕地继续上演，人的一生究竟要经历多少生死离别？一刻都不能罢休，未来的因果应变数，任谁都无法预测、无法把握……

穆兰（绘）

马兰花开

前世，我在你的眼睛里。今生，你在我的牵挂里。来世，我在你的相遇里。

一

夜，将巨大的喧嚣拒于尘外，一个独处的人，思绪总会无端蔓延。总有一些人、一些事，不失时机地漂浮与穿插进来，以一种分离的方式，相互撕裂着我柔软的心房，让我再次陷入时光的沙漏。

又是原野，又是一望无际的马兰花。

我的灵魂一次次脱离肉体独自漂浮；梦魇，左右我的躯壳。一定是暮晚，风从另一个方向吹来，黄昏的光吞噬着最后的光线。一望无际的马兰花悄然伸长了绽开的花瓣，它们睁大了眼睛，一个个精灵拥挤在暮色里，它们彼此诡秘地私笑着，迫不及待地将我包围。

一丛丛马兰花，用一种虚张的蓝色妩媚地绽放着，忧伤的花片，隐藏着黯然的心事。蓦然，无数花瓣伸长扼住我的喉管，它们花汁饱满，瞬间将我淹没在花丛中，草木葳蕤，它们用指尖肆无忌惮触摸我躯体的不同部位，我用力地挣扎着，呼吸窒息。

风肆意地摇曳着树叶，树梢与树梢间疯狂交流着，夕阳早已退到我看不到的地方。

一个人，缓缓走来，步伐坚定、脸庞模糊，一身我熟悉的橄榄绿军装。

"哥哥"，我大声哭喊着，伸长的花萼瞬间消失无影，他对我微笑着，远远向我伸出一只手，我挣脱了所有的牵绊朝他狂奔。他捧着大把的马兰花，呼吸凝重，我竭力伸长手臂，牵手之间，他的身影突然消失。

昏暗之中，人与花影交织，茅草与溪水相间，我再度从梦中惊醒。

"哥哥""哥哥"我叫喊着追出院外，白杨静立，溪水潺潺，星星沉默地望着我。巨大的黑将夜织成了一个柔软的网，我无助地摔倒在地，黑暗笼罩着我，孤独再次向我袭来。梦醒了，沉积的泪水陡然倾泻，我对着空旷的夜色放声大哭。

风去了别处，我只能躺回自己的孤独里。

五月，是马兰花盛开的季节，是我不忍放手的季节，那个熟悉的身影在夜间一次次向我走来，蓝色的花瓣瞬间变成了一把重锤，无情地敲响我记忆的骨节，一种深刻而又细致的痛远远传来。

一生不知要流多少泪，才不会心碎。

我闭上了眼睛，他又来了，忧郁而凝重地望着我，梦魇再次将我覆盖……

二

一个人的消失是永远的，一个人的爱却是永恒的。

每个人从出生的那一刻，便注定了与一些人、一些事有关，生死、聚散、欢喜、爱恋，生命就是这样周而复始地重复演绎着。

皎洁月光下，记忆成墙。那个熟悉的名字，那个多愁善感的角落，存放的只有疼痛……多少年了，他一直幽居在我内心深处，冰冷、清凉，如同一束神秘的光，被我小心地收藏着。直至今日，我还依然活在他曾经的世界里，他的笑容、他的眉眼仿佛如同昨日重现。

这个世界，注定你我的缘分。

我们降生于同一个家庭，血脉相连。在我出生的那一刻，我用茫然的眼睛看世界，一个男孩，用一双纯净的眼睛望着我，他笑了，一束晨光照在我脸上。

人世间，我开始了与另一个人一起的人生漫步。

太阳在温热中悄然退去，这个男孩始终喜悦地贴着我。是欢喜、是幸福、是不舍，那个始终贴着母亲肚子的孩子，就是我最亲的哥哥。他是那样一脸稚气地肯定肚子里那个未出世的孩子便是他的妹妹。我一直认为世上有某种超自然的法力，男孩那样的认真与执着，冥冥之中，我们仿佛已经看见了彼此。

他是我的兄长、是知己，是与我心贴着心的人。

新，我记住了男孩，我好奇地盯住他，他的笑容始终凝固在脸上。从此后，他一直精心地守护着我，我深爱着那些夜晚。来到世间，我并不孤单，因为我有一个一直牵着我小手的人，他的名字叫哥哥。

我瘦弱、娇气、敏感、爱美，一身的缺点、一无是处。我不知道那个长着稀疏黄发、动不动爱哭的我，何以令他牵肠挂肚，他几乎把世上他所认为最好的东西统统给我。我至今不明白，一个人怎么可以那样无私地疼爱着另一个人。

我们生长在一个特殊的时代，一个拥有了大半村子土地的爷爷与一个当过乡长的姥爷，他们的子女所继承的并不是富有和荣耀，而是冷眼与歧视。他们在人前总是畏畏缩缩，他们说话尽量小心翼翼。尽管如此，母亲常常被人莫名地推倒在地，而父亲则对任何人不敢大声说上一句话。

拥有这样的出身，他们的孩子也同样遭受欺凌。石块、木棍、吐沫、辱骂，是我和哥哥常常遭到的挑衅。作为孩子，童年的我们是孤独的，极少有孩子愿意主动与我俩玩耍。那些出身好的孩子们，会随时肆无忌惮地在我们身上发泄不满。

我总是懦弱的，除了躲避与哭泣，从不敢做还击。作为男孩，哥哥永远是最有力的保护者。一次，连队里有两个男孩向我丢石块，哥哥竟拼命与他们厮打起来，血液从他的嘴角浸出，那是一道刺眼的鲜红。

这种孩子与孩子之间的战争，从小就在我心里埋下了伤痛的种子，使我变得格外敏感、脆弱、胆怯，以及对人的不信任。我想那些喜欢刻意伤害他人的人，必将会受到上天的惩戒。妒忌、残忍、自私、刻薄，根植在一颗幼小的心灵上，本身就是一种变态和残缺，必将伴其一生。

我是他的影子，他是我的依靠，我们是相依为命的伙伴。

当炊烟高高举过屋顶的清晨，我们开始了新的一天。时光飞快地翻动着扉页，我长大了，当梨香弥漫村庄的时候，我上学了。他俨然一副小大人的样子，挺着胸，雄赳赳气昂昂地在我面前走来走去，他如同一个长者般地告诫我每一件事该如何开始，如何结束。每天，他开始牵着我的手上学、放学，那温热的小手里传递着一股贴心的暖流。从此，我便爱上牵手这种表达情感的方式。

生命是一段漫长的旅程，坎坷、意外、挫折伴随着我们一起成长。

这是一个阳光明媚的早晨，这是一个原本与任何人无关的日子。我独自走在蜿蜒的小路上，愉快地哼着歌。突然，两只有力的大手一把将我推倒在一块石头上，血顿时从我的头部浸了出来，传来的是两个大男孩肆无忌惮的欢笑声。而我的大脑一片空白，满脸鲜血地躺在路边。当我醒来时，只见医生正用粗糙的针脚缝合了我受伤的头部，一个叔叔站在我的身旁。

回到家中，我胆怯地望着面无表情的父母，除了害怕和恐惧却什么也想不起来。从此，我的大脑时常陷入了一片混沌之中，失忆成为了我生活中不可缺少的一部分。我的大脑常常出现失忆现象，尽管我每天都很努力地学习着，可我依旧无法记住那些该死的、最简单的字母。我成了班里的差等生，每天傍晚与班里最差的几个学生被老师留在教室。

天色渐渐暗了下来，哥哥的脸紧紧地贴在教室窗口的玻璃上。他担心地望着我，我却对他回眸一笑。

茫茫红尘，我与他不过是一粒最弱小的尘埃。我们却一同抵御世间各种不同的伤害。

曾经的岁月是沉闷的，家如同一个充满硝烟的战场，冷漠、刺耳，让人不由得望而却步。这种不得已的门当户对的结合，并没有使两个个性截然相反的人擦出爱的火花。相反，憨厚倔强的父亲与美丽时尚的母亲，他们始终保持着一种距离和对峙，时而会爆发出一种不和谐的武力。从那时我便知道，感情是个古灵精怪的东西，两个很好的人在一起并不一定会生活得很快乐。我和哥哥躲在连队的夜色里，用逃避来躲开冰冷刺耳的争吵。冬天的夜如此寒冷和漫长，我们是那样渴望着能有一个温馨的家，黑暗与恐惧是夜的点缀，我们却只能远远地望着自家窗幔里透出的一束熟悉的光。

生存是一个沉重的词汇，它刺激着我们在忽视与抗争中迅速长大，我们的身体在阳光中不断地分裂、膨胀。尤其哥哥，他在迅速改变，他迷上了武术，变得更加成熟、稳重。他常用各种不同招式来强壮他青春的体格。他离人群越来越远，更多时他独自一人静静地思考问题。我默默地坐在窗下望着他，他变得帅气而又英武，黑色的鬓发、威武的剑眉、高挺的鼻梁，男子成熟的魅力过早地在他身上显现。他冷静地分析世界，开始果敢而坚定地运用武力来对付各种企图伤害我的人。他长大了，成一群孩子的头，让他拥有更多的坚强与自信。

青春是一首太仓促的歌，身体的魔咒疯狂地驱动着我们肉体不断变化，世界给我们制造着更多的幻想和愿望，我们在不断成长，心灵如同一朵朵盛开的向日葵。我们开始漫无目标地追逐时尚与潮流，时髦的发型、狂野的音乐、浓郁的烈酒，迪斯科、喇叭裤、邓丽君，那些新生事物给予我们一次又一次心灵上的冲击，我们尽情地吸吮着一个新世界的芬芳。

梦在悄悄滋长，阳光折射在我们不知疲倦的脸上。尽管我依旧瘦弱、忧郁，我却是他眼中最美的女子。他努力地想用他那点可怜的收入为我装扮，仿佛我是他王国里最美丽的公主。

夏日里，我躲在大树下看他在果园的空地里练武。他挥舞着单薄的长衫，一招一式掷地有声。金秋里，我们飞旋着一只排球，学着电视剧《排球女将》小鹿纯子的姿势，让球在高空中一个又一个弧度里飞速旋转。季节在时光中游走，恬静的村庄陷入苦思冥想，飞扬的粉尘静静地跌落在我们青春洋溢的脸上。我们用力呼吸着田野里的阵阵芳香，一边沉醉，一边空想，一边陶醉着不可预知的未来。

我们在渐渐长大，沉浸于不断成长的喜悦中，找到了一种共性的温暖和力量。我以为日子可以永远这样下去，命运却悄然做着另一种暗示与引导。

一天，一阵喧嚣的鼓乐敲打着我的耳膜，他穿着一身军装胸戴大红花站在我面前时，我才知道这意味着什么。很快，一辆草绿的军车迫不及待地带走了他，连同他鲜活的生命。仿佛是巫师的咒语，世间许多事情令我们措手不及。

面对别离，我突然感到惊恐万分，人为什么要长大？为什么要分离？没有人回答，答案藏在大地深不见底的腹部。

对于母亲的这场精心安排，我始终无法接受。直到有一天，当我不得不面对复杂的人群和来自四面八方生存压力时，我才明白，作为母亲，她永远想为孩子争取一个更加美好的未来。

时间游走到了什么年代，我不知道。我的指针却停留在了1983年那个落寞的坐标上。

五月，一排排青杨在笔直地摇曳。哥哥回来了，干脆的笑声在小屋里回响，军装、吉他、莫合烟，一切变得不可思议，可我却依恋地追随着他，他低着一头好看的鬈发，皮肤雪白，神色忧郁，他弹着一手动听的吉他，《雨滴》《喀秋莎》《天空之城》，那些忧伤的琴声，敲打着我的心膜，让我恋恋不舍。

马兰花开了，他依然如同从前般地呵护我，总是细心地把钱积攒起来留给我，买一些意想不到的礼物放在我的床头。常常在我醒来的时候，床头上赫然插着一束绽开的花束。他一次次骑着自行车载着我四处飞奔，风中的杨柳，轻快地抚摸着两张神采飞扬的脸庞。

相聚总是太匆匆，还没来得及回味便溜走了。

他执着地寄钱给我，用一张信笺劝说固执的母亲为我做各种打算。在每一个盼归的日子里，等待被无休止地延长，他从遥远的地方告诉我，马兰花开了，每一朵蓝色的花瓣里都藏着我忧郁的脸庞。我的泪水夺眶而出，每一次马兰花盛开的时候我仿佛又看到相聚的临近，淡淡的花香里，我仿佛闻到了他的气息。我来到那片曾经踩着我们脚印的田野，风早已吹散了往日的足迹。

如果这种不舍需要说明理由，我想一定是因为我们血脉相连，灵魂镶嵌。

只身立于人潮人海，未来总不被人所预知和掌控。5年过去了，随着复员的日子一天天的临近，等待更是疯狂地折磨着我和母亲，我们各自悄悄计算着每一个即将团聚的日子。还有10天，我的欣喜毫不掩饰，我对每一个人开心地笑着，乐此不疲地与每一个人兴奋地谈论到他。

那是个漫长的冬季，仿佛要故意徒增我内心的煎熬。

冬天的夜晚，寂静得如同死人的坟墓。那个夜里，我听到了一种来自黑暗里的狞笑，巨大的摧残和身体的疼痛使我失去了知觉，我突然遭受到一次莫名的灾难。我的身体无休止地流着血，我在绝望中一遍遍喊着他的名字，等待着他的归来。而就在这个夜里，远远飘来一个声音残忍地告诉我，他的浑身沾满鲜血，他的躯体布满弹痕，他被埋葬于一片茫茫沙漠中的胡杨林下。我的大脑猛然被意外狠狠击中，顿时陷入一片混沌，儿时的挫伤死灰复燃。那一刻，我是木然的。面对突如其来的生死离别，我的脆弱不堪一击。

我安静地躺在床上，静静地等待着死亡的降临……

时间是缓慢的，他在另一个世界忧伤地望着我。不知过了多久，我的肉体渐渐重新复活，可我的灵魂却已死去。

整个天空全是灰色的，让我看不到任何希望。与此同时，与他同去参军的战友一个接着一个回来，我缄默着，木然地听着每个人反复提到他，没有人意识到那是片不能再触及的伤口。他的名字反复出现，似一枚枚尖锐的钢针，对准我一颗活蹦乱跳的心狠狠地扎下去，直到鲜血淋漓。没人的时候，我一个人躲在角落里哭得死去活来。

哑然地太阳躲在了一边，植物成了神秘的看客。我的世界从此一片灰色，天空是灰色的，面孔是灰色的，植物是灰色的。

肉体是人仅存于世的唯一证据。没有了肉身的存在，世界是空灵的。没有了他的存在，我的灵魂在一片独岛上游荡。我常常一个人独自看着他的照片，却有一种强烈的隔世感，我把世界与我相通的那扇门紧紧关闭。

三

普鲁斯特说：即便与某个生活片段有关的那个人已经毁灭，那个取自于这个人并且刺激了另一个人的心灵的片段依然会存在下去。

我是那个继续活下去的人，因为我爱着，所以我伤痛。

人世间，我们在自己的哭喊声中孤独地降落，又将在别人的哭喊声中孤独地离去。生命始终是一次孤独的跋涉，每一步都在生与死的界定之间穿行。

六月，是太阳在梨城寂寞狂欢的季节，我离开了家、离开了故土，一些人、一些事是一幅淡化了的风景。我以为我会忘却，可每一个逝去的年轮里都会在我心底刻下一道深深的划痕。

花开花谢，月圆月缺，弹指一挥间，多少繁华锦瑟都已渐行渐远，思念，蔓延成伤。

多少年过去了，我在努力忘却的同时，又渴望着灵魂与灵魂的相遇。在我的灵魂脱离躯体的一瞬间，我总能看见他穿着一成不变的橄榄绿走近我。他努力地靠近我，不管梦境多么模糊，我依然能清晰地感受到他的温暖。他时而微笑，时而忧郁，脸庞模糊、表情生动。每一个梦境的重合，醒来时都会令我泪如泉涌。

在他离开的岁月里，我也企图寻找另一份同样的温情，可上天却不再垂怜于我，他们走近我，又离开我，成为我生命中的匆匆过客。一个爱我的人终于走近了我，母亲试图用另一个男子代替他对我的呵护，事实证明，这种美好的愿望注定是失败的，他更多时用暴力使我一度对人生充满了厌倦与绝望。在两人无休止的争吵中，使我最初所有的理想全部破碎。我一直坚定地认为：容忍和宽恕是最好的亲情，无端的挑剔与指责，是对亲人最自私与狭隘的表现。我默默忍受着，直到有一天风轻云淡。许多年，我也曾尝试着去爱着一些人、一些事，最终我发现，一个人不可能用另一个人去代替，一种爱也无法用另一种爱进行对等交换。

我们总希望那些爱和温暖可以一路相伴，长大后却终究明白，繁花会凋零，盛宴总归会收场。当繁华落尽，曲终人散，孤独是无处不在的陪伴，人世间原本没有什么可以是永恒。

马兰花又开了，浅紫的花瓣里藏着他的忧虑，他用深邃的目光默默注视着我，还要多久，还要等候多久？对着他的方向，我大声地念着书中的一段话：爱是恒久忍耐，又有恩慈，爱是不嫉妒，爱是不自夸，不张狂，不做害羞的事，不求自己的益处。凡事包容，凡事相信，凡事盼望，凡事忍耐，爱是永不止息……我的声音越来越弱，我已泪流满面。

我自始至终相信人是有灵魂的，正如我同样相信爱是永生、永不停息，只要遇见就永不消失。只要是最亲的人，无论相隔多远，一颗心总会与另一颗心紧紧贴近。生是死的起点，死是生的宿命，每个活着的人都在寻找最后的归途。

人与人只要遇见，就别问是劫是缘。若无缘相见，我愿用一生怀念。

每个人的道路虽然不同，都走向终极，无法逆转。若有来生，我会在下一个路口等你。

地窝子的似水流年

地窝子三尺三,天当被地当床。
小伙用它娶新娘,妈妈用它做产房。

20世纪五六十年代,有一种住房叫——地窝子,它绝不仅仅是最普通的住房,而是兵团人最早、最温暖的家。它承载了兵团人太多的历史,承载了兵团人太多的爱恨情仇,它是一个时代的印记。只要一提起地窝子,便会撩拨起一代兵团人感伤的情怀。

地窝子怎成了汪洋大海

提起地窝子,王作民便忍不住心酸地笑了。

王作民家住的地窝子就在农田的边上。王作民最初其实很喜欢地窝子的,地窝子最大的好处便是冬暖夏凉。夏天,烈日炎炎,干完活的王作民在地窝子里呆一呆,再燥的身子也凉了,一身臭汗就干了。冰天雪地时,在外面冻得浑身发抖,可只要一钻进地窝子,围着暖暖的炉火,浑身的冰雪瞬间就融化了。于是,王作民便把地窝子比作了地母,逢人便说"地母、地母,挖个坑住在地下,就等于躺进了母亲的怀抱。"

可自从地窝子里成了汪洋大海后,王作民便再也不喜欢地窝子了。

深秋的一天夜里,劳累了一天的王作民和家人很快进入梦乡,睡着睡着,王作民不知怎的竟做了噩梦，梦中的他掉进了汪洋大海之中，怎么爬也爬不上岸，不仅如此，还冻得他浑身发抖。

哪有梦还能感觉到浑身上下冰冷的？一开始他着实为这个梦懊恼，可醒来后才发现自己和全家人真的全泡在一片汪洋之中。地窝子没有电灯，一家人总算摸黑爬了出来。浑身湿漉漉的王作民等到天亮时才发现，原来地窝子里跑了满满一房子水，更令他哭笑不得的是——家里的锅、碗、瓢、盆所有的家当全都漂浮在了水面上。看见眼前的一切，王作民真是又气又好笑。

天才蒙蒙亮，全连人便被惊醒了。

得知他家地窝子跑进了水，一个个都纷纷带着家伙跑了过来，提水的提水，搬东西的搬东西，支床的支床……很快，地窝子的水全部被清了出去，在全连人的帮助下，王作民家的地窝子又成了一间干干爽爽的住房。

等将屋里的水全部勺净后才发现，原来水是顺着老鼠洞钻进地窝子的。秋天，农田收获了大量的粮食，也正是老鼠活动最猖獗的时候，在地窝子里打洞偷粮食，便成了这段时间老鼠乐此不疲的事。老鼠什么时候打的洞没有人知道，地窝子平时看起来既结实而又牢固，可一到放水的时候，水便从顺着老鼠洞汩汩地往地窝子里钻，赶上白天还好，到了晚上就遭罪了。

这些可恶的老鼠真是防不胜防啊……后来，王作民一家又有好几次泡在一片汪洋之中。于是，从那以后王作民就再也不喜欢地窝子了，而是日日盼着能住上真正的土块房。

地窝子里的尴尬事

在团场，尤其是连队，地窝子家家户户建得一模一样，认错门是常有的事。认错门不要紧，可上错了床，便成了一件尴尬的事。

刚来连队新婚不久的梅英，半夜让一泡尿憋醒了。于是，她披上褂子就出了地窝子，一口气跑到了连队营房前面的大胡杨树下。紧张的她四处一瞧没人后，忙解下裤腰带，蹲在了树桩子后面。一泡尿彻底解决后，全身那清爽、那舒坦的劲就别提多带劲了。可就在她转身回家时，才发现不妙，原来整个连队的地窝子简直一模一样，都是一个突出的门洞，都是红柳条编织的门，一排排整整齐齐地排列着。可哪个又是自家的呢，梅英却搞不清楚了。

"从前咋没好好数数自家是第几个屋呢？"站在黑夜里的梅英急得只想哭，只记得自己家的屋就在第三排，可到底第几间倒还真的没好好留意过。大白天的梅英一眼就能认出自己家门，可黑咕隆咚的深夜，什么也看不清！后悔也没用，这世上啥药都有，可就是没卖后悔药的。

此是正是寒冬腊月，呼呼的北风冷得刺骨，尿急的梅英虽披了件棉袄，可腿上只套了条单秋裤，站在寒风中的她冻得瑟瑟发抖。

一阵冷风让梅英的大脑顿时清醒起来。正在此时，梅英发现有个地窝子的门闪开一道缝，她立即急中生智，准确地判断出这便是自己的家。对，一定是自己刚出门时没把门带紧，不然谁家三更半夜还能不关好门呢？

梅英这样一想便一头钻了进去。上了床后，顺手一摸，自家男人的身体还热乎着呢。于是她安心地躺下，一觉便睡到了大天亮。

天一亮，梅英也醒了。原来看不清的东西都看清了，看清了梅英这才发现屋里的东西咋和平时不一样。怎么个不一样呢？桌子上自己原来那个白瓷缸怎么变成了青花碗，不仅如此，其他东西样样都不一样。梅英这才赶紧看床上躺着的那个男人，不看不知道，一看吓一跳，原来身边的男人正是连队还没娶老婆的单身汉——王老五。两人四目相对后，不由地都惊慌失措地大叫起来，叫声惊醒了许多人，人们纷纷跑出地窝子看看到底发生了什么事？只见梅英穿着一身单薄的衣裤，正从王老五的地窝子里钻了出来。

其实两人啥也没干，累了一天的梅英和王老五倒头睡得像个死猪一般。可从此后，梅英的丈夫心里却生了间隙。更倒霉的人是王老五，睡觉从来不关门的他，还不知道啥时候身边多了个女人。虽然两人啥事也没发生，可事后再见面时总觉得很尴尬。没过多久，梅英的丈夫便主动申请调离了连队，带着她到一个偏远的单位看水去了。

这件事后来成了连队的笑谈，人们只要一提起此事便笑得龇牙咧嘴。于是，人们便把原来的口头禅改成了新的顺口溜：地窝子三尺三，天当被来地当床，千篇一律都一样，千万不要走错房。

今晚，地窝子里有会

20世纪五六十年代，由于兵团条件十分艰苦，地窝子不仅作为居住的地方，同时还是会议室——全连开会的地方。

一提起开会，杨阿姨总是泪流满面，"开会"两个字触动了她内心深处一段伤痛的记忆。

那是一个寒冷的冬天，晚上连长召集全连开大会。连队职工觉悟都很高，一听通知开会，个个准时到会，没有一个缺席的。别看男人们干起活来个个汗流浃背，可一到晚上开大会，男人们个个便都成了大老爷们，一个个操着手、竖着耳朵，顶多手上抱着个孩子，只需听清大会上讲点什么，其他啥也不用干。

可女人们则不同，在那个物资贫乏的年代，家里的老少爷们的鞋袜穿戴，全靠女人们挤时间一点点做出来。忙碌了一天的女人们，一到晚上开会，正是干针线活的大好时机。于是，没有一个空手而来的，不是纳鞋底，就是戳毛衣，反正大好的时光不能就这样给白白荒废了。

作为全连会议室的地窝子很大，会议一般都在晚上进行，白天加班加点开荒种地，只有晚上才能腾出时间进行开会做总结。既然晚上开会，地窝里黑嘛咕咚自然离不了灯。会议室很宽敞，房子里堆放着的大捆人们打来的罗布麻，中间的炉火被烧得贼旺，整个房子暖洋洋的，只是房子里的光线有点暗。20世纪60年代，地窝子里哪有电灯，只有最原始的煤油灯。

一到开会时候，男人们都喜欢坐暗处，好趁着连长在上面作报告时和平时要好的人扯个闲话。而女人们则个个都争着坐在最亮处，因为有光亮的地方才好干手上的针线活。于是一盏不大的煤油灯底下，挤满了干活的女人。

连长总结完一天的工作，不知怎么地突然想起了毛主席语录。于是灵机一动便想考考大家，"什么叫深挖洞、广积粮、不称霸？"

一位四川女人"呼"地站起来回答说："'不称霸'就是搞好革命团结，不称王称霸；'深挖洞'就是老鼠偷了粮食把粮食藏起来，我们要深挖老鼠洞，把粮食全部夺回来；'光脊梁嘛'就是……"女人突然不好意思地捂着脸说"'光脊梁'就是干活的时候要卖力，多出汗，光着脊梁拼命干，不过我觉得男人嘛可以光脊梁，要是女人嘛光着脊梁可就不好看了……"

女人话还没说完，全连人顿时乐开了花，一个个笑得前仰后合。其中一个离灯最近正在打毛衣的女人更是笑得腰直不起来。谁知，正当她笑得弯腰时，手上的毛衣针却一下子戳破了灯罩，只见灯一歪，灯芯和煤油一下子便掉在了一堆晒干预备生炉子用的罗布麻上。罗布麻遇到油火顿时"轰"的一声着了起来。

女人吓得不由大叫一声"着火了！"当兵出身的连长一个箭步冲了过来，他脱下军大衣立即盖住了刚刚燃起的火苗。眼看火势没有起来，连长却感到十分心疼，这可是他最心爱的一件大衣啊！是他在一场战役中冒死缴获的胜利品。于是，他伸手又把扑火的大衣拎了出来。

谁知，刚刚快要熄灭的火猛然又着了起来，瞬间熊熊大火燃烧起来。惊慌失措的人们纷纷往外逃，离门最近的一些人跑了出来，杨阿姨便是其中一个。可由于地窝子太黑、人太多、地窝子的门又太窄，许多人烧成了黑炭，再也没能活着跑出地窝子……

往事如烟，岁月如歌。如今的兵团发生了天翻地覆的变化，再也看不见地窝子，到处高楼林立。而地窝子却成了一段挥之不去的记忆，是温暖、是伤痛、是亲切的怀念，历史也永远不会忘记它。

正是这群艰苦创业的兵团人，正是那些简单、丑陋的地窝子，他们一次次创造了人类的奇迹，让昔日的荒原成为闻名遐迩的富庶之地。

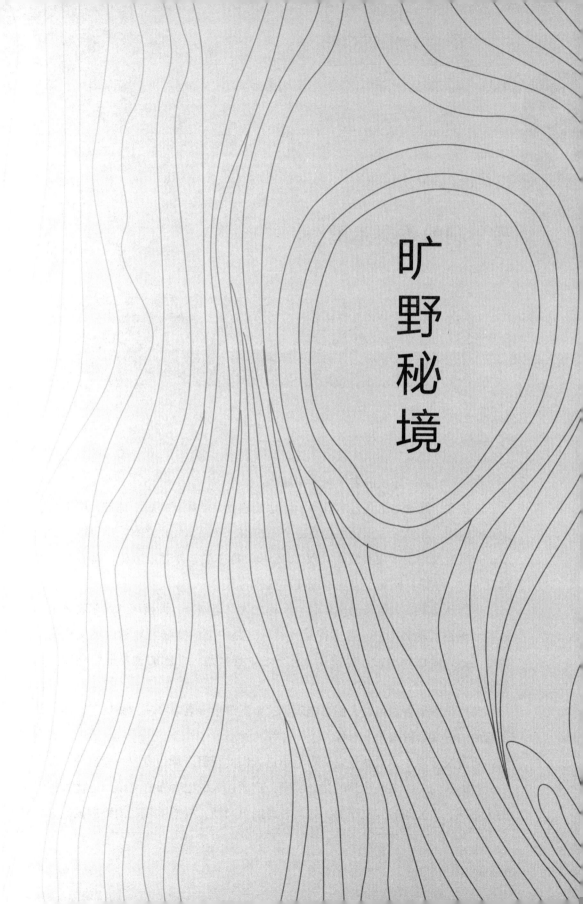

旷野秘境

库尔勒的香梨王国

浩瀚漠北，雄浑苍茫，打开西域这片辽阔的版图，库尔勒犹如西部一颗璀璨夺目的明珠，屹立在一片荒原的中央，聚焦世人的目光。

一

在西部，有一座城的名字叫"梨城"。

库尔勒，维吾尔语意是"眺望"。地处欧亚大陆和新疆腹心地带，塔里木盆地东北边缘，北倚天山支脉库鲁克山和霍拉山，南距"死亡之海"世界第二大沙漠——塔克拉玛干沙漠直线距离仅 70 公里。库尔勒，永远地眺望，富有哲理的寓意，让一座城从此有了思想的深度和精神的高度。

作为新疆第二大城市的库尔勒，又称之为"梨城"，因盛产"库尔勒香梨"而闻名遐迩、驰名中外。这里曾是古丝绸之路中道的咽喉之地和西域文化的发源地之一，是巴州政治、经济、文化中心，连接南、北疆的重要枢纽和物资集散地。

每当秋季梨香飘荡，人们总能听到这个温馨浪漫名字——"梨城"，用一种最直白的方式给世人一个解释。

迈过滚滚沙尘，梨城越发清晰地走进人们的视野。周边有"一夫当关，万夫莫开"的铁门关，烟波浩渺的博斯腾湖，广袤迷人的巴音布鲁克草原，优雅神奇的天鹅湖，举世闻名的罗布泊，松涛林海的巩乃斯，峰岭险峻、山势挺拔的大峡谷，风光秀丽的塔里木河，雄伟壮观的天山石林，千姿百态的"雅丹奇观"……奇特的地貌、多姿多彩的民俗、色彩斑斓的画面，强烈地冲击着人们的视野。

地域的力量如此神奇而博大，但凡去过梨城的旅人都会出其不意地爱上了这座城。多美的一座梨城啊！草木葱茏、碧水环绕、亭台楼阁、花团锦簇，怪石嶙峋，人称"塞北小江南"。仰望一望无际的蓝天，背靠绵延的天山，时代的气息与审美的情趣在这里完美体现。

站在高处眺望梨城，只见山水辉映、景色宜人、华灯璀璨、林园清雅在一片香梨的世界中，安静内敛、恢宏大气，城市面积达 40 多平方公里，城域内驻有兵团第二师、塔里木油田公司、南疆铁路办事处等中央、自治区等单位。

在一片茫茫戈壁中，这是一个独立自我的世界。既有塞外江南的水韵，又有西北大漠的雄风，多个省市人口杂居的共同生活，多姿多彩的民俗民风、语言文字、风土人情，多元素的文化，让这片土地充满了神秘的色彩。

这是一座时尚大气的城市，记录着几代人艰苦奋斗的历程。

政治家们往往运筹帷幄之中，决胜于千里之外。三河贯通、改造荒山、石油开采，一项项大手笔、大谋略、大思路，既有政治家的伟略，又有思想家的远见。关注社会、关注民生、关注发展，切合时代发展的主题。打造物流园，提升城市地位，凸显中心城市功能，提高了梨城综合竞争实力。

他们高瞻远瞩、放眼于未来，运用集体智慧，让库尔勒经济空前繁荣，产业优势明显，城市功能完善，现代物流发达，使梨城一跃成为西部名城。有力的科教支撑，优良的生态环境，和谐稳定的社会面貌，吸引了众多外来人口的栖居；注重生活质感，维护生态和谐，建立人文精神，形成梨城独特的风格与魅力。

这是一座与香梨有关的城市，香梨更是一处无所不在的地域文化和魂灵。

将香梨文化植入城市，形成梨城独特的审美。

行走于天鹅河畔，喀拉苏桥与田园桥之间，一个巨大的香梨雕塑巍然耸立，伟岸、壮观，高达十几米，底座由大理石堆砌而成，与河道交相辉映、金光闪闪，在一片盎然绿意中，形态清丽、气势昂扬。

以香梨命名的梨香园，梨树丛生、河水淙淙、百花争艳、鸟语花香，成为市民、游人赏花舒心、踏青游玩的圣地。傍晚时分，梨香园更是各族人民交往、交融的好地方，踏着麦西热甫的舞步，不同民族的人们俯身相邀，共同翩翩起舞，水乳交融中勾勒出一幅和谐美满的人间仙境。

梨香湖景色迷人，天水一色，湖面似镜，高楼巍峨，草木互衬，倒影栩栩如生，一幅幅绚丽斑斓的秋景，仿佛浓重的油彩泼洒出来的油画，令人沉醉。

以香梨命名的香梨大道，集娱乐、美食为一体，长长的街道成为人们品尝各种美味的最好去处。梨乡路在库尔勒市中心最繁华地段，东西连接一条马路，沿途商铺、宾馆、超市应有尽有。香梨宾馆、梨乡宾馆，那些与梨有关的馆名温馨雅致，让疲惫的旅人枕着梨香进入梦乡。

有了香梨，就有了展翅腾飞的梦想；有了香梨，梨城人安居乐业、幸福安康。

九鼎水果批发市场，一家南疆最大的综合蔬菜水果为一体的批发市场，仅香梨批发商铺就近百家，这里云集南北疆众多的香梨商户，来来往往的车辆，川流不息的人流加快了城市发展的速度。各大超市、水果店，总有香梨的一席之地。

在"梨城"，香梨是美好、甜蜜、富裕的象征，是梨城人民精神的内核，是梨城人民奋进的动力。在"梨城"，天更蓝、树更绿、水更清、气更洁、景更美、人更和。

美丽富饶的"梨城"，不光望得见山，看得见水，留得住乡愁，更闻得见梨香，遇得见未来！

二

沿着天山脚下的孔雀河行走，一条蜿蜒浩荡的绿色长河无限延伸，一个巨大的香梨王国展现在世人眼前。

这是一片属于香梨的世界，抬眼望去，千万个梨园纵横四野、横贯东西。只要有土地的地方就能看见它们的存在，总面积高达 100 多万亩，60 多万亩的挂果盛年树，40 多万亩尚未挂果的幼树，这是一组多么庞大的数据啊！

打开西域的史料，总会有一些惊人的发现。

香梨在汉唐时期通过"丝绸之路"传入印度，被誉为"西域圣果"。另外，《大唐西域记》中也记载道："阿耆尼国（今焉耆）引水为田，土宜糜、麦、香枣、葡萄、梨、奈诸果。"清西征将领张曜的幕僚萧雄在《西疆杂述诗》中赞扬库尔勒香梨："果树成林万颗垂，瑶池分钟最相宜；焉耆城外梨千树，不让哀家独擅奇。"库尔勒古时候为焉耆城邦属地，所以这首诗中的"焉耆城外梨千树"，其实指的就是现在的库尔勒香梨。萧雄在这首诗的自注中对库尔勒香梨推崇备至："唯一一种略小而长，皮薄肉丰，心细，甜而多液，入口消融……以余生事所食者，当品为第一。"他称赞库尔勒香梨可与中国历史上最负盛名的"哀家梨"媲美，给予极高评价。在1924年举行的法国万国博览会上，在参展的1432种梨中，仅次于法国白梨被评为银奖，被誉为"世界梨后"。

受特殊地理气候的影响，经天山雪水的浇灌，汁甜、味香，令世人喜爱。从1950年起，库尔勒香梨曾多次在全国果品评比中夺冠；1957年，全国梨业生产会议上被评为第一名；1985年，又被评为全国优质水果；1999年，昆明世界园艺博览会上，库尔勒香梨获得金奖。自1987年进入国际市场以来，畅销不衰。

从最早1000多年前新疆梨果的种植，到200多年前的库尔勒香梨，这个优秀的物种早已形成，而且日渐成熟，在它的背后更隐藏着巨大的商机。为此，"库尔勒香梨"由新疆巴音郭楞蒙古自治州香梨协会申请注册为当地的地理标志。

一个物种的开发竟让一片土地变得如此深远辽阔，不得不说是人类创造的奇迹。找准产业发展之路，香梨的扩张几乎铺天盖地，它们沿着孔雀河流域、塔里木河流域、塔克拉玛干沙漠以北边缘一路西行。20世纪80年代后期，人们将它的种植领地无限制扩大，大到向南疆更深的区域延伸，在兵团第二师各团场、巴州的库尔勒市、尉犁县、轮台县，阿克苏地区的库车县、沙雅县、新和县、阿克苏市、阿瓦提县，开始了大面积种植。然而，最好的香梨在库尔勒，品质最优良的香梨在孔雀河沿岸30公里处。

"果品王子""果中珍品"，绝非夸大其词。

吃过香梨的人都知道，香梨皮薄肉脆，汁多爽口，味甘清香，香味浓郁。香梨的生成是一个周而复始的过程，三月萌芽、四月开花、五月结果、八月成熟、九月采摘。树体抗逆性极强，能耐零下22℃的低温，耐干旱，抗盐碱。据说，在一次国家农产品博览会上，众目睽睽之下，演示者手持香梨，站在近2米高的位置让香梨自由落地。奇迹出现，地面仅一汪水而几乎不见任何固形物，由此证明，库尔勒香梨渣少、果嫩、汁多。

如此皮薄汁多的果品竟然极耐贮藏，匪夷所思。

最初，果农将大量采收的果品置于无人居住的房间或土窑中，到了第二年春季不霉不烂，不绵不糠，而且依然金黄诱人、香气浓郁。即便在贮藏条件极为落后的情况下，香梨也可存放到翌年的四五月份。如今，随着冷藏技术的日益提高和运输条件的逐步完善，库尔勒香梨早已实现了全年新鲜如初、鲜甜可口、水润芳香，不仅季产年销，还可全年供应。拥有这样的储存优势，香梨的发展前景更是不可估量，在一股势不可当的力量推波助澜下，库尔勒香梨从此有了走出国门、驰骋万里的志向。

一枚成熟的果实并非简单形成。

从梨树的栽种到结果，却是一个漫长毫无收获的过程：幼树种植 5 年后才开花结果，8 ~ 12 年才出产量，12 ~ 15 年达到丰年期。多么漫长艰辛的过程，几乎长达 8 年毫无收获的投入和辛勤的劳作，如若不是一个果农，谁能体会其中的辛苦与煎熬？

据说，最长寿的香梨树能活 300 年。人们在库尔勒铁门关发现了具有 200 多年历史的香梨古树，在库尔勒上户镇的上户村，作家团在艾拜 · 热木吐拉的果园里，竟然遇见了满院子 50 多年的香梨树。蓝天白云下，它们棵棵强健粗壮，苍劲有力，树干如腰，树冠如伞，茂密的枝叶下无数的香梨闪烁其间，露出绯红的果面。村庄、院落、草地、老人，这是一片多么令人向往的田园风光啊！

梨城的四季更是美得惊心动魄！

春季的库尔勒，一场雪崩似的梨花漫山遍野地盛开，于是便有了"梨花绽放满城白，千朵万朵白如雪"的诗句。靓艳含香，整个梨城被装扮得清素淡雅、宛若仙子。"梨花淡白柳深青，柳絮飞时花满城。"这是苏东坡的诗句，用来形容梨花的盛大和美丽，令人遗憾的是他一定没有来过库尔勒，否则肯定会留下更加恢宏壮丽的诗篇，那一城如云的梨花啊，摇曳在春风中暗香浮动、蜂歌蝶舞，恍如人间仙境。

夏季，梨树是一片绿色的海洋，场面壮观、声势浩大，似一张巨大的绿网将整个库尔勒团团围住。当六月的斜风细雨迎面扑来，葱绿的梨树带着泥土的芬芳，让整个梨城陷入一片烟光迷蒙中，陷入绿海般的水墨丹青之中。

秋季是大地收获的季节，整个梨城车水马龙、人声鼎沸，只见香梨绿中泛红，个个丰盈诱人。累累硕果漫天铺展、香飘四溢，一片金黄恍如赤霞在大地翻腾漫卷。

冬季，严霜将叶片吹落，削去素妆的梨树古朴苍劲，它们裸露的躯干有的独臂向天、有的如雄鹰展翅、更多如同张开的巨掌，静默在冬日里神似沉思的哲人。它们由人工精心修剪而成，远远望去，相同的树龄竟如一个模子铸出一般。每棵树分上下三个层次，其间相隔六七十厘米，树形修剪疏密有致、层次分明。不同层次的间隔，让梨与梨之间、梨与枝叶之间最大限度地减少摩擦与刮碰，从而确保果形优美、果面光滑。雪中的梨树自有一番清韵与诗意，"满身劲带雾凇霜，一身铠甲飒英姿"，雄壮威武、令人敬畏。

香梨所含的营养价值远远超乎人类想象。它含有丰富的维生素B，能保护人类心脏，减轻疲劳，增强心肌活力，降低血压；梨中所含的苷糖体及鞣酸等成分，能祛痰止咳，对咽喉有养护作用；梨有较多的糖类物质和多种维生素，易被人体吸收，增进食欲，对肝脏具有保护作用；梨性清凉、能清热镇静，常食能使血压恢复正常，改善头晕目眩等症状；食梨能防止动脉粥样硬化，抑制致癌物质亚硝胺的形成，从而防癌抗癌；梨中的果胶含量很高，有助于消化。梨味微甘酸、性凉、入肺、胃经，具有生津润燥、清热化痰、解酒排毒等的功效。主治热病伤阴或阴虚所致的干咳、口渴、便秘等症，也可用于内热所致的烦渴、咳喘。

营养多么丰富的一种水果呀！人们对它的热爱远远不止于食用这样简单，它更像人类一位无微不至的医生与朋友。

谈到对香梨的热爱，我蓦然想起18岁时的一段经历。

年少的我第一次一个人行走他乡。火车上，当我拿出父亲给我备好解渴的香梨时，竟招来一整车厢人的围观。抵挡不住人们的好奇，我把所有的香梨拿出来一一分给每个人，令我奇怪的是他们竟然没人去咬上一口。望着我不解的表情他们说：这么好的果实怎么舍得吃下去呢，闻闻它的味道已经足够，这样的水果一定要带回家去，让全家人都闻一闻，让他们都知道世间还有如此美妙的一种水果。说这话的时候，他们微闭双眸，表情陶醉。

我顿时两眼浮泪，因为香梨，第一次我为自己的家乡感到无比自豪；因为一席话，站在异乡的土地上，一种浓浓的乡愁浮上心头。

三

调整产业结构，以香梨促增收、促脱贫致富，短短几年，在巴音郭楞大地上刮起了一场香梨风暴。

大面积的荒地被开垦、众多的土地重新分配，"库尔勒香梨"犹如一个水果巨人迅速崛起，这场狂潮很快席卷了整个城市乡村、团场连队，乃至整个巴州大地。农二师各个团场、阿瓦提乡、和什力克乡、沙依东、英下乡、铁克其乡、上户镇、阳霞……一次史无前例的香梨种植呼啸而来，田间地头、乡野沟壑，乃至家家户户的房前屋后，几乎有土地的地方就有梨树无边际的蔓延，香梨也由此最大限度地实现了自己的生命价值。

这是一场多么熬人的对峙啊，2000 多个日日夜夜，在漫长的种植等待、无休止地投入、颗粒无收获地劳作中，人们被一种不可思议的力量支撑着，默默等待开花、结果。这对一个个普通的家庭、连队、村庄，是一次多么有胆识的冒险行动啊！然而，在这次重大抉择中，库尔勒民众以超乎寻常的信心和毅力，打赢了这场持久战，创造了一个又一个奇迹！

今天的库尔勒香梨，是一方区域的支柱产业，一股强大的经济发展动力，一个城市居民生活的源泉与依托。

商人有商人的商道，农户有农户的坦诚。每当金秋来临之际，满城叠翠流金，梨香飘荡。闻着香味，全国各路客商从四面八方云集梨城，寻找果园、商谈价格、联系采摘工人、订购冷库，他们果断地将敏锐的触角伸向这片土地。

从此，一种水果成为连接库尔勒与国内其他省份的纽带，一种水果让库尔勒与沿海发达地区的血脉畅通，一种水果将库尔勒的风景向世界开放。

香梨由新疆走向国内其他省份，由此带来的经济贸易、劳务用工、商业往来，让两地之间的联系更加密切起来。多少年从未谋面的疆二代、疆三代重新回到了亲人的怀抱；国内其他省份人来到新疆寻亲，那些曾被地域割断的亲情被人们重新连接起来。人们突然发现，新疆与国内其他省份的连接原来如此亲密、如此贴近，不可分离。

一系列产业链铺天盖地而来，那些由香梨衍生的各种产业从此在这里陌路相逢。英雄不问来路，包装业、冷藏业、运输业，它们迈着雄赳赳、气昂昂的脚步，迎着漠风大踏步走进西部绿洲。之前毫无征兆，一切以迅雷不及掩耳之势，一切又顺理成章，创业者把辽阔的西部作为自己驰骋的疆场，把城乡作为路线图，打开一扇通往财富的大门。

一夜之间，纸箱厂、网套厂、冷库，如雨后春笋般覆盖了这座优雅的边城：冠农包装厂、福利包装厂、天鹅包装厂、希伯来包装厂、和静包装厂、金鑫包装厂，各大包装厂齐驱并驾、机声隆隆，飞旋的车轮将库尔勒地区的包装业推向一个新时代。更多的商人把目光投向这里，投资小、以单面机为首的纸箱厂在库尔勒这片乐土上遍地开花。一时间，香梨牵动了全国的目光，无数资金雄厚的商人纷纷挤进梨城，投资果园、订购水果，商标的注册五花八门，"2+8香梨""盛牌香梨""柒牌香梨""王牌香梨"，各种注册商标不计其数，而最后全部回归于"库尔勒香梨"商标旗下而告终；为了区分不同的商家和客户，商人们机敏地将自己的头像作为标志放在包装版面的最右上角，这种以"肖像权不得侵犯"为理由的巧妙维权，不得不感叹商人的机智和聪明。

由香梨引发的一场包装革命，正紧锣密鼓地进行着。

各路商人重出江湖，他们不远万里纷纷踏上西行的火车，带着设备、人才、先进技术来到这片陌生的土地。黄板纸生产线、彩箱生产线、彩色印刷业、发泡网生产线，一时间，全国包装领域所有先进设备、先进技术、先进理念，都一一在这里呈现。印刷业、纸业由此兴旺发达，各种彩色包装、彩色礼品盒层出不穷。两色印刷机、四色印刷机、覆膜机、上光机、热熔胶机，大批具有一定科技含量的彩色印刷技术及设备，开始进军库尔勒市场。包装业的繁荣引发了纸业的蓬勃生机，博湖苇业以天然芦苇为材料，让巴州的芦苇产生了更大的使用价值；张掖高台的高强瓦楞纸，米泉普瓦、天津面板纸……国内其他省份的、新疆的，各种纸材坐上了大吨位重载汽车来到库尔勒寻找它们的生存之地。

发展速度之迅猛，令人始料不及。

从事冷藏行业的商人迅速找到了他们新的创业起点。源兴冷库、冠农冷库、沙依东冷库、二十九团冷库、旺安冷库、北方冷库……国营的、私人的，只要有香梨的地方，就能望见它们庞大的身影。由此带来的冷藏技术也日益完善，保鲜冷库、气调库，它们以各自的优势为库尔勒的果品储存创造了最有利的储存时间和空间。

围绕香梨做文章，将香梨产业做大做强，产品系列化的研发打开了果业市场的大门，果脯、果汁、罐头、香料、果酒等，它们在一定程度上实现了香梨的增值，进一步推动了产业链的向外延伸。一时间，整个飒飒漠北、千里西域，到处飘荡着梨香。

"我们永远在路上！"大批的民工斗志昂扬地扛着行李走入西部。他们沿着四川、河南、甘肃等路线出发，很快在这个叫"梨城"的地方找到立足之地。这里几乎是他们挣钱的天堂，无论春夏秋冬，大大小小的梨园里需要数不清的劳作工人；各大包装厂、网套厂，他们急切地需要成批的熟练工来完成各种看似简单却有一定技术含量的工作；不同方位的冷库，一年四季需要大批的人手来完成各种翻箱倒筐、装卸工作。一开始，他们由经亲戚、熟人介绍而来，很快他们形成一支气势磅礴、规模宏大的队伍，他们神气十足地以主人的身份行走于梨城的大街小巷、连队村庄。

机遇和挑战，是整座城池赋予客人的最好礼物，它敞开怀抱热情地拥抱每一位栖息者，给他们提供最公平、公正、合理的机会。短短十几年，那些当初身无分文的民工，他们发了财、买了楼、当了老板，他们接着转过身去回到家乡，率领更多的人一起加入这支庞大的作业群体。他们少则一天 100 多元，多则一天 300 多元，这种由香梨产业带来的可观收入，给他们的生活和未来带来了天翻地覆的改变。

无论你是富贵还是贫穷，无论你是孤独的流浪者还是精神的巨人，只要来到这里，库尔勒都会让每一位城池的进入者，重新寻找到一片属于自己的精神乐土。

"全国文明城市""魅力城市""园林城市"，一系列赞誉接踵而至，城市的富庶与繁华足以让全国震惊，政治、历史、乡土、文化的集体浮现，让库尔勒一跃成为西部一座名城。

永远的绿色，永恒的甘甜，至简至朴，至醇至厚。库尔勒以开放、包容的姿态去迎接一个新时代的到来。

四

一个城市的崛起，竟然由一种水果带着民众冲出城围，文化和精神的意义不可言喻。

20 世纪 90 年代，异军突起，一支浩浩荡荡的队伍正向中原和南方沿海发达城市挺进。

他们行色匆匆、步履坚定，背负着家乡与当地政府的使命，码头港湾、仓库货场、大街小巷，他们卷起的尘土令人肃然起敬。上海、广东、深圳……各大城市都有他们踩踏过的痕迹。即便是第一次远走他乡，他们陌生中心怀忐忑，迷茫中倔强坚持，即便面临着不可预知的风险，他们的步履依然坚定无比。

这是一条充满荆棘的路，也许明天可能露宿街头，也许后天又会腰缠万贯，在看不清任何未来前途的情况下，他们还是选择义无反顾地背井离乡，走向未知的远方。他们中有男有女，他们中有兵团二师人，还有库尔勒地方人，他们经历着常人无法想象的煎熬与磨难，在那个网络不发达的时代，他们用脚步亲自丈量每一处城市的体积和容量。正是那些风尘仆仆的背影，为香梨的未来铺垫了一条绝无仅有的康庄大道。他们是一群有胆有谋的勇士，踏着一条父辈从未走过、充满艰辛之路，来完成一次将家乡的果品推向全国、推向世界的英勇壮举。

这种集体行为带来的经济效益无法估量，一时间，整个中国被一种叫"库尔勒香梨"的水果呼啸席卷，打开国内其他省份的大门，商机如此巨大、前景如此广阔。正是这一个个了不起的产品推介，一次次大胆的尝试与实践，为库尔勒经济的发展竖起了一座不朽的丰碑。

香梨，维吾尔语叫"奶西姆提"——是喷香的梨子。关于库尔勒香梨，在当地流传许多神奇的传说，沙依东的传说、神果的传说、"奶西姆提"的传说、长生果的传说、艾丽曼的传说，各种传说为香梨披上一件玄幻的外衣。传说充满智慧，寄托着梨城人民美好的心愿，将库尔勒香梨发扬光大，让更多的百姓吃上香梨，吃上好梨，香梨事业是一项漫长的、贴近民心、为百姓谋福的工程。

科学的管理从果品的种植开始，正向着规模种植、集约化管理、分工精细化、信息化服务的方向发展。一路走来，做优、做精香梨，梨城人民从未停止过前进和探索的脚步。一直以来，库尔勒市狠抓香梨的科学化、标准化、规范化管理，不断提升果品品质，2003 年，一整套《库尔勒香梨标准体系》编纂完成。该标准从库尔勒香梨的品种——苗木——管理——包装——检验，一一进行了详细规定，经过多次专家考察和科学论证，成为一整套宝贵的技术资料。令我自豪的是，我作为《预包装库尔勒香梨包装与标识》的主要起草人之一，为库尔勒香梨包装提供了一整套完整的参照标准。

持续提升香梨品质、不断扩大种植面积、大力拓宽销售渠道，一系列产业化发展格局已经明确，从采收、加工、贮藏、保鲜到运输的科学管理，库尔勒香梨打赢了这场"果中王子"保牌增值的攻坚战。

纵观产业发展，库尔勒香梨以飞快的速度走入全国乃至世界。

20 世纪 70 年代末，香梨首次销售到我国香港、澳门地区。进入 90 年代，库尔勒香梨的出口量迅速猛增。到了 21 世纪，香梨已进入美国、加拿大、澳大利亚、新西兰等在内的 20 多个国家的果蔬市场。香梨的国际市场越来越大，出口创汇量不断再创新高。实行香梨"出口注册果园标准化"，加快出口基地建设步伐，库尔勒香梨以更高、更严、更优的标准，向着国际市场迈进。

对于中国来说，库尔勒香梨是独一无二的品牌；对于世界来说，库尔勒香梨是一张通往世界的名片，是一方政府长期发展的战略目光。

任何植物的种植都是一个奇妙的生长过程，香梨也不例外。人们经过长期的实践活动，往往选择生存力、抗病虫害能力极强的杜梨树苗为砧木，通过香梨枝条的嫁接，来完成一棵完整的香梨树。香梨的修剪每年分冬修和夏修两季，成熟的果品按照不同的品质进行分级；特级梨、一级梨、二级梨，根据果品大小、果面的光洁度、果品的形状来区分，以此判断市场行情，确定价格。在长期的种植过程中，种植采收技术已日渐成熟。在阿瓦提乡的果园里，我们看到了来自加拿大的专家，他们以改变香梨的生存环境为起点，从土壤着手，从根本上提高香梨的品质和价值。如今，仅靠香梨实现创收是远远不够的，改善香梨的生存环境，永远保持库尔勒香梨王者地位才是王道。

从昔日《西游记》中的人参果到今日人们口中的"东方圣果"，库尔勒香梨历经了漫长的历史发展过程，而今早已名扬天下。每年秋季，众多中外客商带着资金、带着诚意、带着香梨往返于库尔勒与其他省份或新疆与欧美国家之间，这种由产业建立起的合作与信任，为当地创造出巨大的经济效益，不仅让库尔勒拥有强大的经济实力，同时也让当地百姓过上了富足安逸的日子。

人类就是这样，从起点出发，一路历经曲折磨难，最终走向理想的坦途。

香梨，作为库尔勒的龙头产业，正率领着孔雀河两岸的民众共同走向幸福之路，谁能说这不是一种人民集体的智慧和时代的进步？

前所未有的强大与富庶，成为众人聚会的福地，一场重大的人口迁徙正悄无声息地进行着，众多的民工扛上行李、拖家带口，让这条西域走廊再次变得热闹起来。他们仰望星空、俯身大地，用辛勤劳动成为这座城市一支不可替代的生力军。"筑巢引凤栖，花开蝶自来"，大量资金、项目的入驻，短短的二十多年来，库尔勒的人口猛增，人民和睦相处、社会和谐稳定、百姓幸福安康。

昔有丝绸之路，今有"一带一路"。

在南疆发展的路途中，将库尔勒打造成"一带一路"的物流"中枢"宏伟蓝图已经绘就，"一带一路"、向南发展，为兵团第二师和库尔勒带来了前所未有的发展机遇。在"互联网＋物流"浪潮席卷下，顺应新疆维吾尔自治区建设商贸物流中心和将库尔勒市打造为南疆门户、全疆重要的综合交通枢纽的时代需求，库尔勒"一带一路"国际物流园将积极构建信息化平台，实现全程电子机械化搬运，全力推动电子商务和智慧仓储业发展。

让世人走进"梨城"，让"梨城"融进世界，绝不是一时的沽名钓誉，是"梨城"走进 21 世纪跨时代的主题。

因为香梨，"梨城"与世界越走越近；因为香梨，让一方百姓产生了一种幸福感和满足感。谈到幸福感，上户乡香梨园里的艾拜·热木吐拉和另一位老人告诉我们，20 世纪 70 年代，每公斤香梨仅五角钱，80 年代每公斤香梨已涨到一元钱，即便这毫不起眼的一元钱，也给当年的家庭带来巨大的收入，全村人集体投入果园栽种中去，仅上户乡 6000 亩土地中就有 4700 亩地种植香梨树。老人提起梨园无限感慨，20 世纪 60 年代里，一家只有一辆毛驴车，全家一年的收入不到 2000 元，而今想要啥有啥。

多么牛气的阐述，多么有底气的对白！

当问到老人有什么愿望时，老人的回答却出人意料，他们说现在吃得好、穿得好，什么都不缺、啥困难也没有，就想活得长一点，想看看祖国的大好河山。从老人开心的表情，我们看到了老人无忧无虑的好日子。

列夫·托尔斯泰说："我们不但是今天生活在这块土地上，而且过去生活在，并且还要永远生活在那里，在整体之中。"是啊，这里有我们世世代代生活下去的土地，这里有我们永远热爱的香梨。

阳光灿烂、前程似锦，库尔勒人民的幸福生活就在一片香梨园里启航！

天塞物语

Tiansai vineyards，天塞，一款摄影镜头的名字，在天山的脚下，它以深刻的寓意跨越时空的界线，与大漠塞北的酒庄巧妙地浑然一体，在苍茫漠北演绎着一场植物与美酒的狂欢与盛会。

天塞，天堂与奢华，激情与梦想……

一个葡萄王国

在新疆焉耆盆地的土地上，一个新世纪的酒庄，正以恢宏壮观之势屹立在新疆焉耆盆地的霍拉山脚下。

十年前，这里还是一片寸草不生的戈壁荒滩，如同诗歌里描述的"穷荒绝漠鸟不飞，万碛千山梦如懒"；十年后，这里已是一片郁郁葱葱充满果香的葡萄森林。

天塞酒庄创建于 2010 年，坐落于新疆焉耆优质葡萄酒产区。多年来，酒店始终秉承"自然有疆，美好无界"的品牌理念，将 2000 亩戈壁化作葡萄绿洲，建造出一座致力于打造葡萄酒酿造与葡萄酒生活方式双重平台的现代化田园观光式综合酒庄。

一个西部的葡萄王国，为你开启一扇葡萄世纪的大门。

2000 亩的葡萄园在这里纵横驰骋，26668 平方米的建设面积，2000 亩的葡萄种植面积，2800平方米的发酵车间，700平方米的灌装车间，6000平方米的地下酒窖，1398台（套）前处理、发酵、冷稳、过滤、灌装包装生产设备，一系列完整的数据向世人展示酒庄的雄厚实力。

这是西部的天塞，这是一个女人的红酒梦想，这是一个传奇的葡萄王国。世界因开拓者远大宏图的目标而改变，到处遍布着一个来自几千里之外创业者的足迹。

冒险者有冒险者的雄谋，探险者有探险者的谋略。天塞，勇气与智慧的象征，梦想与开拓的结合，天塞美酒，它用一种香味携带着新疆人的热情与豪放驰骋在浩瀚塞北。

大漠里的葡萄森林，天山脚下的玉汁琼浆，它用自己的方式撬开了世界酒业的大门。

冥冥之中仿佛传递着神的旨意，我们虔诚地敲开了天塞的大门。这是一条气势磅礴的林荫大道，笔直的路基，宽敞的路面，沿着低矮的地平线缓缓伸向大山的脚下，从一端走向另一端，以70°的角度直线向上延伸，两排高大华美的路灯在路基的直视下缓缓张开，几千米的葡萄藤沿着路面排成两道有力的绿色防线。一个葡萄领地瞬间在人们的视线中打开。

走进天塞酒庄，犹如走进一座华丽的城堡。

气势恢宏的西式建筑，橙、白相间的几何屋顶，半圆重叠的白色塔顶，酒红色的墙面，所有的一切犹如一个远离人群的欧洲庄园，尊贵大气、时尚典雅。走进天塞，如同走进一座富丽堂皇的宫殿，这里有棕、黑相间的建筑墙壁，欧式的吊顶，亚麻色的雕梁画栋，深棕色的殿堂楼阁，深红色的大厅圆柱，深褐色的圆桌茶几，橘黄色的灯光，一间间厅堂充满了不同时期的建筑风格。古色古香的茶具，彩绘华美的瓷器，每一处都高端大气，每一个空间既透露着浓郁的东方传统文化，又夹杂了西方的元素，在这个中西合璧的建筑体中，散发着文化与艺术的气息，安然被笼罩在温暖如丝绸般的光线里。

眼前的视野格外开阔，放眼望去，茂密的葡萄林，笔直的深沟，浅灰色的田埂，壮观的场景向世人证明了酒庄的实力。赤霞珠、美乐、霞多丽，一个个世界最优质的葡萄，它们沿着不同的方向带着一个个地域古老的图谱、遗传因子、葡萄密码在这里落户。郁郁葱葱的葡萄森林，这是葡萄的天堂，红酒的天堂，更是人间天堂。最尖端的酿酒工艺、最极致的品质追求，一个顶尖的葡萄酒庄在西部这片大地上诞生。

雄伟的天山在蓝天下蜿蜒起伏，绵延起伏的霍拉山还躺在千年的梦境里。天塞，你用人类的智慧改变原始的荒漠，让一个酒界神话在这里上演。

葡萄架下的神奇密码

这是一片神奇而自由的土地，炎炎的烈日炙烤着大地。放眼望去，一行行笔直的葡萄沟整齐地排列在大漠孤烟下。

阳光很好地洒落在叶片上，每行葡萄沟的最前方都立着一个橘色的木桩，它们庄重整齐地耸立在葡萄沟的最前沿，木桩上标注着不同的字符，41、52、63、82，它们用不同的阿拉伯数字书写着天塞所独有的秘语，在我眼前不断跳动我看不懂的舞蹈。○、↙、↓这些神奇的字符，像符咒、像记号，镌刻在木桩中最醒目的位置，仿佛是达·芬奇密码。每一个标识都预示着葡萄未来的命运，每一个标识都有特定的内涵，它们储存于厚厚的档案资料中，由天塞的主人随时打开与翻阅。我曾见过不少原始符号，它们只能躺在厚厚的扉页里，却找不到文明的出口。

碧空如洗，秋风习习，由高处向下俯视，所有的葡萄沟整齐划一、宽窄一致，所有的株距相等，生长方向统一，所有的果实如同孪生兄弟般的颗粒均匀，所有的葡萄串沿着一条直线均匀地排列于植株的底部。

这简直就是一个完美的奇迹。

一种绵绵不绝的芬芳随风袭来，令人眩晕。走进植物，你会发现每一粒果实都有着惊人的美貌，深紫色的红晕，厚实沉着的表皮，仿佛天边最后的晚霞。甘甜的汁液，如同深藏于田野的蜜饯，每一串酒红色的葡萄都欢快地向空旷的大地展示个体的激情。

穿过时光的缝隙，植物与人类相互摩挲，只见茂密的丛林里，颗颗果实只有小指甲盖般大小，它们如同滚动的深色血珠，包含着生命的奇迹与启示。那一抹内敛的紫红，既有世俗恋情，又浓烈醇香，深情张扬，浓浓的味道里掺杂了太多植物复杂的情感，仿佛要把一场深藏已久的暗恋在空气中大肆宣传，这是天塞的葡萄。

任何一种奇迹的创造都不会凭空出现，总有它的来龙去脉。

很快有人给我们揭开了种植的谜底，这里采用的是世界最先进的葡萄种植技术与管理模式，由世界十大最具影响力酿酒顾问李德美指导，从开深沟到铺草，从移苗到定植，每个数据都是最有说服力的证明，深浅一致、间距一致、大小一致，每行的株距经 GPS 定位，所有的行距呈直线图形，这就是天塞人追求品质卓越的结果，那些笔直的线条如同天塞人做到极致的标杆。

管控，在庄严中执行，每垄植物的生长都经过最严格的控制与栽培，每串葡萄果实经过了最细心的修剪后停留在枝干的最底部。疏果、疏果、再疏果，每一次取舍，都确保最优质的葡萄，让存留的果实最充分地吸收整株全部养分，每株只留两串至三串果实，所有的果实皮厚而粒小，让每粒果实集中精华，这是天塞葡萄的追求。不加任何添加剂，不使用任何化学农药和化学肥料，农田里的营养肥料，全由酒庄自己的肥料厂发酵，全程监控，最严密的配套管理，让人们真正吃到真正的有机食品。

这是一个惊人的数字，每亩只仅仅产 300—400 公斤葡萄，可你所看到每一粒葡萄绝对是精品中的精品。在这里，种葡萄已不仅仅是一种简单的种植，更是一种品质的保障和卓越的追求。我喜欢王蒙小说《葡萄的精灵》中一句话：好葡萄挂在藤上自己就会变成酒。我想说：好葡萄它本身就是最优质的美酒。

我把果实放在嘴里细细咀嚼，这是一种什么样的葡萄啊！每一粒都是葡萄之王，每一颗都生命饱满、气味芬芳、神采飞扬。这是一粒粒天塞人精心培育的果实，是人与自然努力抗争的结果，有了这样的果实，天塞美酒如同一匹黑马驰骋于世界精品红酒的高地。

夕阳西下，漫步于葡萄架下，那些五角叶片好看地向我们伸开一张张小手，一串串饱满的果实在柔光里一点点膨胀，青涩的气息还在，但肉体成熟的芳香却越来越浓，一种无形的丰满与充盈占据了葡萄架下的整个天空。

绿色庄园的玫瑰女人

"我就想做一款好酒，一款最好的中国葡萄酒。"她那柔弱的身躯里，却隐藏着一个宏大的梦想，成为一个酒庄的开篇。

黎明的曙光，早已冲破了世纪的阴霾，空寂的大地上久久散发着酒香和橡木的味道。

陈立忠——天塞庄园的主人。她恬然地端坐在大厅中央，轻盈的身躯里带着自信与愉悦，平和的语调里却跳跃着浪漫、深情、明媚、幸福，她气质优雅、谈吐高贵，她用自己的智慧与勇气掌控着一个庄园的命运。

这是一个充满着爱与追求的女人，爱国家、爱土地、爱葡萄酒、爱艺术，爱生活中一切美的东西。坐在她的对面，她清澈的眼睛里透露出一种超凡脱俗的纯净，这种单纯而美好的想法似耀眼的光芒，令人感到一种力量。

这是她的宫殿，每一个空间都充满了现代建筑的奢华与尊贵，每一个角落都完美到了无可挑剔。这是一个什么样的女人？用如此纤细的身躯缔造了一个西部的葡萄酒传奇，把一个世界生僻的角落，打造成世人知晓的美酒故乡。

她竟是一个如此瘦弱雅致的女人。来到天塞，当你看到那个头顶太阳帽，拿着小铁铲锄草、施肥的小女人，谁能想到她就是天塞的主人。从繁华的京城来到空旷的荒漠，这是一次格外大胆地选择和尝试。她去过欧洲，到过法国、意大利、德国、新西兰，品过世间无数的美酒，她是一个爱酒的女人，爱到了痴迷的程度，她喝酒、收藏酒，仅世界上的名酒她就收藏了上百种。

坐在世界上最豪华的酒庄里，她曾开心地品尝过拉菲、玛高、柏图斯，当红宝石般的液体缓缓进入她的体内时，让她在欢愉、亢奋之后却陷入一种忧伤：世界上有那么多著名的酒庄，美国、法国、意大利、德国、澳大利亚、新西兰……光法国就有几十个，为什么中国人没有自己的酒庄呢？

那一夜，她问得格外心痛，痛得整夜无法入眠。

为什么我自己不能做一款最好的葡萄酒呢？我一定要做最好的葡萄酒，它是中国的葡萄酒，让中国人喝的葡萄酒。在质疑的同时，猛然间，她强烈地萌生了要在中国做世界最好的葡萄酒念头。

古老的丝绸之路，一个能向世界阐明自己的地方，有多少神话与传说，勾起了她浓厚的兴趣。新疆，一个酒文化源远流长的地带，在这个多元化文明交集的地方，在波斯人进入西域之前，中亚土地上葡萄酒的狂欢就已经开始。到西部去，到葡萄最优质的地方去！她日夜兼程。她坚信：在国家开发大西北的时代大潮下，她的天塞必将会在这里缔造灿烂与辉煌。

八千里行程，几千个日日夜夜，从茫茫戈壁到一片绿洲，从一无所有到一个王国，从东到西，从城市到边缘，几千公里的行程，她放弃了享受、放弃了家庭，找资金、立项目，她立即红红火火地干了起来。西域的沙漠是干涸的，对抗它如同一场生命的搏击，炽热的阳光轮番考验着她的毅力，没有哪一种植物比葡萄更解西部风情。

2011年奠基、2012年投入生产，一年一个大工程，一年一个大变化，她在焉耆这片辽阔的荒原上，开始了史无前例的拓荒。从筹划到投资，从开荒种地到挖地建房，从填土修路到修建防洪堤，十年的艰辛付出、十年的苦心经营，她历经了世人难以想象的艰辛与付出，完成了多少个男人也无法完成的事业。沙漠的强悍与傲慢最终被她一个小小的女子踩在了脚下，一个世界级的酒庄在大漠荒原中拔地而起。

要做就做最好的，即便不是世界最好的，也一定要是最好之一。她的语气如此执着，她的行动如此坚定。

一切都要最好的，一切都要最尖端的。

酿酒设备是法国的，聘请的专家是来自澳大利亚酿酒世家的李丽安。干净、干净、再干净，这是天塞对所有酿酒过程最严格的要求。将所有的生产设备下安装支架，成本足足高出了15%，必须这样做，最大限度地减少细菌的污染，最大程度地保持所有的部位一尘不染。所有的工序再精益求精，所有的细节要做到最好，这是天塞人做酒的疯狂。当安装支架的设备再没有一处死角，所有的一切为天塞酒提供了无法比拟的空间和技术，为酒庄的未来发展奠定了强大的基础。

"用心培植每一棵葡萄，用心酿造每一杯好酒。"这是天塞的座右铭。

每一棵葡萄从种植到采摘，每一粒果实从加工到存储，所有的工序都按最严格的要求，所有的步骤都是最科学的程序，所有的付出是常人无法想象的辛苦，在瘦弱的陈立忠身上，我们看到了一种强大的、无法摧毁的力量。

橡木与葡萄酒是最好的伴侣，装酒的橡木桶必须是一百年左右的橡木才能制作，一只最好的桶一万多元。昂贵的橡木桶价格让多少制酒商望而却步，而她却毫不犹豫选择哈杜、圣哥安等四个国际品牌最好的橡木桶，不管价格如何，不管贵的，只选对的！有多少个酒庄的橡木桶，商人为了牟利，被重复使用二三十次，甚至只在酒里仅加些橡木的味道。而天塞始终坚持，一只橡木桶只允许使用两到三次便被淘汰！

行动大于言论，品质大于收益。不管多高的成本，只要是影响酒品质的事坚决不做。

看着市场上那些充满杂质、浑浊、没有一点芳香气味的便宜劣质葡萄酒，陈立忠常痛心地问：那么高的成本摆在那里，这样的酒真的能喝吗？喝了这样的酒国人能健康吗？

在沉寂了两年之后，天塞如一匹飞奔的野马一路冲向世界酒业的顶端。2013年，天塞酒庄赤霞珠干红葡萄酒2012（红标），荣获中国优质葡萄酒挑战赛"金奖"；同年，天塞赤霞珠桃红葡萄酒2013，荣获中国桃红葡萄酒挑战赛"金玫瑰奖"；2014年，天塞精选赤霞珠干红2012，荣获2014品醇客（Decanter）世界葡萄酒大赛"铜奖"；2015年，天塞精选赤霞珠干红2013（红标）、天塞珍藏霞多丽干白葡萄酒2013，连续荣获2015品醇客（Decanter）世界葡萄酒大赛"银奖"，天塞（经典）赤霞珠干红2013，荣获2015品醇客（Decanter）世界葡萄酒大赛"铜奖"；2016年，天塞珍藏霞多丽干白葡萄酒2014、天塞精选赤霞珠—美乐干红葡萄酒2013，荣获2016 IWSC国际葡萄酒暨烈酒大赛"银奖"，天塞精选赤霞珠——美乐干红葡萄酒2013、天塞珍藏霞多丽干白葡萄酒2014，连续荣获2016布鲁塞尔国际葡萄酒大赛"银奖"；2017年，天塞精选霞多丽2015，荣获2017世界霞多丽大赛"银奖"，天塞精选赤霞珠/美乐2014，荣获2017布鲁塞尔国际葡萄酒大赛"金奖"；2018年，天塞精选霞多丽2016，荣获2018世界霞多丽大赛"金奖"；天塞精选赤霞珠干红葡萄酒2015，荣获2018IWC国际葡萄酒挑战赛银奖；2019年，天塞珍藏霞多丽2016，荣获2019布鲁塞尔国际葡萄酒大赛"金奖"；天塞精选红标2015，荣获2019布鲁塞尔国际葡萄酒大赛"银奖"；2020年，天塞精选马瑟兰2017，世界顶级评酒师詹姆斯·萨克林团队（Jame Suckling）评分：92分；天塞精选霞多丽2018，评分：92分；2021年，T20霞多丽干白葡萄酒2018、天塞珍藏霞多丽2018，连续荣获2021亚洲霞多丽大赛"金奖"，2021首届新疆丝绸之路葡萄酒大赛"金奖"……奖项多得数不胜数。短短几年，天塞获得奖项300多个，其中国际大奖200余项，国家级奖项：近百个。

提起这些，陈立忠一脸淡然。在巨大的成就面前，她始终坚守着内心的淡泊与宁静，她平静地说："我坚信每个国人都会为能品尝到天塞这样的好酒而感到自豪！"

晚餐的香味开始弥漫，在一处温暖的灯光下，我与朋友们尝到了向往已久的天塞葡萄酒，甘白晶莹剔透，甘红泛着淡淡的酒红，它们干净清醇、晶莹剔透，轻轻地抿一口，一股浓郁的味道沁人心扉。它们散发着生命的灵性，清新的酸，圆润的甜，典雅的苦，贴切的辣，精致的咸，葡萄的香，橡木的味，瞬间蕴藏在酒杯之中，它们撩拨着我的味蕾，时而尖锐，时而清凉，时而婉转，时而浑厚，时而高扬，时而烈性，让内心变得柔软。

这是一种大自然藤本植物的精华与生命发生的共鸣。

多么好的美酒啊！谁能想到它竟来自天山脚下的葡萄。它既有着情人的味道，也有着爱情的味道，仿佛掌握了幸福的咒语，在一系列神秘的仪式后尽情放纵着自己的喜悦与情愫。这么好的酒，哪一滴不是出自于天塞人艰辛的付出，谁能想象在烈日炎炎下那种太阳的烧烤与沙砾打磨的疼痛。

"这么好的葡萄酒一定很昂贵吧，无论是中国、还是国外，一瓶类似于这样的好酒至少要上千元一瓶呢！"一位客人带着好奇。

陈立忠回答道："经得起推敲的佳酿并没有您想象的那样贵得出奇，这样的一款国际顶级赛事认可的美酒一瓶只需 200 多元。"

这个回答让所有人感到意外，陈立忠却优雅地笑了："我只想做一款好酒，一款中国的好葡萄酒，让它在中国，无论是社会精英还是普通百姓，都能享受到的世间最好的葡萄酒！"

这是一个多么宏大的理想，大到民众。在这个名利至上的时代，越来越多的人麻木不仁，有这样一群天塞人，他们只为实现心中的梦想，他们坚实地走着品质之路、文化之路、信仰之路。悲壮的创业、高尚的追求，如同天塞的红酒充满了高贵的光泽，它让我们知道只有干净的灵魂才是世间最尊贵的灵魂。

爱是距离心灵与神最近的地方，精神最高的出路是给予。陈立忠把所有的爱给予了这片酒庄，望着她那平和的笑脸，任何华丽的赞誉都不足以表达我内心的敬仰。

在地下储藏室里，我们看到了来自世界各国会员的编号，那些神秘的阿拉伯数字标志着不同国家、不同地域、不同阶层的酒迷，那些不断变换的数据仿佛向人们宣告世人对美酒的钟爱，人类对天塞的钟爱。尽管他们站在地球的不同节点上，可他们却用同一种心情品味着天塞的美酒，享受着奢华的人生。

付出与成功总是携手相伴，随着时光一同缓缓流入世纪的长河，我们相信天塞一定会走向更加辉煌的未来。

城堡里的东西文化

当红酒遇上了艺术，那将会是一种什么结局？

在天塞，你能深深感受到东西文化的魅力，古典艺术与现代艺术为一体的欧式风格庄园，亚麻、深棕、浅褐的色调，线条流畅的屋檐、窗棂与雕花，既有法兰西的风情万种，又有西域的雄浑豪放，中厅高耸、窗户细高，造型新颖、设计精巧。它幽静地立于霍拉山脚下，让人既能感受到天塞酒庄的宏大气势，又能享受到城堡温婉的浪漫情怀。聆听着庄园背后的传奇故事，你能瞬间摆脱精神的荒原。

世间万物中皆蕴藏着的无限玄机，发现往往令我们沉醉在探秘的乐趣里。

走入天塞的腹地，这里是一处汇集旅游、美食、娱乐、休闲为一体的圣地。高端的酿酒技术、高品位的生活模式，葡萄长廊、酒庄大酒窖、西式餐客房、照相机收藏室、名人瓷画。在这里，你能体验到创造的奇迹，感受山脉的呼吸、品尝葡萄酒、约见植物、骑马摄影、鉴赏艺术，寻找一切人类文明与自然环境相和谐的可能性，找到一条心灵净化的坦途。

一种酒改变生活品质，一座酒庄让一片土地焕发新的生机。

这里绝不仅仅汇集着各种尖端的葡萄酒，更是东部与西部、文化与交流、艺术与鉴赏、商品与信息、沟通与传媒跨时代的商业平台。

在天塞的大厅里，艺术是一款物质通往精神的云梯，儒勒布雷顿的《拉格朗日酒庄的丰收》、黄胄的《叼羊图》、卡拉瓦乔的西方油画《酒神》、史国良的《丰收舞》。这些瓷版画以不同的艺术风格呼啸而来，淡泊中蕴藏着翰墨飘香的高超技艺，肃穆中彰显着西方油画的华美。

文化融合的气息不断在空间蔓延，餐桌、吊灯、雕花，酒、艺术、藏品，它们形成一条不可分割的色带，展示着天塞的审美与情趣，为我们带来一个时尚、艺术的天塞。

在天塞，艺术世界绝不是一个凭空勾勒的美丽陷阱，它用真实的美感与人类对话解释一款来自天山脚下的美酒。坐在天塞的一角，书法、美术、历史藏书，不同年份的摄影机，古色古香的茶室，低调奢华的酒柜，这些艺术品以它们独有的生命个性，灵动而有质感地静立在一角。大繁至简、个性鲜明，如同庄园里充满灵性的植物，在一片地域的深处独自散发着醇烈的芳香。

天塞，它绝不仅仅是酒的天堂，更是东西部之间、文化与交流、艺术与鉴赏、商品与信息、沟通与传媒的跨时代的商业平台。深厚的酿造历史、独特的风景带、丰富的旅游资源、浓郁的西域风情，为葡萄酒产业发展和产品品牌建设增添厚重的底蕴。在这个平台上，人们坐在欧式的沙发上，手执赤霞珠、霞多丽，轻歌漫语，站在宽敞舒适、私密恬淡的空间里，谈论商品、交流艺术。这里既有高脚凳和形似木桶的小酒台，又有别致的长餐桌，既有轻松调侃，又有蓝色小调，曼妙而浪漫的时光在葡萄酒庄匆匆而过。

窗外，绿茵的草坪上，几匹深棕色的跑马在人们的视线中飞速奔驰，彪悍的野性令人有种奔跑的冲动。这是天塞马术俱乐部，欣赏时尚的艺术品展厅，参加摄影俱乐部，徒步去霍拉山旅游观光，在这里不仅回归了大自然，同时也构建了人们的精神高度。

我曾去过很多装修豪华的酒店，它们太过追求奢华与艳丽的色调，却缺少艺术与美感。在不同的风景里，让我终于明白那些审美的情趣很多时候与生俱来，无法仿制。

除美酒外，景德镇的艺术品在这里是另一场美丽的遇见。青花瓷、粉彩花瓶、中国大红花瓶、朗窑红釉大花瓶、景德镇茶具、景德镇餐具，它们色彩清丽、色泽温润，带着古色古香的气息弥漫在天塞的不同角落。

在华丽的餐厅里，我遇见了景德镇的艺术家们，他们中有赫赫有名的景德镇制版人、绘画师、烧窑大师，他们千里迢迢不辞辛苦地匆匆赶往大漠塞北，就是为了把顶尖的中国传统艺术搬到戈壁荒滩。将景德镇的陶瓷搬入天塞，搬入中国西部。这是一场出人意料的创举，茫茫沙漠同样也有享受艺术、享受美的需求，这是天塞不失时机地为新疆与内地搭建的一条跨越地域的文化桥梁。

"所有美的东西我都爱，所有艺术的东西我都追求。"陈立忠这个优雅的女人不仅将酒赋予艺术，将艺术赋予酒，她本身就是美、艺术、美酒最真实的写照。

午夜时分，雕刻、绘画、舞蹈、相机……它们一个个踏着夜色接踵而至，化身一个个诡异的精灵向我飘来，越来越近。暮色里，我嗅到了葡萄酒的芬芳，那种雪藏多年酒的浓淡与羞涩，在这个月夜里飞翔。

一个声音贴近我耳边："只有作为审美现象，世界才具有存在的合理性。"我知道，这种深刻而精辟的思想只能是遥遥而去的尼采。

月光下的世外桃源

"良辰美景奈何天，赏心悦事谁家院？"酒浓情更浓，喝到第5杯时，我们都醉了。

醉，是一个神秘的过程，醉人的不只是酒还有主人的热情，醉意朦胧中我听到了朋友王立华高亢而深情的陕北民歌，曲调松弛、坦然、激荡、率真，让所有人的精神与肉体都处于一种愉悦与欢快的状态。这一刻，让我看到了沉淀在美酒中的灵魂发酵之后，那个虚拟世界给予我们的兴奋与激昂。

趁着浓浓的月色，我们误入一处世外桃源深处。

那是一处光影交错的村落，橘红的墙群、橘红的屋顶，橘红的木栅栏，一款款橘红元素的木屋，流露着欧式风情。放眼望去，新潮时尚、热情奔放，弯形的葡萄长廊隐藏在夜幕里，静谧中流露着淡淡的忧伤。此时，白天的激情已荡然无存，留下一抹聚散后的惆怅，明天的我们又将去何往何处？没人回答。

这是一个怎样的小别墅啊？打开房门，令我们吃惊的是，里面竟然居住着天塞的员工。空间被分割成大小不一的房间，厨房、卧室、客厅、卫生间一应俱全，洁白的墙、瓷白的地砖，简洁、干净、舒适。每套房前屋后用橙色栅栏围着的小院生机盎然，玉米、高粱、向日葵，它们乘着夜风散发着植物的芬芳，在夜幕里徐徐发散。

月光洒在田野上，葡萄长廊下坐着三三两两正在唱歌的人们，他们或来自河南，或来于四川、甘肃，不同省地的语言并没有令他们产生任何隔阂，反而令他们坐在一起天南地北地神侃，他们相互打趣其乐融融，干净的笑声在夜空飞扬。

橘红的门缝中闪过一个温柔得令人沉醉的笑脸，这是一张张纯真而幸福的脸，充满了对美好生活的向往，天塞就是他们温暖的家。这里大多是从酒庄创业时就跟随天塞的老员工，谈起天塞，他们满含深情，从付出到感恩，他们开心满足，笑意浓浓。笑声中，我感到心里某些东西如冰雪般融化，那是一种来自葡萄酒庄的温情。

陈立忠说："我离不开这里，一刻也不能离开。无论走多远，只要一下飞机，我的心就立即飞回了这里。在这里，我找到了飞的感觉，我想带着我的员工一齐起飞，我想带着我的团队一齐飞翔。"

有人走过来悄悄告诉我：独自在葡萄园中散步，你会听葡萄生长炸开的声响。是吗？贴着爬满葡萄的青藤，我真的听到了一个个植物生长噼噼啪啪炸开的声音。生命如此神奇，伴随夜虫的欢唱。这个月夜我多想永远收藏，庄园、山脉、笑容、月光……

半个月亮悬挂天边，仰望夜空我无限感慨，无论天地多么辽阔，爱与信仰，永无止境，生生不息……

穆兰（绘）

幸福的石头

一

天地玄黄，宇宙洪荒。岁月是把利刃，几乎没有什么能抵得住风霜的摧残，没有什么能永远不朽，唯独石头如此与众不同。

相对其他石头，温润、剔透的玉石不仅能耐住岁月风霜的洗礼，而且越发晶莹富有光泽，也许这便是世人偏爱美玉的缘由吧。一提它，人们往往爱在玉前加上"美"字，足以说明喜爱的程度。

人类对于一个人、一种物的偏爱，往往源于一件意想不到的事情，我也毫无例外。

人们很喜欢对无法解释的现象，惯用一个想象力极其丰富的词汇，比如"缘分"。"玉与人是有缘分的。"当周边人用神神秘秘的语气告诫我时，我却不以为然。可是，一次意外的收获，却让我深陷其中无法自拔。

对于玉的崇尚与爱好，应该追溯于15年前爱人购买的一只手镯。

起初，一向善于精打细算的我，绝不舍得对一只镯子一掷千金。于我而言，一件实用的家具远比一个小小的饰品更富有实用价值，尤其玉与金子相比，不过一块石头而已。从增值的角度来看，我更愿意把钱投资在金银首饰上，随着时光的变老，它们的价值不仅丝毫不减反而增值。

就在我对一块普通的石头毫无兴趣的时候，远在内地出差的爱人无限欢喜地告诉我，他买了一只玉镯送给我。这则消息不但没令我惊喜若狂，反而怒气冲冲，一只镯子竟然两千多元，头吃肿了吗？我的气愤无处躲藏。要知道在20世纪 90 年代，两千多元意味着什么，它意味着团场的一套平房，一整套彩电、冰箱、洗衣机的组合。而一只玉镯，对于每月仅仅 300 元收入的我，无疑是一个天文数字。它可以成为任何一件体积巨大的固定资产，总而言之，它成为什么也不能成为一只体积小到不能再小的手镯。对于丈夫的冲动我真不明白，为什么人们情愿花钱用礼物表达爱意，而不直接用口说出来。很快，爱人收到的并非我的赞美之词，而是心疼、埋怨、极为不满的发泄，甚至最后发展到了威胁与恐吓，我大闹着若不退回，回来定没好日子过！

可想而知，那些风雨飘摇的日子里，爱人是怎么怀揣着一只镯子在外惶惶度日。

也许，这就是所谓的"缘分"。

滚滚红尘、茫茫人海，总有一些东西注定与你不弃不离。这是一只翡翠玉镯，清雅秀丽，晶莹剔透，淡淡的绿色花纹中散发着温润的光泽，令我一见倾心。往手腕上一套，竟如量身定做一般，大小、宽窄、颜色恰如其分。饰品的本身原本就有美化作用，在此之前，那些金耳环、金项链、金戒指并没有给我带来任何美感，反而显得俗不可耐，令我甚至有些不屑一顾，这也是我多年来一直抗拒佩戴任何金银首饰的缘故。

然而，当这只玉镯套上手臂时，它是那样得体。不仅内在的光泽熠熠生辉，而且将我的手臂映衬得白皙圆润、光彩夺目。不但颠覆了我从前的观念，同时也令我无限欢喜起来。别看它色泽淡雅并不惊艳，可当它与我的手腕连成一体时，立即凸显出它隐藏的雅致与魅力。自从手腕上多了这只镯子后，它几乎成为我身体的一部分，十几年来从未离身，足以证明我对它的爱不释手。

文明对于人类，绝不仅仅是每日的面包和夜晚的拥抱，还有更多纷繁复杂的精神追求。我想这只手镯的存在，满足了我追求美的欲望，它在获得美感的同时，还有一份拥有的快乐。对于一只手镯来说，最美好的时光莫过于得到主人的千般宠爱。然而就在我自以为不能离开它时，却突然发现了意外。

2019 年，一个酒醉的夜晚，一次轻轻地触碰，竟令它突然粉身碎骨魂飞魄散。我惊愕地站在那里久久一动不动，当我意识到这场突如其来的变故时，它那圆润的身躯早已分裂成四截碎片，令我万分痛惜。这些破碎的玉片呆立地上，仿佛也有很多不舍，它们清脆的声音瞬间唤醒了我，我并没有弃之如履，毕竟陪伴了我这么多年啊！于我而言，它已经成为我不可缺少的一部分，我立即一片不少地将它们小心翼翼包裹起来。

或许是因为怀念那些与我相伴的美好时光，这些毫无价值的碎片，并没有被我弃之而去。人总是在得到时毫不珍惜，失去时却心如刀绞。没有了它，我的手腕顿时失去了往日的美感，变得与一只普通手腕一样平淡无奇。大概是上天要惩罚我的不小心，甚至连我的心脏也出现了问题，不知是出于心疼还是失去了对手腕穴位的保护作用，我的心脏一段时间里，总是"扑扑腾腾"跳个不停，怎么也停不下来。

我开始企图重新寻找一只新的手镯代替它。然而，沉默的它似乎早已看透了我的心思，在我试戴过无数玉镯之后，竟发现没有一只能够取代它，不是大了就是小了，要不就是颜色不对。好不容易找到一只几乎与它一模一样的，一看价格却要上万元，这让我的心脏跳得更加七上八下。

每每看到空空的手臂，便有一种说不出来的惆怅。一年之后，我翻阅抖音时，无意间网上一则手镯修复的广告扑入眼帘，看到那些被修复完整的玉镯令我不由得跃跃欲试，几百元钱也损失不了我什么，抱着试试的态度我寄了过去。

一个月后，一只完整的镯子完好如初，几片破损的碎片经过能工巧匠之手竟修复得几乎和从前一模一样，除了断口处由于长时间氧化出现的几条淡淡纹路外，若不细看，还以为是玉镯原有的花纹。对于这场失而复得的结局，我竟欣喜若狂，独自窃喜了许久。

从此，这只玉镯在我心目中不再是什么普通的石头与首饰，而是我生命中的一部分，不仅爱上了它，并爱屋及乌地爱上了它的同类。

二

时光中的美好遇见，总是那么出人意料，令人欣喜万分。

听说要去若羌、且末，我的激动不言而喻，激动绝不仅仅因为这是两个遥远的从未去过的县城，而是怀揣着一己私利。早就听说若羌、且末是产玉的地方，尤其且末素有"天边小城，大美且末"的称号，百闻不如一见，说不定会有意外的收获，暗藏已久的念头瞬间又蠢蠢欲动。

早在《汉书·西域传》里就曾有："鄯善有玉"的记载。在丝绸之路尚未开通的年代，占据河西走廊通道的月氏人就已经成为东西贸易的代理人和中转者，河西走廊可能已被月氏人开发成了一条"玉石之路"。

翻开地域尘封的经书：且末历史上是和田玉山料的一个著名产出地，早在先秦时期，就已有"昆山之玉"的美谈。从若羌到塔什库尔干延绵数百公里，白玉、青玉、青白玉、花玉、碧玉，它们不仅品种俱全，而且尤以白玉最佳，其色鲜亮，其质细腻，经济价值极高。且末的玉文化资源潜力无限，是和田玉的主产地，产量在全国占七成以上，是供应全国白玉、青白玉的生产基地，尤以白玉、糖包玉、青玉、金山玉等著称。白玉以白如羊脂、青玉以碧如绿叶，且末墨玉以黑似纯漆而出众，其品质优良，其色鲜艳，具有色纯、细腻、嫩润、坚硬、明亮等特征。"昆山之玉，闻名遐迩，万山之祖，美玉之乡。"这16个字赋予了且末的美玉在玉文化史上的特殊地位和独特魅力。

古有和氏璧，今有和田玉。一样完美无瑕，寓意美好。

所有的资料令我眼花缭乱，如此丰富的储藏对我充满了诱惑，不管怎样不入虎穴焉得虎子？

然而，此次若羌的行程被安排得满满当当，殷实而丰富，其间博物馆、采访、村庄、人物，无一与捡玉有关。看来就要和它失之交臂了。千年的古玉仿佛不忍离去，尤其看到当地楼兰博物馆中出土的琳琅满目的玉器，便得知生活在库鲁克之南、阿尔金山北麓的楼兰人，早就有识玉、赏玉、用玉的习惯，从他们日常生活所使用的工具来看，许多都与玉器有关。看来若羌确实是一个产玉的地方，尤其若羌黄玉，色黄正而骄，柔润如脂，其身价不菲、稀有罕见，黄玉是极为珍贵罕见的软玉品种。

仿佛为了成全，当地临时突然被安排去捡玉。虽然日落西山，一片令人向往的地方，再远的距离也不会觉得疲惫。此时的戈壁滩上洒满落日余晖，就这样我迫不及待地直奔主题，玉的魅力是诱惑，是无言的牵引。从出发开始，一直对捡玉贼心不死的我，其间五味杂陈皆有之，有梦想、有期待、有欲望、有激动，所有的愿望眼看就要化为乌有，在即将离开时突然发生逆转。对于如此中肯的建议，没人拒绝，恨不能插翅飞去，尤其对于未曾有过此经历的我，此次无疑是一场别样的人生体验。

从未想过千里之外的捡石头会如此疯狂，总以为玉石或隐藏于荒无人迹的高山，或潺潺流水的河道。唯独没有将它藏身的地点设计在茫茫戈壁滩上。能在戈壁滩上亲身经历一种寻宝的快乐，该是多么的新鲜和刺激啊！

天空高远，大地辽阔，寂静的旷野空无一人。没有植物，没有生命，甚至连动物和昆虫的脚步也不曾涉足，只有那一望无际的戈壁荒滩，暴露在炎炎烈日之下。长的、短的、方的、圆的，不计其数的戈壁砾石它们毫无遮掩地裸露在层层沙粒之上。面对满目沧桑被阳光暴晒的荒滩，心里顿时大失所望，我实在不敢相信那些晶莹剔透的玉石竟会藏身于此，它那温润光泽应是流水长期细细轻柔抚摸的结果。

如若不是身临其境，很难想象这样一片寸草不生的荒原之地竟会就是它们的栖息地，现实往往匪夷所思。就在我还处在疑惑不解之中，遍地的石头已经向我张开了无私的怀抱，它们毫无遮拦地呈现在眼前，大如斗升，小如指甲，没有河水的抚摸，太阳同样赋予它们最好的色彩，赤、橙、黄、绿、青、蓝、紫，如同一个个灵动的音符，跳跃在大地的指尖上。

别看它们个头不大，据说每一块石头的成长少则百年，多则万年。不管怎样，这些沉默的家伙少说也有几百年，它们的年轮实在难以计算。在这远离尔虞我诈、远离车马喧嚣的地方，沉默寡言是它们天然的秉性，它们个个如同沉思的老人，仰望苍穹，一言不发。

偌大的戈壁，石头多如牛毛。然而，对于玉质的界定，所有的闯入者不但缺乏最基本的常识，而且缺少挑选的经验，除了知道用手电筒的强光甄别外，其他几乎接近玉盲。对于一群玉盲来说，没有知识并不可怕，可怕的是缺少一双甄别的慧眼。

行之切切，观之惶惶。没有什么比人类的欲望更难以遏制，可见人心最是贪婪，即便文人也不能免俗。面对隐藏在眼前数以万计的珍宝，没人愿意浪费片刻时间，下了车，一个个立即如同阿里巴巴的盗贼，目光炯炯，神情专注，恨不能将大地上所有宝物统统占为己有。面对炎炎烈日，没人遮掩、没人踌躇不前，个个敛声屏气、目不斜视，仿佛每一颗石头都可能是最珍贵的美玉之一。

骄阳似火，汗水如注，没有人肯停住寻宝的脚步。

什么是玉？就在我最茫然无助时，它们却朝着我的方向走来。在一堆莫名其妙的石头中，很快有几块经大家反复揣摩甄别后，认定为戈壁玉。思考令我变得格外冷静，就在我经过片刻的沉思后，很快，我所具有的独特观察力以及敏锐的判断力大大派上了用场。在确定了实物与目标与之后，我的目光更加神奇和尖锐，一块接着一块，拳头大的石头一块块被我收入囊中，就在其他人还握着颗粒大的玉石沾沾自喜时，而我所寻的石头却多得撑破了薄薄的塑料袋，不得不展开我宽大的裙摆将其兜住！

夕阳西下，霞光满天。

此时已接近黄昏，当我最后一个到达目的地时，一群人将我团团围住，十四块、十五块、十六块，那些拳头大的石头一次次被人们反复用手电强光照射确认后，我也瞬间一捡成名。我总会在特定的时间节点做些特别的事情，谁也无法解释这种奇特的现象，也许是上天赋予我独特的法力。有了这样一堆石头，足以安慰我弯腰的辛苦与烈日下的暴晒。

万物始终都在衍生、蜕变，对于眼前这堆石头，它们最终将是怎样的归宿？没有人能回答。从戈壁到人间，此次的迁徙对它们的一生是否也有着举足轻重的意义？离开了家，离开了陪伴多年的伙伴，它们是否也有难过与不舍？

它们是上帝的遗珍，大地的舍利。同为石头，它们却是一堆幸福的石头，光滑、圆润、细腻、无瑕，令人浮想联翩。即便来到人间，它们也一块块被人反复欣赏摩挲，细细鉴赏，奉若珍宝，让每个人都恨不能占为己有。手握石头，此时我思绪却四处游荡，千年前它们是怎样形成的，千年后它们谁也不会想到会被一群人占为己有。

大地苍茫，山崩地裂。自然界的变化总是捉摸不定，谁也无法预测未来的命运，即便一块石头也是如此，它们又怎知未来身居何处？苍茫大地，芸芸众生，谁又不是被无形的命运所安排？

午夜时分，万籁俱寂。闪烁星光下，一颗寻玉的心依旧在梦中漫游，梦醒后随手写下《若羌时光》。

我忘了天上有一片云，
是飘向若羌，
还有一片云，
是飘向果勒乌斯塘，
在起风的日子
我忘了要去的方向，
登上高高的米兰河水库，
我忘了坚持已久的信仰。

江河奔腾，大地惆怅，

我总在遗忘中奔向远方，

闯进一座米兰古城，

我忘了与佛的对话，

站在若羌文化广场的地心，

我忘了楼兰美女的深情凝视，

在一片烈日下的戈壁滩上，

我怀抱着一堆戈壁玉，

忘却了时间，

忘记了天空和忧伤……

三

半扇高大的山壁，一条古老的河流，月牙般弯翘的村庄，穿过一望无际的戈壁，它们突如其来地出现眼前。

如果不走近，很难想象如此洪荒之地竟有一片世外桃源。高大的山峰如戈似剑，奔腾的河流如母亲宽大的胸膛，葱绿的田园里，几个农人正在耕作。

碧水蜿蜒，玲玲琼琼，竟有"人间四月芳菲尽，山寺桃花始盛开"的意境。寻着山中桃花，芳草萋萋处，河水与玉石相碰，玲玲之声不绝于耳，我仿佛再次听到了大山下美玉那情真意切的召唤。

弱水三千，我只取一瓢，一切皆为上苍安排。

初到且末县令我内心一颤，一路走来，怎样都无法相信，眼前这个高楼林立、热闹繁华、灯火璀璨、蕴含着厚重文化底蕴和现代人文气息的魅力新城，就是著名作家苇岸笔下描述过的那个屹立在荒漠中的"天边小镇"。

一条条宽阔的柏油路，沿街郁郁葱葱林立的桑榆，一座座拔地而起鳞次栉比的高楼大厦，热闹繁华的商业街，大气温馨宜人的居民小区住宅楼，现代人文理念与田园风格相融合的乡村安居富民房，极具地方特色渗透文化气息的玉石商业街，一件件精雕细琢的玉石珍品，无不诠释着"玉石之乡，魅力且末"的独有神韵……

今兮，何兮？且末变得如此之美，美得让人心动，美得让人流连忘返，美得如置身于梦幻中……

在返回旅馆的途中，恰逢当地石玉贩子拉着一车石头叫卖，一个个大如脸盆的玉石引起我们极大的兴趣，大家顿时欣欣然地团团围住小贩。

"且末是个有玉的地方！"男人说。

是啊，且末一定是个有玉的地方！很快，无论是在且末大大小小的宾馆还是酒店，那体型巨大、碧绿温润的玉石，无不向人们展示玉的存在、玉的丰硕、玉的富有，足足几百公斤的重量，真是令人大开眼界，大饱眼福。它的体积与重量观之无不望而兴叹，感慨万分。可见且末确实有玉，而且玉的储藏量非同一般，不可小觑。

上天从不厚此薄彼，它将拥有的精华公正地分配到不同领域，轮台的白杏、库尔勒的香梨，焉耆的大白菜、博湖的辣椒……在这片遥远宽泛的土地上，赋予它们的是红枣与美玉，让这片神奇的土地同样繁华而又兴旺，喧嚣而热闹，富足而丰盈。这里的人民是富足的，在他们拥有土地的同时，更拥有价值不菲的美玉。

关于玉的说法，有些神乎其神，耳边最多的就是"玉石是辟邪之物"。据说玉一旦戴在身上，便不可轻易地摘下来，因为玉是有灵性的，如果有一日你佩戴的玉掉了，那么说明那块玉已经帮你挡过一劫。还有些说法更不可思议，已经戴在身上的玉不要长时间摘下，否则会有祸事发生，总之玉是护身符、吉祥物。

拥有得天独厚的生态优势，这里的女人似乎个个佩戴玉器，玉镯、玉耳环、玉项链，那些玉首饰仿佛和她们的气质与生俱来相吻合，简单、纯粹、柔和，上苍让纯洁无瑕的玉与她们如影随形，是恩赐、是馈赠。玉与人类都是大自然的一部分，在这里，玉与人类融为一体，不弃不离。

行至且末，所有行程似乎依旧与石头无关，博物馆、村庄、墓地，那些逝去的亡灵和现代生活一样备受关注。仿佛只有这样，人们才不至于忘却历史、珍惜现在，展望未来。夜深人静，水流淙淙，冥冥之中，我却听到了那些来自远古石头的声声召唤。

江尕萨依注定是一个永远要镶嵌入记忆的地方。

炊烟缭绕，牛羊成群。牧人骑马独行的背影，令人不由想起"远上寒山石径斜，白云生处有人家"的诗情画意。百年的村落外，是一望无际的沙漠，烟波浩渺、寸草不生的荒滩令人心生绝望。来到村庄，满眼却是葱绿的田园、茂盛的树林、绽放的杏花，一条车尔臣河将村庄与世界阻隔，一座木桥连接村庄与山峦。

"且末是一个有玉的地方！"我始终对男人的话念念不忘。

山谷的初夏，依旧还是春天的颜色，草色浅绿、山体清淡。深陷其中，只见飞鸟嬉水，溪水潺潺，村落的宁静与安然很难令人心生杂念。捡玉的过程是从一顿午饭后开始，我们几个正围着一位上了年纪的老太太，听她讲述这个村庄过去和现在的故事，突然，当地陪同我们的小苏，不知在哪里捡到几块碗口大的玉石，给大家介绍且末玉的历史。小苏的一番介绍，让大家对且末的美玉更加充满了期待与向往。还未听完老人的故事，我们一群人便迫不及待地朝着小苏引领的方向奔去。

五月的阳光温暖而又炙热，车尔臣河正席卷着滚滚泥沙由东向西奔流不息。然而，当地人拦住我们说此时并不是捡玉的最佳时节，真正的好玉会在一场暴雨之后，沿着山体的洪水从天而降。没有人有足够的耐心等待洪水的到来，此刻，即便河里没有玉，所有人还是毫不犹豫地沿着车尔臣河道匍匐前进。

这是一条古老的河流，资料显示：车尔臣河发源于昆仑山北坡的木孜塔格峰，全长约 813 千米，河里的洪水就成因和发生时间而言，可分为春季末期或夏季初期的季节性积雪融水型洪水。看来，从山下冲下来巨型玉石传闻一点不假，据当地人说周边有两三个玉石开采厂。如此大型的现代化操作，更加证实了此处有玉的传闻。顺着河道望去，一上一下的挖掘机正不断地将河道的砾石泥沙送出河流。山体寂静，两岸绿色的植物苍翠旺盛，挖掘机旁不断有人在弯腰拾遗，他们一定也在捡玉！河水冰凉刺骨，宽阔的河道挡住了人们的去路，尽管前方可能藏有无数珍宝，我们却不得不望而兴叹。

失望之余，河道的另一边，那大小不一的石块，依旧琳琅满目，足以满足我们猎奇的心态。捡玉是一项趣味与获得感同时满足的运动，既有众人寻他千百度的神秘，更有河中乐不思蜀的其乐无穷。由于有了向玉贩取经的经验以及若羌对玉甄别的知识，一进河道大家便直奔主题。

这里的石头体积远比若羌戈壁石头大很多倍，小若鹅蛋，大若脸盆，经过千年河水的冲刷与浸泡，这里的石头色泽美艳，光彩照人，远比若羌戈壁滩上更便于甄别。人们的目光不再沉湎于鹅蛋大的石头，对于指甲盖状的更是不屑一顾，目标直接投向碗口以上的体积。

温润如玉，光滑如丝，这是对玉的赞美与感叹，也是几千年来人们对于如玉般美好事物的向往。当色彩靓丽的石头堆在人们眼前时，每个人都喜形于色、笑逐颜开，大家争先恐后地将自己的宝贝亮出，仿佛捡到了无价之宝似的。我憎恨自己的欲望，它让我一次次在攀比中不顾艰难地继续勇往直前。

只可惜，还没等到一堆宝贝坐上汽车，怀抱着一堆玉的兴奋心情顿时被当地几个富有经验的村民所破坏。经他们细细甄别，在我们看来如获珍宝的玉石，不过是一堆不值钱的卡瓦石。这个令人难以接受的结果，如同泄了气的皮球般，激情一下子跌落。可不甘心又能怎样，最后大家不得不将一大堆精心挑选的石头丢至田间地头。

短暂的兴奋，短暂的收获，瞬间被巨大的失落所代替。几百公里的行程，几个小时的忙碌，失望与沮丧的心情难以言述。万事皆随缘，村书记说，若有缘，只要能拾到300公斤真正的和阗玉，一辈子便能衣食无忧。300公斤啊！价值近千万，这个不可思议的数字，又在每个人心头微波荡漾。

可就在大家都忘了那堆被遗弃的石头时，黄昏时分，当大家路过一家家玉器店时，只见店中大大小小的玉石，竟同我们千辛万苦捡到而后又丢弃的石头别无二般，而且价格不菲。此情此景，看得我们每个人都心如刀绞，那一道道无血的伤痕如芒刺背。

一切皆为云烟，一切皆是虚幻，无论得到与失去都无法逆转。

时光一去不返回，永远长存的只有得到的快感与捡拾的乐趣。无论过去、现在和未来，这段记忆足以令我回味长长一生，每每与人谈起，滔滔不绝，口齿生香，仿佛此时还置身于那条湍流不息的车尔臣河之间。

低调不张扬，坚韧不退让，这是我一向崇尚的石头品格。对于晶莹剔透、温润儒雅的玉，经此一劫，更多了几分尊重与敬仰。无论身居何处，它们都是幸福的，躺在大自然时，与风雨为伴，逍遥自在；与人相伴时，被视如珍宝，珍爱无比。与玉相比，做人反而比石头艰难许多。

"不悔梦归处，只恨太匆匆。"若有来生，我情愿做一块幸福的石头，勿让世间的污浊侵蚀了干净的内心，逍遥于天地之间，始终冰清玉洁，灼灼其华，熠熠生辉。

"喀什大巴扎"里的人间烟火

不到喀什，不算到过新疆；
不到巴扎，你就无法感受到真正的西域风情。

一

有人的地方就有巴扎，有巴扎的地方就有热闹。

在新疆，每到一处你一定会与一个繁华而又喧嚣的巴扎相遇。"巴扎"维吾尔语是集市、农贸市场的意思，从城市到乡村，每隔一段时间，沉寂的人们总会从四面八方重新聚在一起。聊天、购物、闲逛，经历了一次次的聚散，巴扎成为当地人的一种期盼、一种诱惑、一种期待已久的向往。作为人们聚会、交易、交融的场所，巴扎规模的大小已成为衡量当地经济发展、市场繁荣、人口数量的重要标志。南疆巴扎众多，库尔勒巴扎、库车巴扎、温宿巴扎、喀什巴扎、和田巴扎、乌鲁木齐国际大巴扎……它们以独特的视角走进人们的视野，以一种西域风情牵引着世人的目光。

一个多么令人向往的地方，它穿越了西部辽阔的疆土，与世界紧密衔接。

在中国西部、亚洲乃至世界，巴扎的意义早已不再是贸易交易的场所，而是各民族与世界交融、交汇之地。它如同一条五彩的丝带，将不同肤色、不同民族、不同信仰、不同的国度的人们紧紧联系在一起。

南疆最大的巴扎在喀什，喀什大巴扎全称"中西亚国际贸易市场"，它位于喀什市东北角的吐曼河东岸，又称东门大巴扎。这是一个巨大的市场，占地面积250亩，内设21个专业市场，是我国西北地区最大的国际贸易市场。巴扎里有4000多个固定售货摊位和一条食品街，商品种类齐全，品种繁多，商品种类近万种，每逢星期天，这里更是车水马龙，人山人海，人数达十万人之多。

一座古老而又神秘的城市，一座传承古老文明和西域文化的城市，大巴扎赋予喀什这座古城更深的内涵，成为世界瞭望新疆南疆的一扇窗口。

喀什地处亚欧大陆的中心，具有"五口（岸）通八国，一路连欧亚"的得天独厚的区位优势，喀什与周边各国国际贸易历史由来已久，而且交往日益频繁。在喀什大巴扎里，你能看到巴基斯坦的工艺品、土耳其的丝巾、吉尔吉斯坦的望远镜、沙特的干果，这里不仅是世界文化的枢纽，更是南疆多民族之间交流交往的场所。尤其在今天，在兵团向南发展的战略中，探讨南疆巴扎在促进多民族之间交往与文化交流所具备的社会功能，有着更为深远的战略意义与巨大的学术研究价值，对新时期维护边疆文化与安全具有重要意义。

从某种意义上来讲，喀什大巴扎不只是一个名词，它是当地各族人民生活的一个缩影，一面镜子，折射出南疆民众的生活现状。作为中外学者们研究兵团与地方、汉族与少数民族相互交融的重要依据，也是多个民族传统文化的活态博物馆。

在喀什，民间曾流传这样一句话：想要了解当地人的生活，得先去巴扎上逛一逛；要想了解喀什人的生活，先到巴扎上走一趟。果然，一个庞大而生动的生活场景就在眼前。这是喀什大巴扎，从雕刻精美的锡质器皿，到图案精美、工艺精湛的波斯地毯；从各种漂亮的饰品，到各式各样的布料；从曼妙的丝巾披肩，到贵重珠宝；从各色香料，到干果瓜果，这里几乎包罗万象。

喀什大巴扎据说迄今已有两千多年的历史，古代就有"亚洲最大集市"之称。举目眺望，无数的商铺与摊位一眼望不到边。来到喀什，谁会放过这样一个人间天堂？逛巴扎，人们除了休闲购物外，更多时是为了图个新鲜、凑个热闹、大饱眼福。在南疆这片绿洲上，巴扎不仅作为一种特殊的经济产物，更多时它是当地民众物质生活与精神生活的支撑。

地域的文化如此厚重，各种首饰、服装、衣帽、鞋袜、皮具、锅碗瓢盆、美食……百货用品应有尽有，人间的喧嚣与蜂拥的人群如此丰沛、热闹、美好。多少年来，它既是人们自由、欢畅的集市，又是人们享受快乐的精神之地。

深秋时节，踏着浅浅的凉意我第一次走进喀什大巴扎。

一缕人间烟火正从巴扎上空袅袅升起，迈过簇聚的人流自由地飘浮于一方民众生活的深处。仿佛期待了许久，男人、女人、老人、孩子，正挟夹裹着秋日的风尘，迫不及待地涌向这个热闹的集市。

风吹动着青杨的叶子，每一片如同一块轻盈的金子落在巴扎上。喀什是个多民族集聚的地方，许多古老的民族曾在这里繁衍生息，维吾尔族、汉族、塔吉克族、回族、柯尔克孜族、乌孜别克族、哈萨克族、俄罗斯族、蒙古族、锡伯族、满族等多个民族。生活在这里，不同民族男人的花帽、女人的头巾在这里交替闪烁，不同服饰交织在一起成为巴扎上一道亮丽的风景线。常年生活在这里的他们，依旧保留着他们所固有的传统习俗与服饰。行走在风烟中，他们目光平和、步履闲散，走进巴扎，如同走向一片等候已久的乐园。裹挟于匆匆人流中，竟有一种和煦的温暖和人间的幸福感。

高天上流云漂移，蓝天下人群漂移。

我突然想起了《海市蜃楼中的帝国》一书上这样一段话"商人、假冒者、使节、巫师、旅行的人、征服者和幻想家，他们从丝绸之路上出发，前往旅途中最危险的地区，无论圣人还是国君，他们返回时始终与众不同。每个人都携带其游记而归，每个人都想到达其想象中的尽头，他们在大地上行走成为内心旅行的一种标志。"

今天的喀什大巴扎，一定会成为众多旅人内心一个无法忘却的地理标志。

二

每一片地域都有属于自己的风景，每一个巴扎都有自己的热闹。

这是喀什大巴扎，一个容纳数十万居民的大巴扎。里面拥挤的人潮、弥漫的炊烟让空气变得黏稠起来，众多的呼吸加重了它的浓度。

走进巴扎，如同走进一座丰盈的城堡，里面的热闹扑面而来。琳琅满目的百货、味道浓烈的小吃、色彩斑斓的丝绸、纹饰多样的民族服饰、精致华美的传统工艺品、精美华丽的织毯、来自不同地区的土特产、便宜实用的日用百货、芳香甘甜的瓜果，令人目不暇接、眼花缭乱。川流不息的人流、此起彼伏的喧嚣声令巴扎生机勃勃。游走于不同摊位，各种从未见过的物品令人大开眼界，品尝与购买，是一种挡不住的诱惑。

一场聚会仿佛刚刚开始，男人们早已围在了一起。

当地居民一向有扎堆的习惯，来到这里，男人们企图寻着各种乐子来驱散埋在心头的生存压力和捉襟见肘的生计，他们不断说着各种有趣的笑话。逗笑中，男人们往往忘却了生活的烦恼与忧虑，忘却了女人的叮嘱，忘却了一天要办的正经事。他们兴致勃勃地围成一个圈，由几十个人渐渐增至几百人，中间站着几个爱打趣、出风头的家伙，大声讲着什么粗鲁的笑话，随着内容的不同，周边爆发的笑声肆无忌惮而又放纵。这是个朴素而又快乐的民族，即便几句放肆的调侃，也够他们开怀大笑一阵。

各种货物擦亮了女人们的眼睛，巴扎上的她们，主要的目的是挑选与采购。每个维吾尔族主妇几乎都是家庭的核心，全家人的穿戴、吃食、起居、招待是她们一生也操持不完的家务，行走在巴扎上，她们始终目光游离、脚步匆匆。

人类的自我安慰和相互安慰如此重要，逛巴扎是每个人都热衷的事，人们或吃喝，或聊天，或购物，或询问彼此的近况，或打听外界发生的趣事，群体的意义在这里得到充分体现。很久以来，巴扎是一个借口，一个由头，让不久才散去的人们重新聚在一起，让每个人在巴扎上重新寻找到属于自己精神上的快乐。

众多的旅人蜂拥而至，来自不同国度、不同地区，不论黄皮肤、白皮肤，来到这里，巴扎里繁华的程度让人瞠目结舌，其间新疆的文化、建筑、商贸、娱乐令人乐不思蜀，各种丰富的餐饮更是让人垂涎欲滴，里面美貌惊人的女子令无数游人流连忘返。

巴扎起源于何时，竟无从考证。

有人说南疆的巴扎是一部难以解读的社会经济文化民俗的百科全书，还有人说巴扎是一座淘不尽的金山，巴扎本身就是一个谜，是《一千零一夜》中的魔毯，是芝麻开门的阿里巴巴宝藏。在新疆，在这片地貌奇特、地广人稀的疆域，哪块土壤更适合人类的生存与发展，人们便会移动匆匆的脚步赶往哪里，正是西域大地上的无数次迁徙，让不同的民族如同蒲公英般地星星点点地散落于天山南北。

最早的巴扎一定始于人群密集的地方，行走疲惫的人们停下来寻找一片歇息之地，进行交换与互动。最早的巴扎一定是生活中的一次停顿，是对陌生土地上的一次问候。来到巴扎，人们除交换之外，更多时还会收获来自同一个民族、不同相遇的幸福与感动。

一个不经意的巴扎，竟然主宰着十几万人的快乐与忧伤，我想即便再过千年，在古丝绸之路上，在这条通往中西贸易的大道上，他们依然会用一种古老的方式，来延续着生存久远的习俗。

三

巴扎的进出口是敞开的，让人随时能感受到里面的世界是打开的。

这是喀什大巴扎的饮食一条街，走进这里，走进一幅由当地民众与地理经纬编织的巨大生活场景图。里面小贩的叫卖声此起彼伏，艳丽的衣裙缓慢移动，美食的烟雾炽热地蒸腾，平凡、鲜活、温暖。这里是一个美食的天堂，熊熊的烈火燃烧着，各种植物的麦香和动物的肉香交织在一起，原始而又浓烈，香味穿过人流，美味的诱惑如同罂粟的芳香，让人深陷其中无法自拔。

还有什么可以和美食的力量抗衡，追求味觉的愉悦是人类与生俱来的本能。一串串烤鱼挂满铁炉，被利器切割，它们个个呈扇形张开，各种调料的附着，让鱼体散发出诱人的鱼香。这是一道新疆特有的传统美食，它继续沿用祖先烧烤的方式以保持着食物最自然的清香。米肠子、面肺子、羊肚子是人们最喜欢的食物之一，它们早已在赶集前的一晚被女人们冲洗得干干净净，用盐水烧煮烹制成美味。此时，在一双巧手拨弄下，它们被切成有趣的几何图形。面对客人，主人迅速用油、盐、胡椒粉、孜然粉、辣椒粉等调味、装盘，一股冲鼻的香味瞬间钻进人们的鼻翼。香喷喷的抓饭、油光发亮的羊排、热腾腾的杂碎汤，馕、烤肉、烤包子、曲曲、油塔子、徽子、凉皮子、黄面……它们集体散发的浓香让人们忘却了时间的游走。

一丝甘甜的蜜让酒足饭饱的人们顿时胃口大开，紫色的葡萄、火红的石榴、金黄的哈密瓜、碧绿的香梨，让刚刚灌了一肚子肉食的人们正需要一盘清凉的水果来冲刷肠胃的油腻。俏丽的女人早已看透了行人的心思，她立即地将备好的果盘端至客人面前，艾特莱斯绸的裙摆在女人的慌乱和愉悦中摩擦着，发出古老而欢快的响声。

贪婪的欲望，时常会搅乱内心的平和。

正值午时，如潮的人流让烤包子的生意异常火爆。三个男人围在弧形的馕炉边，中间的男子头戴白帽、身系皮围裙，一边漫不经心地包着包子，一边与找他聊天的高个男人扯着无关紧要的闲话，他们因为某个话题而聊得热火朝天，却惹火了身边的合作伙伴，只见他怒气冲冲、横眉冷对，右手握紧的火钩随时准备伸过去进行一次严重的警告。此时正是最好的挣钱机会，怎么能让无所事事的家伙耽误大批正在等候的客人？

时间在这里静止，周遭的一切新鲜而又繁华。那一瞬，天地间写满了永恒，艾特莱斯绸、女人，如同风中漂浮的流云；烧烤、汉子，被燃烧的火苗照耀得庄严无比。

巴扎一定还镌刻着人间的温情与记忆，吃着美食让我忆起了2017年那个寒意料峭的春天，一个唯一与爱人在和硕县塔哈其镇共同度过的春天。受人排挤，我从繁华的都市来到偏僻的小镇，让我的人生一度跌入低谷。这是一个孤寂的地方，每隔7天当地人会赶一次巴扎，丈夫为了安抚我，每逢赶集总会带我去巴扎。由于这里人口稀少、居民散居，小而潦草的巴扎能吃的东西极少。尽管如此，丈夫一次次带我去吃他自以为最好吃的食物，一碗羊杂碎、几串烤肉，在瑟瑟寒风里瞬间温暖了我一颗惆怅的心。就是这个小小的巴扎，让我忘却了心灵的疼痛与人间的冰冷。

而今，我早已远远离开了塔哈其重新回到大都市，而丈夫依旧一人孤守在那个偏远的工厂。在一片原始而又苍茫的胡杨林里，每天等待着日出日落。

往事不可追忆，一片流云飞过，生命如此落寞，被携带的日光与黑夜轮番照耀与淹没。

四

秋高气爽，时空仿佛在这里穿越。

透过一缕阳光，众多的传统手工艺品散发着原始古朴的光泽，抚摸着它们感受到了五彩斑斓的新疆传统文化。

仿佛回到了遥远的木器时代，木盆、木板、木槌、木桌、木桶、木凳、木盘、木碗，这些被手艺人精心打造的木器无声地立在那里，无须添加其他色彩，天然的色泽与纹理在每件木器上精美呈现。朴素中透露出一个民族的审美，沿着任何一件木器都能走进一个地域生活的深处。

木器的主人是两个年近七旬的老人，他们似乎被时光摒弃。陈旧的黑毡筒、过时的毡帽，显示出他们与时代的格格不入，他们双眼平举、目光淡然地分坐于木器的两端。没有人招揽客人，没有人计较买卖的好坏。来到这里，他们绝非只是为了赚钱，更像是提醒世人不要遗忘古老传统的手工艺。

时间在这一刻凝固，一双双已经绝迹的黑色毡筒就在眼前。

长的、短的、大的、小的，它们一排排整齐地立在那里，仿佛向世人证明它们的存在。毡筒这种看似原始笨重的鞋子也曾有过属于它们的美好时光，在皮鞋尚未大量闯进人们的视野之前，无数个寒冷的冬季里，他们，甚至祖上的几十代人，就是穿着这种由各种羊毛、骆驼毛、牦牛毛经过清洗、加热、挤压的人工制作的鞋，"咯咯吱吱"地踩在西北冰雪寒冷的大地上。

而今，追求时尚的人们过早地抛弃了它们，它们正行走在消逝的行径中，如同古董般孤立于一角，除了老人再无人问津。它们的出现却令我眼前一亮，这个时代真的还有毡筒吗？它们真的存在，就在喀什大巴扎里。

一定是得到了某种启示，否则怎会如此精美。

一排排的店铺，里面金、银、铜器皿，美得简直令人眩晕，几乎产生走进欧洲皇宫一般的错觉。它们件件制作精良、器型独特、色泽华美。金瓶、银壶、金碗、银杯，工匠们对几何图形、花纹的运用与搭配几乎接近完美，这些独具匠心的制作，让器具散发出异样的流光溢彩，引起了世界对它们的关注。这些精致而华美的器皿，集中了人类的智慧，显得那样高贵而又卓尔不群，各种深凹花纹和凸显的雕花组合得美轮美奂，即便一只小小的牙签盒也美得令人爱不释手。

它们是世界的产物，既有东方文化的特点，又有西方纹饰的元素，受多种艺术影响，形成独特的新疆风格。即便是从一枚小小的器皿上，我们也不难看出东西方文化水乳交融的杂色，文化的碰撞，让它们盛开出奇异的花朵，这种新疆民间的手工艺品，具有非常高的观赏和实用价值。正是因为夹杂了民族与世界的元素，它们的制作空间更加宏大，艺术视野更辽阔，于是它们的美也更加宽泛，这种容纳了世界文化的手工艺品奢华大气，使它具有非凡的艺术价值，受到人民的喜爱。

巴扎上，我还看见了会说话的陶，一个个富有温度和灵魂的陶罐，惊艳了时光。

它们洋溢着浓郁的艺术气息和神秘的民族风情，据说新疆制陶技术至少已有

4000 年的历史，早在新石器时代和青铜器时代，陶器制作就已经显示出丰富多彩的文化内涵和表现风格。土陶古朴、彩陶华丽，不论以何种形式存在，它们都造型美观、色泽雅丽、简洁大方。每一只陶都是一个精美绝伦的工艺品，每一只陶器都有一个不为人知的故事，那些花卉的纹饰、鸟羽的图案仿佛在给世界人民讲新疆故事。

它们多以圆形为主，壶、盆、罐、瓶、碗、盘、坛，大大小小的圆形组合，饱满而又丰沛，呈现在阳光下有一种独特的美感。圆的观念与意识几乎从人类诞生之日就存在了，人们始终认为日、月是维系地球上一切生命的起源，圆是宇宙万物最基本的图形。正是这种哲学的思维以及对自然万物的联想，让陶匠们在制陶过程中，产生出意想不到的效果。

新疆陶器的发明，是地域文明的象征。它的到来除给原始的人们带来烹煮存储之便，还极大地改变了远古人类原有的生活，以至于今天的人类还依然享受着它所带来的种种便利。货架上，无论是无釉的陶器、还是有釉的彩陶，它们都被主人交错地排列成一个个组合。阳光下，青色、蓝色、深褐、土黄，它们色泽饱满，美得无与伦比，它们整齐地立在雕花装饰的墙面旁，呈现出一种与众不同的艺术之美。

当地陶匠不断从自然、社会、人文的视角获得灵感，或明丽，或欢快，或庄严，或优美，他们受不同空间和地域的影响，艺术的表现力也更加多姿多彩，更加明丽惊艳。据说英吉沙的陶壶堪为一绝，壶身镂空而不漏水，观后为之惊叹。这种由诸多工艺和元素的组合，让器皿充满了永恒魅力。

微风中，摇曳的吊床与孩子的笑声同样打动人心，转过身去，我看到了各种不一样的吊床。

长的、方的、圆的、布艺的、绳织的，它们花纹奇特、图案简洁，红、白、蓝，南疆的人们更喜欢用靓丽的色彩来表达内心的愉悦。在喀什、在新疆南部乃至更多的地方，人们习惯于在有林木的地方挂上吊床，和着季风，孩子的欢笑与孩童的梦境，令整个夏季心神荡漾。

阳光明媚，空气中弥漫着一种远古打不开的秘密。木器、牛羊的尸骨、毡简、金银、铜壶、陶器、吊床，它们以最自然的方式，在大地上一一呈现。

五

在巴扎，男人的目光，女人的风情无处不在。

宽大的艾德莱斯绸高高飘扬着，那些丝绸摩擦出来的声响，令女人心跳加速。

这是新疆特有的一种丝绸，质地柔软，轻盈飘逸。它们大多由两色、三色组合，红白相间、蓝白、黄蓝、白绿相间，细腻柔滑犹如行云流水，它们轻盈、柔软地划过，总让女人们魂不守舍。这可是她们最爱的针织品啊！从前只有姑娘们出嫁时在婚礼上才能穿上的美丽绸裙。如今，随着南疆人民生活的富足，她们在普通的节日与朋友做客时都会穿上这样的绸裙。作为一名南疆女子，谁能没有几件漂亮的艾德莱斯绸裙呢？谁不想在大大小小的婚礼与宴会上，让美丽的裙子载着曼妙的身体在麦西来甫中翩翩起舞？

爱与梦想，是新疆人民永恒不变的主题。

在所有布匹市场里，艾德莱斯丝绸最为耀眼夺目，它们与沙漠边缘单调的色彩形成强烈对比，蕴藏着当地人民对乡土的热恋和生活的追求。它们的图案多采用花卉、植物、水果、木槌、锯子、镰刀的图形，人们将各种形体以最简洁明快的线条编织，红色热情、黄色高贵、蓝色宁静、绿色青春靓丽。图案变化多端，大多呈波浪花纹，这种自然流畅的组合具有超现实的美感。

每当节日到来的时候，在喀什噶尔这片古老土地上，到处能看到身穿艾德莱斯绸裙的美好身影。踏着激昂的木卡姆乐曲，一群群浓密的月眉、眼窝深邃的古丽们，她们被艾德莱斯包裹着的腰身，或婀娜，或丰腴，在众多目光中妩媚动人，美丽大方。

除了身穿美丽的绸裙外，喀什的女人们最渴望用美丽的饰品来装扮自己。行走中，那些珠子的摩擦和碰撞声中，使女人们看起来更加风情万种。于是，巴扎上，各种金、银、玉、宝石、翡翠、珊瑚、琥珀、象牙等材质制作的饰品，成为女人们追捧的对象。这里的饰品色彩华丽、做工精细，富有特色。大到手镯、发夹、项链、木梳、流苏，小至耳环、耳钉、戒指、胸针，它们精致灵巧、色彩华丽，令人眼花缭乱。当地人非常爱美，尽管她们日常吃食简单，但每个女人都会拥有各种漂亮的服饰，头饰、耳饰、颈饰、首饰，每一项都必不可缺，对于她们来说每一个聚会与节日都不可忽视，在众多的聚会中，她们一定会穿着色彩靓丽的裙子、佩戴闪亮的饰品。那些摇曳的饰品，让她们穿梭于人群中，更像一只轻盈的蝴蝶，一颦一笑别有风韵。

男人的目光更多时则落在一顶帽子上。我感觉新疆的男人更酷爱一顶帽子，在新疆，不论春夏秋冬，男人们几乎都有戴帽子的习惯。许多男人一年四季，无论气候冷热、刮风下雨、劳作憩息，一顶帽子终不离头，即便是进入办公室、下地干活，帽子也始终戴在头上。许多男人从婴儿呱呱坠地起，帽子就犹如贾宝玉的"通灵宝玉"般如影相随，直到年衰故去，才脱去帽子、赤裸着身子走向另一个世界。有人说维吾尔族男人的年龄即是"帽龄"，帽子与生命一起在同一个时空里寸步不离。

巴扎上，高高的木架上整齐地悬挂着颜色、形状不同的帽子。这些帽子千姿百态，有的帽檐围上白布，有的四周绣满花纹，每一顶都是一件精致的工艺品，每一顶帽子都做工精细、构思巧妙。白帽子顶部四个厚大的菱角，下沿一圈白色的毛边。黑帽子品种众多，阿图什吐马克、赛尔皮切吐玛克、欧热吐玛克、开木切特吐玛克、库拉克恰等，它们分别用狐、兔、旱獭、羊羔等不同的动物毛皮制作，漂亮而又暖和。对男人来说，戴帽子不仅仅为了美观还是一种美德，让他们看起来既符合自个的身份，又从帽子上甚至可以区分他们不同的个性。

男人们经过帽子的时候，总会偷偷瞟上一眼，寒冷的冬天即将来临，有谁会拒绝一顶新帽子呢，有哪个维吾尔族男人可以离开一顶漂亮的帽子呢？

俗话说：漂亮的刀子是男人最好的朋友。除了帽子之外，男人对小刀情有独钟。

每一个新疆男人都为拥有一把英吉沙小刀而骄傲，刀子不仅可以作为向同伴炫耀的资本，还可以让男人们更显威风。巴扎上，一排排精致的英吉沙小刀子吸引着男人的目光。

英吉沙小刀是喀什英吉沙传统的手工艺品，有着独特的审美情趣和高超的制作工艺。英吉沙小刀以其精美的造型、秀丽的纹饰和锋利的刀口而美名远扬，是中国少数民族三大名刀之一。英吉沙小刀已有300多年的生产历史，一般用不锈钢、弹簧钢、轴承钢等打制，有弯式、直式、箭式、鸽式等12个品种，30多个花色。刀柄均使用各种铜、银、玉、骨、宝石等拼花铆钉，组合成各种晶莹俏丽、两侧对称的图案。英吉沙小刀一般长十几、二十来厘米不等。最大的达半米以上，最小的仅两寸。据说在英吉沙县有1000多名刀匠，一般刀匠都不在刀上刻名字，但大师傅级别的一定会刻自己的名字。

有了一把得意的刀子，男人在男人面前便有了吹嘘的资本，男人在心爱的女人面前，就多了几分英武与帅气。

六

在喀什，我看到了一个颇为壮观的牛羊大巴扎，一场交易与屠宰即将进行。

成千上万头的牛、羊、马、驴、骆驼被拉到了这里，等待主人的谈价。动物们被整齐地拴在那里或成群地圈起来，一只也可以买卖，成群更能交易，刚刚成交了的新主人，不管是骡子是马，都喜欢拉出来遛遛。这里有买卖，有人情、有风俗，有生死……唯独没有动物的尊严，它们被人类随意掰开牙齿、拍拍屁股、摸摸大腿，无论是被旧主人拉来还是新主人强行拽走，它们全都不由自己。

面对生死，动物与人类一样感到疼痛与恐惧。

它们知晓人类的阴谋，那些举目四望的眼神显示了动物的忐忑与不安。一场生死在这里显而易见，铁钩上，毫无辩解的屠宰正在进行着，几只羊被男人们有力地按倒，羊是世间最温柔的动物，它们早已预见即将完结的命运而奋力反抗。可羊又怎能与人类抗衡？动物的反抗最终昙花一现，一只死去的羊，在同类面前伤感地打开自己残缺的身体，毛皮与肉被残忍地分离。

面对突如其来的屠宰，我惊呆了，在惊恐与惨叫中我突然感知它们的痛苦，内心泛起了一种从未有过的同情。原来在死亡面前，所有的绝望同样令人伤感，所有的贫富一律平等。

鸡的叫声最为响亮，别看它们个个身形丰硕、羽翼丰满，却得不到任何同情与怜悯。它们或是成群关在拥挤的笼子里，或是被绑了腿脚扔在泥泞不堪的地上，它们的哀鸣跌宕起伏。等待意味着失败与死亡。一只秃毛鸡猛然勇敢地跳了起来挣出绳索，它迟疑地在原地停留了一下之后，迅速"唰"地逃走，在一片空地上，它远远望着自己的同类正面临一场集体屠杀。我突然想起一句话："反抗的代价往往不在于肉身，而在于内心的尊严和自由。"

动物有尊严吗？不知道。但我知道在芸芸众生中，动物同样具备丰富的情感，它们对爱与自由的渴望丝毫不亚于人类，它们对彼此的忠贞甚至比人类更虔诚。

牛被整齐地拴成了一排，它们已经不是第一次来到巴扎，又无数次被主人牵回。它们任凭主人将它们拴在木桩上一动不动，漠不关心地看着主人与那些陌生的面孔讨价还价。对它们而言，不管跟着哪个主人，一样吃草料、一样拉货、一样下地干活。

世界很大，一匹马的到来并不孤独。马来到巴扎纯粹是为了闲逛，它们大多是被主人拉来打上马掌，特别是那些体格强健、膘肥体壮的马，主人把它们带到巴扎纯粹为了炫耀一番。它们站在热闹的天庭下，始终高昂着头颅。在众多的牲畜中，马的秉性最为自由奔放，它们自古以来习惯了伴随英雄驰骋疆场，时代的变迁并不能完全改变它们天性，它们不时仰天长啸一声，似乎是一种渺小的强大，以此向四周表达它们内心装着的苍芒天空和浩瀚大地。

鸽子是和平的使者，被带到巴扎成为等量交换的对象。它们始终对人类抱着怀疑的态度，"咕咕、咕咕"它们用人类听不懂的语言与自己的同类不断交流着，或是在攀比各自从前的美好生活，或是在讨论未来可能获取的自由。只要不被杀掉，它们很可能会在同一片蓝天下再次相见。

一地碎屑早已没有引起任何人的关注，人们被一只狗的不舍所动容。这是条上了年纪的狗，它死死抱住主人的裤腿而泪流满面。狗的主人是个四十多岁的强壮男人，对狗来说，它的一生只属于主人，而对于主人来说，它已经没有太大用途，留下它只会浪费粮食与肉食。

再庞大的牲畜在人类面前也微不足道，无论生与死，它们只能通过主人与世界沟通与联系。

七

"只要会说话就会唱歌，只要会走路就会跳舞。"这是热爱歌舞的新疆人，唱歌跳舞是他们与生俱来的本领。

走在巴扎上，随处能听见鼓点激越、节奏明快的新疆音乐，还能看到即兴而舞的人们。在喀什，无论男女老幼，兴之所至都会翩翩起舞，引歌高唱。驰名中外的新疆古典音乐《十二木卡姆》集音乐之大成，是新疆乐舞艺术的稀世瑰宝。舞蹈形式不仅内容广泛而且自由多变，"喀什赛乃姆""刀郎舞""萨玛舞""麦西来甫"等。据说，一千年前喀什的歌舞就传到了中原，隋唐时代，喀什音乐和舞蹈誉满长安。现在，喀什的歌舞更是独放异彩，成为中华民族乐舞艺术不可或缺的一部分。

喀什人简单朴素、自由快乐，与新疆这片土地上众多人们一样，他们安居一隅、开朗豁达，只要高兴，无论是否节日，他们便会聚集一起，拍打皮鼓、弹拨乐器、纵情载歌载舞。这种无拘无束的生活形式，是喀什人们最快乐的生活方式，在这片浩瀚的土地上，他们用歌舞来向世人述说他们真挚的情感，展现他们的美好生活。

巴扎上，我们不仅能看到年迈的民间艺人，还看到了令人眼花缭乱的各种乐器。独它尔、弹拨尔、扬琴、热瓦甫、唢呐、笛子、手鼓、萨巴依、纳合拉、艾杰克、卡龙、萨他尔、达甫等，这些乐器散发着古老而又明亮的光泽。每个店铺都有几个男人围拢上去，别看他们穿着简单相貌普通，谁又能猜到他们原来个个都是民间艺人和乐器高手，经他们指尖弹出的乐曲抑扬顿挫、委婉动听，传遍大街小巷。

享誉中外的刀郎舞以曲调朴实、风格豪迈别具一格。在喀什，你会看到千人共舞的场面，他们踏着激昂悠扬的曲调男女老少一同起舞，场面尤为壮观。喀什自古以来就是歌舞之乡，只要踏上这片古老的疆域，木卡姆的鼓点、热瓦普的琴声、萨帕的伴奏便如同天籁之音响彻城市、乡村，它们时而热情奔放、时而婉转悠扬，只要你来到这里，就会立即被各种不同的曲调所感染。他们时而一人独舞、时而二人对舞，更多时众人群舞，男女老少个个舞姿洒脱曼妙，瞬间把你带进一个群情炽烈的歌舞盛会。

这里是古老的新疆，这里是神秘的喀什，只要你来到这里，质朴深情的琴声和高亢悠扬的歌声，便会把你带入一片大漠孤烟谲诡的深处。

八

阳光普照，大地上每一个生命都平等地接受着太阳的照耀与抚摸。

孩子们快乐地嬉闹着，即便这里的一切不断重复，他们仍会感到新鲜无比。一只等待主人的羊也能引起了他们的好奇，好奇是人类的天性，别看他们只有五六岁，可正是最好动的年纪，面对一只长着大角的羚羊，他们既兴奋又害怕，一向以温顺著称的羊是否真的具有攻击性？是他们这个年纪最想知道的问题，他们不断挑逗着动物的底线，又以最快的速度迅速躲开。

戴着花头巾的胖女人从他们身边漠然走开，她衣着鲜艳、腰肢如缸。她一手嗑瓜子，一手抱着一只秃了脖子的芦花公鸡在人群中穿行，公鸡紧贴着她肥硕的胸脯尖叫不止。

男人们相见，由于相识，他们彼此真诚地弯下了腰，身体微躬含胸，一只手掌抚胸，目视对方道一句祝福的话，对方立即回敬一句。随后，他们找到一处干净的台阶坐下来，询问彼此近期的生活和一年的收成。

大地如此静谧，更多的是大地的仁慈与关怀。

一群人在那样天高地阔的地方待久了，身心、思想、情感会变得更加高远、纯粹和善于冥想。阳光下，年迈的老人安详地坐在那里，不言不语，他们让太阳的余晖尽情地照耀在自己头顶上。世界如此美好，而生命却如此短暂，他们静静地安坐在那里，如同一座黄昏中的庙宇，深邃的目光虚空地伸向远方。 没有人可以将生命无限延长，每个人最终会消失在茫茫尘埃中。

几个老人拼命拍打着手鼓、半闭着眼睛激情纵唱，他们的声音豪放而富有磁性，他们想要表达的内容我没听懂，或许是在讲述一个远古的传说，或许是在传颂一段精美的诗歌。据说"刀郎木卡姆"起源于公元 10 世纪，一直流传至今，主要分布在新疆叶尔羌河至塔里木河流域中心的巴楚县、麦盖提县等刀郎部族聚集区。多么古老的一种音乐啊，神秘、高亢、优美、豪放，万千表达隐匿于玄幻的乐曲声中，一种千年的苍凉顿时回荡在整个大巴扎的上空。

原来，生命是一场漫长的虚无，年迈的老人让时间的界限模糊不清。

没有人知道世界还会诞生什么，喀什大巴扎里的人间烟火依然浓烈，与世界形成一种氛围，将世俗的纷纷扰扰隔开，浓烈的烟火让人忘却烦恼、忘却名利、忘却生死、忘却忧愁……

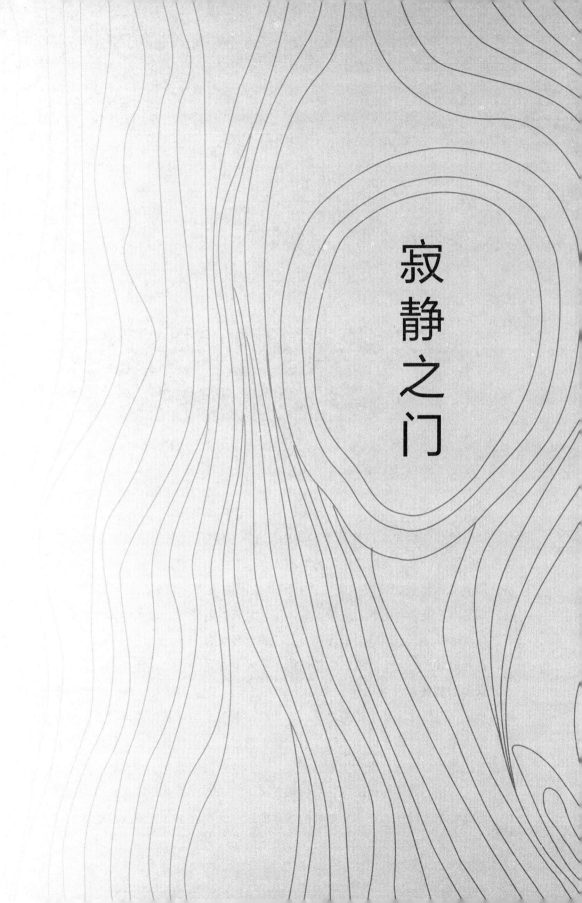

寂静之门

大漠深处的罗布人村寨

人安静地生活，哪怕是静静地听着风声，亦能感觉到诗意的美好。

——海德格尔

一

沿着驼铃声声，浩瀚无边的沙漠，一片苍茫浑厚的黄。

这是巴州的尉犁，以它博大精深的历史和幅员辽阔的地域，孕育出一片生机盎然的绿洲，繁衍着世世代代的罗布人；以它丰富多彩的内涵、鲜明独特的风格，形成源远流长的罗布泊文化。它们与大漠的雄浑交相辉映，与日月如影随形，散发出无限奇特的魅力。最大的沙漠、最长的内陆河、最大的绿色走廊，丝绸之路在这里交汇，形成尉犁县独一无二的黄金景观。

打开地域之门，千姿百态的胡杨树在阳光下耸立。

众多的胡杨在沙漠中从容娇立、绿荫婆娑，成为罗布人村寨一道永不褪色的风景。它们伫立在茫茫旷野之中，有的高举着苍老的臂膀，独自向天；有的形同一把大伞，支撑着永恒的翠绿；有的亲如情侣，在众目睽睽下紧紧拥抱；有的如智慧的老人，在独自思索生命的意义。它们葱葱郁郁地立于沙漠里、河道边、水中央，化作一道坚实的屏障，与狂飙恶风进行千万次厮杀与博弈。与它遥遥相对，距离罗布人村寨100多公里处的喀尔曲尕乡，竟有130万亩的原始胡杨林，面积如此之大，数量之多，该是何等的宏伟与壮观！

世界上任何一种事物都不会凭空出现，一切事物都有它的历史渊源。

纵观史料，尉犁县，又名"罗布淖尔"，西汉时为渠犁、山国地域。据史料记载，罗布泊 (Lop Nor)，中国新疆维吾尔自治区东南部湖泊。由于形状宛如人耳，罗布泊被誉为"地球之耳"，又被称作"死亡之海"，又名罗布淖尔，后经地质工程者的改造，这里变成了"希望之城"。先秦时的地理名著《山海经》称之为"幼泽"，也有称泑泽、盐泽、蒲昌海等。

走进罗布人村寨，绵延起伏的沙丘里，竟藏着一片苍茫的绿色。尉犁县，又名"罗布淖尔"。"罗布淖尔"是蒙古语音译名，意为多水汇集之湖。远远望去，湖泊、河流、村庄、木舟，停泊在沙漠里，耀眼夺目、美轮美奂。尉犁县一定有着厚重的历史，果不其然，在尉犁县的罗布淖尔博物馆，我看到了停放着的1600 年前的古尸、织锦、工具、器皿，因为掺杂了历史和古迹的因素，让它们在众多出土的物品中显得鹤立鸡群，那一帧帧风干了的物象成为千古不朽的文物。

寻找罗布人村寨，犹如寻找远方的自己。

大漠、胡杨、村寨如此熟悉亲切，它曾无数次在我童年的梦境中出现，我始终认为自己与沙漠有着无限奇异的关联。果然，有位心理学家告诉我，记忆留存三代，沙漠一定是我曾经的栖息地。在一个盛夏的黄昏，站在罗布人家的葡萄架下，合着木卡姆鼓点，我与一名陌生男子翩翩起舞，踏着那熟悉的韵律，如此默契，仿佛前世之舞，那足尖里旋转的舞步，再次让我陷入梦境与现实之中，无法自拔。

每一道大地的裂纹都记录着历史的风烟，每一条沟壑都有一个不为人知的故事，在罗布人与风沙千年的博弈中，彰显了一个民族顽强不屈的力度和坚韧不拔的意志。

二

一定是一颗伤心的眼泪，不然怎会如此凄美。

陷入滚滚沙浪之中，一汪碧水如苍穹落在人间的一块翡翠出现在眼前，美得如此摄人心魄，这是罗布人村寨圣洁的神女湖。

大漠长风下，一个个大小不一的湖面犹如沙漠上巨大站立的蜻蜓。沿着漫无边际的沙海行走，只见湖面如镜、碧波荡漾，在阳光的折射下，波光粼粼、金光闪闪，恰似一个不食人烟的凌波仙子，令人忍不住深陷其中。

神女湖一定有一个美丽的传说。

很快有人跑来告诉我，在很久很久以前，一群土匪闯进罗布人村寨，当他们看到村寨里一个个如花似玉的姑娘时，不由心生邪念，于是他们决定迅速放下财宝，将100个姑娘掳走。可坚贞刚烈的姑娘怎会甘心受辱？当她们走入一片"海子"时，姑娘们集体跳入湖中。

谁知，奇迹突然出现，只见狂风大作、风沙翻滚，飓风乍起瞬间将掠夺的土匪全部葬入茫茫沙海之中。风暴过后，烈日当空、云蒸霞蔚，人们惊奇地发现，在碧绿的湖面上姑娘们那娇美的身影影影绰绰。从此，那些美丽的影像成为当地罗布人心目中最美的圣女，这片湖也因此被当地人称作了"神女湖"。

人们都说"神女湖"湖水非常神奇，当地人家若想要女孩，喝下湖水定能如愿以偿。

传说是真是假无法考证，一湖水竟承载着一百个魂灵。那些柔弱的女子刚烈、忠贞的壮举，折射了一个民族的气节，令人不由肃然起敬。尽管烈日炎炎，可传说在人们的心头驱之不散，那些喝下圣水出生的女孩一定亭亭玉立、貌美如花。你看那大漠孤烟下，随处可见的楼兰美女，她们手提水桶、裙袂飘飘，洁白的面纱下弯弯的月眉、深邃的眼眸，个个美得惊心动魄。

海市蜃楼在这里绝不是一种传说，更不是一种梦境。

许多当地人都亲眼目睹了不同画面的幻影。尤其是在炎热的夏季，沙漠干热、昼夜温差大，造成局部空气密度变化无常，使光线产生折射现象，人们常常在沙漠上方，可以清晰地看到城市、房屋、森林、美女，景物栩栩如生、自然流动，恍如梦境。关于海市蜃楼，由于无法看到，不由无限神往。

此时正是正午，远远望去，具有强烈地域特色的沙雕与"神女湖"遥遥相对，半圆的底座恰似驼峰，上面人物表情生动、体态不一，他们身着不同服饰，向人们徐徐讲述大漠飞沙里的人群迁徙、婚丧嫁娶、狩猎捕鱼的故事。雕塑充满了智慧，将一个地域的多民族、多元素的文化横贯古今，实在是一种创新。然而，它们却是寥落的，这些未完成的艺术品，不知是由于工匠的懒惰，还是人类某种纷争而被搁浅，它们孤独地立在沙漠之中，与风沙同行，静看浩瀚沙海里的日出日落。

对于罗布人非物质文化遗产的探寻和保护，早已成为尉犁县文化挖掘的一部分。那半圆的草屋、巨大的渔网、高耸的石柱、精美的浮雕，构思巧妙令人不由称奇。人们将太阳、月亮、动物、人类以现代艺术的方式一一呈现，现代人把远古时代难能可贵的精神图谱从中提炼出来，融入现代尉犁人的世界中去，让古老的村寨显得更神秘。

鸟类的羽翼永远掠过人类的视野，独自俯视苍天大地。

站在沙丘上，我看到几只雪白的候鸟正立在湖边，由北向南、横穿沙漠，它们正准备完成一次重大迁徙。它们一定被"神女湖"迷住了，不然怎会一边喝水，一边高昂着头频频环视四周。可一汪清水留得住一对疲惫的翅膀，却怎能留住一颗鹏程万里的心？

一支驼队正呈线形向大漠深处走去，那声声驼铃与轻柔的风鸣促成一曲完美的和声。"如果把我剥得一文不名丢在沙漠的中央，只要一行驼队经过，我就可以重建整个王朝。"这是"石油大王"洛克菲勒气势磅礴的豪言壮语。

可见，世界上任何一种力量都不可小觑，即便是几匹骆驼，它创造的绝不仅仅是生命的奇迹，也许它拥有的是一个王国！

三

任何一个民族、一种地域文化，糅合了复杂的生态环境与生存方式，历经千年风雨之后，定会开出绚丽多姿的花朵。

秋日的罗布人村寨，河湖妖娆、吊桥纵横、雁鸥翔集、鱼凫成群、芦苇密织，如诗如画。河边两岸树影婆娑、胡杨倒影，遍地的红柳花编织成一条紫色的长卷，层层沙丘，隐藏着罗布泊的神秘经纬，形成地域的极度诱惑。

撩开神秘的面纱，一扇巨型大门打开了罗布人村寨神秘之门。从古至今，每个民族都有自己的图腾崇拜，这种由民族个性和生存环境所决定的信奉物象，在一定程度上成为人们对抗恶劣自然环境的强大精神支柱。罗布人也不例外，大门上方，那高高举起的太阳图形道出了罗布人对天地时空的敬畏，他们自古崇尚太阳，认为太阳为万物之源，从久远的年代起，他们便一直设有太阳的祭坛。不仅如此，他们对月亮也情有独钟，把她看作是夜空上的明灯。"祭日"活动，意在感谢太阳神，保佑人畜兴旺、大地平安。

大门中间"阿不旦"三个字，意思是水草丰茂，解释了罗布人宜居的好地方，寄托了人们美好的心愿。然而，站在"阿不旦"广场面前总让我心境出离，昔日的"阿不旦"，早已物是人非，那曾经的苫房、卡盆、鱼叉，在落日中迎风颤抖，而新的"阿不旦"正引领着罗布人大踏步走向新世纪。

走进罗布人村寨，仿佛走进一个木器时代，村寨里到处充斥着胡杨木的古色，一股久远的气息在此弥漫。它们色泽单一、简洁朴素。长长的木桥、高高的木台、遮阳的木亭、舒适的木房、陈旧的木舟、简陋的木栅栏，木桶、木桌、木椅、木凳，一切皆出于木，保持着原生态，正是这一个个木器简单的组合，勾勒出村寨独有的优雅线条。

尉犁县是个多民族文化交融的地方。从这些木器的制作上不难看出不同民族融合的痕迹，它们既有汉文化的格局，又掺杂着少数民族传统的习俗，这种不同文化的奇特组合，呈现出一个地域的包容性和求同存异的兼容性。

文化的本质在于沟通和理解，而由此可以看出不同人群的和睦相处，以及对不同文化的认同，是连接尉犁人的精神纽带和强大的精神动力。

穿越时光的隧道，是远去的狼烟与争夺生存之地的战火。

夕阳下，我看见一座历经 2000 多年风雨剥蚀的烽火台。透过烽火台，丝绸古道上的雄风扑面而来。在罗布泊古道旁，每隔数 10 公里就有一座烽火台，高达数米，一侧有依台而立的阶梯，上面支着高高的架子，架子上挂着灯笼，笼子里备有干柴和枯草。每当夜间发现敌情时，人们立即点燃枯草，叫"烽"，白天出现敌情则燃烟，叫"燧"。传说，古代烽燧一般用狼粪，燃起来冒黑烟，又称之为狼烟。边境一有风吹草动，烽火台上立即浓烟滚滚、直冲天际，一座接着一座，敌情迅速传到京城。从汉唐时起，以烽为台，城墙、亭障、墩台组成一条细长坚固的纽带，紧紧连接着地方与汉唐政权，不但加大了西部地区的防务，同时还极大地促进了当地与欧亚各国的政治往来和经济文化交流。像这样的烽火台，尉犁县竟有多座。

万丈霞光中，它们是戍边将士的化身，巍然屹立在大漠孤烟中，古老、寂静、苍凉、悲壮。从一座座落寞的土堆里，我们仿佛听到了昔日将士对抗外敌的厮杀，看到血流成河的疆场，如此惨烈、如此壮观，没有感叹、没有述说，只有默默静立的废墟，袒露着将士集体的赤诚。

夕阳如血、落日铸金，一块一亿五千万年前的胡杨树化石静立在蓝天下，真是不可思议！

化石历经了多少年代数也数不清，据罗布人的后裔阿不都说，它是塔里木河胡杨树爷爷的爷爷的爷爷。胡杨化石真有这么老吗？站在它面前，那变质的岩化石和陈旧的古色没人敢上前质疑。在罗布人村寨，随处可见的千年胡杨，它们集日月星辰祥瑞为一身，汲大地精气神韵灵气为一体，迎着飒飒漠风，一千年不死、一千年不倒、一千年不朽，成为罗布人战胜严寒酷暑、抵挡风沙干旱永远不屈的精神。正是这种大无畏的精神，让罗布人浩浩荡荡屹立于"死亡之海"之称的塔克拉玛大漠上，世世代代、生生不息。

有诗云：扬起三千年黄沙，和上三千年风，搅拌三千年高温厚冷，酿就尔三千年忠贞的魂！

如此壮美的诗篇，不仅是对大漠胡杨的礼赞，更是对大漠胡杨人家的高度赞誉，无数罗布人与大漠抗争的宏大气魄感天动地。

夕阳下，汉代烽燧群、兴地岩画、营盘遗址，它们带着诡秘的光环沉寂在似锦的丹霞里，与大地长眠。还有多少秘密未能呈现于世，还有多少神秘往事被烽烟吹走，我们只能望而兴叹。时光如梭，空旷的荒漠等待世人的走近和发现。

天地玄黄，宇宙洪荒，广阔的天地无边无际，人类只能沿着时光隧道一路向前，永不止步。

四

一叶千年木舟浮在水面，让时光倒流，将人类带回到一个久远的年代。

这是一个特殊的群体，这是罗布泊最后的楼兰后裔。翻开有关西域的史书，据史料记载，罗布人，据北魏（即 6 世纪中叶）的《魏书·吐谷浑》记载："吐谷浑北有乙弗勿敌国，俗风与吐谷浑同。不识五谷，唯食鱼及苏子。"吐谷浑当时居青海北部和新疆若羌、且末一带，为鲜卑族的一支，罗布人的风俗与其相同。罗布人是新疆最古老的人群之一，他们生活在塔里木河畔的小海子边，"不种五谷，不牧牲畜，唯以小舟捕鱼为食"。

阳光下，几位鹤童颜发的老人精神抖擞地打制木器，据说他们都是百岁老人。如果不是置身其中，很难相信，在 21 世纪经济飞速发展的空间里，竟然还留存着这样一个生僻的角落。千百年来他们仿佛与世隔绝，被人们称之为"最后的罗布人"。他们很多依旧保持着最原始的风俗习惯，把对大漠、自然的热爱，变成眼底最美的风景。

草木葳蕤，一处被时代遗忘的胡杨人家静立在光阴中。

高大的绿荫下，红柳小院、泥糊房屋、芦苇羊圈，一切显得清新、朴素、自然。罗布人世代临沙而起、依河而居，过着逍遥自在的日子。为此，我查到了更多的资料，罗布人的生活简捷而又随意，他们的祖辈每行走一处，便在海子边找到一棵大树，以树冠为屋顶，以胡杨树条为四壁，从海子边挖出泥巴，将枝条厚厚涂抹，成为住所。若是没有树木的地方，他们便会将芦苇扎成苇束，作为房屋的柱子，再用芦苇秆串起来做成墙壁，同样可以快速建造"萨托玛"（房舍）。

如今，这些"萨托玛"已渐渐退出了历史的舞台，一部分罗布人脱离原有的生存模式去寻找另一条生路。

近年来，尉犁县政府从改善民生着手，大力修建宽敞明亮的安居房，"萨托玛"已渐渐消逝在朔风之中。一种原有的生存方式被打破，许多罗布人的生活也发生了翻天覆地的改变，由从前的狩猎捕鱼变为以种植、养畜为主的生存方式，转变为周边大片的棉田里闪烁着罗布人的身影，成群的牛羊成为他们辽阔的梦想，发展庭院经济成为一种趋势，房前屋后的蔬菜种植为人们带来了可观的经济效益，各种物质带来的生活及精神享受，让他们正迈着飞快的步伐，日益向现代文明挺进。

即便如此，崇尚简洁、自由、平和的生活，仍是这片土地亘古不变的真理，也是罗布人长寿的密码。

长寿之门，是村寨里一座具有特殊意义的建筑。一个用胡杨木制作十几米高的巨型罗布老人头像，立在人们眼前。尖尖的帽顶、翻起的帽檐，生动逼真，惟妙惟肖。老人长长的胡须旁一边一条鱼，造型鲜活灵动，栩栩如生。朋友告诉我，建筑的图案是以罗布长寿老人肉孜·沙迪克的原型制作。作为尉犁"罗布人形象代表"的肉孜·沙迪克，整整消磨了一个多世纪的时光与世长辞，终年104岁。

这是个闻名遐迩的长寿村，长寿老人多得令人咋舌，远离环境污染，日出而作、日落而息成为村寨里众多老人长寿的密码。很多老人虽然已上了年纪，可他们依旧耳不聋，眼不花，思维清楚，性情乐观、豁达、豪放。阳光下，他们依然能闻乐起舞，纵情歌唱。他们极少生病，八九十岁的人形同六七十岁一样。在村寨一角，我们看到了两个白胡子老人，手持铁器制作木舟，虽然年岁近百，可老人们却依旧红光满面、精神抖擞，可见一方水土养一方人。

翻阅尉犁厚厚的图谱，我们随处能清晰触摸到这片土地的脉络。

罗布人习惯使用夹杂方言的维吾尔语，在吃食方面仍喜欢沿用祖辈们的烧烤模式，他们的后裔更是将各种烧烤技术发挥得淋漓尽致。烤鱼、烤肉、烤菜，村寨的烤炉旁，那些高鼻深眼的男子，一边手拿烤具，一边和着节奏强烈的麦西来普乐曲，手舞足蹈。这种神秘的快感，隐藏着一个民族向往自由、热爱生活的精神疆域。

村寨没有一个现代的元素，可"沙漠驿站"却让众多的步履停了下来。将两排胡杨木制作的车轮作为店面外墙，中间"沙漠驿站"四个大字古朴典雅，整体格局保持胡杨木原色。小店静立河岸边，与沙漠、碧水、胡杨浑然一体，在这种天然去雕饰的风格面前，任何华丽的装饰都显得俗不可耐。

正是晌午，肉馕、卷饼、干锅羊杂、烤肉、凉面、抓饭、大盘鸡、抓饭、烤肉，各种香味一同从驿站飘了出来，不由令人胃口大开。

"天下羊肉尉犁香"绝不是一种杜撰。在驿站不远处，一座巨型馕坑耸立在阳光下，坑上"西域第一"几个字霸气十足，显示出称雄一方的强悍和傲睨万物的气魄。翻开尉犁的史册，在历年的尉犁烤肉节上，竟有一只特制巨型烤炉内同时烤制出 116 只烤全羊，116 这一特别的数字代表着尉犁县 11.6 万人口。多么深刻的寓意，多么令人震撼的烧烤比赛啊，即便在全国，也实属罕见。

谁能拒绝如此的美味呢，在尉犁，一种烧烤文化氛围早已成型。

农家院里、街道两旁、公路一边，那些由泥土垒制的馕坑，以追风逐电之势迅速占领人们的视野。一股浓香飘了过来，带着地域所特有孜然的味道，令人频频回眸。人们都说，罗布淖尔羊"穿的是羊绒衫，走的是黄金路，喝的是矿泉水，吃的是中草药，拉的是六味地黄丸"。依赖得天独厚的自然条件，这里的肥羊以芦苇草、甘草、骆驼刺、罗布麻、胡杨树叶为食，饮用天然湖水，而这些饲草富含盐碱，具有天然的排酸能力，又有一定的药用效果，使得尉犁罗布羊的肉质鲜美、香味浓烈。

多么与众不同啊！多少人慕名而来，只为品尝这难得一遇的美味。沿着尉犁县街道行走，一个个硕大的烤炉接踵而至，筑成一道烧烤长廊，这些风情园个个以烧烤制品为主，原始的焦香沿着街道竟有一种强烈的冲击力。

2017 年的 4 月，这里曾举办过一场烤肉大赛，14 种传统烧烤齐亮相，多种美食轮番上场，吸引了上万人的围观。而今，这条长达百米的风情园已成为一道独特的风景线，成为尉犁与世界连接的纽带，正将"天下羊肉尉犁香"的美誉传向四面八方。

古老的饮食文化，为今天的尉犁增添了一脉异香。

时光荏苒，原始简陋的生活方式已经渐行渐远，罗布人曾经头戴兽皮帽，身穿鱼皮、罗布麻衣服的历史已经一去不复返，如今色彩艳丽的丝织品高高飘扬在村寨中。这种裂变与更新，让更多的女子跻身于现代时装的行列中，只见她们头裹长巾、身穿长裙，行走在大漠中，那飞动的裙裾，令人不由心神荡漾。

一抹茶香飘进鼻翼，淡淡的罗布麻茶让眼前的世界变得模糊不清。

这里生长着大片野生的罗布麻，当地人将花叶制成罗布麻茶日常饮用，以此降血压、平心悸、止眩晕、消痰止咳、强心利尿。木质的茶杯散发着古韵，那些雕刻精美参照日月万物的图案，折射出罗布人朴素、高贵的内心。生活远没有停止，高高的瞭望台上，一排葫芦正迎风飘扬，太阳的光线打在木柱上，将尉犁人昔日的生活掩入了茫茫时光的深海。

所有的一切皆是圆满，所有的存在都是必然。

时代的潮流浩浩荡荡，裹挟着大漠滚滚前行。人类的脚步从未停止，他们只会在迷茫中稍作停顿，而后继续一路向前，在摸索和变革中不断向前。

江尕萨依的独白

我们从来不是时间的主人，而是时间的仆人。

一

如同大地上的绿眼睛，且末县库拉木勒克乡江尕萨依村，是个我重新认识时间的地方。

这里仿佛是个时间静止的地方，头顶蓝天白云，背靠昆仑大山，脚踏车尔臣河，静谧安然，与世无争。它们几乎与世隔绝，如果想找到它，你必须穿过一望无际的沙漠，越过一马平川的戈壁，如果不是向导带路，我们很难找到江尕萨依确切的位置。

汽车飞奔在茫茫沙漠，地平线仿佛在脚下无限扩展，170多公里的沙漠戈壁，足足让我们奔波了好几个小时。远远望去，平川、大山，如果不是地下一道宽大的裂缝，我们怎么也不会想到会遇见江尕萨依！没想到一片巨大的苍茫之中竟然会有绿色的村庄。它们进入我的视野，正是我们面对大山不知所措时，江尕萨依村陡然出现眼前，如同一只巨大的绿茸茸眼睛，无声地注视着每一个闯入者。

命运有时是一种指引，它总是诱导我们到达该去的地方。

如果不是来到且末县，如果不是专访库拉木勒克乡，我们怎会遇见这古老村庄？一切皆是天意！最重要的是村庄已经存在一个多世纪，不得不引起我们的好奇，是什么使当年的人们背井离乡？又是什么让人们躲进大山再也不肯离开？面对天边小镇，面对远之又远的大山，在那个交通并不发达的年代，这里几乎等同于海角天涯。

我听过太多关于迁徙的故事，土尔扈特部落的东归，西夏人最后的逃离，结局无不惨烈而又悲壮。那么最早的江尕萨依人呢，他们为何要选择一个远离尘世的地方？是谋生，还是逃避？

每一个背井离乡的人都有一段难以言喻的往事，每一个江尕萨依人都有一段不为人知的故事。

历史的烽烟早已烟消云散，仅留下村庄、河流依旧绵延不绝。也许因为税役，因为战乱，他们不得不离开家乡，逃进这处深山老林。当年他们携妻带儿逃离时，内心一定曾有过彷徨、有过纠结，可是为了生存、为了子孙后代，这种留下的理由，足以支撑他们的坚强与执着。然而，大地给了他们最丰盛的回报，江尕萨依成了他们永远的家园，让他们世世代代在此耕耘劳作、安居乐业……

任何一个生命来到世间都用自己的方式书写故事，虽然开始与结局总是相同，其间的过程却缤纷多彩。孤立遗世于大漠的深处，他们远离人群，隐遁避世，超然自若地过着平静的生活，他们的生活足以令世人羡慕，谁又能说他们不幸福？

如同一个巨大的谜，江尕萨依如同一双绿茸茸的大眼睛，默默地注视着我们。

风烟俱净，水天一色。天上的流云掠过寂静的山谷，江尕萨依，维吾尔语"戈壁滩上的河流"，距县城170公里，平均海拔1680米，一连串的数字证明着村庄的遥远。虽处在塔克拉玛干沙漠的边缘，但它的地域特色、人文景观却有许多地方与"世外桃源"不谋而合。走进村庄，溪水淙淙、桃花朵朵、树林茂密、野径通幽，别有一番洞天。

大地宁静，天空蔚蓝，万物共同呼吸着泥土的芳香。聆听着古老的车尔臣河的潺潺流水声，生命的静美如此令人感动。山风徐徐，鸟声空灵，举目望去，水草丰茂，草木葳蕤，眼前的一切令人神清气爽。河流的两岸村庄、房屋、牛羊、树木清晰可见。这四面环山、屋舍俨然的村庄，不正是陶渊明所寻找的世外桃源吗？可惜万里之遥，他没有机会来此地，不然他一定会乐此不归；倘若李清照来此，定不会有"凄凄惨惨戚戚，乍暖还寒时候，最难将息"的伤感。他们一定都会萌生出"久在樊笼里，复得返自然"的逍遥快活。

远离城市、远离喧嚣，远离人群，70 户人家，几代人居住的村庄，他们过着"晨兴理荒秽，戴月荷锄归"的田园生活。傍晚"倚杖柴门外，临风听暮蝉"，闲暇之余，他们更有着闻乐起舞、对酒当歌，人生几何的洒脱。

生于斯，长于斯，这是大山对人们的挽留。

岁月的风吹散的是天空的流云，却吹不散人世间的静好，还有那众多江尕萨依人的爱恨情仇的故事。炊烟升起，空山寂静，我们只能遥想那久远的年代。

二

人在歧路，心在天堂。

正是初夏，此时的世外田园生活充满诗情画意。

土地肥沃，阡陌交错，大地一片生机勃勃。桑叶吐绿、麦苗青青，小菜葱秀，杏花粉白、桃花浓艳，粗壮的蒜苗一根根拔地而起，它们巨大的种植面积预示着新的收获与希望。

江尕萨依盛产高原香蒜，关于香蒜，我一来就听到这样一则故事。

相传，数年前有那么一队探险人马，在穿越塔克拉玛干沙漠中迷了路。正当死亡面临的时候，一支去且末县做生意的驼队解救了他们，并把他们带入了江尕萨依。

来到江尕萨依的探险家们，并没有因为这里好山、好水、好人而得以解脱。由于久困沙漠，终日缺水少食，他们个个出现严重的虚脱现象，不仅食欲不振、精神疲乏、睡眠不好，甚至还腹泻呕吐、心慌胸闷、皮肤痛痒不止，眼看病情一日重似一日。

一天，他们居住农家的小女儿从田间刚刚采大蒜回来。女孩顽皮，恶作剧似的将没有烹饪过的鲜嫩大蒜递给探险家们吃，原本是想看看他们辣得满眼流泪的狼狈样子。谁知这些病恹恹的探险家们吃了新鲜大蒜后，却突然停止了上吐下泻。接连食用几日后，奇迹出现，他们的身体竟很快恢复。

也许是传说，也许是神话，对于故事的真伪没人去认真考证。然而，村庄的香蒜却火了起来。寻根溯源才发现，江尕萨依是有名的且末高原香蒜的主要产地，这里的香蒜辛辣十足、个头饱满，如今市场上卖得特别火。顺着农人手指的方向，我们看到了大片粗壮的蒜苗叶片肥厚、郁郁葱葱，它们集体向上，迸发着一种蓬勃的力量。

谁能想到一头小小的大蒜竟然能富甲一方百姓。包联干部穆萨·托尔地告诉我们：由于这里水分充足、空气湿润、光照时间长，极适合香蒜的生长。拥有得天独厚的环境气候，全乡 800 亩的大蒜种植中，仅江尕萨依就占 500 亩，足以说明香蒜产业在村庄的兴旺发达程度，每亩香蒜收入 5000—10000 元不等，虽居深山，可香蒜却实实在在为村民们带来了富足的生活。

临山而居，临河而耕，各种水果同样令人眼花缭乱。杏子、桃子、苹果、葡萄……它们果汁甘甜，香气浓郁，引得四面八方的商人蜂拥而至。就在 2020 年，当地桃子每亩收入达到 3000—5000 元不等，村里共有 350 亩桃园，每户仅桃子的收入就达 2 万多元。"靠山吃山，靠水吃水"，守着祖辈留下的基业，人们构建了一条干果产业的发展体系。

生活在深山峡谷，江尕萨依人的智慧也同样不可低估。

由于距离外界遥远，新鲜桃子、杏子根本无法及时出售。三公斤新鲜桃杏晾晒一公斤桃干、杏干，这些干果香酥可口，营养价值极高。好东西不愁没销路，巨大的沙漠挡不住客商的脚步，每公斤 15—20 元，果干大的一公斤最高卖到 25 元，很快，香甜味美的桃干、杏干，被市场抢购一空。

远离喧嚣，人们安然自得，乐在其中。

这里的经济完全自给自足。玉米、小麦、大蒜、土豆、苹果、桃子、核桃，应有尽有。守着风水宝地，所有的蔬菜水果从不打药，绝对的纯绿色食品，人们一日三餐，吃得有滋有味。由于上山放牧极其方便，家家户户都饲养羊。肉、蔬菜、蛋类、粮食，无须出村就能自给自足。

这是属于江尕萨依的世界，一花、一树、一草、一木，都有它存在的意义和价值。

远远望去，田野里，葱、小芋头、胡萝卜、芹菜梗、豌豆、芜菁、苋菜……在一片巨大的绿色笼罩下，充满了无限生机。

春华秋实，岁物丰成。可见，大地孕育万物，必有其存在的道理。且末县位于东昆仑山、阿尔金山北麓，塔里木盆地东南缘，北临戈壁沙漠，充足的阳光、水源，独特的沙土，极适合水果、蔬菜、粮食等农作物旺盛地生长，为自给自足的村民提供了最基本的生活保障，这也是最早来到此地的江尕萨依人独具慧眼的结果。

夕阳照村落，孩童放牧归。

农人们扛着锄头，见面互相问好，言语依依、笑声朗朗。村庄炊烟袅袅、鸡犬相闻，宁静和谐的江尕萨依虽非"桃花源"，却也"阡陌交通，鸡犬相闻。其中往来种作，男女衣着，悉如外人。黄发垂髫，并怡然自乐。"

风送水声来枕畔，月移山影到窗前。

浩瀚与可怕的沙漠，并不能摧毁人类的信心，勇敢的江尕萨依人，他们守着祖辈留下的土地，在苍郁草木下，日出而作，日落而息；他们繁衍子嗣，生生不息，同祖辈一样，延续着与世无争的日子。

三

一花一世界，草木皆有情。

江尕萨依是大地的恩赐，山谷里不仅有肥沃的土地，古老的山川与河流，还赠予这片土地大量的美玉。

众旅者的脚步停在了这里。

昆山之玉，闻名遐迩，万山之祖，美玉之乡！且末县素以"天边小城"而著称，更以盛产美玉而闻名天下！玉石在这里不是一种传说，而是真实的存在。且末县是"玉石之路"的发祥地，同时也是和阗玉山料的主产地，据说70%的和阗玉山料便出自这里，年产玉石山料达100吨。且末山料不仅玉块大，而且质地温润细腻，享誉国内外。而江尕萨依背依昆仑、脚踏车尔臣河，占据天然地理优势，抢占先机。

茫茫大地，滋生万物。

夏季随意的一场洪水，都会让散落在昆仑山上的美玉顺流而下，河道里如同天上掉馅饼般随处都可以捡到玉石。因此也引得无数探宝者步履匆匆，他们不远千里，甚至不远万里来此寻宝。其中不乏多年研究玉石的内地人，更有天山南北的玉石爱好者。他们的到来，让这个远离尘世的村庄重新热闹起来。

探宝者中有北京的、重庆的、上海的……他们身背行囊来到偏僻的村庄，沿着河道弓背屈膝，孜孜不倦地匍匐前行，我们无法知道他们是否真有收获，但他们专注的神情却实在令人感动，不管结局怎样，只见一拨又一拨的寻宝人前赴后继、乐此不疲。

大山无言，默默地注视着这些外来者。

众多的探寻者接踵而至，旅游、休闲度假、捡石头……不管是否真能得到宝贝，这种狂热寻宝的行为，不仅繁荣了当地经济，也让村庄开辟了另一条致富之路。

炉火熊熊，油锅声声。

站在村庄的林荫大道上，随处可见炒菜的女人和端盘子的姑娘。村子里已经有40多户人家敞开大门接待外来游客，尤其六七月时，整个村庄人来人往、菜香四溢，村庄如同过节般热闹。为了提高竞争力，20多个女人争先恐后地参加了库木拉勒克乡举办的厨艺培训班，炒菜、面食、烧烤，她们个个厨艺高超，不仅为全家人带来了美味佳肴，更为家庭增加了一笔不小的财富。

此时，香味飘扬，炊烟升起。微风细雨下，我们遇到了正在做饭的齐娜罕·斯迪克。当年为了爱情，她毅然从遥远的县城远嫁到大山，如今拥有4口之家的她，丈夫、两个孩子、25亩土地并不等于她生活的全部。除此之外，她还开始经营起了家庭餐馆，从前夫妻俩一直过着男耕女织的生活，丈夫种地、放羊，齐娜罕做家务、喂养牲畜，仅家中的130多只羊的纯收入就有3万多元。

大河注定要奔腾，苍鹰注定要飞翔。现在的她，要靠勤劳的双手让家中的日子更殷实、更富有！

从繁华的县城扎根偏远的山村，一切多么令人费解。

齐娜罕却从不后悔，对这里，她始终怀有一种特殊的情感。这里不仅有丈夫和孩子，还是她母亲祖祖辈辈都生活过的地方。江尕萨依是她无法舍弃的地方，这里山好、水好、空气好，只有坐在苍翠的古树下，她才能忘却尘世的千般烦恼，任凭阳光从发间静静滑落。

随着旅游越来越火热，齐娜罕的小日子也过得越来越殷实。2020年期间，家庭餐馆仅两个多月的收入就达六千多元。她有着一手好厨艺，不愁没地方大显身手，拉条子、大盘鸡，令我们吃得津津有味、赞不绝口。

世界在变，山村在变，即便是昆仑山里的村庄也不例外。

乡情难却，最深的乡愁莫过于故土难离。灶台旁，我还看到一身红衣的拉孜叶正手脚麻利地忙碌着，26岁的她，身材苗条、美丽羞涩。别看她长得像个小姑娘，笑起来怯怯的，却已是一个4岁孩子的母亲。土生土长的她不愿离开江尕萨依，家中的12亩地早早种上了玉米、小麦，年收入一万多元，农闲之际，她时常外出打点零工，一天200多元的收入对她来说实在诱惑不小。其实，她即便不外出打工日子也能过得很好，开装载车的丈夫每月有着7000元的固定收入，足够全家开销。

提起现在的日子，拉孜叶扭头对我笑道："白个亚克西（很好）！"

四

千年古道，万里西风，经年一瞥，多少往事烟雨中。

这是现代人的世外桃源生活，我格外享受这一刻远离尘世的悠然。凉风习习，鸟语花香，坐在茂盛的古树下，听海迪西·阿不拉老人向我们讲述那过去的故事。

70多岁的海迪西是村庄的见证者，从小就出生在这里的她，爷爷、奶奶曾是若羌人。当年他们来到村庄，春天撒种、秋天收获，从此过上了与世隔绝的幸福生活。虽然村庄距离外界很遥远，但对于这些土生土长的村民来说，他们极少有人想离开这里。几代人就这样子子孙孙延续下来，他们对这片土地充满了爱恋和不舍。

17岁时，海迪西就在这里结婚生子，如今她的10个孩子都已开枝散叶，儿孙满堂。年迈的她，坐在林荫里还会回想起从前的日子，那时没有交通工具，村民们骑马、骑毛驴去县城，路上没有任何村庄和客栈，一来一回要走一个星期。

到了后来，有了拖拉机，他们就坐在拖拉机载货的车斗上，风吹日晒、沙尘飞扬。最怕的就是生病，小病村民用土办法自己治，大病才去县城。由于交通不便，除了15年前带生病的丈夫去库尔勒治病外，海迪西几乎一辈子都不曾离开过村庄。即便如此，她却心静如水，这是属于她的生活，她要像她父辈那样，年复一年，月复一月地坚守在江尕萨依。

岁月蹉跎，时光已经将沧桑写进风里。

"从前没有路、没有车，从村子到县城要走三天。"这是村庄人的集体回忆。谁能想到一百多年后，这里发生了天翻地覆的变化，医疗、交通、教育、生活，人们瞬间与现代文明接轨。科技时代，覆盖人类的绝不仅仅是城市的高楼大厦，还有偏远的山野乡村。当年那些逃往深山的人们，无论如何也想不到这样一处生僻的角落也会有电、有路、有网络，人们的精神生活得到了很大的满足。在满足精神生活的同时物质生活也同样富有，村子包干、医疗包干，孩子坐车到县城上学！

扶贫攻坚的春风刮进大山，村民们家家户户都有自己的房子，可享受政府的住房补贴，每家每户都在乡镇拥有一套住房，生活条件更好些的牧民甚至在县城也拥有一套住房。还有 20 多户的困难户住着由政府免费提供的房子，这样的好事从前从没有遇到过。除此之外，有了路，有了车，村民们便有了到外面看世界的欲望，只需 50 块钱，一辆专线中巴车就能载着从前足不出户的村民随时走出茫茫大漠。

每走一处，村民们都满脸喜悦。

现代文明几乎遍布高山大海、丛林河流，外面有什么，村里就有什么！对于目前的好日子，村民们感到极大的满足，他们开心地告诉我说："现在的日子太好了，从前没有车，什么都不方便，到县城靠骑驴、骑马，有时要走四五天才能到达目的地。现在好了，村里有商店、电信、网络，看电视、上网、打电话真方便！"

一片绿荫下，我看到几个小伙子正在砌砖盖房，他们中的一个马上就要结婚了，他们告诉我说江尕萨依是永远的家，他们哪儿都不去，就在这里娶妻生子！

大山空寂，河水潺潺。

几位老人坐在桑葚树下消磨时光，一群孩童在快乐地奔跑，成群的牛羊正匍匐着身子悠然自得地喝水吃草。被巨大的绿色与宁静包裹，我不由身心愉悦、心旷神怡，久久不愿离去。如果可以，真想与之长相厮守！

心似秋水，静看岁月如花。

草木葳蕤，空谷寂静，葱绿的田野上有几个劳作的农人，他们在桃杏树下松土、除草、打耕、施肥。汗水打湿了衣衫，可他们依旧手臂有力、锄头翻滚，仿佛他们耕作的不是土地，而是美好的生活和幸福的未来。

大山不语，江尕萨依正睁大眼睛，眺望远方。

穿过岁月的风

一

过眼韶华何处也？萧萧又是秋声。

如果不是一次偶然的相约，我很难抵达和静这座偏远的县城；如果不是朋友的牵引，我怎会再次见到水磨。

穿过岁月的风，水磨如同一个孤独的守望者。

站在这所废弃的厂房，它们空旷、寂廖，孤零零地远离尘世、人烟。与此相对，离它们相距10米的宽阔马路上，汽车川流不息，呼啸奔驰而去，没有人会隔着几棵巨大的榆树，来关注一个被时代淘汰的加工厂的命运。眼前的破败与不堪，心中顿时有种悲凉。是啊，它们早已被人遗忘，如今只有对风去述说往日曾经的辉煌。

一种旧事物被新生事物所代替，是社会发展的必然，也是新旧更替的结果。与水磨的不期而遇，再次验证了这个自然规律。

它们也曾磨声隆隆，它们也是人们关注的中心。即便站在工厂的最低处，工厂的全貌依旧一览无余。从厂房的外墙不难看出，这是一个20世纪六七十年代的产物。四排土坯建筑物，厂房、库房、办公区，它们有机地将四周围拢成一个长方形的工厂。其间，绿荫如盖，苍翠茂盛，高大的榆树、桑树遮住了来往行人的视线。透过温暖的光束，坍塌的墙群、裂缝的墙壁、脱落的墙皮有些触目惊心，无不证明了年代的久远。毕竟已被人废弃太久，与不远处高大的工厂、耸立的烟囱相比，它们茕茕孑立、形影相吊，萧条中弥漫着无言的伤感。

"谁念西风独自凉，萧萧黄叶闭疏窗。"这一定是更新换代的节奏。明明是一场桃花之旅，怎么也不会想到，在通往和静县和静镇查汗通古路上，会与之相遇。腿脚刚迈过破旧的门槛，就给我带来了意外的惊喜。在工厂最高处的二层楼厂房里，我竟然看到了一组组还未被拆除和损坏原始的水磨，这座最早由和静县粮食局建起的一所加工厂，早在2002年已被和静山泉酒厂取而代之。无论是水磨，还是山泉酒厂，它们陈旧的工艺和设备都无法逃脱被现代化大型机械设备代替的命运，犹如历史，犹如朝代，时代的车轮总是滚滚向前，谁也无法阻止。

它们竟然没有被完全拆除，其中原因不得而知。

孑然一身，黯然沉默，这是它们的无奈，它们被孤立地隐匿在一片绿荫之中。尽管如此，无论从厂房、设备、木质构架，它们依然完好如初。也许，它们与世界最后的连带还没有完全割裂，时光对它们做着最后的挽留。如若将此地作为一处旧物展馆保存下来，是否会重现它的价值？当然，这不过是我个人的一厢情愿。

岁月静好，时光恬然。它们静静伫立在阳光下，无任何尘世纷扰。推开沉重的大门，这是座几百平方米的面粉加工车间，上下两层，最底部是水泥与木柱搭建的底座，在底座的下方是水流通过的地方，中间由粗壮的木头搭建的地板隔离开，木头的中央被掏开了几个凹槽，夹持在中间的是两组巨大的圆形石磨。每组石磨分别为一上一下两个，巨大的石磨重达几百公斤，石磨上刻着一道道深深的条纹。石磨旁是体型巨大的木制漏斗，据说用于传送功能，可将未加工的小麦、水稻顺利传入石磨，进入加工状况。

一切构造如此合理、巧妙。举目望去，高高穹顶上悬挂着巨大的木制筛网，几组由直径四五十厘米粗的木桩制成的车轴，沉重而有力。据说这种水磨完全属于卧式水磨，利用水流的原理，便能达到全天不停运转的效果，可24小时不间断转动，这种在那个机械化不发达的时代，却成功地完成了机械磨面的创举，不得不惊叹于人类的智慧。据说，水量大时，这些水磨一天可生产面粉达几千公斤。

几千公斤啊！真是一个不可小觑的数字，它足以维持和解决成千上万人的吃饭问题！

千万可别小看这些笨重的家伙，在使用电动磨面之前，千年来人们曾长时间采用这种石磨加工粮食的方式。在新疆乃至全国，水磨是一种极其普遍、利用极为广泛的一种磨面方式，每天每对水磨最少可磨几百公斤的小麦、玉米，真没想到眼前这些看似笨重的"家伙"，竟有如此高额的工作效率，不得不令人刮目相看。

曾经的岁月，风也潇潇，雨也潇潇，时光从未停留。

二

如果说机械化使用是人类的重大变革，那么水磨的命运只能重新改写。

对于"九〇后"来说，水磨是个极其陌生的字眼，而对于 20 世纪六七十年代出生的人而言，它们不仅承载着童年的回忆，还寄托着人们对美好生活的无限憧憬。

关于水磨，使用过的人都知道，那是一种古老的磨面工具，由上下两扇磨盘、转轴、水轮盘、支架构成。上磨盘悬吊于支架上，下磨盘安装在转轴上，转轴另一端装有水轮盘，以水的势能冲转水轮盘，从而带动下磨盘的转动。磨盘多用坚硬的石块制作，上下磨盘上刻有相反的螺旋纹，通过下磨盘的转动，从而达到粉碎谷物的目的。

我国是一个具有悠久历史的农业大国，所生产的各种农副产品都需要经过精细加工。中华民族是一个古老而伟大的民族，更有着辉煌灿烂的古代文明，祖先不但以"四大发明"著称于世，并且在其他发明创造上也各有千秋，水磨的发明和创造，便是对人类历史发展做出的不可磨灭的贡献之一。

水磨始于何时？据（清）蒋廷锡等重编《古今图书集成》记"《世本》曰公输般作磨、碪之始……二物皆始于周、晋。"《辞源》（修订本）也称"古者雍父作舂，鲁班作碪。"由此可见，水磨起源于春秋时代，距今已有两千余年的历史。

利用水力低温运转进行磨面，水磨不仅能完好保存谷物的营养成分，而且还是名副其实的原生态、纯天然绿色食品。由它磨出的面粉质地细腻、营养丰富、口感香甜软糯，不少老人吃惯了反而对机器加工的面粉不以为然，尽管水磨加工原始而又简陋，但至今仍然还有人继续使用。

整个加工程序如此简单，只需将小麦、玉米倒置于巨大的木制漏斗，让其缓缓流入石磨，石磨在一反一正的水流带动下，将小麦辗压成细致的面粉。所有过程顺理成章，水到渠成。

据说，我国江西竟有一座重达 3500 吨的石磨。真是不可思议，如此巨型石磨不知人类是如何制作完成。无独有偶，在成都淮州新城，竟有一座稳稳当当地落在山尖上的巨型石磨。如果真要统计的话，全国大大小小的石磨真是不计其数，磨盘之大更是数不胜数。由此可见，各地人民对于这种传统的磨面工具依旧情有独钟。在新疆，水磨使用的时间可长达 9 个月，当冰雪覆盖大地的时候，渠水结冰，水磨这才彻底停止工作。然而，那满满一仓库的粮食，足够人们一年的享用。

岁月静好，安之若素。

遥想那个没有电力带动机器的时代，我们的祖先已经会利用水流的动力，来完成一整套粮食加工工艺，真是一项了不起的发明。空旷的场地，高大的厂房，沉重的加工设备，记录着那个离我们渐行渐远的年代，同时也记载着和静县小麦、玉米面粉加工的历史。

车水马龙，人声鼎沸，其实水磨曾经也有过属于它的繁华。

当秋日的阳光横扫大地，放眼望去，无边的田野所及之处满是醉人的金色。成熟的麦穗、饱满的稻子，它们如同遍地的金子，闪闪发光。此时也正是水磨最欢愉的时刻，奔腾的水流带着旋转的叶片昼夜不停，那一颗颗小小的麦粒啊，就在石磨与石磨间跳动、变身、形成。

这是一场愉快的旅行，当它被打磨成细白的面粉时，那淡淡的麦香不仅香味扑鼻，而且沁人心脾。它们的命运尚未结束，接着它们被迅速装袋、扎口、装车，然后分散到各个县城乡镇，乃至更远的地方……

20 世纪五六十年代，尽管交通运输并不发达，可加工厂依旧车流涌动。在架子车、毛驴车、马车盛行的年代，一路上，人群熙熙攘攘，车辆来来往往，竟也热闹喧嚣、风光无限。

当芳香的面粉来到百姓人家时，它们不再是一棵植物，一粒小麦，而成了餐桌上一道抵挡不住的诱惑。人们用它制用各种面条、馍馍、馕、饼子、包子等。在几十公里处，无数的和静人家，他们依靠古老的水磨，吃上了精细的白面、玉米面、大米，过上了令人艳羡的安逸日子。

那是属于水磨的美好时光，伫立在潺潺流动的河水里，它们日复一日，年复一年。它们是时代的宠儿，也是时代的弃儿，如同世间万物一样，最终逃不过固有的宿命。

三

关于水磨，我总忘不了一条河流的故事。

水磨于我而言，是童年的往事，是伴我成长的记忆，一生也无法忘怀。

作为一种旧时代的产物，水磨在 20 世纪 60 年代的新疆极为盛行，无论是城市还是乡村，无论兵团还是地方，随处可见它的身影。对于一个土生土长的兵团人来说，水磨再熟悉不过，因为我家就在加工厂，从小就生在水磨边，它伴着我的童年一起成长。

"水磨，水磨，有水的地方才有磨。"懵懵懂懂时，耳边常听大人们说着这样一句话。既然利用水力原理，必定与一条河有关。一想起连队的水磨，就不得不提及十八团渠。这条坐落在库尔勒上户镇处，流经兵团第二师，背靠巍巍天山的人工渠，记录了太多兵团人屯垦戍边、艰苦创业的故事。

十八团渠，是兵团精神的象征，也是兵团二师的灵魂所在。

一场轰轰烈烈的壮举正将荒原的历史重新改写。1950 年，为了百废待兴的新疆尽快进入经济发展建设阶段，王震将军亲自率领中国人民解放军第一野战军二军步兵第六师十八团 1300 多名官兵，肩背钢枪，手握坎土曼，执守建设美丽富饶家乡的坚定理想与信念，吃冻窝头、住地窝子，不畏艰辛、风餐露宿、爬冰卧雪，全军上下昼夜奋战八个月，硬是用双手建成了一条宽 8 米、深 4 米、长 38 公里的引水渠，在亘古荒原上开辟了兴修水利的新战场。

天地生辉，山河含笑。

1951 年 5 月 15 日，王震将军来到位于铁门关峡谷南口的引水渠渠首，参加了盛大的放水典礼，由于该渠由十八团修建，由此命名为十八团渠，也是人民解放军挺进新疆修建的第一条大渠。

十八团渠，这条由兵团军垦战士在戈壁荒滩上创造的人间奇迹，它是兵团人不朽的精神丰碑，也是二师人的精神图谱。多年来，当地先后对十八团渠进行了 3 次大规模修改扩建，现在已形成 68 公里的主干渠，年引水量 3 亿立方米，灌溉着兵团和地方的 50 万亩良田，使当地成为享誉全疆的粮棉基地和库尔勒香梨的生产基地。

多年来，这条渠流经 28 团、29 团、30 团等多个团场，浇灌了小麦、水稻、玉米、棉花，养育千千万万的二师人。正是有了这条渠，于是戈壁不再荒，大漠变良田。

披荆斩棘谁能挡，敢于天地试锋芒！

这是兵团人的豪迈，也是兵团人的气概。正是因为有了兵团人一不怕苦、二不怕累的牺牲精神，才有了这条长达近 40 公里的人工渠；正是因为有了这条渠，便有了茫茫大漠变万亩良田的奇迹；正因为有了这条渠，于是便引来了四面八方热血沸腾、激情澎湃的年轻人，他们操着不同地域的口音在茫茫的戈壁荒滩建设发展。"天当被盖、地当床铺"，他们以不可抵挡的坚定信念，开创了波澜壮阔的兵团事业。

有了这条渠，就有了充分的后勤保障。作为加工厂职工的父母，从我记事起，他们就这样每天守着一条渠和几组古老的水磨，开始了日出而作、日落而息的劳作。

往事如歌，岁月黯然，曾经的旧事也令人黯然神伤。

二十八团加工厂，这个还不到 100 人的单位里，一座巨大的水磨同样承载着它神圣的历史使命。几百平方米的车间里，沉重的石碛水磨推动着，别看它们仅有 4 扇，每年却能生产出几千吨的面粉，足以满足整个团场几千名职工的生活需求。

记忆中的加工连是热闹而又喧哗的。

兵团农二师二十八团（最早叫博古西湖农场），1956 年成立之初，十九岁的父亲便从河南南阳千里迢迢地来到了荒凉的大漠。"一颗红心，两种准备，到祖国最需要的地方去……"他和千万个有志青年一样，匆匆踏上西行的火车，投身于大西北的建设洪流之中。与他一同来的，还有河南南阳、信阳、许昌等 14 个县 2000 多名青年，他们不远万里来到这片亘古的荒原，从此便扎下了根。"献了青春献终身，献了终身献子孙"这是对兵团人最真实的写照，概括了几代兵团人的艰辛创业历史，让"铁关天西涯，极目少行客"的荒原上，从此有了一派生龙活虎的景象。从此，一片茫茫戈壁荒滩成了全国重要的粮油、棉花、蔬菜、水果生产基地。

生命如尘，转瞬即逝，每一个军垦先辈开拓的足迹都令我们肃然起敬。

这里没有高楼大厦，没有电灯电话，没有马路车辆，有的只是一望无际的荒

174

原和一腔热血。在那个激情燃烧的年代，他们每天早出晚归，两头不见太阳，十几个小时的工作时间让他们几乎完全忘却家庭、忘却父母、忘却妻儿，作为刚刚成立的加工厂，他们把青春和一腔热血毫无保留地全部投入这里。

那是个贫穷落后的年代，也是个简单快乐的时代。

有了水就有了生命，出于对水的热爱，万物纷纷沿着十八渠安营扎寨。我至今还清晰地记得那条波浪翻滚的大渠，那些壮观的鱼群，水草丰茂，大小鱼群川流不息，鱼之繁多令人无法想象。年幼无知的我根本无须下水，抄起家中漏勺伸至水中，便能捞出满满一漏勺鱼来。这里不仅是两岸人民的福祉，更是孩子们游乐的天堂。大人们在岸上辛勤劳作，孩子们则成群结队在渠边玩耍。到水里洗澡，在水里摸鱼，对于天真活泼的孩子来说，是什么也阻挡不住的诱惑。

然而，就在这看似风平浪静的背后，谁能料到一场场悲剧在人们看不到的地方悄然上演。

落霞有意，流水无情。这条宽敞的河流，足以吞没任何强大的生命，更何况是幼小的孩童。没有父母精心的看护，我们这些幼小的孩子，如同一群脱了缰绳的野马，尤其那些胆大的男孩，他们有的在嬉笑玩耍时不慎滑入水中，有的在过桥时脚底打滑掉入渠中，他们有的只有才五六岁，有的才刚刚两三岁，"扑扑通通"的落水声，6个幼小的男孩，永远消失在茫茫水流中。

那是多么可爱的生命啊，还未来得及看清世界，还没享受过父母创造的更多成果，便匆匆葬身于滚滚洪流之中。

人生最大的痛苦莫过于丧子之痛，这是一群坚强隐忍的兵团人，他们有的甚至眼泪还未擦干，有的还在撕心裂肺地哭号，接着他们又转身投入夜以继日地工作之中。相对于个人痛苦，他们更无法忘却肩负的使命，舍小家顾大家，正是他们的无私和奉献，才创造出今天如此美好幸福的生活。

当我们围坐火炉，吃着香喷喷的烤馕，嚼着热得流油的烤包子，有谁知道当年那6个活蹦乱跳的男孩，因无人照顾，而永远淹没于滔滔河流之中。当我们一家人携手享受着天伦之乐时，有谁能想到，为了今天幸福生活，兵团人付出了太多牺牲……

尽管他们的故事不为人知，尽管那些孩子的名字只有父母才记得，但脚下的这片土地早已把他们的名字铭刻在兵团大地上，那一座座小小的坟堆啊，成了一个个坐标，永远屹立在天山脚下。

四

与其说是科技改变了生活，不如说是人类创造了世界。

时代的洪流浩浩荡荡，开拓者的足迹一路向前。那条十八团渠，如今早已干涸见底，成为一条被人们废弃的深沟。大型挖掘机的使用，大型柴油机械设备的进入，让原始的铁器与木器迅速销声匿迹，它们的功率之高、效率之快简直超乎人们的想象。

21世纪，世界正以飞快的速度进入电子时代、信息时代，高科技的应用，让这片土地经历着一次次新的革命，重新焕发出无限生机。放眼望去，万亩良田一望无际，一条条水泥板修建的防渗渠纵横交错，现代农业与农业现代化，正引领人们走向更加美好的明天。

水磨，在电动加工机器出现后，它们被迅速取而代之，在它们完成了神圣的历史使命后，很快消失不见。作为时代的产物，它们既被肯定又被狠心遗弃，但谁也无法改变历史。作为劳动者智慧的结晶，水磨不仅大大推动了石匠、木匠、铁匠行业的发展，还是人类利用自然动力提高生产效率的见证。

放眼未来，中国机械加工行业，正飞速进行着行业的转型升级。从原来的加工低端机械产品向技术密集型产业集团发展，我国的部分机械加工技能已经达到世界先进水平。在新旧事物不断对决与分裂中，一次次发生了质的飞跃。

21世纪的今天，在巴州大地上，一座座现代化的大型加工厂拔地而起，巴州恒福德面粉加工有限责任公司、巴州三利面粉加工有限公司、冠农棉业股份有限公司……它们星罗棋布、数不胜数，自动化程度高的磨面机性能稳定、效率高、节能环保、操作简单，日生产量已达到200吨。

日新月异，突飞猛进，世界每天都在更新变化。水磨作为一种简单原始的加工设备，终究被淘汰。然而，它们并没有完全消亡，而成为大地上最后的守望者，在浩瀚长风中，独自仰望苍穹。

历史的长河奔腾不息，时代的发展一日千里。

在这片土地上，兵团人前进的脚步却从未停止。兵二代、兵三代，他们沿着前辈的足迹一路向前。大力推进城镇化建设，大力推进新型工业化，大力推进农业现代化建设，着力加强生态文明建设，兵团各项综合经济实力不断提升。他们持续开荒造田、挖渠排碱、种稻洗盐，推广植棉，将一片片戈壁荒滩变成为一望无际的"金银川"。金色的水稻，银色的棉田，一片西部闻名遐迩的富庶之地。曾经的盐碱滩、红柳坡，已是万顷良田、树木纵横、蔬菜满地、瓜果飘香；曾经矮小、潮湿的地窝子，如今已是高楼林立、花团锦簇、一座座现代化的城镇。

　　苍山如海，残阳如血。每一个兵团前辈都值得我们缅怀，每一段兵团人创造的历史都值得后人铭记。无论艰苦的年代怎样的不堪回首，对于今天的我们都具有非凡的存在意义。在这片古老的土地上，在这个生机勃勃的春天，那些存在和消失的，必将一一记入人类的史册。

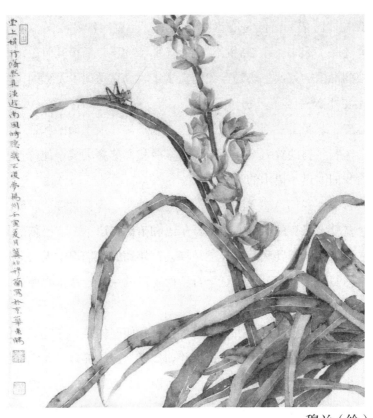

穆兰（绘）

繁华与落寞之间

一

最早听到"巴依"这个词，可以追溯到小时候看的动画片《阿凡提的故事》。那时的"巴依"仿佛是财富的代名词，明显地带着贬义。可不管怎样，无论动画片还是小人书，在 20 世纪 70 年代那个物质生活极其匮乏的时代，"巴依"这个滚圆滑稽的家伙，还是让我们在童年时代享受到了无穷的乐趣。

这里不得不提一下阿凡提（又译阿方提），是"先生"的意思。这个骑着毛驴的快乐先生，《工钱与大西瓜》《裤子和马》《最上面的和最下面的》……与"巴依"斗智斗勇的故事个个精彩，常常令我们捧腹大笑，他风趣、幽默的样子，陪伴着我们度过了快乐的童年。

提起阿凡提，我们自然无法忘却那个裹着缠头、身穿袷袢、肥胖的"巴依"老爷，那个贪婪、愚蠢的家伙。在维吾尔语和哈萨克语中，"巴依"是"财主"的意思，"巴依"老爷到底是好人还是坏人，年幼的我们根本无法分辨，但有一点我们非常清楚，"巴依"老爷是个有钱而吝啬的家伙，常常吃好的、穿好的，还欺压百姓。

尽管我们再也无法回到过去那个年代，可我们想象着，那些"巴依们"都住着阔绰的大房子、吃得满嘴流油、长得胖如油桶，隔着屏幕，我们仿佛能听到他那钱袋里发出的"叮当"作响的钱币声。然而，贫穷还是极大地限制了我们可怜的想象力.

来到巴州且末县托乎拉克庄园，我们对富有的"巴依"所有的定义完全颠覆了。这里何止院子大点，房子多点，土地面积开阔点，这里简直如同一座富丽堂皇的宫殿。这是一座 20 世纪初建造的庄园，3200 平方米的占地面积。780 平方米的房屋建筑、宽敞明亮的房间、精致的器皿、雕花的门楼、毛织的地毯、宽大的坐床、波斯风格的橱柜，每走一处都令我们目瞪口呆，可谓眼界大开。

多么豪华的庄园啊！高大的门楼，宽敞的院子，盛开的玫瑰，阔绰、奢华，恍如梦境，这不就是人间天堂吗？每一处建筑的华丽都远远超出了我的想象，每一处精致的器皿都令我瞠目结舌。这是一百多年前的"巴依"庄园，透过外面高大的墙裙，除了高高凸起的拱形圆锥穹顶外，我们很难看出与普通的维吾尔族居民院落有什么区别，然而走进其中，却别有洞天。

谁能相信它只是一个"巴依"的庄园，里面的华美程度丝毫不亚于古代王室的寝宫，仿佛英国贵族的《唐顿庄园》，《一千零一夜》中的神话故事。走在且末边城，走在古丝绸之路上，一个"巴依"的富有让我们增长了见识。

举目眺望，纵观庄园，十一间房屋、两间回廊，足以容纳百人大聚会。宽敞的客厅、卧室、备用间、厨房、工艺间展厅、念经堂、库房、澡堂……应有尽有，样样俱全。在这样一座中西合璧的建筑中，既有中原建筑的文化特点，莲花、佛塔、避邪符，四四方方的院子如同北京的小四合院；又有典型阿拉伯风格的花纹、门楼、橱柜、织毯、坐床。作为一处庄园，对于中西频繁互动，在一个时期，促进了当地的发展，繁荣了且末经济。

二

岁月的风，吹动着四季更迭的号角，历史总喜欢把人们重新带回一段久远的往事。沿着清末时期的脉络，所有的一切清晰可见。

辛亥年间，中华大地上正在进行着一场风云变幻的变革。无论是黄花岗起义、辛亥革命，还是孙中山当选为临时大总统，这一切都没有波及这个遥远的天边小城。这里依旧风和日丽，一场浩大的工程正在如火如荼地进行。扩充庭院、建造房屋、雕刻花纹、打造壁橱，一项项工程在紧锣密鼓中完成，一个富丽堂皇的庄园拔地而起。从此，这里开始热闹起来。

光阴如注，时光似箭，转眼间庄园已有一百多年历史。

令人惊叹的是这座木质结构的庄园，历经风霜雪雨，所有的房屋与设施竟然完好如初，木质依旧保持着原有的黄褐色，花纹美丽而雅致。举目眺望，拱形的门楼、窗棂配制各种雕花，古朴大方，华美炫灿；走近细观，只见雕花仍然色泽鲜亮，纹路清晰。就连所有的墙壁花纹色泽艳丽，光可鉴人。

这是一种什么样的建筑，究竟使用了怎样的建造技术？

打开封存的史料，我们不难从中发现奥秘。这里的门楼、房梁、中柱均由木头支撑，粗壮的木头高大而又沉重，足以承重各种压力。所有木料均选择当地木质坚韧、抗腐蚀性强、弦面花纹、质地精良的青杨木，使用前经过了特殊严格的程序处理，每一根木头最少在水中浸泡几年，先用清水浸泡，再加盐水继续浸泡，直至木质中原有枯水完全消失，取而代之的是盐水。然后才将其捞出晾干，选出其中木质紧密的最好木料，用于门庭、廊阁、窗棂、橱柜，并雕刻花纹，其他木料则用于屋顶、中柱、房梁等建筑。经过盐水处理的木头，风吹日晒不会干裂、破损、虫蛀。整体观之，无论是房间墙体，还是梁柱，色泽统一、色调华美、手工精细、华贵典雅，具有浓郁的地方特色和典型的民族传统建筑风格。

正值晌午，明媚的阳光斜洒进来，把大地照亮。

细细看去，庄园具有典型的中亚风格，精美细腻的雕花、浮雕图案，美轮美奂、豪华气派，大门及院墙造型别具一格，古朴、典雅、大方。天棚、拱廊、栏杆和窗口均用典型的新疆民族工艺进行雕刻，配以石膏花饰，极具新疆民族风味。整个庄园庄重而富有变化，雄健而不失雅致。

纵观房屋四壁，整个色调由色彩中的最基本三原色红、黄、蓝组成，蓝色的墙壁，相间深蓝色、淡黄的花纹，散发着淡淡的光泽；背靠墙壁时，竟清凉舒适、光滑如丝。原来，建筑房屋时，所有墙皮均用蛋清、冰糖、石膏、石灰调和而成，不仅凉爽光洁、不易沾灰，同时防虫、防蛀、防褪色。原来如此，难怪无论窗外如何狂风怒吼、风沙荡荡，墙内依旧如新、色泽光亮。

面对一个世纪前的建筑，我们不得不感叹这位"巴依"的智慧和拥有的巨额财富。

里面所有的陈设富有维吾尔族风格，他们擅长利用颜色、细节来烘托气氛。四壁上有橱柜，橱柜的形体既有波斯风格，又有欧洲特点。所有织毯均为枣红，地面、床榻均铺着织花的地毯。维吾尔族地毯图案不仅是一种艺术形式，同时也是一种历史记忆，从花纹的样式上，我们不仅能看出中亚多民族的融合与互动，还能看出一个民族的传统与喜好。他们崇尚自然，擅长用植物、叶片、花朵、飞鸟作为织物的图形，华丽的织毯让房间散发着一股浪漫的西域风情。

这座庄园是尼牙孜巴依修建的，究竟耗时多长、耗资多少、消耗人力多少，一切无从查证。历史已一去不复返，留给后人一座迷宫和各种内容丰富的臆断猜想。

三

见滴水可观沧海，窥一斑可见全豹。

对于托乎拉克庄园，这里绝非仅仅是一座富有的庄园，也是一个民族文化的缩影。维吾尔族是一个非常传统的民族，十分注重待客礼仪。从客厅不难看出，会客厅分男、女，分别接待男、女客人，即便是同时接待时，男女嘉宾也要分席面坐。待客的程序也非常考究，客厅边有备用间，佣人进出端茶倒水时，绝不允许从正门随便穿行，而是从隐蔽的侧门出入，不至于惊扰客人的兴趣。

庄园还设有专用厨房、餐厅，维吾尔族是个热情好客的民族，客人来了一定用美食、美酒招待。餐厅中央，一张巨大的餐桌足够接待几十人同时就餐，餐桌上铺有华丽的桌布。维吾尔族待客和做客都有讲究，招待客人时，要请客人坐在摆上馕、各种糕点、冰糖等的桌前，夏天还要摆上瓜果，先给客人倒茶水、奶茶。如果用抓饭待客，饭前要提一壶水，请客人净手。

坐在阳光通透的餐厅里，客人们在此尽情享受烤羊肉、手抓肉、烤包子、馕、拉条子、各色糕点、干果、奶茶等新疆特色美食，味道独特、内容丰富，令人大快朵颐。

餐厅明亮而宽敞，不仅有吃饭的地方，还设有唱歌跳舞的地方。

浩瀚的沙漠、刚烈的风沙阻隔不了这里的人们对美好生活的热爱与快乐的追随。维吾尔族是个能歌善舞的民族，无论何时何地，只要音乐响起，就有欢乐的歌舞，上至老人、下至孩童，"只要会走路就会跳舞"，欢快的乐曲伴随着丝绸之路的驼铃声，蜚声中外，名扬天下。

每一个步骤都是精心设计，每一个细节都考虑周全。

房间专门设有华丽的欧式壁炉连接前后两间房屋，同时加热取暖。庄园设有专用的工艺品展厅，专供客人观赏各种工艺品。库房有炕，货物放在炕上，既干净清爽又防潮、防虫。

道路是通向世界的通道，聪明绝顶的巴依老爷也同样不会忽视这个问题。据说，从前庄园门前还有一条直通喀什、和田的道路，作为长期经商的巴依老爷，可谓未雨绸缪，深谋远虑。庄园的奢侈用度，离不开庞大财富的支撑，据说他的生意做得很大，横跨天山南北。许多和田、喀什的生意人经过此地时，都要到他家专程拜访。更多人路过时，在庄园住宿、吃饭、谈生意……

庄园，已不再是一个普通意义的住宅，而是丝绸之路上的一个豪华驿站。

四

人声鼎沸，鼓乐喧天。

遥远的风，把我们带回到 20 世纪初的一段美好时光。

天高气爽、牛羊肥壮、瓜果飘香，一场盛大的婚礼正在举行。身穿盛装的十六七岁的新娘，即将成为"巴依"老爷的三姨太。对于这个富有的"巴依"来说，拥有庄园、拥有美女，一切仿佛水到渠成。在众人的簇拥下，庄园、马车、银饰、仆人，显示了一个 60 多岁富有男人对女孩的所有偏爱与占有。只有新娘神色黯然，泪光闪闪。此刻，却没人理会一个贫穷女孩的哀伤与惆怅，人们依旧载歌载舞，喜气洋洋，祝福声声。

权力与财富同时在这里云集，这里是天山南北客商来往的驿站。人们在这里海阔天空拉呱畅聊，商人们交流贸易、商业信息，所有的客人喝着西域葡萄酿制的美酒，听着都塔尔、冬不拉的深情弹唱，欣赏着那些浓眉深目、丰胸细腰的女子翩翩起舞，手撕着大块清炖羊肉，享受着恍如天堂一般的生活。

这里也是一场复杂的聚会，政治与权力、商业与经济、金钱与财富。一场场政治与金钱的斗争正在上演，它们看似不动声色，风平浪静下却暗流涌动、变幻莫测。在喧嚣热闹的背后，不乏利欲熏心、权谋与算计。

这里更是学者和哲人的会场，各种学术与才艺的光辉同样照亮这片蔚蓝的天空。这是属于庄园的鼎盛时代，"巴依"老爷应接不暇，穿插于不同身份的宾客之中，忙碌不停。门上的阿拉伯文真实记录了庄园当时的繁华："客人像蜡烛一样，'巴依'老爷像飞蛾扑火一样，热情招待客人……"

车水马龙，人来人往，庄园的盛况可见一斑。

从托乎拉克庄园，我们不难窥探到 20 世纪西域奢华生活的一角。在通往古丝绸之路上，从来就不曾寂寞过，商人、军官、幕僚、学者、僧人，由东到西，从南到北，他们如同点点星光，点燃了这片寂寥的漠土。雕花、灯光、文学、歌舞，托乎拉克庄园带给人们的绝不仅仅是奢靡的生活、奢侈的享受，还有东西方经济与文化的对话。

自张骞出使西域以来，不仅把古代中国与西域广大区域悠久的民间交往交流活动，提升到了官方外交的高度，同时还极大地促进了中国与中亚、西亚的经济、文化联系。从此，中原与西域的贸易往来不断，交易频繁。这里是一片利益交换的栖息之地，人们坐在铺着深红地毯的坐床上，总能获得不同的需要，从事着种种合法与不合法的行径，进行着货币与贸易交换。当然，在这鱼龙混杂的地方，同样也会滋生浪漫的情调与爱情。

庄园里真的会有爱情吗？我不得不怀疑。

大地幽静，夏风习习，明媚的阳光仿佛把树木照射得更加强烈，桃红色的玫瑰正躲在高大的青杨树下集体绽放，它们颤抖的花片飞扬着一种隐秘的快乐。那个贫穷的少女真的会爱上比自己年长许多的老爷吗？

青藤寂静，牵牛张开，它们一声不响地望着南来北往的游客。我想这豪华的庄园、宽敞的房间、热闹的人流、奢靡的享受，也许短暂地掩盖了女主人内心的空虚，却无法代替个人的精神需求。就在"巴依"老爷出事后不久，这位受宠的女子很快逃之夭夭。据说逃到不为人知的偏僻乡村，并与当地一位男子结婚生子。

一切都是浮云，一切终将结束，再惊心动魄的场面也会成为永久的历史。也许，那曾经奢华的生活对她来说不过是镜花水月，而实实在在的普通人间烟火，让她找到了心灵的寄慰和真正的幸福。

沧桑转瞬谁都识，富贵浮云安可常？

繁华与落寞只在一瞬间，任何钱财也抵挡不住天灾人祸。"巴依"老爷出事后，他的妻儿远离故土家园，直到30多年后，才一一从偏远的乡村重回县城，他的子孙遍布且末，大多移居乡村工作生活。而庄园后来也成了当地一座具有民族特色的古建筑遗址得以完好地保留下来。

这是20世纪一个西部庄园的故事，留下一段凄美的结局。托乎拉克庄园，岁月带走的不仅仅是多姿多彩的生活，还有一去不复返的青春、美貌、梦想。

岁月静好，浪漫的享受在于丰富的想象。望着这华丽的庄园，我多想久久坐

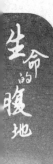

在洒满树荫的庭院里，倚在柔软宽大坐床上，翻看着心爱的书籍，享受午后的温馨与平和。在铺着金丝桌布的茶几上，来一杯散发着浓浓热气的卡布奇诺。

纵有千般不舍，庄园与我终究两层世界。从托乎拉克走出，我始终深陷其中不能自拔。那庄园一草一木、一房一柱依稀如梦，恍如昨日。也许前世，我真的来过这里。

风华是一指流沙，苍老是一段年华。

子夜，不安的灵魂再次出窍，越过高山峡谷，飞回庄园。只见宽敞明亮的房间里高朋满座、履舄交错、鼓乐齐鸣，我轻盈地穿插于众多的女子之中，头戴花帽，腰垂长辫，身穿艾特莱斯裙，翻腕、挺腰、响指，翩翩起舞……

生命的清唱

艺术的伟大意义，在于它能显示人的真正感情、内心生活的奥秘和热情的世界。

——罗曼·罗兰

一

一声大吼，声如炸雷，"咚咚咚"急促的鼓点，急速的板胡、灯光如昼，一场秦腔大赛在梨城正式拉开了帷幕。

这是一场生命的清唱。紧接着《杨门女将》《哭坟》《断桥》《赵氏孤儿》《铡美案》一场场经典曲目、上百名选手在此轮番上演。只见演员们时而慷慨激昂，时而温婉柔情，时而肝肠寸断，时而大义凛然。全场寂静，忽然间掌声又惊雷般响起，那高亢嘹亮之声，敲打着每个在座者的耳膜。

秦腔，这个华夏大地上最古老的戏种之一，被历代称之为中国戏曲的鼻祖，迄今为止，已有两千多年的历史，它以极为朴素的风格将陕甘人民耿直爽朗、慷慨仗义的性格以及淳朴敦厚、勤劳勇敢的民风表现得酣畅淋漓。

秦人唱秦腔，有人说因为秦人生性粗犷豪迈，唱秦腔时，如同雄狮吼叫、气贯长虹。仿佛这千年的一吼，要将历史的厚重和几千年的沧桑巨变彻彻底底地吼出来。也有人说：秦腔是一种教化，它用通俗易懂的语言将一个个历代故事编纂成曲，潜移默化传播世间的真善美丑。

戏缘是冥冥之中的一次机缘。

搭戏台，唱大戏，这在中国的乡村看来是件再普通不过的事，也是劳碌了一年的人们极为开心的事，而在新疆却极为罕见。还记得小时候随母亲回家探亲，坐在戏院里看戏，吃着花生、嗑着瓜子、嚼着兰花豆，尽管我并不懂戏的内涵，但舞台上那鲜活的脸谱、悠扬的唱腔、翩若惊鸿的水袖、精美而又深切的唱词，却令我一见倾心，从此，我与戏结下了不解之缘。

年轻的梨城，虽然楼群高耸、花团锦簇，但看戏却并非易事。这是一座时尚的城，各种流行元素充斥着城市的角角落落，迪斯科、流行乐、摇头舞……它们引领着城市的潮流，以最强悍的姿态占领着人们的精神世界，舞厅、酒吧、迪厅，长期以来在这里充当主角。新兴艺术的崛起，让那些传统大戏支离碎片到无人问津，以至被萧条地冷落在了角落。想在梨城看一场传统大戏，仿佛是一件极为奢侈而又遥不可及的事。

在传统大戏与现代流行乐群雄纷争时，猛然在梨城观看了一场演员众多表演精湛的秦腔大赛，深沉哀婉、慷慨激越，那华美的唱词、精湛的技巧、个性化的表演、丰沛的情感，无不令人为之一振，内心不由得为千年文化的精髓而折服。

秦腔是什么，是丰厚的历史沉淀和文化积存。

秦腔，是戏曲的母本，梳理着几千年的往事，将一段地域文明延伸至今天，它在贫瘠的土地上汲取着秦人万丈豪气的雄风。一场秦腔大赛在梨城的上演，产生的结果，绝不仅限于对传统艺术的唤醒，更多时是一种发自内心地与千年文化的激情碰撞。行走于时代的边缘，我们缺失了什么，我们缺失的正是对传统文化与艺术的鉴赏和认知。优秀的传统戏曲是一本本中国人有形的家谱，它让一代代的金戈铁马、君臣王道、市声田歌在这里汇集。

这是梨城一个惊人的文化创举。

当传统艺术被搁置冷落，当地方戏曲被人抛弃，在梨城，一场轰轰烈烈的秦腔大赛却闪亮登场。举办一场如此规模恢宏的秦腔盛宴，不仅在梨城，即便是新疆也实属罕见。在这里，我们不得不赞叹举办人独特的审美视角和深厚的文化底蕴，以及对中国传统艺术的热爱与执着，弘扬传统艺术的决心。由此可见，举办方站在文化的高度，担当了梨城重建精神家园和保护文化资源的责任。

因为，中国戏曲不仅仅是几千年中国文化精髓，也是几千年来众多国人的精神所在。

一场传统大戏，一次视觉上的盛宴，是最高级表演与审美相结合的艺术再现。唱秦腔、吼秦腔，那是用一种怎样的唱腔啊？通过一条条狭隘的喉咙，将横跨几千年的民族历史在一声大吼中，如滔滔江水一泻千里，声势雄伟而壮观。

在梨城唱秦腔，在天山脚下唱秦腔，那是一曲自然与艺术的宏大和声，再没有任何一种戏曲比秦腔更适合西域。我私下里认为：秦腔不仅是适合陕西、甘肃等地的戏种，它更是一种适合西北辽寂大地上的戏种。它高亢凌厉、雄浑厚重、粗犷豪放，不掺杂任何假声，与苍雄的漠北、辽寂的沙海、浩瀚的疆土浑然一体，形成天地之合。在大野如磐、苍茫宁静的大地上，大吼一段秦腔，那高亢、那粗粝、那自由的音律岂不是西北大漠最真实的写照？

日暮西沉时，我曾听一位热爱秦腔的王立华在龙山上唱秦腔。空寂的群山下，孤烟、落日、金黄的胡杨、两只移动的小羊，那一声声沙哑的嗓音、激情的唱腔、悲怆的诉说，仿佛一把划破时空的刀子，让我产生了一种强烈的共鸣。在这里，世界与苍山交换血液，人与自然交换情感。那久久的回声与沙砾凝重的锤击，有一种巨大的力量，向大地传送了人类最真实的大爱、慈祥、幸福、悲壮，顿觉这世上再没有哪一种乐曲能比秦腔更配得上这块土地。

置身于辽阔之地，听一曲秦腔，无不感受到天地之大、我之渺小，秦腔之豪放。

<h1 style="text-align:center">二</h1>

一场盛会，一场千年等待中的相遇，横贯几世纪的文化即在梨城启航。

这是一场怎样的盛会？几百名演员，千里行程。他们是一群带着历史的使命来影响和改变了一方土地上的文明行为、文化精神与思维方式的人，他们用艺术来演绎人间大爱。秦腔是璀璨的艺术，对他们而言，秦腔是生命不可分割的一部分。乌鲁木齐、独山子、巴楚、阿克苏……他们带着一束光，沿着丝绸之路抵达库尔勒的中心。

秦腔，有多少人传唱你，你的文化就有多么的雍容华贵。这是一群把秦腔嵌入灵魂与血液的艺术家，几千里行程、山与水的跋涉，只为了把两千多年的历史足音带给梨城。

从十二岁到八十四岁，从活泼可爱的少年到白发苍苍的老人。艺术从来没有界限，他们中有辛勤育人的老师、有棉田种地的农民。舞台灯光骤然一闪，他们立即成为戏中人。锣鼓震天、板胡激昂，他们完全以艺术家的姿态与戏融会贯通，他们全然就成了那个家喻户晓的王宝钏、白娘子、黑包公、穆桂英，一招一式、一举手一抬足，个个是行家。灯光下，幽怨悲泣、苦守寒窑十八年的王宝钏，一身凛然正气、黑头花脸的包公，惊喜不断、精彩连连。无论是年过花甲的老人，还是妙龄的少女，他们轮番上演。戏如人生，人生如戏，爱与恨、生与死、情与仇，他们既表演别人的故事，又演绎自己。

《断桥》究竟唱了多少年，没人能说得清。坐在楼兰宾馆的会议大厅，温柔的平静被打破，只见女演员一身白缟、柳眉丹目，一阵细碎凌波水飘步飘向舞台。演唱者叫什么我不知道，只见她绻绻深情、浓郁感人：想当初在峨眉一经孤守／伴青灯叩古磬千年苦修／久向往人世间繁华锦绣／弃黄冠携青妹佩剑云游／按云头现长堤烟桃雨柳／清明节我二人来在杭州／览不尽人间西湖景色秀……一声声如泣如诉，犹如摔落在岩石上的眼泪，句句寸断肝肠。我的眼睛顿时有些湿润，那美丽动人的白蛇，宁可被压在雷峰塔下也要和凡人爱一场，情愿焚心破碎，也不愿寂寞千年，那是怎样的一种爱啊？

一场接着一场精湛表演，戏到中场，一个腿脚不便、白发苍苍的老者，挂着双拐巍巍颤颤被人搀扶上场。一声开演锣响，只见已不能行走的他顿时大喝一声，全身精神抖擞，手舞长鞭、气势非凡，虽一直在座椅上表演，却如同策马奔跑，一招一式娴熟老辣。他唱腔高亢，丝毫看不出是一个久病缠身的老人，如同一个身陷沙场的老将，那气势仿佛气吞山河、怀抱明月。秦腔是魂灵，是秦人的精神，在老者的身上我终于读懂了秦腔。

台上人演得惟妙惟肖，台下人看得如痴如醉。演戏与看戏，相看两不厌。

激情，是一种让人迷失自我的东西。一声声高喊，一幕幕令人心碎的哭泣，观看这样一场大戏，从头到脚，从指尖到发梢，浑身上下无不透着麻酥酥的舒畅与欢悦。"咚咚咚"鼓声震天，生、旦、净、末、丑各角中，或泣或诉，或悲或喜，他们用最通俗的语言，最经典的戏词，将一个个故事、传说用最古老的艺术形式表达出来，用最通俗和浅显的道理教化大众，把"仁、义、忠、节、孝"作为主题，向世人传递真、善、美，向民众宣扬仁慈、大爱。

人生与生命的课题如此之巨大，用一场戏，一段唱词，干净利落、朴素直白，让千万个在红尘迷途的人们，如醍醐灌顶。难怪新文化运动的创始人陈独秀评戏曲时曾说："戏园者，天下人之大学堂也；优伶者，实普天下之大教师也。"我想，也许这就是传统艺术的魅力所在！

秦腔，作为一个戏种，千年来一路上川流不息，戏之博大精深绝非普通戏种所比，它从来就不是小私的，它是大众的，它绝不只隶属于秦人，它更属于千千万万热爱它的人。不论走在哪里，从事何种职业，只要那浓浓的秦腔一开口，就能把千钧历史撬动到万民心目中去，每一处的秦腔都与人有着生命与精神的关系。

用最本真的语言打量世界，用热爱与忠诚怀想故土，用一种声音方式来揭示灵魂深处的幸福与疼痛，那是一种最自由、最畅快、最直接的抵达。这是最本色的力量，用真情唱、用生命唱，他们是陕西人、他们是甘肃人，而他们又是新疆人，是梨城人。阿诺德·汤因比说："人性包含的力量远比我们已经驾驭的任何无生命自然力更具威力。"

秦腔是他们的魂，他们活着为秦腔而来，最终，他们的生命也将在秦腔中终结。

三

"八百里秦川黄土飞扬，三千万老陕齐吼秦腔"，这是秦人的乡愁。

延续数千年的秦声秦韵，它早已浸入每一个热爱秦腔人的血液与骨髓之中，与身体形成不可缺少的一部分。

任何一个时代，故土和家园永远是最深的情结。在梨城，举办这样一场声势浩大的秦腔比赛，它所带来的并非视觉的冲击，而是对传统艺术的执着与热爱。我想举办人绝不仅仅为弘扬戏曲和艺术以及证明秦腔的存在，更多的是为千万个背井离乡的乡亲。在梨城，哪一条宽敞的马路，不是游子们铺就的乡愁之路？

秦腔，是一种怎样思乡的曲调啊，简直就是一曲伤感的怀乡清唱。走进城市、走出乡村，男人、女人、老人、孩子，听秦腔、唱秦腔，只要有人的地方，无不回荡着秦腔的长调。秦腔从来不是哪个人的专利，它是一片故土上独有的音律，是一片地域独立于世界的证明。秦腔，不分民族，不分等级，他们用一种戏曲证明自己、证明出身，他们个个打着统一的拍子、哼着统一的调子，如痴如醉。这是一种大众的风格，听懂了秦腔，就听懂了大西北的粗犷与豪放。看懂了秦腔，就看懂了大西北人的淳朴与直爽。

一种曲目，是一个地理符号，是一个地域的情感折射。秦腔，作为一种古老的戏种，不断地被冲击与拓宽，也为无数人从容地接受与传唱。它绝不仅仅流行于陕甘地带，它以一种更高昂的姿态跨越青海、宁夏，横穿新疆。

一声惊雷、一个跨世纪的举措打破了沉闷的地域僵局。

千万个行者，他们席卷于时代洪流里，他们扛着行李、背着包袱、牵着儿女，从不同的地域哼着秦腔，踏上西行的列车来到天山脚下。他们开山垦荒、挖渠引水、建起了高楼大厦，开垦了万亩良田，他们是开拓者也是建设者。如今，他们有的已埋在了天山脚下，有的才刚刚踏上行走的路程，他们把梨城、把兵团当成了自己的家，从此梨城、团场便是他们的第二个故乡。他们唱着秦腔、吼着秦腔，像在黄土高坡一样的亲切，像喝着一碗羊肉泡那样踏实，仿佛只有秦腔，才是他们在异地奋斗与生存最忠实的陪伴。

唱家乡戏，对于游子来说，无论走到何处，不仅仅是对故土人伦亲情的怀想、乡土趣事记忆，更是一种精神寄托与灵魂皈依。

单看此次大赛参赛的演员便知，在梨城，有多少口里哼唱着秦腔的人们。这种戏曲之魂，早已深深地根植在他们的灵魂深处。遥想透过厚重的黄土高坡，不知又有多少爷爷、孙子、壮汉、婆姨在做完了地里的活计，面对夕阳，随声吼一阵子秦腔。不知又有多少花园后面，有多少拴马寒窑前，有多少鸟尽弓藏辕门外……只要那一声秦腔起，人们便不由随声附和，无论身处何地，人人都像名角一般端起架势，扯开嗓子，声声真切，句句入心，唱给自己，唱给身边最知心的人，唱给脚下最亲切的黄土地……一片高原瞬间成了一个大戏台，直唱到西山日暮，月上东山。大戏散去，又融进了一台台小戏中，那小戏正是在一代又一代秦人的真实生活场景。

此时的一场大戏在梨城的上演，是心灵深处故乡山河的重现，是临行前母亲千言万语的叮咛，是记忆里儿时的温暖，是多年亲人未归的期待与翘盼。一波又一波得生疼，在锣鼓声中开场，在大戏中落幕。曾经的人与事已一点点走远，内心的爱与梦想、追梦时的失意与彷徨，就在这台上台下无限期地蔓延。

灯光骤熄，秦腔，依然久久地回荡在梨城的上空。

大戏落下帷幕，是曲终人散的冷清。时光是过路者的刀客，它雕刻着岁月的皱纹。不论何时何地，只要秦腔一响，迎着飒飒的漠风，在那些被风吹远的记忆和遥远的思念，都会一一清晰起来。在华丽转身的背后，那一声秦腔，深藏了多少游子心中的隐痛，还有离乡者回不去的乡愁……

穆兰（绘）

亡灵之舞

一

明月照昆仑，黄沙大漠间。

如果不是走近其中，很难相信它竟是一座古墓；如是不是亲眼所见，很难理解一个家族怎能跨几个世纪葬在一起！

漫天黄沙掩埋了多少不为人知的往事？只有那些流散于旷野长风中的魂灵，还在孤独地唱着忧伤的长调。来到巴州且末县扎滚鲁克墓葬陈列室，陈列室外表平淡无奇，几间普通的平房，当我们走进其中，只见空旷的房间里一个巨大的深坑，里面一组尸体陡然扑入眼帘，男的、女的、老的、少的，他们形体干枯，面目迥异，足足十几具尸骨，让我骤然大吃一惊。尽管我曾去过无数个博物馆，见识过很多具干枯的尸骨，他们或单个出现，或两两而现，而如此人数众多、形态各异、栩栩如生的庞大墓葬，我还是第一次见识。

这是一群亡灵之舞，在这片空旷而又干燥的沙地上，他们被沉入时间的深海，他们独立于荒原上，被日月星辰轮番映照。千年的往事，如同潜入海底的深礁，一点点浮出水面。

扎滚鲁克古墓群，于1930年发现，位于新疆维吾尔自治区且末县托格拉克勒克乡扎滚鲁克村西2公里处绿洲边缘地带上。墓地可分为三期；第一期属于先且末城邦时期；第二期属于且末城邦时期；第三期为东汉至魏晋时期。目前发现5片墓地，近千座墓葬。

扑入我们眼帘的是扎滚鲁克古墓的干尸合葬群。据解说员介绍：干尸数量

14 具，距今约 2600 年（春秋时代）。1996 年 10 月，出土于新疆且末县西南约 6 公里处的扎滚鲁克古墓群，出土的干尸除男、女及小孩外，另有石、陶、木、铜、铁及棉、毛服饰、织品等随葬品。为了更好地让世人了解当地的历史文化，1996 年，该地建成扎滚鲁克墓地陈列室。

感慨沧桑变，天边极目时。

穿越茫茫的沙漠，我们来到遥远的古城，体验当地的历史与文化。他们是一群没有生命迹象的人体，尽管如此，他们历经千年却死而不朽，亡而不灭。虽然这个干尸合葬群只是庞大的扎滚鲁克古墓群中的冰山一角，可足够我们凝望与遐想。仅扎滚鲁克古墓群一号墓地，就令我们大开眼界。东西宽 750 米、南北长 1100 米，面积达 825000 平方米，还有二号、三号、四号、五号……如此巨大的墓葬群，两千多年前，这里究竟发生过什么？在这个烟波浩渺的天边小城，无论这片大地曾经经历了怎样的刀光剑影、马嘶车鸣，还是灾难病魔，无不被巨大的滚滚风尘所掩埋，只有一座座古墓，向人们诉说一个遥远的家族，一个个不为人知的故事。

阳光明媚，风烟俱净，那一具具清晰呈现的尸体，令我不由感到好奇。这是一座家庭式的古墓群，所有尸体同属于一个家族，他们埋葬的过程很讲究顺序，通过墓道依次排列，而最早埋葬的时间和最后死者埋葬的时间上大概相差 200—300 年。几百年如此大的时间跨度，可以想象这并不是一件容易做到的事。在当时，交通并不发达，如果有人去世只能就近埋葬，根本没条件把人拉到几十公里之外的地方下葬，据说是只有一定身份地位的人才能办到。那么，据此我们可以推断：墓室里面一定是一个显赫的家族。2001 年，此古墓群以"最多家族丛葬干尸陈列室"而载入了"上海大世界吉尼斯之最"。

走近细观，不难发现，经历了岁月的洗礼，墓葬里面的尸体大多依旧完好无损，肤色、毛发、面部表情依稀可见，是什么能让两千多年前的人体保持得如此完好？我们不得不感叹古人的智慧与谋略。据解说员说：墓室是敞开通风的，墓室里的土质是含碱性极强的胶土，在墓室上的四壁曾放置大量的盐块，粗盐吸水。并且去世的人用盐碱水净身，被风沙侵蚀，盐碱被肉体吸收，如同风干肉般永不腐烂，再加上墓葬区处于较高的台地上，修筑牢固，土为盐碱，气候干燥，所以能让尸体保存完好。

原来如此，谜底逐渐浮出水面。

二

大地无声，万籁俱寂。

正是晌午，一束阳光透过窗棂打在陈列室的明亮的玻璃上。

站在古人灵魂的栖息地旁，我们屏声静气，目光凝重。俯视墓葬，只见墓室为长方形，底长5米、宽2.7米、深3.4米，墓室里的所有人均采取上肢上仰、下肢上屈的方式，他们全都采用脚对脚。这是一种独特的入葬方式，谁也无法说清其中的缘由，我们只能猜测这极有可能是扎滚鲁克人普遍的随葬习俗。然而，就在墓室的门口，我们却看见了3具横躺的尸体，尸首不全，据专家推测，这座墓葬曾经被人盗过，盗墓贼在盗墓时，人为将尸体破坏。是啊，如此一座庞大的墓室，怎会不引起盗贼的好奇和欲望？他们究竟行窃了几次，从中获得了什么无价之宝？

一切都没有只字片语，一切全凭后人揣测。

在这个幽冥的世界里，所有人都仰身屈膝，而其间唯有一人姿态与众不同，只见这位身材高大的男子，他平躺的躯体似乎与众人的姿态格格不入。此人竟有1.95米长，如若尸体不萎缩的情况下，该人正常的身高应为2.05米。2.05米啊，如此之高即便放在现代也如同巨人，可想而知，那个年代人体身高远远高于现代人。此人还很年轻，大约只有30多岁，头发棕红，身穿麻布织物。他为何不肯屈膝，这似乎有些违反常规。后人只能推测，他去世时极有可能只身在外，当家人发现他时躯体已经完全僵硬，无法屈膝，家人只好将他保持原样。躺在他身旁的是个年迈的男人，从面部预测大约五六十岁，旁边的女人与他年龄相仿，很可能是他的妻子。墓室里，还有个幼小的孩子，那是个早早夭折的女孩，千年前，他们都经历过什么？是战争、杀戮，还是疾病、灾难？我们已经不得而知。

一束光线的烙印打在了古老的物件上，泛着淡淡的古意。

在且末的博物馆里，我们看到了大量从扎滚鲁克古墓群出土的文物，这些物品明显地表现出古且末文化、丝路文化、北方草原文化交流融合后形成的鲜明特征。石器、陶器、木器、铁器、铜器、骨器，它们制作考究、做工精良。还有那些棉、毛、丝毛织物、服饰织品，色彩艳丽、华美动人，它们无不显示出古人独特的审美及精湛的工艺。

探秘神奇而古老的古墓群，在众多的随葬品中，人们还发现了毛织物、丝织品、皮制品，还有普通随葬实用器物、彩色绘面、蒙面、金箔和面糊封口、羊毛塞鼻等。他们手臂刺青、男女留辫、戴帽、毛布包脚、蹬皮靴或毡靴、穿袍裙或皮衣皮裤、戴项链、佩木腰牌和发饰串珠。从这些随身物品中，我们可以清楚地了解到扎滚鲁克人的生活方式及埋葬风俗。在出土的木器中，还有动物和几何纹样的梳、盒、筒、腰牌等，雕刻精细，图案生动。由此可见，扎滚鲁克人是一个重视文化、穿着讲究、非常爱美的民族，尤其那些女人使用的木梳、篦子、化妆用具等日常用品，即便历经千年，也无不表现出一个民族对美的追求与向往。

在扎滚鲁克的古墓中，竟然发现了箜篌，震惊世人。

在这里，我们不得不着重提一下箜篌。竖箜篌为隋唐时期弹拨弦鸣乐器，在全世界仅发现3件，而其他两件在且末。从墓葬中发现箜篌，由此可见，它们的主人在去世以前身份是何等的尊贵。箜篌用胡杨木制作，音响则用动物皮，琴弦则用羊筋、羊肠，做工精细、工艺精良。我们不妨想象一下，千年前，在某个夏风习习的夜晚，坐在凉爽的葡萄树下，那悠扬动听的琴声穿越山谷，穿越丛林，在幽静的夜空回荡。

墓葬中，人们还发现了马头、羊头。对于这些墓葬品，也许出于信仰、也许是由于当时人们是以养畜为主，各种猜测不一，无从考究。

往事尘封于史册，不管怎样，扎滚鲁克随葬品的出土，为研究新疆塔里木盆地古代的种族、生产、生活、埋葬制度等诸多方面，提供了珍贵的实物资料。这些文物同时也是西域文明史中具有代表性的重要文化遗产，对于西域历史、文化、艺术、生活的研究，具有极高的意义和价值。

三

古人不见今时月，今月曾经照古人。

历史的尘烟涤荡着千年的岁月，干枯的尸骨、风干的肌肉、散乱的毛发，无不散发着一种死亡的气息。

站在他们面前，我不由感慨万分，面对苍茫浩瀚的宇宙，人类该是多么的渺小与微不足道啊！在与时间的博弈中，更是脆弱得不堪一击，人类无论如何与现实的命运对抗，最终也逃不过灰飞烟灭的结局。一切皆是尘土，一切终将消失于茫茫大地。面对最后的死亡，我们谁都无能为力，最后只能惆怅万分。我们无法延长生命的长度，只能尽力延伸它的宽度与厚度。

山岳相隔，世事茫茫。

站在墓室前，这里偏僻而隐秘，黑暗而甜蜜。幽幽冥界，让我同时感到温暖和不可思议的是，在这里死亡如同一场亲人的聚会。14人的墓室，既拥挤又狭窄，然而却完全感受不到生命结束的痛苦与孤寂，反而温情脉脉，墓室缩小了时间与空间的距离与隔膜，让我不得不艳羡这些死去的人们。在孤寂的黑暗中，等待时间是可怕的，无论对活着还是死去的人都是一种煎熬。然而，他们虽然埋葬于不同时代，竟然能够同居一室，死后共同对抗着漫漫长夜，又是何等幸运，何等亲密！虽然他们生于不同时代，可是延续的血脉，却让他们跨越几个世纪能够重新聚在一起。即便世界江河奔腾、山石崩裂；即便天外风霜雪雨、飞沙走石，可是他们一家人依旧安然躲在无风无雨的墓室里，身体挨着身体，举行一场永不终结的聚会，这是怎样一种温馨的时光啊？

正是这些千年的亡灵，让我真正感受到了"山无陵，江水为竭，冬雷震震，夏雨雪，天地合，乃敢与君绝。"的永恒厮守诗意。面对死后的深情凝望、亲密对话，让我深深感受到了一个家族永恒的幸福光阴。

岁月是一把锋利的刻刀，它竟把逝去的时光雕刻得如此错落有致。

离开陈列室，被沙尘遮住的天空有几分模糊，有几分迷离。走出戈壁荒滩，走进一望无际林荫的枣园丛中，即便眼前一片生机盎然的葱绿，我依旧还无法忘却那个散发着幽芒的干尸合葬群。2600多年的漫长时光啊！他们不弃不离，他们休戚与共，一同躲在这个独立的房间里，一起倾听着落叶的沙沙声，任凭雨的沉沦和风的咆哮，无论是漠风的呼啸还是飞鸟的议论，他们都依旧沉醉在自我的世界里，享受着岁月的此消彼长……如此专注凝神，一声不响。

他们死得何等幸运与安详，长相厮守，他们便是最好的见证。如此这般，又何惧漫漫长夜、寂寥空庭？

山河无恙，褪尽风华，我依然在彼岸守护你。

古老的大地，每一天人类的故事都在继续上演，那些消失的城邦、古城、种族、部落，在漫长的孤寂中等待着可怕的遗忘。只有呼啸的风，还在一遍遍回忆着曾经的过往。无论怎样的山盟海誓，无论怎样的惊心动魄，都无法再将我们重新带回那个遥远的年代。

尘世喧嚣，浮华一世转瞬空。

背靠昆仑，面朝大漠，千年的且末依旧迎着漠风。日月如梭，星光闪烁，时间的无涯与天体的寂寞让历史的轮廓渐渐变得模糊不清。只有浓稠的林木在风中凝望，还有路过的飞鸟叽叽喳喳议论个不停。茫茫宇宙、雄浑大漠，面对死亡、面对结束，我们只能一路向前，永不回头。

　　红尘悠悠，都是金戈铁马，多少往事烟云中……

穆兰（绘）

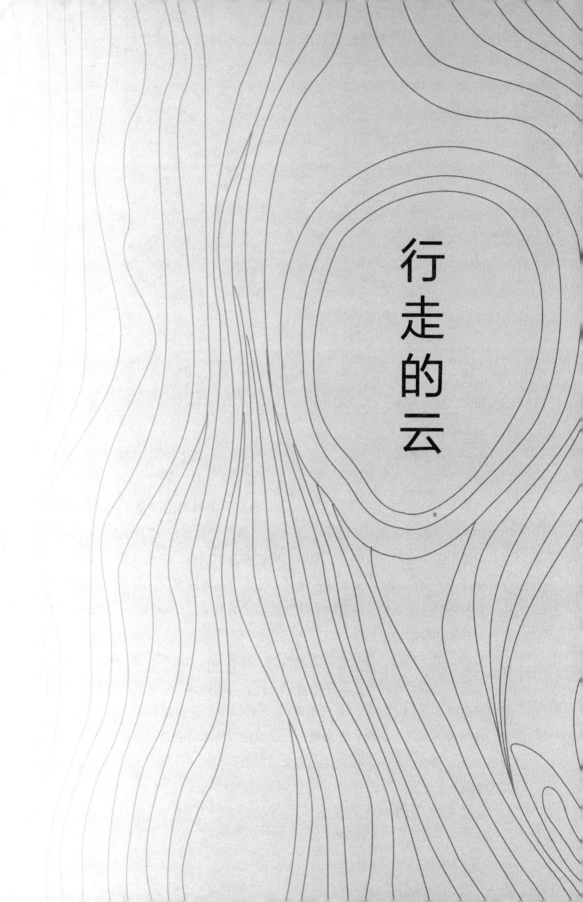

行走的云

轮台气象

一

北风卷地白草折，
胡天八月即飞雪，
忽如一夜春风来，
千树万树梨花开。

　　对于轮台，虽近在咫尺，其实一直了解甚少，最初的印象不过是中学课文
岑参的《白雪歌送武判官归京》。看到这首诗我便遥想到1200多年前，诗人岑
参站在轮台萧萧寒风送友归去，那时心中的寥落与凄凉，以及这片土地恶劣的生
态环境让诗人有感而发。据诗中所描述的苍凉与悲壮的场景，定没有今天风和日
丽、花红柳绿这般美好。隔着时空，我们仿佛看到了刀光剑影、人喧马嘶，想必
轮台是兵家必争之地。

　　果然，关于轮台，我从史料上查找到了寥寥无几的资料。"轮台"，维吾尔
语"雕鹰"之意，古丝绸之路中的重镇。轮台历史文化悠久，从西汉张骞凿空拓
荒西域开辟古丝绸之路起，公元前60年，西汉中央政权便在轮台设立西域都护
府，统摄天山南北。从此，轮台成为西域政治、军事、经济、文化中心。其间，
汉唐文化、佛教文化等多种文化在此交织汇聚，构成了地域多元的、丰盛的、灿
烂的文化。

　　山岳相隔，世事两茫茫。

转眼千年，此时竟另有一番风景。眺望轮台，早已不见"万里寒光生积雪，三边曙色动危旌"的刀光剑影，相反处处是陶渊明笔下的"暖暖远人村，依依墟里烟"，良田沃土、落英缤纷，这里是最美乡村。在这片占地面积14000多平方公里的土地上，轮台镇、轮南镇、群巴克镇、阳霞镇、大道南乡、哈尔巴克乡、阿克萨来乡、塔尔拉克乡、草湖乡、铁热克巴扎乡、策大雅乡、野云沟乡等四镇八乡，它们如同点点星光，照耀着这片古老的大地。同时多民族的共同生活，让这片土地散发出奇异的色彩。

历史已是云烟，时间永远向前。

80年代末，亘古的沙漠迎来一轮新的热潮。轮南油田自1988年轮南二井出油后，随着塔里木石油会战序幕的拉开，这片土地上不再仅仅只是沙漠、胡杨、塔河的王国，轮南油田、桑塔木油田、解放渠东油田、吉拉克油田，它们纵横荒滩戈壁。数以千计的采油机，跟随着国家重点工程"西气东输"工程拉开帷幕，这里不再是一片寂静之地，而一跃成为全国乃至世界瞩目的一片热土。

第一次途经轮台，源于20多年前的一次旅行。

那时的我还有几分青涩，虽已成家生子，但除了繁重的工作和家务，几乎没有任何社交和外出的机会。正赶上轮台秋日的胡杨节，于是，几个同命相惜的女人便决定来一场说走就走的旅行。

20世纪90年代，虽然中国的经济乘着国际经济一体化的快车正在一路狂奔，人们看上了电视、用上了手机、坐上了飞机，大踏步地迈向小康，然而私家车的拥有者依旧屈指可数。从城市到团场，除了一天一次固定的大班车以及拉运货物的零星大汽车外，车辆极为稀少。而地处偏远的企业，人丁相对也稀少，根本没有通行班车的可能，交通不便不仅限制了个人的需求，更限制了人们对外面美好世界的向往。

太阳西沉，心中惴惴不安。等待是焦虑的，可即便再心急也等不到一辆通往市区的车辆。已是下午六点，眼看着太阳正沿着地平线缓缓西下，正当大家不再抱有希望时，突然单位从前的领导开车正准备去轮台。真是天赐良机，没有人愿意放过这次来之不易的机会，于是几个女人未做任何准备，便匆匆丢下手头工作、丢下丈夫和孩子，奋不顾身挤上了一辆破旧的白色小轿车。被挟持其中的还有一位满身肥肉叫"胖子"的男人。

一路欢歌，笑语晏晏。奔驰在通往轮台的路上，年轻的我们如同快乐的小鸟，尽管沿途只有大片荒凉的戈壁、茂盛的原始植物、一望无际的盐碱地，可几个人依然叽叽喳喳说笑个不停，亢奋的心情久久不能平静。

汽车颠簸在高高低低的路上，整整行走了五六个小时。当来到轮台镇时，已是子夜，街道格外萧条，街灯昏暗不清，车辆屈指可数，行人寥寥无几。还未等细看两边的建筑物，车辆已行驶进一家小旅馆。

第二天一大早，还没来得及看清小镇的全貌，车辆便已匆匆离去。

那是一次多么模糊的记忆啊，提起轮台，除了车辆匆匆行驶出轮台大门街道两旁几处人工种植的鲜花外，几乎未留下任何深刻的记忆。轮台县城具体是什么样的，到底有多大？对于一个匆匆过客而言，成了一团解不开的谜。

再见轮台，与其说是一场不期而遇的相遇，倒不如说是一场蓄谋已久的精心策划。

日新月异、沧桑巨变，今天的轮台，早已今非昔比。

20多年后的巴州，交通便利、四通八达，不仅家家都有私家车，而且人人都是驾驶员。通往轮台的314国道，全长1948米，从乌鲁木齐至红其拉甫，连通新疆南北，途经14个县市，成为一条连接新疆各大经济中心、枢纽驿站、商品生产基地的一条重要交通要道。

岁月如梭，时光荏苒。

还是白色的小轿车，车上还是5个人，当年还有几分青涩的我，如今也已两鬓斑白。那时车上最大的同事才不过30来岁，而今车上除了一个二十多岁的小姑娘外，其余全是面目沧桑的中年人。时光匆匆，犹如白驹过隙，还来不及回味人生就已年过半百，弹指一瞬间，物是人非。谁能想到20多年后，命运竟以截然不同的方式呈现，而当年的同事或生或死，早已各奔东西。

道路宽敞，车辆飞速。地域发展之快，简直令人目瞪口呆。高速公路缩短的不仅仅是城乡之间的距离，还有时间与空间的差距，眨眼两个小时的工夫便已到达了目的地。人类在迅速步入科技时代的同时，速度之快常常令我们措手不及。然而汽车的提速，却令我们忽略了途中最美的田园风光，村落、房屋、田野、乡间劳作，那些所有预设的美好憧憬，变成了稍纵即逝的过眼云烟。直射的阳光打在车窗上，炙热而又刺眼，而那些错过的风景成了心中久久的遗憾。

我们得到的同时，往往也在失去。凡事有利必有弊，有得必有失，在我们进入快节奏的今天，享受着高科技成果带来种种便利，同时也失去了愉悦的心情、轻松的笑容，陪伴家人的时间。

再见"轮台"两字，心头不由一震，翻天覆地的变化令人不由耳目一新。宽敞的街道、纵横交错的马路、川流不息的车辆，热闹、喧嚣、繁华；高耸入云的楼林，弧形的人民广场、高大的轮台商厦、几万平方米的人民医院，时尚、恢宏、大气，无不向世人展现出一座现代化的城池，以及轮台人民幸福美满的新生活。

二

三千年不死，

三千年不倒，

三千年不朽。

来到轮台，我们就不能不提到轮台的胡杨。那是一种怎样风骨，怎样的气度，在轮台，能让你见识到真正原始的胡杨王国。

纵横似千军，秋林若丹霞，这是我对胡杨最初的印象。

走进轮台胡杨公园，处处参天古木，遮天蔽日，胡杨在轮台早已不是一个普通的树种，而是巨大的地理符号，其场面之壮观世间稀有。作为中国最美的十大森林之一的轮台胡杨林，也是世界上1200个森林公园中唯一的沙漠胡杨林公园，河流、沙漠、戈壁、绿洲、沙湖……古道上随处可见胡杨的萍踪侠影，它们时而浩浩荡荡、气势磅礴，时而独立苍穹、孑然一身，它们顽强的生命给人一种强大的震撼。在这里，世界上面积最大、分布最密、存活最好的"第三纪活化石"40余万亩的天然胡杨林，你能充分领略到胡杨的苍劲、雄浑、不凡气度。

二十多年前，那是一场怎样刻骨铭心的旅行啊！

十月的轮台，并未遭遇到岑参的"轮台九月风夜吼，一川碎石大如斗，随风满地石乱走"的凄凉，反而扑面而来一片五彩斑斓的田园风光。红色的苹果，金黄的胡杨，绿色植物，紫色的红柳花，姹紫嫣红、五彩缤纷，渲染着大地。守候一场如期而至的胡杨盛宴，颠覆了我对轮台所有凄惨的认识。

那是一片怎样的胡杨林啊，铺天盖地的金色令人瞪目。

正值深秋，只见巨大的胡杨林，如瀚海戈壁上一幅奇丽壮观的金色油画。在大漠孤烟下，或舒展弯曲刺向天际，或干枯赤裸站立，更多如美丽的仙子翩翩起舞，浅绿、米黄、橘黄、橘红，如同一簇簇圣火，尽情燃烧着无垠的旷野。

行走在巨大的原始胡杨林里，胡杨苍劲有力、蓬勃舒展、俊秀葱茏、生机勃勃；它们姿态万千，犹如龙盘蛇踞、鹰鹤独立、骏马奔驰、熊豹静卧。与沙漠做生死抗争，它们迎着沙风把自己雕刻成一尊尊金色的塑像。阳光下，它们恬静淡然，却又充满古老而神奇的力量。

对于"死亡之海"的沙漠来说，如此声势浩大的胡杨不能不说是一个奇迹。作为世界上最古老的树种，据说新疆的胡杨至少已经有6500万年的历史。胡杨在轮台几乎无处不在，公路旁、田埂上、塔河边、大漠里，只要有沙土的地方，就能看到一丛丛仰面朝天、千姿百态的胡杨。

那是一次多么欢快的旅行啊，至今也无法忘怀。

从未见识过原始生态胡杨林的我们，一个个如同快乐天真的孩子，男男女女手拉着手，在胡杨林中尽情地追逐、嬉笑。一路上，我们挤在一辆维吾尔族大爷的马车上大喊尖叫，一起唱着儿时的歌曲《让我们荡起双桨》，尽管那时只有卡片照相机，可没有一个人愿意错过这难得的机会。胡杨树下，我们或站或坐或躺或拥抱胡杨，偶尔单身独影，更多是集体拥在一起。阳光下，一张张笑脸，犹如深秋的胡杨般明丽灿烂，青春的浪漫与疯狂，在这里尽情释放。

"骏马秋风塞北，霜林染醉。"此处不光有诗人的咏叹，还有牧人的纵横。一名男子骑马飞奔，身后顿时卷起金色的叶片在大地上飞舞，漫天的胡杨花絮迎着朔风飞扬。当叶片划过手尖时，我们贪婪地抓住，久久不忍放手。

正赶上一场世纪婚礼，只见几十对新人手牵手如同缤纷的彩蝶在林中穿梭，红色、白色、黑色，他们用庄重的礼服点缀原始的胡杨林。胡杨茂千载，琴瑟乐百年。盛大的婚礼场面与幸福的笑脸，令我们格外羡慕。茂盛的胡杨千年不息，让胡杨见证爱情，是否也预示着夫妻恩爱白头到老？

生死胡杨，在大地上各领风骚。生者是戈壁的精灵，死后是沙漠的魂魄。"铁杆蹲身书傲骨，虬枝举臂破苍穹"，这是对胡杨的最好表述。相对于旺盛的生命来说，那些死去的胡杨更加引起我们关注。孤寂、萧条、坚韧、顽强、隐忍，它们无声地夹杂在一片明晃晃的金色之中，干枯的躯干令我十分心痛。尽管它们的生命早已完结，可高大的躯干依旧不肯倒下，仍将最后的枝干伸向苍穹，虬枝纵横、苍劲挺拔，不屈中有种倔强的悲壮。它们被人们称之为"英雄树"，尽管它们虽然早已没有了生命的迹象，却依旧无视恶劣的大自然，无视大地的贫瘠，迎着飒飒漠风，浩然伫立。

一方水土赋予一方人民的赋性，胡杨早已成为巴州人民精神的图腾，百折不挠、生生不息，犹如这片土地上刚毅果敢的人民，大气、血性、执着、进取的精神与品格，他们与风沙抗争的决心与胡杨一样坚韧不拔，毫不退让。他们不仅承载着大漠孤烟长河落日的洗礼，同时还承载与生俱来神圣的使命，他们不畏强暴，与天斗、与地斗的精神意志，书写了一代代巴州人可歌可泣的壮丽篇章。

三千岁月笑从容，敢叫天地换新颜。

三

让我们把敌人团团围困，
让我们跳下马冲锋陷阵，
让我们像雄狮吼声震天，
让敌人的实力削弱殆尽。

这是一首来自新疆的古老诗歌，作为古丝绸之路沿途的重镇，每一处都有一段不为人知的故事。途中的轮台烽燧，千古的遗迹把我们又带回到那个战鼓雷鸣、刀光剑影的年代。

羌管悠悠，马鸣风萧。对于轮台来说，历史更像一个动荡的江湖，曾经充满了血雨腥风；风沙渺渺，星月如注，轮台对于时间而言，可谓历史悠久，风云变幻。

置身于轮台，众多汉唐古城遗址、古代墓葬，让我深深感受到了这片大地上的雄浑与壮观，美丽得令人不忍离去。在一个烈日炎炎的午后，我来到了拉依苏烽燧。只见烽燧在大漠孤烟下苍凉而又寥落，令人深切体会到"夕照低烽火，寒笳咽戍楼"的凄凉，被称为"西域最后一烽"，正是轮台曾经烽火硝烟的见证。它们早已没有了当年的雄风，只剩下一墩墩高高隆起的土堆。

日月交替，风蚀残丘，我们仍能目睹到两座烽燧。

拉依苏烽燧，该遗址由两座烽燧和一个小型戍堡遗址组成，两座烽燧东西距离约 100 米，戍堡遗址位于两座烽燧之间。我们所处的位置北距 314 国道约 3.5

千米，东北距轮台群巴克镇约 12.3 千米，东偏南距县城约 20 千米。

资料显示："西烽火台"，标准名称为拉依苏西烽火台，距拉依苏东烽火台约 220 米，距拉依苏遗址约 130 米，为汉代遗存。烽火台平面略成方形，边长约 7 米，存高约 8.2 米，为黄土夯（hang）筑，夯层厚多在 8—12 厘米。1980—1981 年间，新疆博物馆文物队做过调查；1989 年在第二次全国文物普查中调查并建档；1999 年公布为自治区级文物保护单位，公布名称为：拉依苏烽燧，该烽火台为其组成之一；2009 年在第三次全国文物普查中，依据规范要求修正名称为拉依苏西烽火台。

再看看"东烽火台"，标准名称为拉依苏东烽火台，距拉依苏西烽火台约 220 米，距拉依苏遗址约 100 米，为唐代遗存。烽火台平面呈方形，立面为梯形，基地宽约 7 米，高约 14 米，为土坯砌筑，土坯长 35 厘米，宽 25 厘米，厚 11 厘米，土坯夹层中放置有圆木桩，每层木桩相距约 1.4 米，共 11 层。2009 年在第三次全国文物普查中，依据规范要求修正名称为拉依苏东烽火台。

尘沙飞扬，朔风呼啸，烽燧把我们拉进了千年的记忆。

这座耸立在距轮台县城西约 20 公里处的汉唐两座烽火台，历经两千年磨难，据专家考证，拉依苏烽火台由汉代和唐代两座烽燧组成。在西域无数座烽火台中，"汉唐并立"的烽燧恐怕绝无仅有，也是汉朝廷设在最西方的一座烽燧。

站在高高的土堆下，我的心情越发沉重，眼前两座烽燧已面目全非，其中的一座汉烽燧只剩下七八米高的一座残缺土台。而离汉烽燧不远便是唐烽燧。唐烽燧到底距离今天近一些，保存得要相对完整得多，呈梯形，方方正正，非常壮观。它用土坯筑成，每隔一米多，就有一层圆木，以增加拉力，非常坚固。

对于历史战争的记录，轮台曾留下太多文人的诗句，无论是岑参的"戍楼西望烟尘黑，汉兵屯在轮台北。上将拥旄西出征，平明吹笛大军行"，还是陆游的"僵卧孤村不自哀，尚思为国戍轮台。夜阑卧听风吹雨，铁马冰河入梦来"，无不把人们带入那个战火纷飞的年代和千万人厮杀的战场。

逝者已逝，生者如斯。

如今，我有幸坐在杏花疏影里，虽再也听不到那悠扬的羌笛，却听到一首好听的歌曲，"我给你摘一颗金黄杏，你一甩辫子扭过身，是害羞是难为情，怕酸了你的红嘴唇，啊！阿娜尔汗，我的黑眼睛……"这不是新疆古老的民歌《黑眼睛》吗？在这里听到也不意外，无论经历怎样的历史风云，无论曾经多少刀光剑影，热爱生活的人们追求和平、向往爱情、崇尚自由的心情永远不会改变。

物是人非，沧桑巨变。不管是一生飘零在外胸怀抱负的岑参，还是具有雄才伟略、英明神武的汉武帝，他们怎么也不会想到两千年后的轮台，20万亩杏花竞相怒放、粉若云霞、土地纵横、鸟语花香，犹如五彩斑斓的天上人间。

现代化大型机器的进入，迅速代替人类的原始耕作，将人们从繁重的劳动中解放出来。千亩杏园、万亩良田，在这个没有战争的和平年代，人人享受着自由平等，各族人民在杏园下、四季耕耘、夏秋收获，不断繁衍子嗣、代代相传。

历史的车轮一路滚滚向前，21世纪，在中国共产党的领导下，各族人民团结一心、奋发向上。今天的轮台，物产丰富、政通人和、民康物阜、歌舞升平、百姓安居乐业，缔造了一个国泰民安的盛世。

四

> 俘获我的是那双迷人的眼，
>
> 还有乌黑的痣、红扑扑的脸，
>
> 流露出万般柔情和娇艳，
>
> 将我俘获了，又远远地躲闪……

这是我喜欢的一首古老的诗歌《迷人的眼睛》。在轮台人们的心中，花与女人，是一道看不够的风景。

"无限春光何处觅，竹篱深巷杏花红。"花丛中，我看见一双双深邃的大眼睛。那些闪烁在杏树下羞涩的古丽，她们月眉弯弯，眼窝深陷，站在风中，被艾特莱斯长裙包裹的身材楚楚动人，她们躲藏在杏花下，美丽的脸庞上镌刻着岁月温柔的风霜。远远几个高大帅气的小伙子，正把不安的目光投向姑娘，隔着花丛，他们目光灼灼，炽热大胆。

空气湿润，草木郁香，暗藏着一种情调。

杏花一定与一场爱情有关，否则怎会有如此多的情人花前月下？每当杏花盛开时节，也正是情人们偷偷约会的日子，在轮台的杏园里，到处闪动着情人的身影，他们常常避开众目睽睽，独自躲到树下。借助满树杏花，表达深藏已久的爱意，浪漫而充满诗情画意，彼此凝视的目光深情而又咄咄逼人。

男耕女织，是人类最原始、最广泛的耕作方式之一，早在河姆渡时期就初现端倪。在大片杏园下，夫妻耕作的场面尤其娓娓动人。眼前不正是一幅幅优美的劳作画面？那一对对年轻的夫妻在田间忙碌不停，他们并肩锄草、打埂、授粉，一会儿低头，一会儿弯腰，他们挥动坎土曼的手臂，欢快而富有节奏，让我们感受到了农人们农耕的快乐。也许就在不久的将来，将有一场春水满溢，那满满一园的杏花啊，正是他们未来收获的喜悦！

诗与远方，在这里从来就不是可遇不可求。就在这个春天，轮台处处是最美的诗行，旅人的天堂。

从城市到乡村，从北疆到南疆，无数旅行者踏青赏花、观景探秘，年年岁岁花相似，岁岁年年人不同。近至和静、焉耆、库尔勒，远至南方，人们蜂拥而至，一路上车水马龙、川流不息。单单赏花完全不能尽兴，手机拍照功能的发明，让人人都成了摄影家，花丛中、柳树下、田野里、道路两旁，每一处惊艳的地方，总有簇拥的人群。那些因担惊受怕而跌落的花片，仿佛是对人类的无声谴责，即便如此，构图的精美、曝光的精确，却无法替代相片本身所传达的丰富情绪、思想和情感。

春有百花秋有果，四季风景各不同。轮台的春色姹紫嫣红、生机勃勃。正是人间四月，杏花、桃花、麦苗、榆钱、房屋、庭院，分裂着一个个最美田园光影碎片。走进其中，麦苗和野菜绿光闪闪，兔子的跳动暴露在人类的视野里，绿丝绒般的草地上，蒲公英的太阳花金光闪闪，它们迎风开放的样子令人欢欣鼓舞。

"杨柳不遮春色断，一枝红杏出墙头。"乱花渐欲迷人眼，偶有几处庭院，杏花朵朵，远看绯云浮动，近瞧云霞万朵，那一朵朵粉嫩的花瓣轻若无骨、薄如蝉翼、轻盈柔美、翩若惊鸿。无论你走出县城，还是走进乡村，满眼繁花似锦、莺飞草长、暗香浮动。"几处早莺争暖树，谁家新燕啄春泥"，烟雨中，大片的飞花纷纷扬扬，布谷鸟与麻雀在窃窃私语，胡杨与青杨藕断丝连。

四月的春水，正冲出层层牢笼，奔向渴望已久的土地。它们冰冷刺骨的凉意，令我回想起那个生我养我的连队。还是孩童时的我，也曾拥有过这般丰盈的美景，那片连队的杏园啊，是一群孩子的天堂。

关于杏子，人们总能在谐音中找到美好的关联。杏与"幸"同音，象征多子多福，那些企图得到幸福的人们，总会在连队的房前屋后，栽种上不同种类的杏树。光杏、毛杏、大白杏、小白杏，它们一个个如同滚圆的金子，滚动在夏日的太阳里。人们不仅爱杏花，更爱它甜美的果实，每当杏子熟了的时候，纯朴善良的兵团人，从不舍得拿到集市换钱，而是小心翼翼地摘下来，送给身边的左邻右舍。熟透的杏子，更是路人的福气，人们路过杏树时，总忍不住顺手摘几颗放入口中解馋，没有人会因此而被责难，反而受到热情的推让。款待素不相识的路人，不仅是当地固有的一种淳朴的民风，也是兵团人最朴实真诚的写照。

与"杏"相约，"杏"福无声。每当杏子成熟的季节，成了孩子的乐园，无论树上、树下，总有馋嘴的勇士爬上爬下，趁着父母午睡，一个个偷偷溜出家门，这时的他们，既不易被主人发现，也不至因此招来父母的责骂。然而，孩子们对于杏子的采摘简直就是暴殄天物，他们总是不管青红皂白一阵疯狂扫荡，只管享受采摘的乐趣，哪管它们青涩的呻吟。在那个物质极为匮乏的年代，谁能说这种快乐不是另一番富足的拥有？

风轻花落定，月岁了无痕。

关于杏花，关于团场，我们拥有的不仅仅是连队、是回忆，还有绵绵不绝的乡愁。眼前大片的杏花，无端又勾起我对团场的怀念，虽然它们的气势远远无法跟轮台面积相比，可那星星点点的杏花却繁华了我整个童年的梦想。眼前的轮台杏花，气势绝对非同一般，它们几乎很少孤形吊影，而是热闹地连成一片，甚至不惜以排山倒海之势覆盖整个大地。它们不仅生长在乡间小道，更占据大片的农田，那种铺天盖地的宏观气势观之无不动容。

一树花开，一树风景。据说一朵杏花的寿命只有7天，令我不由伤感，生命犹如一场花开，繁花似锦，却又转瞬即逝。正当我们还沉浸在无限美好的岁月之中，可摇曳的青春早已落红为泥，时间给予一切，又疯狂夺走一切，就在我们几乎忘却它存在的同时，弹指间红颜已老。

美好时光，总是来去匆匆，无论我们选择怎样的开始与结束，而轮台的太阳，每天仍以最新的姿态冉冉升起，周而复始，永不停歇。

五

有人说：气味打开了一座城池大门。在这里，气味是打开卡西比西村庄的钥匙。

如果不是一场"杏花节"，我怎么会与轮台哈尔巴克乡卡西比西村的相遇？

可见世间所有的美好，都是不期而遇。

一阵飞雨，几处飞花。尘土里飞出了烧烤的气味、瓜果的气味、花卉的气味，这些原始、自然气味的组合，质朴、浓郁、热烈，无须过滤，便匆匆闯入人们的嗅觉。它们如此咄咄逼人，令饥饿的人们不由心旌摇曳。

卡西比西，这是一个神往已久的地方，距离轮台县城 5 公里，位于通往沙漠公路、塔里木胡杨林公园的必经之路旁。这里种植着 1100 亩的杏树，简直就是一个名副其实的"杏花村"。

此时的卡西比西，除了杏花，所有的快乐绝对离不开美食的品尝。这里的味道，已不再是单纯的美食，而是一种跨越地域、时空、民族的智慧结晶。烤肉串、烤包子、烤鸡、烤鱼、烤羊排、烤全羊，它们连接一起，成为一道亮丽的风景线，浓郁的香味里，飘荡着孜然的味道。很多人喜欢把孜然的味道，比作是新疆的味道，可见新疆人对它的喜爱。它以独特的气味向世界打开了新疆的地域之门，不得不说是一种奇迹。这里还有凉面、凉皮子、凉粉、油塔子、面肺子、米肠子、羊肉抓饭，这些由当地人们共同创造的美食，让不同民族之间保持着密切的联系。在木柴噼噼啪啪的燃烧中，我看到了一种毫不掩饰的快感，它们来自麦子与木柴毫无顾忌地交媾。

高亢激越的鼓声，让欢快的人流在嘈杂声中涌动。在这个春风沉醉的晌午，在卡西比西，人们注定要享受一场巨大的文化盛宴。百人麦西来甫表演、百人汉唐服饰文化展演、百名少年儿童红色经典诵读，流动博物馆、特色美食、传统手工艺品，相信在不久的将来，这个名不见经传的村庄，一定会永远嵌入人们的记忆。

这是一幅多么其乐融融的感人画面，在轮台，你能真切感受到各族人民长期以来彼此融入、相存相依的真实面容。

六

吐鲁番的葡萄，

哈密的瓜，

轮台甜杏一枝花……

一粒小小的果实，居然成为一个地域的代名词，有点不可思议。

当胡杨与白杏两种光芒同时照耀大地时，轮台小白杏已不再作为一种普通水果，而是全国一张家喻户晓的地理名片。轮台也早已被国家林业和草原局命名为"中国白杏之乡"，扬其名，而赞其美，"轮台小白杏"名满天下。

一个产业，富庶一方百姓。

关于"轮台小白杏"，有着悠久的种植历史。据《大唐西域记》记载有1300多年历史，以其色泽浅黄透明，果肉黄中透白，果肉多汁，含糖量高，含有多种有机成分和人体必需的维生素与无机盐类等诸多特点，享誉新疆内外。作为新疆特色果品之一的轮台白杏，先后获得"绿色食品""全国优质农产品"等荣誉称号。2009年，轮台白杏标准化示范项目通过国家标准委的审核，被批准命名授牌。

越来越多的白杏产业走向了世界舞台，轮台白杏地理标志产品保护产地范围囊括新疆轮台县12个乡镇所辖行政区域。

走在新疆的大街上，你常能听到这样一句话，"从牙齿甜到脚跟"，说的就是白杏的甜。而素以闻名全国的"轮台小白杏"，不仅是新疆人民的最爱，更是全国人民的最爱。

当我们揭示一种水果秘密的同时，不难发现一个事实真相。其实，"轮台小白杏"上市周期很短，一年一次，一次只有20天不到，而每年的六月正是"轮台小白杏"的黄金时期。由于它果实肉质细嫩，味极甘甜，到了内地，便成了走亲访友的最佳水果。

科技改变生活，自从有了网络平台，"轮台小白杏"价格一路飙升。据说1.8公斤的礼盒能卖到118元。"振兴乡村，网络带货。"为此，2020年，巴州领导为轮台小白杏做广泛宣传。2020年6月，为了助力当地农产品发展，拼多多首次将新疆小白杏纳入百亿补贴，推介给平台6.28亿消费者！

庸者谋利，能者谋局，智者谋势！如今，轮台小白杏不再是一种普通的水果，而是轮台人民幸福生活的起源。振兴乡村经济，以产业带动旅游，一场轰轰烈烈的乡村革命正在轮台大地热血沸腾。

古往今来，丝绸之路从来就不只是一条商业贸易的通道，更是一条东西方文化、思想、科技交流的通道和平台，是东西方对话之路。曾经的轮台，"君不见，走马川行雪海边，平沙莽莽黄入天。"今天的轮台，政通人和、县富民强、

民族团结，综合实力不断提高，交通运输取得新突破，社会保障体系日趋完善，特色优势产业快速发展，已一跃成为中国石油能源的重要基地。

　　世界总是这样，最静谧的地方、最绚丽的地方，总是以出其不意的方式出现。在我们眼前，无论是轮台的哈尔巴克乡，还是卡西比西村，它们都以不及掩耳之势，让我们迅速坠入一处无法自拔的人间天堂！

穆兰（绘）

生命的腹地

沙　漠

"今夜不知何处宿，平沙万里绝人烟。"这是唐代边塞诗人岑参的感叹。

如若不是亲眼所见，你怎会相信新疆的沙漠如此浩瀚；如果不是身临其境，你永远也不会明白沙漠对人类意味着什么。

从东到西，行走新疆，穿越天山南北，你总会出其不意地遭遇沙漠。对于新疆来说，沙漠是一道最无法忽视的风景。细细数来，塔克拉玛干沙漠、古尔班通古特沙漠、罗布泊南库姆塔格沙漠、乌苏沙漠、库木库里沙漠、鄯善库姆塔格沙漠、布尔津——哈巴河——吉木乃沙漠、阿克别勒沙漠、福海及乌伦古河沙漠、霍城沙漠……大大小小竟有十来处，这些沙漠与戈壁的面积几乎相当，巨大的比例令我们不得不感到惊心动魄。

"一去紫台连朔漠，独留青冢向黄昏。"不仅是诗人的感叹，更是万物生存的环境，尤其是人类。它既影响着人类生存的家园，更是植物生命的坟场。没有人能够否定它的美，金色的沙粒、起伏的沙丘、蜿蜒的曲线、颗粒的质感，浩瀚、辽阔、无垠，常常给人一种惊艳的美。然而，它又令人如此恐惧，"死亡之海""生命的墓地"，这些代名词绝非危言耸听，而是最真实的表达。它悄无声息地侵占田野、村庄、城镇，正以不可阻挡之势分割着人类生存的版图，威力无比。

尽管如此，很多人还是那样着迷于它所呈现的美。

每一粒沙都是一颗最轻盈的金子，在狂风席卷中飞翔。行走于这片原始的腹地，穿越茫茫塔里木时，涌动的沙丘，金色的胡杨，碧绿的湖泊，它们壮观、雄浑、绚丽，是任何精湛技术都无法复制的宏大。每走一处，我总会忍不住停下来，脱下鞋子，赤脚踩在沙粒上，感受一种来自大自然的柔软。然而可千万别小看它们，它们绝不像表面那样优美松弛，它时刻用柔软的身躯吞噬一切万物。

如果把高山比作男人，那么沙丘一定是位丰满的少妇。她风情万种、搔首弄姿、变化万千，只需一场风，它们便随时呈现不同完美的身段。时而丰腴，时而纤细，时而婉转，时而平铺……是啊，它们实在太过美妙，如同爱情，会让你不知不觉陷入其中。它们安静下来更像是熟睡的母亲，怀抱着各种植物婴儿，安然地匍匐在蓝天白云下。它们仿佛是个设计师，总以各种几何图形完美呈现，令人叫绝的是它还能不断调整自己的形体，随着天气的不断变化，它们千姿百态、美丽动人，不仅拥有静态的优雅，更有动态的繁华。在阳光下，它们微波粼粼，无序排列的鳞片，仿佛隐藏着无数个神奇的密码，以此记录曾经的岁月，等待世人的探索与解读。

它们也并非一无是处，有许多你想象不到的神奇功效。在建筑上，它可用于修路、过滤、养殖美化、冶炼速溶剂；在体育运动上，除了做沙池外还可做练拳的沙包、防洪用的沙袋；日常生活中，它同样也发挥清洁的作用，来清洗酒樽、瓷器、金属食具、玉器、银器等用的幼沙；在材料上，它用来制作打磨金属、木材的砂纸；在医学上，它加上火山灰或温泉泥让美人用来美容的护肤品；还可用它来治疗风湿疾病，沙疗、沙浴、沙埋，都有不错的疗效。

多么神奇的自然现象啊，它更是一片生命的腹地。

巨大而温暖的腹地，原始植物在这里苗壮成长。胡杨、红柳、芨芨草、罗布麻，稍有雨水，它们就立即扎下根去，盘枝错节，郁郁芊芊。对于植物来说，最不惧怕沙漠的就是胡杨，"铁杆蹲身书傲骨，虬枝举臂破苍穹"这是对千年不死、千年不倒的"大漠英雄"的真实赞美，耐寒、耐热、耐盐碱、抗风沙。它们在享受阳光的同时，更享受沙漠带来的美感，它们与大漠交相辉映，迎接朝阳，拥抱晚霞，携同沙漠，站成一幅不朽的风景。

三千不朽魂长在，笑迎日月送星辰。

无独有偶，沙漠同样是各种荆棘与灌木的乐园，沙棘、肉苁蓉、骆驼刺、铃铛刺，别看它们貌不惊人，却具有强烈的攻击性，常以出其不意的方式刺伤企图靠近它们的动物与人类。它们生命顽强，只需一场雨水的到来，它们很快就能

"死灰复燃"，郁郁葱葱。它们简单快乐，一场风的到来，它们便把种子撒向更远的远方。

野生的花朵，在阳光下纵情绽放，玫瑰、白刺、金琥、马草、沙蓬、麻黄，尽管花瓣单薄、花朵小巧，可它们却细密饱满、五彩缤纷，赤橙黄绿青蓝紫，将沙海装点得婀娜多姿。

沙漠同样是各种动物的天堂，蝎子、刺猬、野兔、黄羊、白狐、沙鸡、短蛇，它们大多体形矮小、相貌不扬，可它们的自由快活却不容置疑。它们常常贴着柔软的沙粒飞身跳跃，享受着奔跑的快感。疲惫的时候，它们也会安然地躲在沙洞周围，尽情沐浴阳光的温暖。它们极少担心天敌的出现，大片的植物与昆虫为它们提供丰富的美味，它们是沙漠之子，逍遥快活、安逸自在。

天缘奇遇，千载难逢，沙漠中常常流传着海市蜃楼的传说。

一位同事曾告诉我，出生在兵团二师三十四团的他，曾在炎热的夏季里，屡屡看到海市蜃楼的奇观。只见金色的沙丘上，波光粼粼的大海里，一位提着水桶的少女缓缓走来……从他精彩的述说中，我无法辨别这些故事的真伪，但我相信沙漠所具有强光的折射，是海市蜃楼产生的基础。尽管无法考证，可这些神奇的说法却给了我无限的遐想，令我一次次在炎热的夏季，不顾炎炎烈日奔向无边无际的沙海。

沙漠中真的会有海市蜃楼吗？然而，那一望无际的黄沙，除了空寂寥落的胡杨，以及高矮不一的灌木丛外，并没能看到海市蜃楼所产生的碧波粼粼的大海，更看不到那高楼如林城市的幻影，心中不免隐隐有些失望。

可就在此时，金色的沙滩上，我却看到了一位红裙飘飘的女子，她身着长裙、提着水桶缓缓走来，她那惊艳的脸庞不正是最好的海市蜃楼吗？

沙漠之夜，伸手不见五指的黑令人惶恐不安。夜宿沙海，除了星星与月亮，几乎白天所有的一切均被黑暗全部吞噬。黑暗中，我听到了虫的鸣叫，还有动物的穿梭声，吱吱嗦嗦不绝于耳。也许对于沙漠，人类更像一个外来入侵者，然而任何强大的肉体到了这里不过是沧海一粟，谁都无法抗拒大漠的巨大威力。尤其作为人类，渺小得简直不值一提，甚至比穿梭在草丛里小动物更加无助。夜风是助纣为虐的恶魔，沙漠瞬间飞沙走石，遮天盖地。暴风过后，一切了无痕迹。

置身于罗布泊，我不知这里还隐藏了多少不为人知的秘密。"沙似恶兽，城如幼雏"，楼兰、彭加木、小河墓地、米兰古城，让我不由得联想到死亡与终

结，而那些逝去的城堡与生命，却让我们久久为之着迷。

与沙共舞，人类征服沙漠的决心更是从未改变。人进沙退，人退沙进，他们步步为营，奋斗不息。正因为如此，沙漠一点点消退，大地正以飞快速度日逐渐恢复它美丽的容颜。

戈壁荒滩

"穷荒绝漠鸟不飞，万碛千山梦犹懒"岑参不愧为边塞诗人，寥寥几笔，便将戈壁荒滩的浩渺、孤寂概括得入木三分。充满了生的恐惧、死的无奈。

解读大地的密码——戈壁——在蒙语中有沙漠、砾石、荒漠、干旱的地方等意思。"戈壁滩""戈壁沙漠"，提到这些词语，人们会翩翩联想到骆驼、丝绸之路、人烟稀少。那些起伏平缓、大片砾石覆盖的荒滩，令人们感到触目惊心的荒凉。无论是在远古那个交通不发达的时代，还是现代汽车遍地的时代，而一望无际的茫茫戈壁还是令人望而却步。

它是那样貌不惊人，甚至丑陋到没有任何旅游观赏价值。

它给人们的印象除了荒芜、萧条，毫无美感。与其他自然景观相比，它一马平川，平淡无奇，既没有沙漠的雄浑悲壮，也没有原始森林的郁郁葱葱，更没有田园风光的"野径花香云气暖，小溪林畔鸟声声"，唯有"大漠风尘日色昏，红旗半卷出辕门"的惆怅。

对于戈壁，对于这片昔日的荒原，作为生命的腹地，却没有什么比它更令我更魂牵梦萦。一看到它，整个童年的回忆瞬间出现眼前。

这是一片多么广阔的生命腹地啊！不同植物在这里传播种子、扎根成长，红柳、梭梭、干草、罗布麻，各种原始的植物在这里葱葱郁郁，它们尽情享受着充沛的阳光，吸吮着盐碱地所提供的各种不同养分，它们无须精心呵护，更不在意风吹日晒，它们如此顽强不屈，即便死亡也不可怕。

人类从来不会忽视它的存在。就在它还来不及思考生命的意义时，一场史无前例的风潮席卷整个茫茫戈壁。

1956年，"一颗红心两种准备，到祖国最需要的地方去……"千万个有志青年匆匆踏上西行的火车，他们把理想根植西部，把生命无私献给屯垦事业。

19岁的父亲，毅然告别了自己家乡。

离开亲人，身背行囊，作为一名军垦一代，当年的父亲千里迢迢奔赴戈壁荒滩。然而，迎接他只有炎炎烈日和荒瘠的土地。面对一无所有，他并未有过妥协和不满，他和众多兵团的开拓者一样，从此头顶烈日骄阳，迎着飒飒漠风，引水修渠、开荒造田、拉沙改土、抗灾抢险、春播秋收、植树造林。这就是兵团人，他们曾整个冬季吃住在结冰的湖面上，割苇编席；他们身居大漠深处，裹着风沙栽树种草；他们远离人群孤居高山，放牧护林；他们驻守边界线上，保卫国土寸土不让。这还远远不够，他们在改天换地的同时，让自己的子子孙孙也成为这支建设大军的一员。

岁月悠悠，日月如梭。与我而言，戈壁是难离的故土、是母亲、是童年最美好的记忆，是给予我生命的土地。

采花与扑蝶，是童年时一段最无忧无虑的时光。奔跑与嬉闹，让我永远也忘不了那片一望无际的戈壁滩。戈壁是童年最快乐的天堂，我、晓红、慧玲、雯琴、飞雪，5个稚嫩的女孩，迎着季风一天天茁壮成长。我们是兵团的第二代，春天，我们在野地里漫天奔跑，捉蜻蜓、制作蝴蝶标本；夏季，我们采撷野花、拔草喂鸡，编织花环戴在头上；秋天，我们采摘野果、捉迷藏、逗昆虫，享受秋风中的五彩斑斓的华彩；冬天，我们夹野兔、挖草根、捡柴禾，更多时，沿着动物的尸体，去寻找黄羊麟角，探索生命的遗迹。

多么亲切的回忆啊！只要一闭上眼睛，那些鲜活的往事和大片的戈壁就会跃然眼前。

这是一片让人怀念的乐土，当我们乐此不疲地追逐与嬉笑时，在戈壁与连队之间，父母们正挽起袖子，开荒种地、凿渠引水，将大片的荒滩变成富足的良田。也许他们太过踏实能干，这里的土地多到唾手可得，只要勤劳勇敢，这里的万亩良田便取之不尽，享之不完。有土地的地方，就有丰硕的果实，在大片开采的土地上，他们种上瓜果、蔬菜、粮食、树木……

在大片茂盛的农作物中，让我记忆最深的还是那片百亩地的葵花地。每当太阳升起的时候，金灿灿的向日葵集体迎着太阳的方向盛开，它们一个个悬挂在半空的圆盘，如同大地上那轮金色的太阳。每个盛夏的午后，我们几个女孩都会在一边敲着每家窗户，叫着彼此的名字，然后相约着躲在向日葵下尽情玩耍。雨季正是蘑菇生长的季节，那无数顶雪白的小伞装满了我们每人的柳筐，让我们在尽情享受捡拾乐趣的同时，幻想着一种难以抑制的美味。

秋天的田野，一片明灿灿的金色。正是农人收获的季节，戈壁滩上热闹而喧哗。这是个一切都公有的时代，按照连队的规定，每家每户都能分到体积不等的向日葵。分配结束，父母们立即带上砍刀，带着孩子，向着葵花秆进军。葵花秆拉回家做柴禾，葵花籽敲下来晒干装入大麻袋，那满满的两大麻袋瓜子，整整一年也吃不完。冬天围着火炉，父母小心翼翼地将晾晒好的瓜子分成多个等份，寄亲人，寄朋友，他们的脸上满满的笑意，仿佛看到了远方正在等候的亲人。

天寒地冻，大雪纷飞，在朔风凛冽中，连队却一片祥和，家家户户足不出户炒瓜子，那瓜子的浓香啊，弥漫在整个连队的上空。

人定胜天，荒滩不仅被开成了麦田、棉田、水稻田，还被开垦成菜园、果园、瓜园。只要有土地，连队什么都能自给自足。菜园分成无数个小块，一家一块；秋天的果实全部归大家共有，分香梨、分葡萄、分苹果、分西瓜、分大沙枣……所有人均匀分配、没有任何特殊待遇，即便在那个物资匮乏的年代，无论是蔬菜还是瓜果，团场人的餐桌上永远都菜肴丰盛、种类繁多。

往事难追忆，21世纪的今天，人类的进步如此迅猛，机械设备的更新换代，让开垦的步伐大踏步迈进，一望无际的绿色田野，高耸如林的摩天大楼，日新月异的发展，令我们瞠目结舌，猝不及防。

那些岁月覆盖的荒原，一切如白驹过隙成为往事。

时光一去不复返，多少年后，在我们远离连队、远离戈壁，住进繁华的城市与高楼大厦时，儿时在戈壁滩上狂奔的场景，成了一生也无法忘却的美好回忆。

人生一世，草木一秋。面对激情昂扬的人们，戈壁荒滩始终如同一位谦谦君子，不断退让直至彻底消失。尽管它们庞大的身躯日益缩小，可它们从不逃避，而是淡然地注视着每一个日出日落，等候着完结与消亡。

新旧更迭，生死轮回，这是亘古不变的自然铁律。戈壁荒滩也不例外，面对人类，它不卑不亢、不忧不喜，始终以独有的姿态仰望蓝天白云。

耕　地

农耕时代是从什么时候开始？有人说是从冰河时代。但有一点可以确定的是，农耕是随着人类的进步而不断创新发展。随着农耕时代的到来，迅速带动了农耕文化，当打制燧石的技术有了明显的改进，人类学会了磨制石斧等。耕种者开始利用锐利的工具向森林、荒原进军，使之迅速成为赖以生存的农田。这些革新极大地推动了人类的发展，也使人类迅速从旧石器时代大步流星地向着新石器时代进军。

耕地的出现，加快了阶级的步伐，加速了国家的形成。

尽管与沙漠、戈壁、河流相比，耕地明显要迟到许多年。但对于现代人类而言，无论它何时存在，都不会影响人类的进程，都是人类改天换地的最终结果。

人类的脚步从未停止向前，不同的人群也在寻找最适合生存的栖息地。

耕地的意义，不仅在于保障人类的生存，同时也成为促进社会不断前进的动力。在新疆，最早的沙漠、荒原、戈壁几乎占领这片古老的土地，多少年以前，这里人口稀少，生产力发展缓慢。资料显示：1949 年，新疆人口只有 400 多万人，耕地面积仅有 1800 万亩。

辽阔的西部疆土，尽管历代人们一直在不断开荒种田，但与新疆建设的屯垦事业相比，就显得有些微不足道。

20 世纪 50 年代，王震带领下的驻疆部队的"大生产运动"，让这片古老的荒原耕地面积有了飞速的扩展，在新疆建设历程中，生产建设兵团的作用从来就不可忽视。

从无到有，兵团是一支战无不胜的队伍，从原始的荒原腹地开始，从南疆到北疆，他们的足迹遍布大疆南北。兴修水利，种植树木，积极发展林果业，有了耕地，这片贫瘠的土地充满了活力，人类的活动也日益频繁。14 个师、180 多个团场，如同颗颗璀璨明珠，在新疆的大地上星罗棋布，闪烁着绮丽的光芒。

壮士五湖来，浩浩慨而慷。

君有万夫勇，莫负好时光。

江山空半壁，何忍国土荒。

荒沙变绿洲，城乡换新装。

这是张仲瀚当年撰写的《老兵歌》，兵团人屯垦戍边的历史是一次史无前例的壮举。

来到一望无际的亘古荒原，他们身穿军装、肩扛长枪，他们头顶烈日、脚踏黄沙，从将军到士兵，他们风餐露宿，挖穴而居，住的是没有阳光透进的地窝子，吃的是咸菜窝窝头，喝的是又咸又涩的盐碱水。他们一手拿镐，一手拿枪，他们开荒造田、挖渠排碱、种稻洗盐，推广植棉，将一片片戈壁荒滩变成为一望无际的"金银川"，金色的水稻，银色的棉田，一片西部闻名遐迩的富庶之地。不仅如此，他们还成功地改造了国民党驻疆7万名起义官兵，在亘古的荒原上谱写了一曲屯垦戍边的壮丽诗篇。

在那激情燃烧的岁月里，他们中不仅有身经百战的兵团老兵，还有默默奉献的戈壁母亲。

20世纪50年代初，八千湘女上天山。她们一路高歌，来到新疆，来到茫茫的大戈壁，她们中有中学生、大学生，有将军的女儿、有高干子弟。为了能报名到新疆，她们有的徒步走到长沙，有的瞒着父母家人，身高不够的用鞋跟垫，体重不足在口袋里装石头、秤砣，年龄太小谎报岁数……

1952年，两万山东女兵进新疆。她们有的十七八岁，最小的才十三岁。她们扎根边疆，后来在这里成家立业、开荒种地，不仅像男人一样每天披星戴月、风吹日晒工作十七八个小时，每晚还要挤出睡觉的时间，熬着小油灯一针一线缝着全家人的穿戴，她们中很多都把孩子生在了工作岗位上，还有的由于刺骨的冰水和繁重的劳动，永远失去了生育的条件。可她们却永远是最美的戈壁母亲，她们爱兵团、爱这片土地，嫁给了屯垦戍边的男人，她们的人生就永远和兵团无法分离。

从第一代老军垦到第三代年轻的孩子，兵团人世代在这里开荒种田、修渠铺路、植树造林、繁衍生息。当队伍的铁犁进入荒原的那一刻起，就注定了它的改变。让荒地很快焕发出勃勃生机。玉米、小麦、棉花、蔬菜，各种营养丰富、食用价值高的农产品纷纷走向全国各地，耕地不仅改变着人类的命运，同时也改写着时代的命运。

从荒凉到繁华，世界总是以出其不意的方式，给我们带来惊喜。

现代化机械设备的大量进入，加快了新疆建设的步伐，当耕地的面积不断扩大时，更多的参与者纷纷投身于新疆建设的大军中去。他们扛着行李、背着包裹，从几千里以外的河南、四川、上海、甘肃，一个个踏上了西行的火车。他们打破了荒原的宁静，来到这里，他们如同发现了西域的宝藏，他们斗志昂扬，他们大干快上，他们誓让天地换新颜。

20世纪90年代，开发大西北的号角吹响，无数建设者，他们如汹涌的波涛形成一股强大的生力军。他们手持建筑工具，踏着晨曦的星光，一座座高楼大厦拔地而起，一座座现代化新城正以崭新的面貌迎接每一天的曙光。一方水土养一方人，军垦一代、二代、三代，他们接连让寂静的大地走向繁荣旺盛。

团场的四季，美得如同一幅油画。

一年之计在于春，当大地回暖春潮涌动时，勤劳的兵团人纷纷走进田野，就连老人此时也扛起了锄头。机声隆隆，当大马力的农机铁犁深入僵硬的地层时，沉睡的耕地被重新唤醒。男人、女人、孩子、老人，他们走在阳光和煦的田野上，平地、铺膜、播种、插秧，到处闪动着忙碌的身影，兵团人在播撒一年的希望。

春华秋实，丹霞万里。

当秋天来临的时候，整个田野犹如五彩缤纷的彩带。麦浪滚滚、棉朵如云、瓜果飘香、五颜六色的蔬菜……俯瞰大地，姹紫嫣红的宏伟画卷在大地上徐徐铺开。随着时代的发展，采棉机、番茄采收机、辣椒采收机，大型机械走进农田，早已让兵团人摆脱了采摘的辛苦，此时人们只需站在运输车辆旁，等待着果实的机械采收和装车。

子夜，几个农人还坐在田埂上，聊着一年的收成。那成捆的麦草在空气里中散发着最诱人的味道，而摇曳的风、昆虫的鸣叫、女人的呼唤，与夜合成一曲优美的和声。

这是一片多么富饶的土地啊，俯瞰大地，人类赖以生存的物种在这里茁壮成长，棉花、小麦、香梨、番茄、辣椒、大白菜……各种农作物、果品多得数不胜数。在这片神奇的土地上，巴州总面积占 47 万多平方千米，而耕地面积约 560 余万亩，多年来各族人民团结奋进、开拓进取，共同谱写出时代华章。

然而，事物的发展总是曲折蜿蜒的。随着房屋改造、城市的扩建、工业化建设、非法占地，大量的耕地被毁坏和减少。而人口的增加，粮食需求量的增大，个人耕地面积的占有率越来越低，也让耕地变得供不应求。

民以食为天，我国是一个人口大国，守住耕地、保护农田刻不容缓。只有牢牢守住耕地红线，才能造福子孙，守住我们美好的绿色家园。

穆兰（绘）

燃烧的山谷

敕勒川，阴山下，
天似穹庐，笼盖四野。

——《敕勒歌》

一

牵挂是一种静美的思绪，亦美亦纯，亦忧亦愁。

叩醒千年沉睡的山谷，从一个诱惑的开始，到一个完美的结束，新疆和静县巴伦台始终给了我各种美轮美奂的感受。在这里，更多时令我乐此不疲的是探索与发现。

巴伦台，地处新疆天山中段，位于和静县北部山区，天山深处一段不出名的山谷。"巴伦台"，蒙古语译为红柳遍布山谷的意思。此地冬暖夏凉，群山环绕，河水清澈，物美富饶，人杰地灵。

作为一个土生土长的巴州人来说，若不是身临其境，无论如何也想象不到巴伦台竟会有如此丰美的山谷。举目眺望，只见森林如剑、溪水潺潺、牛羊成群，山谷清幽，深深浅浅的沟壑，似一道道大地上起伏的褶皱，连成一幅无比壮观的景象。

七月的山谷，满眼一片苍翠的绿，铺天盖地的绿色植物呈现出大自然各具特色的美。凝视山谷，只见重山叠翠、林木丰茂、山花烂漫、沟壑纵横。在一个烟雨蒙蒙的午后，一个沉睡千年的山谷被一群激情洋溢的文人叩醒。

"山风吹空林，飒飒如有人。"此时此地，身陷茫茫烟雨之中，令我百感交集。被雨水冲刷的山谷峰壑争秀、山峦起伏、云雾缭绕、气霭升腾，恍如仙境一般。

这是巴伦台的山谷，沟壑纵横、纵横交错，一股神秘的气息扑面而来。触摸着撕裂的崖壁，真是一件奇妙的感觉，"万物皆有裂痕，那是光进来的地方。"这是莱昂纳德·科恩的一句名言，用在此时恰如其分。生命的轮回，在一片真实与虚拟之间，一座座延绵起伏的山脉，这些大地上的褶纹，见证着山谷岁月的沧桑与风云变幻。

眺望群山，不知那嵯峨黛绿的大山里到底有多少条沟沟壑壑，没人能说得清楚。前沟、后沟、宽沟、韭菜沟、阿拉沟、呼尔哈特沟……它们如同无数个隐藏在深山里不知真相的密码，等待着世人的一探究竟。

细细品味，不难发现，每条沟的景观完全不同，宽沟宽阔，后沟狭长，呼尔哈特沟溪流淙淙，韭菜沟韭花飘香。尽管它们风格不一、特色鲜明，走进其间，处处山峰交错、重峦叠嶂，一望无际的绿色覆盖大地，大片的松树如同一把把撑开的绿伞立在半山腰。无论沟壑以何种姿态存在，它们庞大的山体、复杂的构图、延绵的绿色，都让巴伦台的山水呈现出一幅秀丽壮观的景象。

七月，正是鲜花盛开的季节，只见那漫山遍野的山花婀娜多姿、清新雅致，沿着地平线迎风摇曳。白色、紫色、黄色、蓝色，花朵姹紫嫣红，它们如同妩媚的精灵，妖娆了整个翠绿的山谷。满眼都是娇艳的花朵啊，硕大饱满的大黄，紫红艳丽的马先蒿，纯白淡雅的火绒草，星星点点的紫菀，多得数不胜数，如一簇簇燃烧的火苗，让空寂的山谷沸腾起来。在被迷雾笼罩的天庭下，我看到它们正以最优雅的姿态迎接一场雨的到来，迎接着天空对它们的盛大洗礼。

"自在飞花轻似梦，无边丝雨细如愁。"雨中漫步，我看到了脚下众多相识与似曾相识的植物。

原来，这里不仅是花的海洋，还是巨大的天然药厂。大黄、车前子、艾草、龙葵、雪莲、天山贝母、麻黄、甘草，它们密密匝匝地挤在一起，看到簇拥的人群，它们似乎显得格外兴奋，相对于山谷里长久以来的寂寞，也许它们更渴望有一双人类识别的慧眼，来发现它们自身的价值。

沙棘是山谷里最常见的植物之一，只见半坡上大片的沙棘连在一起，形成一道严严实实的屏障。它们浑身带刺、戒备森严，那尖利的细刺随时伸向想要靠近它们的动物与人类。据说沙棘是地球上最古老的植物之一，它的存在与恐龙同期，它存在的真实年代已无从考证，可它的药效却向世人证实着它的卓尔不凡。沙棘具有活血散瘀、化痰宽胸、补脾健胃、生津止渴、清热止泻等多种作用，同时对多种疾病具有显著的治疗效果。

走在草地上，我竟然见到叶片葱绿的艾草，它们散发着淡淡艾香，竟与我体内常用的艾香不谋而合。多么神奇的草啊！它竟然能温经通络、行气活血、祛湿逐寒、消肿散结。从远古到现代，人们便大量用它来治疗各种病痛，是人类最好的伙伴。

这里不仅是众生的福祉，也是人类的福地。

草原上，我看见了许多健壮的男人骑着飞奔的骏马，他们强健结实的体格无不和这漫山遍野的中草药有关，难怪有人把牛粪也作为一种中药入味，很多人感到不可思议。那么我们不妨来试想一下，一只牛每天吃着几十种，甚至上百种的中草药，经过动物的咀嚼、研磨、发酵，谁又能说它不是一味混合的中草药？

这里同样也是天然的小菜园。

大片的野菜郁郁葱葱，野韭菜、沙葱、椒蒿、马齿苋、灰灰菜、扫帚苗、野薄荷，集大地之灵气，取日月之精华，它们无不散发着纯净、本真的鲜香，它们不仅味道鲜美，而且营养丰富。看到青绿的椒蒿那一刻起，女人们忍不住争先恐后地掐上一把，很快椒蒿便装满了袋子。

暮色降临，山林俱净，袅袅炊烟里裹挟着一股奇特的香味，那滑嫩可口的椒蒿面条汤让我们美美饱餐了一顿。

微风吹拂，山谷阒寂如万古长夜。躺入山谷，所有的躁动此时也变得平静如水。凝望黑色的夜空，无限感慨，生命不可预测，好好珍惜每一天，你若安好，便是晴天。

黎明，似一把利剑劈开了沉沉的夜幕，当一缕晨光照进大地时，天色瞬间大亮，整个绿色挤满了大地，山谷顿时人声鼎沸。

牧人们纷纷打开蒙古包走出毡房，女人们提着水桶，男人们牵着马儿，孩童飞快地奔跑着。这是属于牧人的生活，辽阔的草原是牧人与牛马自由奔跑的草场。在眼前，成群的牦牛和骏马踩在高高的牧草草地上，它们心旷神怡而悠然自得。雨后的山谷空气格外清新，此时正好是呼吸新鲜空气和放松筋骨的时刻，经过了一夜的沉睡，一个个牧民跨上了马背策马扬鞭。蒙古人是马背上的民族，无论大人、孩童，他们总是与马形影不离，骑在马背上，他们很快就有了奔跑的冲动。在洒满阳光的大地下，他们可以肆意奔驰在这片广阔的土地上，尽情享受着驰骋天地、自由自在的快感。

太阳出来的时候，众多的野生动物忙碌起来。只要你专注凝视就不难发现，无数的洞穴坐落在半山坡上，据向导介绍这是旱獭的巢穴。果然，沿途中，我们看见一个个体形溜圆、身子肥胖的家伙跟着汽车跳来跳去。它们并不畏惧人类，也许对它而言，它们才是山谷里真正的主人。

大自然是一本神奇的经书，只要你用心翻阅，总会有意想不到的发现，它所创造的无数奇迹，令我们终究探索一生。

二

在山谷里寻找失落的文明遗迹，充满了探秘的快感。

穿过层层雨幕，纵横交错的山谷是一块巨大而神秘的版图。古墓、岩石壁画、传说，它们谱写着久远年代的密码，既有远古的文化又有现代化的文明，既有民族的传承又有历史的痕迹，它们以陈旧的方式记录，丰富了一个地域的文化体系。

走进巴伦台的宽沟，一则在当地流传广泛关于英雄的传说，充满了神秘的色彩。

顾名思义，宽沟因宽敞得名。它既是一条平坦的山谷，又是一条宽敞的羊道。把羊赶到有草吃的地方，这是每个牧人的心愿。于是宽阔的沟底，就成了巴伦台每年转场的必经之地。从开始到结束，往往需要一段时间。尤其初春和深秋，天高云淡，在长满青草的地方，只见上万只牛羊，迈着坚实的步子踏着宽沟缓缓而行，上山、下山，它们从两个不同季节走向两种截然相反的命运。一种是重生，一种是死亡。

这里最高的山峰包格旦峰，据说包格旦是巴伦台一位英雄的名字。

关于包格旦，在巴伦台几乎家喻户晓。传说当年他为了保卫家乡奋勇杀敌，死后被安葬在宽沟最高的山峰之上，于是人们又把它叫作包格旦峰，也称它为博格达峰。无巧不成书，它正好与天山山脉东段最高峰博格达峰遥遥相望，这种名字上的暗合不知是否还隐藏着不为人知的秘密。此刻没有人能揭开它的谜底，只有阵阵的山风向人们诉说一个英雄的传奇。

据当地向导说，在它的附近还有三座母子峰，分别为包格旦的妻子与两个孩子。当年包格旦的妻子带着两个孩子为了寻找他，历经千辛万苦，最后化作了三座母子峰。

长歌当哭，只为那些无法兑现的诺言。

传说真实感人，我相信一定会是真的。因为在山峰的脚下，我看见一股清澈的泉水正源源不断地流淌。据向导介绍，这是包格旦的妻子看到死去的丈夫而流下的伤心泪水，化作了一股清澈的泉水。这股泉水非常神奇，喝了它能够治疗各种疾病。信则有，不信则无。于是，只要当地人们路过泉水时，总会停下来去喝上几口再走。还有一些虔诚的信徒，不远千里专程跋山涉水来到此处。

一个传说，还影响了草原牧人的信仰。坚贞忠烈的包格旦妻子，理所当然地受到了当地人的尊重与膜拜。从此，这里形成一种习俗，当地女人的家庭地位非常高。与此同时，这里还流行着不能让家中女人生气的习俗。由此可见，人们对坚贞不屈女人的敬仰。

有历史的地方必然有源远流长的文化。除了传说外，这里还散落着大量的古墓群。

沿着巴伦台的脉络探寻，我们竟然在老巴伦台沟寻到了青铜时代的墓群遗址。放眼望去，山谷里大大小小竟有近百座墓葬群。它们分布奇特具有明显的特征，以石堆与土堆为标志，或十余座一组呈南——北向，或东南——西北向的链状排列。它们奇特的排列方式，不仅为人们提供了巴伦台沟古道年代悠久的物证，同时也牵引着人们去探寻巴伦台的历史进程和发展。

我们抚摸着祖先跳动的脉搏一路向前。当抵达巴伦台的察汗努尔达坂时，还发现了大型太阳崇拜的遗址，这些遗址能否说明在远古时代，就生活着崇拜太阳的部落？

奇迹无处不在，在巴伦台出山口东侧，我们还看到了早期铁器时代的哈布其罕萨拉墓遗址。这里有石围墓 25 座，以长条形卵石和山石纵向围砌一周而成。石堆墓 4 座，石堆面略呈圆形或椭圆形，由卵石和泥土混合堆积而成。由于时间有限，不能更加详细地了解它们，只能望而兴叹。

在离和静县巴伦台镇不远的乌拉斯台村，矗立着一座石砌的烽燧遗址。阿拉沟烽燧石堡遗址已确认是唐代遗址，据考古学家论证该遗址极有可能是唐鸲鸽镇。关于鸲鹆镇，为此我查资料显示：鸲鹆镇见于大谷文早已354号，鸲鹆烽见于阿拉沟烽燧遗址出土文书168。同载于文书的还有白水烽、死水烽、黑鼻烽、名岸烽、礓石烽、阿施烽、青山峰。尽管这些论证还需要进一步的考古资料发现，它们灿烂的光辉也早已积淀在岁月的风尘中，然而它们曾经的辉煌及陨落将永远不朽。

无独有偶，在巴伦台镇文明的遗迹再次赫然出现。

走进和静县巴伦台镇呼斯台村时，人们惊奇地发现了许多古墓群，这些古墓图形不同，都摆放着大小不一的石头。每一块的石块都隐藏着一个不为人知的故事，正因为如此，才需要后人进一步探索和发现。然而，那些大片的古墓群和巴伦台古道，为巴伦台在远古时代的欧亚大陆古代文明不同区域之间相互交流，提供了可靠的物证。古墓的年代及曾经发生的事件，至今还没人能解释清楚，如今，只有呼啸的漠风敲打着它们，发出呜咽响声。

山风习习，古迹丛丛。关于山谷、关于古墓，各种传说、祖辈的魂灵，一个个奇迹般地闪烁在星辰下。探索千年之谜，撩开巴伦台神秘的面纱，不仅是巴伦台人们未来的夙愿，也是小镇向世人发出的邀请。

三

雾，飘荡在山谷与诗人之间，朦朦胧胧。如水的车辆，拥挤的人流一切不复存在。

穿越过重重迷雾，我终于看到了一个静谧的村庄——和静县巴伦台镇包格旦郭楞村。因为这里有个包格旦英雄，有座包格旦峰，于是这里就有了包格旦郭楞村的村名。

包格旦蒙语是"深山"，郭楞是"河水"，意思是深山里的河水。沿着幽静的山谷行走，我看到了山谷里弯弯曲曲的河水，它们清澈而又甘甜，冰冷而又刺骨。包格旦郭楞村看似不大，辖区却有72.6万亩草场面积，1967亩农业耕地面积。由于受气候影响，这里的农业并不十分发达，而广阔的牧场却令人大开眼界。如此辽阔的草场，只有200多户人家，500多人口。对于牧民们来说，这不仅是上天的恩赐，也是政府的厚爱。肥美的草原，给予牧民最好的生存环境。

随你走遍山谷，看繁花似锦。

山峰为壁，河流为线，将天地的界线划分得十分清晰。村庄静谧，大地安然，山脚下的村庄如同一个世外桃源。乡镇政府并不大，却十分幽静。一个方方正正的四合院傍山而立，周边围绕的是牧民们的安置房，一排排清新的墙壁上，格式统一的浅黄、蓝色的花纹，清新、雅致、安详。

宁静安然的村庄，不为人知的故事在不断上演。

这里的村民曾世代以游牧为生，时代的发展，打破了原有落后的生产关系。20 世纪 60 年代，一批来自江苏的支边青年让宁静的村庄沸腾起来。他们是一批有文化、有志向的青年，他们带来种子、农业、种植技术，他们企图用知识来改变牧民们世代相传的游牧模式。让一部分人开始定居下来，由游牧转为定居的生活，这是他们的愿望和志向。于是，这些青年根据当地的土壤和气候条件，在土地上开垦荒地种植各种蔬菜。

科学改变生活，技术创造奇迹。

很快大地上便长出了绿油油的蔬菜，大豆、白菜、萝卜、土豆，这些旺盛的生命给人们带来了希望和美好。从前这里的牧民很少吃菜，自从有了蔬菜后，牧民的餐桌上从此丰盛起来。这里雨水资源非常丰富，长期经受着天然雨水的沐浴与浇灌，让我们也品尝到了润滑细腻、清爽可口的绿色食品。

原始的游牧，也曾一度限制村庄的发展。

从前，牧民们的生活条件非常简陋，人们多食用粗粮、乳制品。由于交通不发达，人们搬家出行十分不便，全靠骆驼与马驮运。由于牧民们居住分散，就医十分困难，小病扛，大病拖，只有重病才上医院。扶贫攻坚，建设社会主义新农村，让这里发生了翻天覆地的变化。从前的土路、蒙古包已看不见，取而代之的处处是整齐崭新的安置房、宽阔的柏油马路，人们开着私家小汽车到处奔跑。

牧区正以惊人的速度发展前进着，人们的思想观念也有了很大的转变。

从前由于长期的游牧、散居的生活，牧民们没有条件接受教育，大多数牧民没有文化。20 世纪 90 年代开始，政府下大力气进行全面扫盲运动，并在多个地区兴建学校，让孩子们接受最新教育。现在，牧民们的孩子们都集中在学习条件好、教学质量高的县中学统一上学，他们中有不少牧民的孩子考上了内地的名牌大学，一些成绩优异的孩子纷纷留在了北京、天津、上海。外面的世界给了山里孩子们思想上巨大的冲击，现代化大都市的繁华和日新月异，让他们开始重新审视和思考未来。回到家乡后，他们不愿再沿袭父辈们的生活模式，而是不约而同地选择到就近的县城、大城市去寻找一种新的生活模式，即便留在家乡，他们也开始用科学的手段大力发展养殖业，从此开始与父辈们不一样的人生。

曾经的游牧生活，虽然自由自在，也充满着各种不可预知的危机。山谷里每年都会发生雪灾，有一年，由于天气极度寒冷，一场40多公分厚的雪灾把人与牲畜全部都困在了里面。

困难面前，干部先上。面对雪灾，和静县巴伦台镇政府带着党员、村干部全去救灾。可厚厚的积雪却挡住了人们的去路，救灾的物资迟迟无法全部送达，镇政府最后只能将米、面、油、馕等最基本的生活用品送到灾民手中，可大量的牲畜由于缺少草料竟然活活饿死在雪地里。提起死去的牛羊，老人们忍不住落下心酸的眼泪。

不仅如此，一望无际的草原看似风平浪静，实则暗潮汹涌。

可怕的雪灾后面还有骇人听闻的狼灾。由于狼是野生保护动物，于是深山及草原便成了狼群经常出没的地方。由于不能对狼群形成有效的屠杀与震慑，在牧人放羊的时候，狼时常虎视眈眈地尾随其后。白天的时候，人在高处走，羊在下面走，而狼则悄悄潜伏在后。趁人不备，伺机张开血盆大口，将羊咬得鲜血淋淋。夏季，草原上丰富的食物，让狼对羊的袭击减少许多；可一到冬季，天寒地冻，万物凋零，大雪封山，饥寒交迫的狼此时对羊群的攻击非常频繁，即便再细密的羊圈，也抵挡不住狼的频频偷袭。由于野生动物保护法，它们的行为也更加猖獗和肆无忌惮。

往往一场血性的厮杀，在牧人们看不见的地方正悄然进行。

一天，当一户牧民打开羊圈时，眼前的一切顿时让他惊得目瞪口呆。只见70多只羊被狼咬得鲜血淋淋面目全非，场面异常惨烈。当地牧民因有不吃死动物的习俗，更不会将死动物出售。看着惨死的肥羊，他们难过得说不出一句话，最后只得忍痛割爱，将死去的动物就地掩埋。

往事不堪回首，今天美好生活来之不易。今昔对比，让他们更加感恩党、感恩国家、感恩当地政府。

漠风依旧阵阵，千年的山谷里，野蛮与文明，杀戮与和平，仍以两种截然不同的方式形式存在着，对于大自然来说，谁又能说哪一种更具有合理性……

四

四面环山，清凉幽静，水草丰美，秀色可餐。

在巴州，许多喜欢徒步的人们都知道，巴伦台有一条著名的沟叫韭菜沟，这里因大片的野韭菜而闻名遐迩。

既然来到巴伦台，那就不能不来韭菜沟看上一看。已是夏末，在夏季最后的时光里，韭菜沟里却另有一番风情。此时，一朵朵美丽的韭菜花正迎风绽放，那一簇簇洁白的花朵密密麻麻地挤在一起，远远望去如同天边落下的云彩，在花朵的底部一根根细长的茎秆随风摇曳。飘摇在雨中，它们犹如漫山遍野里打开的伞花，那盛大的碎花如银河两边繁星点点，装饰着蜿蜒的沟壑。

夏季正是植物燃烧的季节，高高的茅草旺盛地生长着，它们足有一米多高，穿梭于韭菜沟之间，它们很快能将你的身影遮掩得严严实实。这里也是野草和野花的天地，芨芨草、沙棘、沙柳它们密密麻麻地遮掩了沟底。沿着河流行走，黄色的沙冬青花艳丽夺目，各种野花姹紫嫣红、争奇斗艳，远山、近水、花草勾勒成一幅完美的画面。

天地日月，恒静无言；青山长河，世代绵延。

浓浓的韭花香，让我想起了妈妈的味道。我始终对韭菜花情有独钟，母亲是位腌制韭花的高手。每当韭菜花开放的季节，她总是小心翼翼地从大片的韭菜地里将一朵朵韭花采撷回来，将它们洗净晾干后，把老梗去掉，剁成碎末，切碎的韭花放入盐与调料搅拌均匀，只需一个星期，腌制好的韭花便带着浓浓的香味从透明的玻璃瓶中夺路而出。

20 世纪 70 年代，在那个物质并不丰富的年代，一瓶腌制好的韭花，再加上一锅刚出炉的白面馍馍，简直成了无法替代的美味。每当这时，我与哥哥、弟弟总是伸出迫不及待的小手，一个个将韭花夹在馍馍里，狼吞虎咽地吃了起来。随着物质生活越来越丰富，年迈的母亲已经极少腌制韭花，而我却无法忘却那段陈旧的时光。眼前大片的野韭菜花，如若能将它们采回去腌制，想必味道一定鲜美无比。

握在手中苍凉的岁月，曾经却是一片灿烂的江湖。

正当我陷入往事的回忆之中，一丛丛饱满的植物瞬间将我从回忆中拉了回来。

俯下身子，我竟然意外地看到韭菜花下藏着大片的肉肉花。多么不可思议啊！只见一朵朵肉肉花优雅地连成一片，它们矮小的身子趴在地皮上，如同一朵朵安静的莲，静静仰望天空，多得数也数不清。我从资料上查到，肉肉花学名叫"宝石花"，厚厚的肉瓣朝不同的方向伸展着，恰似一朵朵盛开的莲花，又被誉为"永不凋谢的花朵"，正应了"西方莲自土中来"。宝石花的花寓"顽强、富贵、永恒的"。它的种类极为繁多，由于它们可爱的样子犹如一个个有生命的工艺品，近年来成为人们装饰桌案、几架、窗台、阳光的佳品。小而富有生命力的叶片，让人们的居住空间充满无穷乐趣。如今，乍然在这绵延的韭菜沟遇见数不清的野生宝石花，是上天的恩赐。我俯下身子，久久沉醉于大片肉肉花之中。

相对于旅行者，我的热爱仅仅一时，而韭菜沟早已成为众多徒步者的最爱。每当夏季来临时，他们总会成群结队来到韭菜沟，徜徉在挺拔秀丽的山林之中，除享受色彩斑斓的石块、盛开的花朵、潺潺流动的溪水、小巧甘甜的野果、飞速奔跑野生动物外，人们最大的乐趣还在于摘野韭菜、徒步、探险。野韭菜不仅清香可口，还具有极高的药用价值，它们含有极高维生素、蛋白质、钙、铁、铅、锌等多种营养成分，深受人们的青睐和喜爱。来到这里，人们总不忘取下随身携带的小刀，割下鲜嫩的韭菜。呼吸着山谷清新的空气，自己动手在野外包韭菜包子、韭菜饺子。随着那一锅沸水的翻腾，浓烈的香味啊顿时弥漫了山野。

这里不仅是游乐的天堂，更是探险者冒险的地方。据说韭菜沟深处常有狼与狗熊的出没，勾起了探险家们极大的兴趣，他们往往结伴而行，开车深入山谷，毫不畏惧。

人类既是大自然的智者，更是大自然的征服者。在众多庞大凶残的生灵面前，他们敢于面对，并以智夺胜。

五

从没想到在巴伦台的山谷里，竟能赶上一场的期盼已久的那达慕盛会。

那达慕，于 2006 年被列入第一批国家级非物质文化遗产名录。"那达慕"为蒙语的译音，意为"娱乐、游戏"，以表示丰收的喜悦之情。"那达慕"大会是巴州历史悠久的传统节日，在蒙古牧民的生活中占有重要地位。

赶到地点时，早已人山人海，车辆排成了长队。

正值牲畜肥壮、水草丰美之际，一年一度的那达慕即将开始。只见草原上彩旗飘扬、乐鼓声声、骏马嘶鸣，当地各族人民身着色彩艳丽的民族盛装，来迎接他们一年一度的盛大节日。

草地上，很多男人正策马奔驰，广袤的草地和秀丽的山川，让牧民们有了一方纵马驰骋的天地。

天空蔚蓝，碧空如洗。广阔的天庭下，一望无际的草地被人们用绿色的绸布围绕其中。蓝天白云下，一队队人马走了过来，只见男人们骑着高头大马，女人们穿着长袍花裙，他们要用盛大的仪式，来庆贺自己的传统节日。

巴伦台镇是多民族居住的地方，蒙古人居多，这里的蒙古族传统服饰非常丰富，主要包括长袍、腰带、靴子、首饰等。蒙古族服饰具有浓郁的草原风格特色，以袍服为主，便于鞍马骑乘。长袍身端肥大、袖长，多红、黄、深蓝色，男女长袍下摆均不开衩，以红、绿绸缎做腰带，穿着起来显得华贵艳丽而又气宇轩昂。

随着大会即将开始，人们从四面八方聚在一起。当地蒙古族人无论男女老幼，他们都身穿长袍、腰缠红绿缎带、脚蹬长靴、头戴圆帽或尖帽，个个英气十足，即便是娇弱的女子，在蒙古族传统服饰的映衬下，也会显得英姿飒爽。

一场那达慕，让宁静的草原顿时欢腾起来。

盛大的表演终于拉开了帷幕，一群白衬衣、红领巾的少年率先登场。只见他们在庄严《国歌》里静默、敬礼，他们要用这种方式来深深表达牧人们对祖国与山河的热爱。接着，少年们在一曲《梦中的额吉》里翩翩起舞，他们身形灵动，舞姿强健优美。小小年纪的他们，正以传统歌舞的方式来展现牧人们的生活、劳作、放牧等场景，同时也表达各族人民在共产党和政府的关心支持下，安居乐业的幸福场景。

接着，一队女子翩翩起舞，她们步履轻盈、姿态优美。一叉腰、一回头、一扬鞭、一跳跃之间洋溢着蒙古人的纯朴、热情、勇敢、智慧。其间耸肩、翻腕、探腰，飞旋的舞步既有传统的民族特色，又有现代的美感，舞姿动人、热烈奔放。

蒙古歌舞一向节奏明快、变化多端，具有强烈的民族特色。演员们声情并茂，歌舞形式多样，风格浓郁、手法新颖、场面生动，尤其故事般的讲述更是催人泪下。此时，阵阵山风袭来，撩拨着一颗颗不安分的心，人们深陷美妙的歌舞之中不能自拔。

寂静片刻，马头琴骤然响起，琴声如同万马奔腾。还未等我们回到神来，只见最精彩的蒙古赛马即将开始。一排排彪悍的骏马早已整装待发，一声响亮的口哨划破上空，骏马齐奔，箭一般冲出起跑线，瞬间奔驰在草地上。这是巴伦台草原上的赛马大会，只见马背上的男人们一个个跃马扬鞭，奋勇争先，他们一会儿俯下身子紧握缰绳，一会儿又脚踏马镫，打马前冲。他们飞一般地冲出地平线，粗犷、剽悍，展现出蒙古男人的英勇、刚毅的一面。尤其是马背的选手们，由于长期驰骋山谷，呈出了一种男人的刚劲之美。

一场赛马，既是一种优秀传统文化的展示，更是一种精神的呈现。

赛马场面惊心动魄，一匹匹骏马飞奔而来，呼啸而去，个个穷追不舍分秒必争，空旷的草场上不断飞扬起阵阵尘土。此时，强健的骏马、矫健的骑手，让围观的群众热血沸腾起来，人们忍不住在一旁加油助威，呐喊声此起彼伏。比赛正在紧张地进行着，忽然一匹枣红马失蹄倒下，人群中不由发出一声惊呼声，正当有人想冲上前去营救时，只见枣红马一跃而起，接着箭一般地冲向前去。一场虚惊，却看得人们畅快淋漓，正当人们还意犹未尽时，比赛却已经结束了。

冠军得主是一位黑瘦的男子，只见得胜的他骑着马、高昂着头，围着场地缓缓行走。那骄傲的表情，似乎想让每个观众都能永久记住自己的模样。

人们还想继续再看下去，此时一股浓郁的香味飘了过去。原来各种特色美食已迫不及待地等候人们的靠近，奇异的香味把人们的目光紧紧吸引过去，一种强烈的饥饿感令人们奋不顾身纷纷扑向饮食长廊。一缕炊烟在草场上空缭绕，米肠子、面肺子、手抓肉，带着一股浓郁的香气直扑鼻翼，人们争先恐后地在长长的条桌旁端坐下来，一碗热腾腾的杂碎汤，几串烤肉，人间最美享受也不过如此。

长长的集市上，人头攒动热闹非凡，野蘑菇、奶酪、酥油、马肠子等各种特产内容丰富，价廉物美，令人目不暇接。刺绣、雕刻、编织、彩绘、皮艺、手工艺品等。看得游人眼花缭乱、爱不释手。

一只雄鹰掠过天空，是俯视，是挑衅？

悠扬的蒙古长调在上空久久回荡，曲调高亢嘹亮，神秘感十足。土尔扈特部落与巴伦台，一片地域，一群人，就这样在和静巴伦台的大地上紧紧缠绕，绵延不绝，生机盎然……

草原夜宴

> "我要拼命赚钱，我要去巴音布鲁克草原。因为我听说，在巴音布鲁克有一片会流泪的草场，它庇护每个求爱的人……"
> 当看到《暗恋如梦了无痕》这段对白时，我又忍不住开始对巴音布鲁克心神向往。是啊，"会流泪的草场"这个形容词足以把我带进一望无际的草原，去感受一段凄美的爱情。

一

从来没有见过如此钟爱雨的地方，无论是夏季或秋季，只要你来到巴音布鲁克，总会邂逅一场雨。

如若把巩乃斯比作男人，巴音布鲁克一定是女人。据说世间万物都有阴阳之分，我想大自然也不例外。"自在飞花轻似梦，无边丝雨细如愁。"举目远望，巩乃斯任何时候都一副岿然不动、严阵以待的样子，如同一队队身材魁梧、严阵守防的卫士，山峰突兀、河流汹汹、古树参天、山谷深陷。那里既有瀑布飞溅，又有泉水萦回，处处彰显出阳刚之美，大丈夫的浩然之气在天地间回荡。与巩乃斯的高大、挺拔、威武相比，巴音布鲁克则地势平坦、绿草如茵、河流如带、牛羊成群、溪流涓涓，宽广、平坦、阴柔，更似一个柔情似水、情意浓浓的女子。

惆怅又似绵绵雨，一层伤感一层愁。

"态生两靥之愁，娇袭一身之病。泪光点点，娇喘微微……"它让我不由想起那个泪光点点，姣喘微微的林妹妹，难道大自然也有复杂的情感？印象中，巴音布鲁克是一个极爱哭的女人，动不动就稀里哗啦，有时甚至肝肠寸断，总之一定与水有关。果然，翻阅资料才知道，巴音布鲁克蒙语是"永不枯竭的甘泉"的意思，这里大小共有 13 处泉水、7 个湖泊、20 条河流，是著名通天河的发源地。

有一种诉说蕴藏着一种力量，有一种静默其实是惊天的告白。

新疆是个干旱少雨的地方，大片土地被沙漠横扫千里，而巴音布鲁克的雨却说来就来，时而急骤如银河倒泻的瓢泼大雨，时而又缓慢细如抽丝的蚕茧，不同的雨幕在草原上轮回上演，如同一部慷慨激昂、低沉幽怨的交响乐，让草原瞬间变得诗情画意，美轮美奂。在雨的冲击下，大地格外懒散，匍匐原地一动不动，仿佛为了尽情享受雨水的多情娇态。

多情最是深秋雨，一层幽怨一层殇。

第几次来巴音布鲁克了，已经记不清，不是倾盆大雨，便是斜风细雨。每逢遇见雨，心里不免总泛起一丝怜悯之情，或许那巴音布鲁克前世一定经历了一场凄美的爱情。对它来说，倾诉是最直接的宣泄方式，无论是宏大的泪水，还是缠绵的雨滴，无不述说着无尽的伤感。正因为如此，让我每次来都不得不沉浸在它无限的忧伤里。明明上路时，库尔勒还一片瓦蓝的天空艳阳高照，可一进入巴音布鲁克区域，便立即愁云密布。刚下车，便被重重雨幕围困，也许大自然与人类一样，不仅有着丰富的情感，还有不为人知的浪漫和爱情。

秋雨深处黄花瘦，落尽芳菲逐水流。

二

这是一场任性的雨，它们孩子般的哭泣，骄纵而又不管不顾。

雨中的草原美得惊心动魄，几顶雪白的蒙古包如同绽放的巨型蘑菇，竖立在绿茵茵的草地上。几处牛羊一动不动匍匐仰望，白色的雪峰则傲然刺向天空，它们庄严的神态令人不忍轻慢，巨大的绿色绒毯将整个大地包裹。

人生天地间，忽如远行客。

水肥草美，青翠连天，牛羊遍地。这是草原的底色，也是动物的家园。不远处，几只天鹅划过水面跳起了精美绝伦的"水中芭蕾"，它们时而倒立，时而颈项转动，时而捕捉漂浮的草茎，它们高贵而悠然的神情令人仰慕。据说天鹅一生只有一个伴侣，伴侣死后，它们会终生守节，孤独一生。天鹅忠贞、善良、忠诚、勇敢的天性，令人不由肃然起敬。相比天鹅，人类自私的欲望与放纵，不知是不是对感情的一种亵渎？

语言是思想的载体，当巨大的美呈现于眼前时，我的任何描述都显得苍白无力。

雨继续下，从淅淅沥沥到瓢泼大雨。随着夜幕降临，雨声越喘越急，如同被忽略的孩子，"噼噼啪啪"恨不得弄出惊天动地的动静，它们任性地敲打着蒙古包、窗棂，清脆而又响亮。这是雨的个体主张，却丝毫未影响青草，它们集体直立的身体不难看出暗藏的快活。

一群人注定要和一场雨藕断丝连。

一下车，我便被迎面而来的寒气穿透了骨头。站在雨中，我又想起了那个被暗恋压得喘不过气的女子，"我要为他死在巴音布鲁克"，"我要蹲在顶层上等他回家，从此之后永不分离。"那些痴情而又决绝的誓言令我不由潜然泪下，是啊，若能拥有一段刻骨铭心的爱情此生死而无憾。

"事如春梦了无痕，万千思绪无所去。"此情此景，是否便是那暗恋女子的雨中徘徊。

此时我只能等待夜幕，如同等待一个迟迟不归的旅人。寒冷浇灭了所有人兴奋不已的心情，一个个迅速钻进蒙古包，借着一米光线，立即用厚重的衣物将自己裹成肥胖的粽子。

久未人居，蒙古包潮湿的冷气阵阵扑面而来。即便如此，里面华丽的色彩还是牢牢吸引了人们的眼球，一排排干净的床铺、一沓沓蓝色的被褥、一张张色彩华丽的毛毯，金色、蓝色、白色，真是神奇美丽！蒙古人竟然用华美的针织将普通的住所装饰成温暖的皇宫。人类如此渺小却又充满智慧，非自然界任何物种所能媲美，一顶小小的蒙古包，瞬间将人类与暴雨完全隔绝。

天地何其寥廓，偌大的草原，偌大的雨，人之渺小如蜉蝣。

暮霭沉沉，炊烟袅袅，几顶白色的蒙古包伫在雨中，从中飘散出人间的烟火。那些草原上的蒙古人他们世世代代就是这般生活，逐草而居，四季放牧，他们住着毡房、喝着奶茶，用牛粪取暖，原始、单调、简洁、朴素，从生到死，很多人也许一生都从未离开过草原，很难想象这是一种怎样的生活？

大自然面前，众生平等。对于大地来说，牧人既是草原的主体也是客体，千百年来，他们早已与茫茫草原身心合一，融为一体。

三

如同施了魔法的调色板，没有星星、没有月亮，只有一望无际的黑。

这是我们迎来的第一个草原之夜，从来没有见过如此漆黑的夜，只有无边的浓墨涂满天空。如果不是身临其境，很难想象草原之夜黑得如此盛大、如此彻底，犹如怪兽张开的口，令人惊恐不安。

夜的盛大，令我们个个屏住呼吸。

苍穹依旧是雨的天下，黑压压静得如同死人的坟墓。除房间里的一束灯光，黑得无边无际。仿佛为了和雨对抗，此时炉膛里的火却熊熊燃烧起来，它们来自厨房一座贴着白色瓷砖的土灶，红色的火焰带来了一丝温暖与希望。

对于火，《圣经》中有两重含义：一种代表洁净、焚烧；另一种代表神的审判、毁灭。我想此时此刻，火是上天赋予我们最温暖的物质，在火面前，缩成一团的人们终于纷纷打开了蜷缩的身体。虽然不过是望梅止渴，然而火焰却消除了人们所有的恐惧，可见人类的精神作用是多么的超乎寻常，大到可以战胜一切。

此刻的厨房，绝不仅仅是女人的天地，男人们走进时更别有洞天。

据说顶级大厨几乎统统为男性，有点不可思议。对于做饭，其实男人掌勺远比女人更有天分，在味觉的世界里，男人的思考更为理性、更富有想象力，他们烹制的食品也更具有创造力。关于饮食，此时厨房里的现场操作便是最好的证明。只见几个高大威猛的家伙如同老练的厨娘般灵活自如，生火、烧水、切菜、舞动锅铲，一系列娴熟利落的动作之后，很快成为一道道挡不住的诱惑。暴雨之下，一桌热腾腾的饭菜足以让所有迷惘的眼神变得如饥似渴。

如此良辰美景，丰盛美味佳肴，岂能辜负？

草原一壶酒，足以慰藉风尘。经过沙涛之手，仅仅一个多小时的快速烹制，大盘的手抓肉、大盘的凉拌黄瓜、大盘的皮辣红，让人大快朵颐、大饱口福。饥饿的人们再也顾不得优雅与体面，狼一般扑了上去。

草原之夜，醉人的不是美景，而是美酒。

举杯交错，开怀畅饮，几杯酒下肚，西部人的豪迈之气浑然天成。由此可见，美食的作用绝不仅仅在于安抚饥饿，还能衍生出美好的艺术灵感和畅谈的快感。果然，有人开始大声唱歌、朗诵、谈诗、颂词、驳论，此起彼伏的声音顿时让孤寂的夜喧嚣起来。也许，雨本身就是诗人的梵唱，那缠绵的雨，恰好是激情朗诵的伴奏。

谁说草原情歌只在牧马汉子的酒壶里；夜色里，草原情歌在文人的酒杯中。

大地寂静，万物沉睡，只有豆大的雨滴敲打在窗棂上啪啪作响。人们依旧激情澎湃，豪情万丈，大声忘我地高谈阔论，畅所欲言，仿佛只有在天大、地大的地方，才能够完全目空一切，尽情为所欲为。仿佛唯有草原，人们才能够彻底释放久久压抑的不满与怨恨。雨伤感地目睹着人们的轻狂，再也按捺不住，肆无忌惮冲进喧嚣的蒙古包，胆大妄为地打湿人们的鞋袜。

独坐角落，唯有我一言不发。

孤独是一个人的狂欢；狂欢是一群人的孤独。世界无论多么喧嚣，每个个体的人类始终是一座孤城。

四

天下没有不散的筵席，喧嚣过后是人去楼空的孤寂。

孑然一身，踽踽雨下，任凭大雨狂躁不安，我心依旧平静淡然。没有谎言，不用掩饰，足以让我与黑夜的对视更加直白。八月的草原百花凋零，百草凄然，不知草原是否想用一场大雨悼念夏季的消亡和曾经的繁华？原来与人一样，大自然的孤独也无处不在，无人能懂。

烟雨中，谁将散尽三千痴缠；人世间，谁又是谁的纵横牵绊？

两匹马，站在雨中，一动不动。

单形孤影，两两相望，空旷的天庭下，孤独排山倒海无处不在。马在看我，我在看马，两个不同的物种，以这种独特的方式遇见，一定是苍天的安排。雨疯狂地抽打着两具赤裸的身躯，令我不由心生怜悯。马是人类最忠诚的朋友，关于马为主人献身的故事比比皆是，不知狠心的主人，为何如此残忍地对待它们？马一动不动地望着我，被暴雨冲刷的身体在微微颤抖，此刻我多想冲过去帮它们寻找一处遮风挡雨的地方，哪怕一片树叶。

然而天地之大，除了几顶零星的帐篷外，什么也没有。

玄黑色的天空，没有温度，没有色彩，唯有雨的嚣张跋扈。面对两匹无助的马，我恨不能立即变身一个巨大容器，将雨统统收入囊中。然而我还是我，渺小得什么也改变不了。我努力搜寻四野，企图找到一座草棚，一块木板！可空旷的天庭下，只有铺天盖地的雨。

我呆呆地望着马，马呆呆地望着我。这个雨夜，人与动物同样无可奈何，单薄无助。"挨过黑夜，就能抵达黎明。"这种借口，却是我此刻唯一的安慰。

光线阴暗，雨声滴答，一顶帐篷隔开了雨的世界。潮湿的睡房散发着阵阵寒气，女伴们早已裹进厚重的被子，只露出一颗疲倦的脑袋。

天顶上，一道没有遮拦的裂缝没来由地将天界和帐篷连在一起。雨顺着天窗的缝隙溜进来响亮地敲打着桌面，外面大雨滂沱，里面小雨叮咚，一首雄壮而又错落有致的交响乐，在两个不同世界持续奏响。

清脆的雨声让我无法安睡，思绪任意放飞。

这是我第一次住在牧人的帐篷里，寒冷与不适令我非常难受。遥想那些草原上的牧羊人，从婴儿的第一声啼哭到老人的去世，他们世世代代不就是这样生活吗？对于牧人，这只是他们最基本的生活方式之一，眼下还只是夏末，到了大雪纷飞的时节他们又将如何？草原是他们永远的家，从春到冬，四季轮回，他们既没有温暖如春的空调与暖气，又没有豪华的家具，更没有五彩缤纷的电器，没有丰富的网络世界，他们就这样年复一年地以游牧为生，过着最为朴素和原始的生活。面对信息日益发达的今天，他们是否想过逃离？对于精彩的外面世界，他们是否有过贪恋与向往？

他们令我不得不想起渥巴锡，那个29岁的东归英雄。当年他率领17万子民离开沙皇，离开剥削与压迫回到祖国。前有渡劫，后有追兵，饥饿、瘟疫、战争，他们靠着什么信念九死一生投入祖国怀抱？"天苍茫雁何往？心中是北方家乡。"我想这便是最好的答案。这场史无前例的英雄壮举，换来了辽阔的草原和肥美的牛羊。守着祖辈千辛万苦换来的基业，他们又怎能离开？

这个受尽苦难的民族，也许比任何人都热爱这片来之不易的土地。

苦难留给人们的绝不仅仅是摧残，还有意志的锤炼，它令我们迅速成长，努力进取。

苦难让我也重新开始认识生活，如果不是这漆黑的雨夜，潮湿的蒙古包，我又如何感知另一个人群，另一种艰苦的生活？每一次生命的体验都是上天的恩赐和给予。遥想大地诗人刘年，为了追求真正的诗意，一个人，一辆单车，从湖北到拉萨，几千公里吃在路边、睡在戈壁荒滩，是何等令人仰望与敬畏！如若不是出于对文学执着的追求，对生命的探索，对人间酸甜苦辣身临其境的感受，他又怎会深刻反思人生，怎能创造出洁净与思想深邃的诗篇？

理想与现实的距离，如若不是亲身丈量，很难得出结论。

据说印度的苦行僧为了修行，必须忍受常人无法忍受的痛苦。如长期断食断水、躺在布满钉子的床上、行走在火热的木炭上……起初，我感到特别不可思议，认为是无稽之谈。现在突然明白，当一个人能忍受各种非人的磨难，试问人世间还有什么能够诱惑他们一颗平静的心？那么，他的精神一定会抵达另一个不可逾越的高度。

雨声越来越急，犹如万马奔腾，似一把响锤重重敲打在我心上。现代的人们，每天穿梭于钢筋水泥的森林之中，为了生计、金钱、名利无不工于心计，忙于算计，在这个充满欲望的世界里，淡泊名利、宁静致远又是多么难能可贵的一种品质啊！

那两匹马是生是死？此时我依旧放心不下。

大雨过后，碧空如洗，绿草覆地。此时天已大亮，我忙四处奔走，寻找昨夜的两匹马。此刻的寻找，有一种椎心的疼痛。谁知它们早已消失不见，它们是否一病不起，还是匍匐在我看不见的地方独自歇息？举目眺望，炊烟袅袅，寂静的毡房重新热闹，几匹同样灰色的马正被主人挟持着，或套上车辆拉运重物，或被主人骑在胯下四处游荡，两匹黑色斑点的灰马始终杳无踪迹。

看着主人有恃无恐的享受，我顿时愤愤不平起来，对主人的狠心义愤填膺。然而我的侠肝义胆却遇到了艾买提江的无情嘲笑，他不但笑我庸人自扰，还告诉我那就是马的生活。

怎么会这样？即便是无话不谈的两个人，也会对世界的认知完全不同。

这就是它们的生活！艾买提江认真地看着我，"如同城市、高楼、办公室是我们的生活一样，宽阔的草原、随时而来的暴风骤雨、铺天盖地的大雪才是真正属于它们的生活。"

难道真如艾买提江说的那样？

他的话令我想起当地最著名的"焉耆马"，古时又称为"胭脂马"。它们又分为大山形和平原形两种类型，而其中大山型的焉耆马便主要产自于巴音布鲁克草原。它们从一生下来就历经各种风吹雨打，经受大自然的磨砺，才历练了它们十足的血性和风一样的神速。试想如果将它们关入草棚，为其遮风挡雨，那么它们与城市乡村饲养的家畜又有何区别？这样的马又怎会拥有剽悍的本性和奔跑的野性？

是啊，世间万物生存皆有各自的生存法则！

一语点醒梦中人，艾买提江的一番话顿时令我眼前一亮。看来真是我杞人忧天，白白担心了一晚。回想居住在城市的我们，早已成为温室里的花朵，经不起任何风吹雨打，是幸还是不幸？人类经过几亿年的演变，早已被日益丰富的物质文化所包围，加剧了人类物种退化的步伐。很难想象，离开城市、楼房、暖气、电器，我们又该如何生存？仅仅两天，我便开始深深怀念所拥有的温暖与幸福。

放眼望去，碧草连天，牛羊成群。

在这个远离喧嚣的地方，在这片没有医院、没有学校、没有商店、没有网络的茫茫大草原，遍地的牧人正自由自在地策马扬鞭，随时随地对着心爱的姑娘放声高歌，他们坦诚直率的个性，尽情表达内心真实的想法，谁又能说那不是一种浪漫？在这广阔无垠的草原上，没有利益纷争，没有尔虞我诈，谁又能说他们生活得不幸福？

他们是草原传统的守护者，并非简单生活的复制者，正是这种简单、自由、奔放、古老的生存方式，是他们真正诗意生活的起源。

两匹马，箭一般划过，打断了我的思绪。

一个个黑色的斑点在阳光下格外醒目，它们不正是我在寻找的两匹马吗？经历一夜暴雨之后，只见它们精神抖擞、威武彪悍，丝毫没有任何疲倦病态。大自然赋予它们的不仅仅是肥美的青草、清澈的泉水，还有松柏一样坚韧不拔的毅力与品格，否则它们怎会成长为箭一般的神驹？

大繁至简，极境至臻。任何出类拔萃都不是一蹴而就和不劳而获，优秀更是一种长此以往的习惯，成功的背后是我们看不见的辛酸与泪水。

五

诱惑从一顿美食开始，听说晚餐是一顿羊杂碎，令我沉睡已久的味觉突然苏醒。

有人说：天上的一片云，地下的一只羊。说的就是巴音布鲁克草原吧！从来没有见过如此多的羊，真可谓"天苍苍，野茫茫，风吹草低见牛羊。"此时，天上白云朵朵，地下一眼望不到天边的绿，浩瀚苍穹之下，白色的羊群如同一粒粒饱满珍珠，在巨大的草坪上任意滚动，多得数也数不清。

草色青青马蹄响，牧歌声声奶茶香。

雨过天晴，潮湿的原野更加壮观。草原艺术绝不仅仅是大块绿色的调色板，还有线条与点的几何图形的优美组合。延绵起伏的草原，它们优美的轮廓如同母亲巨大的胸脯富有层次感，山顶的雪线如银蛇舞动，高低交错的画面更有一种令人眩晕的惊艳。

吃了巴音布鲁克的羊，一定能益寿延年！一位策马扬鞭的牧人经过时告诉我。

"这里的羊肉虽不是最好吃的，却是最能强身健体的，细细品味之下有一股中草药的味道。"这话我相信，因为说这话的时候，我看到了遍地茂密的中草药，车前子、艾草、党参、贝母、紫草……它们密密匝匝地挤在一起。

难怪一位老中医为我治疗时告诉我：吃了巴音布鲁克草原的羊，就等于吃进了百味中草药材，就连牛粪也是一味最好的中药。是啊，巴音布鲁克草原，是牛羊的世界、动物的天堂。只见它们迈着闲散的步履，漫无目的地吃着百味草药，此刻它们本身就是一味最好的中药！

据说这里的牧人极少生病，他们呼吸着新鲜的空气，吃着没有任何污染的食品，远离尘世的纷争与尔虞我诈，他们的心胸像大地一样宽广与平和，他们常年自由自在地在草原上策马扬鞭，他们又怎会轻易生病呢？你看那草原上随处奔跑的人们，他们个个身强力壮、健步如飞。

相对牧人，羊的命运就显得格外凄惨。此时，一只只美丽的黑头羊，穿过我身边游弋在大地上，如此神秘，如此美味，它们温柔的大眼天真而又无辜，它们极具诱惑的身体令我担忧起来。即使雨水再丰富，牧草再茂密，又怎能抵挡人类的贪婪啊！与10年前相比，这里的牧草已明显退化，曾经厚如绒毯般的牧草已低矮到贴近地皮。如此下去，绿色的草原会不会成为荒滩？

我的担忧不无道理，人类对羊肉的疯狂热爱、毒草的迅猛生长、水土保持功能的逐步下降、河流泥沙含量的增大，导致草原迅速沙化、盐碱化面积正以惊人的速度日益向草原迈进。不知若干年后，辽阔的草原是否还能一如往昔？

每一场遇见都为我们设下无法预知的结局。阳光下，没有任何生命能够永恒。

远远传来米娜瓦尔的叫声，打断了我无谓的担忧。

一副热腾腾的羊杂碎正在米娜瓦尔面前打开，几个女人围在她身边听从调遣。原来，在草原上收拾一副羊杂碎远远不如城市乡村那样简单便利。没有自来水的冲洗，人们只好将所有的杂碎、洗刷用具转移到水源旁。这条看似普通的溪水，却是一条草原上的生命之水，这条由高山冰雪汇聚的雪水，清澈甘甜，养育着溪流两边成千上万的牧人和牛羊。当地人有个习惯，上游的人绝不允许把脏物倒入水中。为了保证水源的洁净，我们只好不断从河里取水，又不断将用过的脏水倒入远离水源的地方。

了解一个复杂的制作过程，远比饱食一顿美味更富有意义。

对于我这个超级热爱羊杂碎的人，能够全面了解掌握它的整个制作过程，是一件多么欢欣鼓舞的事啊！兴致勃勃的我不肯放过任何一个细节。

冲洗杂碎从灌肠开始，羊肠、羊肺、羊肚子，那些刚刚被剥离的肠道里还夹杂着青草粪便的味道，一壶壶水浇灌下去，再经盐水浸泡，终于被冲洗得白白净净。洗肠、灌肺、切丁、灌肠，被填充得饱满的肠肺正待烹煮。

火燃烧得很旺，熊熊烈火之下，艾买提江手持火钩，熏、烤、燎，他那皙白的脸颊被烤得如女人涂胭脂般桃红。可一眼不难看出，他确实是个熟练的老手，只见他利落地用火钳夹着羊头、羊蹄，在火焰上下翻烤、割开口角、清除杂物。很快，在他操作下，羊头羊蹄被整理得干干净净。一切均在和谐、愉快中进行，辛苦的人们有一丝莫名的紧张与兴奋。

草原上的美味，令人充满了期待与遐想。

夜幕终于再次蒙住天空的双眼，一大锅滚烫的热水正在沸腾，羊杂在木柴与水的混合作用下，一股浓烈的郁香飘向夜空。

六

再没有什么比夜的狂欢更令人心动不已，不留余地的舞动让夜沸腾起来。

每走一处，总会有触动我内心柔软的地方。然而它们都无法刻进我的骨髓，唯独草原之夜，夜的漆黑、夜的喧嚣、夜的盛大、夜的孤独，一次次带给我巨大的冲击与震撼。

风和着夜色，空气里还留存着青草的滋味，在黑得伸手不见手指的旷野里，苍穹只剩下几颗忽明忽暗的星星。我想一定有一道摄人心智的魔咒，否则一触碰到夜的味道，人们便如同吸吮了毒品。无论多么疲惫，多么劳累，可顿时个个精神抖擞，18个充满激情的作家，足以让草原上每一个夜晚都如此丰盈和美妙。

已是子夜时分，经过复杂而漫长的劳作，一桌意想不到的美味佳肴即将隆重登场。被切成各种几何图形的米肠子、面肺子、羊头、羊蹄子、羊肚子在辣椒、酱油、醋的调味下，热腾腾的占满了整个圆桌。人们大口品尝着，大声地感叹着，恍若置身于人间天堂。

夜是人类的罂粟，鬼魅而诱惑。有美食的地方，就有欢快的人群；有美酒的地方，就有歌舞的狂欢。

一种古老的灵魂之舞在大地上驿动，人们尽情在夜中狂欢。夜如此黏稠，连呼吸都变得急促。黑暗中，人群挪动的脚步快乐而又杂乱，互相对视的眼神里暗藏风情，彼此触碰的身体里有一丝暧昧不清。

夜空旖旎，星星一闪一闪地睁大眼睛，它那挑剔的目光充满了各种质疑，肢体的跳动和放肆的笑声绝不是草原的高潮。夜幕中，一种不安的情愫正蠢蠢欲动……

珍贵的油

一

"生命是珍贵的油，碗里碗底的，全给我泼完了。"这是阿凡提的幽默与智慧。

盛夏的午后，我看到一位戴花帽的大爷拿着一只花碗正走在打油的路上。这是跨越了一个世纪的故事，如同一粒扎根的种子，一间具有上百年工艺的磨油作坊，扎根在库尔勒托布力其乡上牙克托格拉克村的一隅。

风穿过虚无，太阳的炽热停在空中。

一片树荫下，咯咯吱吱的木臼里，跳动着奥斯曼、恰马古、水蜜桃种子的欢愉。一滴滴橙黄透明的植物油，浸过碾碎的草粒盛满了土陶的瓦罐。

库尔勒托布力其乡上牙克托格拉克村位于库尔勒市西南部，东与阿瓦提乡和沙依东园艺场交界，南与普惠乡农场相连，西与包头湖农场接壤，北与和什力克乡相接壤。"上牙克托格拉克"维吾尔语"生长胡杨地方最上端"的意思。我们不难想象，从前这里一定是一片茂密的胡杨林，每当晨曦，牧人们赶着成群的羊奔向胡杨。如今，这里却早已被一望无际的繁花代替。

茫茫无涯的时间里，村名在此成了一个令人揣测的谜。

几番风雨后，无数飞花落尽。正是春天，乡村那些轻盈而没有分量的尘埃被分散在道路两旁，葱绿的植物密密麻麻。在这里，大片的花朵仿佛一场重生，杏花、桃花、梨花、樱桃花，它们争先恐后地暴露在阳光下，如同举办一场盛大的舞会。

这是个没有尽头的春天，繁花与绿色一望无际。

在这样的季节，我无法忘记它们的样子。白色、粉色、红色，一朵一丛，茂盛的叶片，张开的花瓣，沦陷在暖暖的午后。如果不是走在托布力其的路上，我会误以为落入一片仙境。这不是结束，只是一个简单的开始。走在静谧祥和的村庄，看见一排排灰砖白墙的房屋，宽大的庭院，晒太阳的老人，奔跑的孩童。穿过狭长的巷道，一个醒目的标有手机号码与图像的牌子立在眼前。

岁月静好，长风徐徐。

这是一个宁静的小院，神秘、纯粹、朴素、温暖，除了欢快的鸟叫，几乎听不到任何声响。高大的胡杨树下，火红的月月红、橙黄的菊花同时盛开，宽大的坐床上带有几何图形的深红色织毯，让小院弥漫着西域情调。维吾尔族是个爱花的民族，只要有庭院的地方，就有盛开的鲜花。此时正是春天，与各种花朵并列摆放的还有许多植物，健壮的夹竹桃、纤细的石榴，尽管花朵还未开放，可它们的叶片已经郁郁葱葱。

新芽吐绿，鸟雀声声，到处弥漫着植物油的香味。

推开一扇沉重的木门，一座百年工艺的油作坊蓦然呈现眼前。52 岁的木沙·艾沙，便是这家榨油作坊的主人。如果不是亲眼看见，谁能想到在 21 世纪电子机械自动化流行的时代，这里竟然还保存着一座由马拉磨的榨油作坊。

这是怎样的一种植物的香味啊？竟然香飘百年。

1902 年，在西域的一隅，一间作坊，一个木架、一头毛驴，开启了一种提炼植物油的方式。

往事如风，岁月如歌。

在一个梨花盛开的村庄里，阿里木·买买提已踏着晨曦早早起床。生活的负重与职业的热爱，让他飞快地装上碎种、牵上毛驴，开始了日复一日的劳作。日出而作、日落而息，这是一个 20 世纪初新疆乡村的故事，这是一个普通村民的劳作。

此时，庭院外的土路上，三三两两的村民们正手提着布口袋，口袋里面的葵花籽、红花籽、油菜籽在他们富有节奏的步履中快活地抖动着，他们边走边拉扯着，喜悦的表情仿佛闻到了植物油的芳香。

天空清澈，大地温暖。

这是托布力其乡上牙村一家手艺人的故事，距今已有 120 年的历史。村外，机器隆隆、喧嚣声声，机器时代的人声鼎沸丝毫没有对这个传统的家庭小作坊造成任何影响。院内，木吱声声，步履依旧。阿里木把手艺留给了儿子艾沙·阿里木，艾沙又留给了儿子木沙，如今，木沙又把手艺传给了自己的儿子。四代人的辈辈相守，透过陈旧的门隙，静静回荡着浓郁的油香。

而今，流光散去，岁月渐老。

走进阳光斑驳的小屋，在这间仅有30多平方米的作坊里，你一定不会想到担任这项工作的主角竟是一匹青骢马。多么漂亮的马啊！矫健的四肢、通体的灰白，大小不一的黑灰点、黑色的鬃毛，高大、威武、漂亮。提起青骢马，看过《三国演义》的人一定不会陌生，这个来自伊犁马的极品马种也有属于自己的故事。三国时期，江东的第一代创业者、号称"江东猛虎"的孙坚的坐骑便是青骢马。在三国故事中，人们把吕布的赤兔排第二，却把青骢马排第一，足以说明青骢马的珍贵。它虽然名气上比不上吕布的赤兔、刘备的"的卢"、曹操的绝影那样霸气十足，可它却是整个三国时期最富有传奇色彩的战马。

此时看见这匹正在劳作的青骢马，脑子里突然冒出了《杂说四·马说》，"故虽有名马，祇辱于奴隶人之手，骈死于槽枥之间……"可见千里马常有，而伯乐不常有，心里甚为它感到可惜。看到它那俊朗的外表，也有人说它是五色马。据木沙介绍，这匹马今年已经4岁半了，正值壮年，当年朋友千里迢迢从伊犁把它带到这里，一转手9000元卖给了他。对于一匹名马来说，价格并不算高，可对木沙来说，它珍贵得如同家人一样。只要见过它的人无不为它的高大威武和温顺为之动容。这是一匹漂亮而又不失其高贵的马，看到它曾经有人想出高价买下它，却被木沙毫不犹豫地拒绝了。对他来说，把马从小养到大，马不仅仅是这家作坊最重要的劳动力，同时智慧典雅的它已经是家庭成员的一分子，不可缺少。

由于语言障碍，我们只能与木沙作简单交流。

从前，木莎爷爷开作坊的时候，曾经使用过牛，甚至还使用过毛驴，然而它们都远远无法与这匹马相媲美。无论是牛还是毛驴，速度又慢而且一地粪便。其他的马也使用过，可它们不仅性格刚烈而且脾气火暴。然而，自从使用了青骢马拉磨之后，不仅速度要快得多，而且非常干净，每隔两三个小时后，马会主动到外面大小便，如同人一样非常讲究爱清洁。

对于这种古老的传承方式，有何存在价值？与机器相比，用马拉磨榨油效率并不高，一公斤油需磨制 40 分钟。而动物和人一样，如此强度的工作每天只能干七八个小时，工作结束，青骢马总要四处跑一跑，转一转，以此缓解一下繁重的劳动。对马的喂养，木沙一家也格外上心，喂养是很有规律的，早上料渣，中午苜蓿，晚上苞谷，一日三餐长期如此。

一匹被囚禁的马，又怎能有真正属于自己的自由？

看到这匹来自伊犁的青骢马，我不由感叹命运的无常。此时它正承受着一项辛苦而又枯燥的工作，只见它用力拉着一个木臼不停地旋转，套在马身上的是一个木制的三脚架，架子的尾部压着沉重的石块，一块、两块、三块，直到最后加压的重量竟达一吨之重。这种长期而没有尽头的劳作，远非人类所能承受。然而，忠诚的青骢马丝毫没有抗拒主人，而是安然面对无情的岁月，无休止地劳作。尽管如此，它漂亮的毛发、高昂的头颅，仍不失一种名马才有的从容与高贵，这种与生俱来的骨子里的典雅与血液里奔腾的尊贵，是任何环境都无法将之改变的。

"曾经沧海难为水，除却巫山不是云。"真可谓不识名马真面目，纵称英雄也枉然。对于一匹马的命运，我们只能望而兴叹，却什么也左右不了。

事情往往就是这样，不以人的意志而改变。

正如同我们儿时出门踏雪穿的皮袄、毡筒一样，一种古老而原始的榨油工艺，正走在绝迹的边缘。在机器革新的时代，谁还会用马拉磨？眼前的一切却如此清晰，不容置疑！盛放植物种子的是一个使用过几十年的沉重的胡杨容器，里面磨油的木臼则由坚硬的梨树、杏木制成，木臼由马拉动旋转，不断将种子一粒粒碾磨出油。由于木臼的使用频率较高，用至 15—20 天后必须更换。而植物种子在重力的碾压下，油一滴滴正从木槽缝中浸入底部盆中。

世间的许多事物，都会被漫长的时光消磨，留存下来的，依旧在寂静的烟火处吟唱。

对于木沙一家来说，这门手艺并非独一无二的谋生工具。20 世纪 50 年代后，随着社会主义改造基本完成，从爷爷手中接传的榨油作坊也归集体所有，为全村村民们服务。偶尔，也会有村民送自家的植物籽来加工，尽管磨油工序繁杂、时间漫长、耗时耗力，但木沙家一次只收取 2 角钱的加工费，作为家用补贴。木沙的父亲艾沙是一个能干的男人，艾沙并不甘心于只养家糊口，还想让妻儿过上更舒坦的日子。于是精明的他不仅从爷爷手里承接了这门古老的手艺，而

且勤学苦练，成为一名赫赫有名的赶毡子高手，赶毡子的手艺早已名声在外。由于他赶的毡子质地细腻、品质优良，前来买毡子的人络绎不绝。

光阴似箭，沧海桑田，时间又回到了 20 世纪 70 年代末。改革开放拉开了中国经济高速发展的大幕。自从实行承包责任制后，这门传统的工艺由木沙父子俩开始重新将它发扬光大，为了真正发挥作用，父子俩敞开大门开始对外加工、经营销售。一开始由于知名度有限，这种由传统工艺带来的收入并不高。直到 20 世纪 90 年代后，效益迅速猛增，一年下来收入竟达 1 万元。尤其到了 2015 年以后，随着工作队干部频频来到乡村发现后，他们不仅个人主动购买，并且进行了大力宣传和推广。

赶上了乡村振兴的好时代，木沙这间名不见经传的作坊也由此名声大作，仅磨油一项一年净挣 10 万元，木沙想想都开心。

二

于我而言，油坊是最浓重的乡愁，是我儿时遥远的梦想，那里有溶于我血脉的东西。

所有美好事物的回忆，似乎总逃离不了儿时的种种经历。关于榨油，我也有一个不同版本的故事。只要一提起榨油，便会把我一下子拽回团场、拽到连队，拽至父亲的身旁。看到咯吱咯吱声响的油作坊，我仿佛看到了那座机声隆隆的榨油房：那灰白的厂房、弯弯的垂柳。只不过如今只剩下几块坚硬的水泥板。

岁月如歌，年华似水。

20 世纪 60 年代，正是激情燃烧的时代。五湖四海的人们，远离故土、扛上行李、踏上火车，千里迢迢来到茫茫戈壁，上演了一场场荒原之恋。

从无到有，从苍凉到富饶，从食不果腹到谷物满仓，这是一条漫长而艰辛的道路。曾经的团场连队是令人怀念的，我至今还清晰地记得那个只有一百多人的加工连，空旷的棉花场，高高的棉花垛，川流不息的车辆。成熟的果实令人惊喜、兴奋、干劲十足，它们如同一种引力，牵着人们的激情。作为加工连职工的父亲，一辈子只从事的一项工作——榨油。

连队的榨油房与眼前的小作坊相比，显然充满了现代化的元素。两层连体的车间足足有 10 来米高，车间很多，榨油车间、油饼间、库房，大大小小十几间

房连在一起，在当时颇有些气势。而作为榨油车间班长的父亲，每天率领指挥着一二十名工人上上下下忙碌不停。

那是父亲一生中最辉煌、最骄傲的日子。站在机声隆隆的车间里，只见憨厚老实的父亲，犹如一个指挥千军万马的将军。团场虽然组建时间很短，可运用机器加工棉油却一直走在时代的前沿。一天两个班次，一个班次14吨棉籽榨出1吨油，一天两吨油，不仅将脱壳棉籽进行了最大限度地利用，同时还满足了全团七八千人的食油供应。不仅如此，来团场采购油的车辆也络绎不绝。川流不息的车辆见证了那个时期榨油车间的繁忙。在那条通往油坊的土路上，来往的人们赶着马车、驴车，挥动着鞭子，长长的路上尘土飞扬……

我至今还记得，在那个物资匮乏的年代，那个几乎所有的物质皆凭票限购的年代，食用油更是显得格外珍贵。可就在许多人家炒菜时只用一团棉花蘸油擦一下锅底的时候，而加工厂的职工却用油来炸制各种点心，这种奢侈的用油方式，让当时父母居住在城市的河南老乡差点惊掉了下巴。

仰首是春，俯首是秋，儿时的生活更像一个五彩斑斓的梦。老油坊如同我童年一串串五光十色的珍珠，令人魂牵梦萦。

手工作业的时代早已一去不复返，电动机械时代掀起的风暴很快席卷全球。看着眼前这间老旧的作坊，令我感到不可思议，在这个科技非常发达的今天，为什么还能保留如此原始的榨油方式？

面对我们的疑惑不解，木沙·艾沙坦然揭开了答案。原来由机器加工的植物油温度高，榨出的成品油不易存放，并且高温极易破坏植物原有的营养成分，经过高温压榨的油存放几个月后就不再新鲜。而这种原始的磨油方式，采用的是木质碾磨，转速慢、不会发热，这种低温磨制的油，不仅保质期长，并且不会破坏植物原有的营养，即便放置几年也不会变质。

存在即合理，万事万物的开启，皆有其合理性。

探究作坊的发展史，古老的工艺也在不断发展创新中。由于销路限制，从前磨油的品种特别少，仅限于葵花油、红花油，不但品种单一而且产量不高。自从自主经营后，木沙也脑洞大开，而今的植物油品种已达到十来种，红花籽、恰马古籽、乌斯曼籽、杏仁、橄榄、哈密瓜籽、亚麻籽、板蓝根籽等，这些来自大地不同的种子它们的功效也各有不同，人们早就从中找到了各自所需。由于经营灵活，大门敞开，很快周边的客户来了，远方的客户也来了，近到库尔勒乡村小巷，远到喀什、和田等地。凡了解植物油的营养特性的人们，大家不顾路途遥远，不远千里来此购买。从此，小小的油作坊，客户的脚步络绎不绝。

此时无声胜有声，于无声处独自散发着幽幽芬芳。

正午的阳光有些松懒，可万物并没有同时进入睡眠。马依旧踏着不变的步伐在拉磨旋转。六七公斤红花籽出一公斤油，核桃每三公斤出一公斤油。品种不同，出油率也各不相同。根据不同的原料成本制定价格，为人踏实的木沙并未想过牟取暴利，尽管这种古老的工艺在当地仅此一家，可油的价格却低于市场好几倍。

植物也有属于自己的细胞密码．从根、茎、叶、花、果实、种子六大部分总体来看，种子则是植物中的精华，将精华的油再提炼出来，营养价值不用说可想而知。红花籽油内亚油酸含量在目前的植物中含量几乎是最高的，能防止胆固醇在血管壁沉积、动脉硬化，对冠心病、脑血栓有较好的辅助疗效；恰马古籽油能活化细胞，提高人的免疫力；乌斯曼草籽油、核桃油更是美发、养发的最佳营养品。由于植物油的榨取方式很特别，可以直接食用，对人的身心健康也很有好处，一些公司也纷纷找上门来。

事物总是在曲折中前进，在矛盾中不断发展。

近两年，由于受全球新冠疫情影响，大环境下的市场疲软也波及了这间毫不起眼的小作坊。与公司签订的 5 万元产品合同，由于新冠疫情原因无法正常履行。同时，有效益的地方就有竞争，看到销路火爆，一些人也纷纷想效仿，可画虎画皮难画骨，那些使用机器高效率压榨植物油的油坊，很快便草草关了门。

新疆有句谚语："向上抛石头，留心自己头。"原来，不是所有的效仿都能独树一帜，这门不掺假的手艺早已得到了大家一致的公认，至于那些利益至上的商家，不过金玉其外，最终被人们弃之如敝屣。反而这间历史悠久的传统作坊，历经百年风雨后，依旧绵绵不断旋转在时光的深海里。

助力创业梦，真情暖人心。为了大力扶持这间油作坊，2020 年，当地政府有关部门特意为他申请了 5000 元创业扶持资金。有了传统的工艺，有了政府的支持，木沙的劲头更足了。

星光不问追梦人，时光不负赶路人。

站在时间的渡口，木臼依旧被推动着缓缓前行。尽管成年的儿子在外已经有了工作，在工厂上班的他一个月能挣 4000 多块钱，可他依旧深恋着自家的小作坊。过上了好日子的木沙虽然没什么经济负担，可勤劳的他并没就此闲着，有了儿子的帮忙，有了现成的饲料，他可以放心大胆地发展副业，养羊又成了木沙的一大爱好。庭院的羊圈里，一群又肥又壮的大头羊正在低头吃草，它们肥胖的身体并没有成为木沙的钱袋子，反而变成了一家人餐桌上的美味。这个结局令人没有想到，却又合情合理。经济日益发展的今天，人们在满足了生活基本的需要后，更多地开始注重生活品质的提高。

古老的油香，令人怦然心动。这种原始的磨油方式效率低、用工时间长，在南疆许多地方，抵挡不住诱惑的人们还是采用机电代替传统工艺。可木沙却说："我们榨的油是人们可以喝的呢，怎么可以用电机代替呢？"

打开钱包，灌满油瓶，一股香味顿时弥漫在空气里。植物的本性早已在研磨中完全消散，而我得到了最好的油。

三

春草蔓蔓，山河无言。人生在世，恍若白驹过隙。

站在胡杨树下仰望，我看见叶片被微风轻拂，一片、两片，这一树的柔软连同这吱吱的磨声一起，似乎从未离开过这间作坊。

"小的时候，父亲天天干的呢，我就和他一起干，如今父亲年龄大了，我要子承父业。从前，我们靠着这个古老的手艺把一家人都养活了，它对我们一家有恩，怎么也不舍得抛弃它。"对于这门古老的手艺，木莎充满了感情。

黎明即起，洒扫庭院；日落黄昏，清理作坊；磨之声声，增籽加料。一粒一籽，一瓶一罐，尽在不言中。这是木沙祖孙四代人的生活，辛勤的汗水最香甜！

时过境迁，提起父辈，一股温暖顿时氤氲心头。现在住的房子还是爸爸当年盖的，虽说是子承父业，当年家里两个儿子、五个女儿，然而这项古老的榨油技术并没有让每个孩子都接手继续传承，唯有木沙一直坚持着干了下去，一干又是30多年。

"几处早莺争暖树，谁家新燕啄春泥。"春天来了，又是希望的一年。

木沙继续他的述说，从爷爷开始，祖孙几代人个个勤劳能干。这些年，全家人靠着这门古老的技术过上了吃穿不愁的好日子，并在库尔勒市94号小区里也买了楼房，如今儿子也有了喜爱的工作，木沙并打算为他买楼房。儿子虽然也在工厂里上班，可一到休息日，总忍不住跑回作坊，继续着家传的磨油工艺。跟着父亲的他，从小耳闻目染，已经完全掌握了这门古老的技术。

前方的路不会太远，未来却无限期待。

尽管木沙文化程度并不高，可他却希望孩子们都有出息。他把孩子们一个个都送到城里去上学，希望他们将来能看得更多，走得更远。

花开半夏，果结满冬。在南疆，这种古老的低温油非常受民众的欢迎，目前，库尔勒已有一家公司正在与木沙展开合作。这种原始植物油营养价值非常高，对人类非常有益，人们将它加工成护发产品，用来美发；更多情况下，人们直接饮用，以此强身健体。不管市场上将植物油的价格卖到多少，可作为作坊的主人，木沙依旧按照成本略加加工费进行出售，而市面上则是它的好几倍。

种子涨了，原料涨了，尤其水蜜桃仁的价格涨得最多。面对飞涨的物价，木沙他不仅不曾涨价，而且不擅经商的他也从未通过广告大力宣传自己。每天磨制的产量很有限，大多数时木沙只能卖给村子周围附近的村民。尽管如此，只要一提起木沙家的植物油，当地男女老少皆知，他们几乎不愁销路，

一种古老的工艺在现代文明中延续，一个古老的民族重新开始他们新生活。

纵是落花飞红处，自有风情无数。黄昏时分，三三两两的买油人正走在乡间小路上，他们悠然自乐，言笑晏晏。这是托布力其的一道风景，也是上牙克托格拉克村民已经习惯了的日子。